王芳 著

陶睿 摄

有舟如系

在心灵航行的海上

Tied up in Love
Sailing in
the Ocean of Heart

漓江出版社

·桂林·

图书在版编目（CIP）数据

有舟如系：在心灵航行的海上 / 王芳著；陶睿摄
. -- 桂林：漓江出版社，2024.1
ISBN 978-7-5407-9541-2

Ⅰ.①有… Ⅱ.①王… ②陶… Ⅲ.①随笔－作品集
－中国－当代 Ⅳ.① I267.1

中国国家版本馆 CIP 数据核字（2023）第 180215 号

YOU ZHOU RU XI——ZAI XINLING HANGXING DE HAISHANG

有舟如系——在心灵航行的海上

王芳 著

陶睿 摄

出 版 人：刘迪才
策划编辑：张 谦
责任编辑：刘红果
助理编辑：叶露棋
书籍设计：周泽云
责任监印：张 璐

出版发行：漓江出版社有限公司
社址：广西桂林市南环路 22 号
邮编：541002
发行电话：010-85891290 0773-2582200
邮购热线：0773-2582200
网址：www.lijiangbooks.com
微信公众号：lijiangpress
印制：廊坊市海涛印刷有限公司
［河北省廊坊市安次区码头镇金官屯村 邮编：065003］
开本：880 mm×1230 mm 1/32
印张：15.5
字数：333 千字
版次：2024 年 1 月第 1 版
印次：2024 年 1 月第 1 次印刷
书号：ISBN 978-7-5407-9541-2
定价：98.00 元

工业革命之后，人类文明发展开始大幅提速，几乎每年都有不少影响时代的重大事件发生，1997 年也如此。先说那一年的中国，香港主权回归，首条国际陆地光缆开通，首次天文"遥在观测"举行，水稻基因组物理全图建构完成，首家公司在伦敦上市，被世界银行列为十大新兴国家之首，国务院发布建立城市居民最低生活保障制度的通知，长江和黄河相继截流，大裁军……再说那一年的世界，美科学家制造出原子激光，东南亚金融动荡，戴安娜王妃遇难，克隆羊"多莉"公开亮相……

1997 年还发生过许多有着神秘关联的事件，比如那一年，受到全球观众热捧的电影《英国病人》获得第 69 届美国电影艺术与科学学院奖 9 项大奖，电影获奖前一个多月，英国发明了新一代电脑"模拟病人"，而电影获奖一个多月后，中国的一台医用机器人为一位 9 岁男孩成功切除了脑瘤，完成了它的首台手术。仍然是那一年，在第 69 届美国电影艺术与科学学院奖颁奖前 21 天，法国职业医生克里斯蒂娜·贾楠由南向北，经过两个月零两天跋涉，成为世界上第一位使用滑雪板抵达北极的女性，获悉消息后，法国总统希拉克向她发去了慰问电。几乎与此同时，中国北大才女王芳由北向南，抵达中国大陆南端的深圳，开始了她在南海边的创业和生活，而对她将要生活的城市产生过深远影响，乃至对整个世界产生了重大影响的那位政治家，则在英国发明新一代电脑"模拟病人"的第二天去世。

王芳如今是某成长关爱基金会秘书长、深圳音乐厅"飞越彩虹"少数民族童声合唱团团长、北大深圳校友会秘书长、深圳市文艺评论家协会副秘书长，活跃在数个交叉文化领域；在社会活动中，她至少拥有两种状态，激情与才华、智性与效率，这使她的人生保持着节律性的迷人冲动。在我看，王芳的经历是一本精彩的书，认识她的朋友会同意我这个判断，可是，20世纪末到21世纪的头20年，却是一本难以读懂的书。21世纪的头20年极不平常，有智者认为，19世纪建立的"人类会一直进步"的神话终于被击穿，显示出人类物种生存危机时刻、价值锁定迷茫时刻和群体行动困境时刻，多数人或多或少感受到艰难和困惑，这样的困境对个人尤其如此，因为那差不多是一个人四分之一的人生。那么，王芳呢？1997年以后的26年中，她经历了什么、遭遇过什么、创造出什么、对什么有所思索？和忧心忡忡的智者不同，王芳是乐观的，她形容自己这26年来一直在心灵的大海上航行，这是一种自信而又略带抒情的说法，意思是1997年以来的26年中，她身处大海这个广阔无垠的资源和生态世界，大海并不平静，可无论遭遇魅惑者塞壬、骚扰者海坊主、沦陷者卡律布狄斯还是堕落者斯库拉，她始终坚持内心世界的准则。

能够做到这一点不容易，要证明这一点则更非易事，好在，26年的心海航行，路漫且长，其间王芳写下了数百篇航海日志，一部分收集在读者现在看到的这部散文集里。从这本散文集中，读者大致能了解到作者描述的那片心灵大海，以及海上发生的若干鲜活生动的故事。

这本散文集中，上部收录的篇什从入深圳记起，一路排开，写人、记事、状景、抒情，文章都不长；下部话多起来，因为写的是作者爱到不能自抑的彩虹合唱团，经典名著解读，以及北大校友会的事情，主观之涛满满。上述篇什，结集前都发表过，准确说，它们是一些报刊栏目的约稿，已经完成了与读者的最初交流。它们有一个共同特点，不取草蛇灰线隐笔，文字鲜明，气韵澎湃，采用作者海上航行的说法，她在乘风破浪中写下的，不光有永不停歇的大海波涛，还有神秘而罕见的海南鹛，既显行动，又见精神，好比海上前倾后涌的浪头，它们受到某些新鲜的激励念头的诱惑，想要参与一场永动机般的潮汐运动，急于强化人生的某些阶段，不可遏止地进入下一个人生阶段，其间毫无纠结和纠缠，从那种蓬勃有力的叙事意识中，是能够清晰看到生命涌动的新鲜气象的。

人类的叙事行为产生于文字史前，自文明露出萌芽后就没有停止过，几千年来形成了"基因"。人类在连续性叙事中理解和重塑自我，表达世界，虚构未来，整合群体关系，完成升华，如今在所有生活场景中无所不及的科技叙事，就是迄今为止最具颠覆性的大规模重塑行为。叙事在一个个生命个体身上发生，在个体与心灵和精神的沟通中完成，比如德拉·欣雅杜尔在诗歌中写到的圣礼辩论者、雅典学院学者、帕拿苏斯山诗歌众神、法学三德，比如左丘明、刘向、庄周、荀况、韩非、孔丘师生、孟轲师生、墨翟师生，都是我们熟悉的叙事者。个体拒绝对自己的生命经验进行思考和叙述，等于放弃了作为人类一员的独有特质，扩大到族群和人类，人们将失去对历史、宗教、哲学、文学和语言的认同，甚至失去对主观和客观的体认，徒剩时空背景、生物特征和脆弱的血缘标本，人类就不得不返回丛林中，重寻思考和叙事的萌生契机，那将是坚果和蜗牛类生物倒霉的纪年。

把自己的经历写下来，在生活中不断阐释自我，这是当代人的历史和文化责任，这部散文集遵循的正是这一轨迹。这本书里的内容涉及过去、现在和未来，因为时间足够长，同时作者对身处环境和时代有着相当细腻的观察和敏感体认，对心路历程采取率真的记录，所以集子里的众多篇什，不仅是作者个人的生活经验、时代见证和生命思考，可以看作个人经验史的记录，同时也反映了作者所在城市的变迁和发展，是对群体叙事的有力补充，可以看作一座移民城市鲜活的社会学样本。在智能神经网络大量涌现出 AI 诗人、小说家、创意写作者、画家、音乐家的智能机器秀元年，这本书与读者见面，就具有了一种耐人寻味的逆行姿态。

人类 3000 年移民史，深圳是绕不过去的奇迹，而重塑自我是移民文化最重要的构成部分，是两千万深圳人面对的共同场景和课题，作者 26 年来孜孜不倦践行的，也正是这样一个课题。作者在本书第一辑中用了一个自创词，"我圳"，作为作者信赖的朋友，我有义务对作者这个词做一点关键的场景说明。长期以来，内地激进的保守主义者热衷于批评深圳，指责它是一座只有巨型制造业和高新科技产业，尚未建立起丰厚文化史的城市，大量使用"物质欲望嚣张""没有人情味""缺少群体共识"这样的词句。遗憾的是，这座城市的主流文化对自身存在，多少缺乏整体性下文明多样化的鲜明认知，只能对中央政策做一些变通口号的回应，其脆弱和言不达意的表达，完全不能与大量记录自己鲜活生动生活的个体表达相提并论。以我上十年的观察，上述批评和懊恼只能用轻佻和焦虑来形容。这座城市的人们确实生活在行为快捷和交际封闭的悖论关系中，生活在波德莱尔定义的"过渡、短暂、偶然"的现代性焦虑中，但实际形象却综合了韦伯提出的"祛魅"，哈贝马斯提出的"未竟"，吉登斯提出的"断裂"，鲍曼提出的"流动"和西美尔提出的"控制"等现代性启蒙理性和技术理性，其形象远比批评者和反省者认为的丰富。这座城市里生活的人们不缺友谊、爱、思考和审美，而是在经历过上一个没有方向感的时代之后，他们不接受强行施加的单一计划经济行为，几乎无一例外地反对用保守观念阐释时代，反对空想而采取实干态度，精神上更自由，行动上更自主，生活上更自洽，这一点，批评者没看到，反省者不敢说破。而读者在这部集子中看到的作者对从属和归顺的生命说不，对热爱和钟情的未来张开怀抱的内容，正是其整体族群文化心态和现实行为的缩影，是深圳文化众多切片中的一片。据我所知，这部书结集时，作者并没有对其中的文章做修改，诚如是，在阅读这本书时，有心的读者会嗅出文章写作和发表年代的气味，其真实度胜过那些天各一方的指责和舍本求末的自省。

在对本书的阅读中，我受到一些篇章的触动，为之慨叹，比如……比如……不过，语言渗透在人类生活和思想的毛孔里，等同于人类的现实，人们通过语言范畴来体验世界，形成经验本身，正如维特根斯坦在《逻辑哲学论》中所说，"我的语言的界限意味着我的世界的界限"，因此，我无权剥夺读者对这本书的私享阐释权利，不对它做拆分和诠释了。到目前为止，人们似乎还没有找到离开语言来表达任何创意和智慧的渠道，因此，阅读这本书，是读者走近一个具有创意精神和智慧生活的生命的不多途径之一。

邓一光

2023 年 4 月 23 日图书日

目录
CONTENTS

自序

在心灵航行的海上——一个中文系女生的选择 ... 1

上部 腠理密织

● **part 1 城市 我圳二十年** ... 7

○ 我的深圳元年 9

○ 春天荡漾 11

○ 国贸盒饭记 14

○ 小书房元年 16

○ 怀念小房子 18

○ 夜巡城 21

○ 骑行的风拂过脸庞 24

○ 深海小钓 26

○ 怀念天桥甲 29

○ 中心区的老街坊 31

新鲜的城　33

八卦岭的段段絮絮　35

这一路　37

北京的冬天　39

夜雨"去深圳"　41

报刊亭之梦　43

冬暖小梅沙　45

南市买菜蔬　47

花　羽　49

part 2　家庭　羁绊深深　　　… 51

金银花香里的陈年　53

生　日　56

祥　光　58

中医·老爸·乌梅汤　60

医者老爸　62

老头子卖房记　64

父母在　66

暮春之殇　68

姨丈今年八十一　70

当阿姨已成奶奶　72

姐　姐　74

钉钉子未遂记　76

灵异纪事　78

小表弟　　80

高考生小月　　82

"夺印"记　　84

清泉云吞记　　86

虚拟饼干　　88

约会记　　90

那些失落的故乡　　92

春天里的鸿鹄考　　94

家中有个小固执　　96

宝爸新梦章鱼烧　　98

"洗碗工"日记　　100

part 3　所遇　友人甲和路人乙　　... 103

白露为霜　　105

怀念远　　107

好邻居老胡　　109

听"老章"讲庄子　　111

大师小事　　113

韩大师的小课堂　　115

养蛇小哥　　117

马校长的合唱团　　119

漫雪百合　　121

但歌云不去，含吐有余音　　123

佳佳和她的"庄先生"　　125

闲坐说潮人　127

一颗铜豆　129

狗肉教授的禅心剑气相思骨　131

小　祝　133

叶子求职记　135

平江乡下老黄家　137

香港人麦克　139

洪波的河　141

阿德家的岛　143

天使的告别　145

纸月光　147

创课者　149

冬梅的微笑　151

那些王芳们的香气　154

春风识面戴医生　156

深圳好青年　158

脱单进行时　161

这些花儿　那些花儿　163

一　号　165

邻座港太　167

老　杜　170

的哥晒幸福　172

婧　儿　174

"废品佬"夫妻　176

好人罗阿姨　178

part 4　旅行　万里路　　　... 181

当山河壮丽又成往事　183

一千公里私家旅游指南　185

深圳水　东江源　188

春　山　190

春访安陵　192

紫了茄子　绿了丝瓜　194

绿皮火车彩虹课　197

看星星的禅　199

入乡随俗的"上帝"　201

岭南红叶赏　203

我们去桂林　205

河畔花开　208

最快乐的时光　210

湘西冬色绘　213

大三巴人家　216

卫城下的家宴　219

虎年探曼谷　221

预约时代　223

我们欧洲的豆腐　226

● part 5　片羽　点滴皆人文　　　　　　... 229

○ 乐莫乐兮嚼新绿　231

○ 酒肉不二　233

○ 丽娜家的饺子　235

○ 腌萝卜和大盆菜　237

○ 岭南食橘记　239

○ 那些隽永的忧伤　241

○ 鱼兮鱼兮奈若何　243

○ 掇拾"朝花"不必"夕"　246

○ 燃　249

○ 斗陀螺　252

○ 网课风云　254

○ 江湖无小事　256

○ 私房菜菜单和中考满分作文　259

○ 和大鸿谈教育　261

○ 欢娱之末　263

○ "饮马流花"夜抚琴　265

○ 我不入流的球员生涯　268

○ 泪点时光　271

○ 永远让人热泪盈眶　273

○ 泪与止　275

○ 天命与生命　279

下部　且行且知

part 1　乐　歌声响起时　　　　　　　　　　　... 287

歌声响起时，我们期待孩子和世界收获什么？　289

在歌声中快乐成长　300

万卷山河百丈诗　310

part 2　文　不止阅读　　　　　　　　　　　... 319

生命流淌出的文学异境　321

读懂鲁迅　332

一生三次踏进家乡的河流　353

part 3　艺　杂阅并亲历　　　　　　　　　　... 371

悲伤圆舞曲　373

无限事　万千情　388

春天一场极致的爱情　394

翰墨深处的精神气儿　404

part 4　教　教之　育之　成长之　　　　　　... 417

一棵写作树的成长　419

不仅仅是写作，更是成长　423

文言文是纸老虎　431

part 5　传　他者的眼光　　　… 437

工作的意义　439

英雄不在遥远的他乡，就在每个人自己心里　444

我以锦囊赠远行　449

后记　455

附录

她与近40支民族童声合唱团一起穿越高山，飞越彩虹　461

我认识的王芳同学　474

　　1989 年盛夏，高考分数全省折桂的我，怀着深深的敬畏与忧虑，战战兢兢在志愿填报书"第一志愿"栏中，用黑水笔填上"北京大学中文系"几个字。中学六年，我是个不折不扣的中文系恐惧者，虽然本人阅读、识见还算优于周围同学，阅读速度无出右者，但文字无所不能的表达和其所深蕴的玄机让中文系在心里恍若深蓝夜空中的繁星，焕发着神秘而诱人的光泽，令我神往，却无法亲近。然而填报志愿横陈于前的"单选题"为：北京大学中文系，或者某大学国际金融系。1989 年全球化热浪正徐徐展开，凡冠"国际"二字的专业都征示着热火朝天的未来。在我毕生从医的父母眼中，中文系毕业生意味着并不乐观的饭碗。最终语文老师一句话击中了我的心灵："这可是全世界最好的大学，最好的中文系啊！""最好"一词，会同心中中文系幽蓝的光焰促成了称得上我今生最重要的选择：最好，意味着与最好的人为伍；学而优则渴望识见最好，是最自然不过的事；不如此，才是肚里生了怪哉虫。二十多年过去，步入北大中文系女生宿舍后看到的第一道风景我尚历历在目：上下铺的女同学们，L手捧《中国十大古典悲剧》，H端着《尼采》扬着眼看，J更赫然抱一本《毛泽东选集》红皮书……个个目不暇给，勤读不辍。中学更多游弋于武侠与言情小说中的我顿时倒吸一口凉气，勉强挤出一丝微笑和同学们打招呼。当时心境，真是逆水行舟、步步维艰，记忆中首次因自主的选择而面临巨大的心理压力。

就读北大中文系，并不像多数他院系同学想象般"每天看小说"那么轻松、浪漫。89级中文系创作课程结构性或缺，但文学、语言、古代、现当代、中国、西方、诗歌、小说、文艺理论、文学批评等众多必修课排得特别满。于我，因天赋所限，在习得且具备抽象理论、思维思辨形而上的快乐能力之前，却已然将最朴素的看小说读故事的"元快乐"丧失殆尽。读中文系亦"不幸沦落"成修习技艺类课程，对人文精神的浸润，思想与性格的熏陶，到日后人生的河流缓缓流过，方才渐渐显山露水。上古典文学课中庄子《逍遥游》赏析时读句："北冥有鱼，其名为鲲……怒而飞，其翼若垂天之云……"这种纸上得来的宏阔与壮美，在当时却无法引导我深入体会其中蕴涵的大自由。

如果说，当年选择北大中文，兼因与"最好"为伍的骄傲和对中文的神往与敬畏，那么毕业那年选择离开时，这两条理由都已悄然消散。在南燕"青年的选择"沙龙上，我和同学分享过"忠诚"这个貌似远古的概念。在我心灵航行数十载的大海上，忠诚无疑是铺射于海面一道明炽的光。彼年代毕业生留京热火朝天而指标有限的前提，意味着同学们最大概率的直接竞争；虽说良性竞争是人与人关系的促进力，但我却无法想象自己的心有足够力量直面因此问题而可能生发出的同学间的猜忌或摩擦。心灵的旗帜自觉地倒向了同窗之谊的一边，坚毅地做出离京决定。某年回母校，某同学随口提及当年因我拒了本校保研，命运女神转而垂青于她……事实上这同学的思想、造诣、勤奋、执着远超乎我，我只不过擅长应试机制，一直携分数之利成就自己"品学兼优"。听她真诚不羁地道来，我很意外且于心戚戚，原以为自己那一瞬间对忠诚的坚守已是尘封往事，却有人深深地记着。很感激当年行动服从心灵，忠诚心中的自己，颇让我拥有了某些哲人"爱美德"的范儿。

研究生毕业时的选择，是又一次在我人生航程中自鸣得意的轻着陆。1997年夏，人生两条截然相反的路摆在我面前：其一是留校，从事"全世界最好的职业"——当一名大学女老师（某位爱护我的博士师兄称言）；其二是脱离我所熟悉的校园和科研，一跃而入完全未知的生活海洋。那时深圳还是人所向往的经济特区，屡有政要"下海"的消息传来。我凭简明扼要的逻辑完成了这次选择："留校任教的人生路，一眼可以望穿，来日我将丧失勇气尝试新的可能，为什么不选择变化呢？"虽然我以名校硕士履历却没找到一份工作，刷新人生滑铁卢纪录，然而十余年过去，无论工作中遭遇何等困境，我的心从来未生过任何悔意。因为我清晰地知晓，在那日的选择中我拥有了人之为人最可贵的财富；我不断告诫自己，要爱护好这份生命最原初的馈赠。忠诚，我所欲也；勇气，亦我所欲也。二者俱能得兼，人生幸事也。

成"社会人"多年后某晚，挑灯夜读李大钊《狱中自述》（无关政治，因生出更深刻地认知母校的心念），篇中终句深感于心："钊自束发受书，即矢志努力于民族解放之事业，实践其所信，励行其所知，为功为罪，所不暇计。""实践其所信，励行其所知，为功为罪，所不暇计"，何其理性而科学的一句。年轻时我们有的信爱情，视现实中诸多阻滞于不顾；有人信友谊，但求雪夜拥炉煮酒的快乐而热血沸腾；有人信上帝、信艺术、信自然……信其所信。我赞许一切有"所信"基础上孜孜以求的实践。"所信"之后，是名符其实的"所知"：信爱情，就须知爱情的玫瑰可能会把你的心刺穿；信来世，就须知今生我们将历经如许心路方达彼岸……"为功为罪"，在人生有限的光阴间，还是"不暇计"的好，勇往直前便是。不惑之年回首来时路，感受最深的是"幸运"二字。在年轻时信之不详、知之不多时，全因对世界的好奇与探索的欲念，因对爱与友谊的忠诚，跟跟跄跄走到今天。真正的幸运是，在人生几次重大选择的关头，在我心灵航行的海上，好奇、忠诚、勇气等许多人类原初美德的灯塔，在夜空中光焰高蹈，将我徐徐引入生命的大欢乐。不得不承认，幸运之神，更偏爱那些热爱美德而且不屈践行的人们。

2012 年 11 月 11 日

上部

腠理密织

part 1

城市
我圳二十年

Shenzhen

Twenty Years

of My City

幸好
我和世界之间
隔着一座城

《翠翠》

---
* 本书辑封上的诗歌皆为作者原创。

我的深圳元年

　　25 年后，脑中浮起的旋律依然："1997 快些到吧，我就可以去香港。"怀抱一把吉他浅吟低唱的艾敬成为年度国民女神；于我，这一年无关香港，只在烟尘弥漫的毕业季里，走过人生跌宕起伏一段心路。

　　这年春天，我毅然否决自己一眼望穿的女学者之路，毕业实习选定深圳一家证券纸媒，硬着头皮挑战自己的陌生领域——希冀叮当实在的钱银响，提示自己让生活紧贴大地。

　　公交搭到大剧院，下车时首见下沉式广场，繁盛的深南路正午人车稀少，仿佛可嗅见骄阳暴晒下柏油路面升腾的静气，和步履匆匆印证特区时间效率金句的行人反差强烈。抬眼是路对面的小平巨幅画卷，旁边的大楼，粉粉绿绿得艳炽，是深交所和地王大厦两大地标。

　　实习生涯不算不努力，却毫无悬念地在求职事项上遭遇滑铁卢——报界女强人唤我进办公室，冷冷直言："对不起，你不合适。"闻言心跌太平洋，直近毕业前夜，再无任何容我落寞、喘息的时间，只是当时脑子里残存一根筋信念：我要来深圳！因由直率，要和阿宝，在一起。

人才交流市场在笋岗路，今天琳琅满目的家私城所在地；报纸中缝汇聚招聘信息，字号小得出奇，眼神不济者需持放大镜方见。待只身亲临，那种人山人海中的摩肩接踵，让我思绪瞬间跃至那个正午骄阳，明晃晃如梦境般晕眩。

专为应届毕业生开设的专场，热门摊档人满为患，几无立锥处。简历递出无数，多聘公司文秘此等普设岗位；收简历的通常随手翻翻，抬眼望望，礼貌些的点点头："如有意向，公司会致电。"朋友提醒，你这个名校硕士，一般小企业恐怕不敢收……言中有深意，当时却惘然。

数日人才市场的香汗淋漓未斩获半丝佳音，待我手持最后一份简历，便生出些成功成仁式的悲壮。新世纪酒店集团映入眼帘：赫然大企业，聘总经理秘书。桌前小姐翻翻我递过的纸张，起身走进小隔间，随后出来说：进去跟林总聊聊。事后证明，这轻轻的一句，便是我成为深圳人的转折点。

国字型脸、面相威严的林副总系潮州人，聊着才知道，秘书一职与我无缘，只因林家二公子是我校友，简历中我的毕业院校触动了这位父亲的思儿心与恻隐意，这才许我一见。沮丧片刻，我突然激动起来，义愤填膺地当林总面高声演讲起来，大意是以我名校中文系硕士履历，怎么在深圳竟找不到一份普通工作？是学校教育出了问题？还是社会需求出了问题？微言大道间真情翻涌，声泪俱下。林总安静地听完，沉默数秒："你真的想来深圳？"

剧情归于大圆满：受惠于林总，1997年我如愿以偿来到深圳，开启阳光下的奋进旅程。二十年间我不同阶段相同的忙，不见林总十几年，脑海里却异常清晰地烙着这位仁厚前辈的容颜，每每想起，心中都是无限暖意。

春天荡漾

"妈妈，荡漾是什么意思？"十岁的懵懂男生稚气而迷惘地问。眼前正一湾绿水，水面上涟漪纹理环环相生，周而复始，如无处不惊心的风铃木花瓣层层错错；几只灰鹅昂着脖子环游池塘，身后长长的水纹竞相拖曳。"看，荡漾！"指着眼前景色，我双手环抱如摇篮，循着春气中的风声、水声、鹅唤声，轻晃，荡漾。"噢，水可以荡漾，空气可以，还有歌声……"男生秒懂。"嗯，我们看见的每朵红木棉、黄风铃、粉紫荆……当每朵花袅袅地在心里散发春天香气时，也是荡漾。"小男生："因为，荡漾是可以传播和感染的东西。"因这遭答问心头忽地一亮，跳出四个字：春天荡漾。

每年深圳的冬春都如闪电一般，春的稍纵即逝，事关冬的心不在焉，前几日惊蛰，此间应着节气隐响春雷，仿佛是天地贴出一张春天布告，提醒那些从未蛰伏、早已雀跃的花鸟虫鱼们：狂欢节已到！于是，世界就分外振奋欣然，喧腾起来。

满城荡漾的黄花风铃木，便是今春清亮抖擞的精气神。报纸公众号朋友圈，明澄流丽的风铃木都是当之无愧的春花一号。源于南美的这款花树自带故乡恣性烂漫的心气，在南国更添些清新欢朗；树干虽纤细不健硕，而一树一树的鲜黄花朵却如一声穿透黑夜的号角，任这万紫千红时令的先锋官，一骑绝尘，拥着浑身的劲力在晦涩与灰暗的空间攻城略地，令世界与人见花心喜，刹那间醍醐灌顶，明心见性。

火一样的木棉花开，那是春的赞歌在风中荡漾。总在未及留意第一朵花开时，便已见青翠草丛间落花满缀。音乐厅金色大厅畔胖指挥铜像张开怀抱，指挥这成行成列的木棉歌唱，将这首春天鲜炽的进行曲演奏得无比流畅：枝上绽的，草里落的，朵朵、朵朵里都跳跃着欢乐音符，从婷婷的花蕊到绵实的花肉。高枝上的花朵昂首，那是木棉天生的傲骨，而那草丛间落着的，却丝毫不减英雄之气，非但没有离枝的感伤，反在花和草的亲密无间中，满溢回归地母的欣悦——这欣悦，渗进看花人的心，便让这颗心生出与天地同欢喜的气力。

红红粉粉，满城宫粉紫荆，是这座城市温柔的荡漾。杂花生树，粉白错落的花树在山野绿树丛中参差掩映，分明告诉每个人，一旦春的脚步来临，貌似无心恒绿的青山，也需添新绿、施粉黛、新妆盛迎。且细看南国春树，新叶生和寿终正寝的黄叶落竟是不约而同，踩着落叶看花赏树，似一道不同寻常的赏春佳酿，这温柔而迷幻的荡漾啊！

纵是惊鸿一瞥，我心中南国的春依然浩荡。每朵花每棵树都灼然葳蕤，都在生命的绽放间庄严而辽阔地宣告存在的尊严，于是，这春天的人间欢喜明净。

国贸盒饭记

"气场"一词最近在我和朋友对话间呈现频率极高；气场对象多元：某人、某事、某场所、某自然物例等。气场重叠与否、对不对味，基本成为个人价值判断的重要标尺。场地上近来和我气场重叠甚深的，是国贸。

某日清晨，为完成某事，我去国贸。从地铁站出来，所约之人未至，就在小广场上逗留片刻。我正对"深圳国际贸易大厦"八个镏金而泛旧的行书大字标牌坐下，身畔树不高，不茂盛，约莫两三年的树龄，人稀稀疏疏坐其中；门前往来更多的是穿高跟鞋或白衬衣的标准男女白领，从地铁里出来，从公汽站过来，目光明确，步伐匆匆，少我这类无所事事东张西望者；近路方形立柱的一侧，高悬小平南方谈话的一幅喷绘。突然福至心灵，过去的时光喷涌而出。

往事颇堪回首。1993 年夏天，我首至深圳，在港资公司做生意的表哥很豪气地请我和男友阿宝登临国贸顶楼。去四十多层的旋转餐厅需换乘两次电梯，踩着厚绒绒的绣花地毯，吃着人头价 168 块的广东茶，再享对面香港群山翠峨，饶是打京里来，我俩都迅即感受到改革开放成果的振奋与震撼，当即决定，大学毕业奔赴热火朝天的南方，直至1997年名正言顺地成为深圳人。而备感光彩的是，阿宝第一份工作的办公地点，恰在国贸。

我和国贸，那时候基本属于刘姥姥和大观园的关系：无论是挂满标价五位数以上衣饰的橱窗，抑或衣着光鲜闪耀的白领们，和我一概隔着十万八千里。有阵子我的工作无着落，白天在泥岗宿舍里发呆，阿宝很具分享感地邀约："中午过来国贸，一起吃饭。"

记得我坐中巴在午饭前赶到国贸楼下，不一会，一身正装的阿宝下来，面容匆匆。去哪里吃是他当时考虑的核心问题。裙楼的正餐厅绝非我类消费之地，连稍上档次的云吞面、盒饭档的人均消费都超过三十块。其时我颗粒无收，阿宝月薪八百。于是系领带、穿皮鞋的宝哥领着我东弯西拐，穿过一条长长的甬道——因是未装修的水泥色的清水墙，我印象深刻；最终寻到一家卖盒饭的摊档，一荤两素，一人五块，阿宝请我吃了此生国贸的第二顿饭。

忆当年不免透出些辛酸，其实当时心情很是律动。国贸这次吃盒饭在我记忆中的光鲜程度，丝毫不逊于旋转餐厅上那顿豪茶；更有那段清水墙甬道，和国贸环境段数形成天渊之别，却和当时我的气场高度吻合，所以分明记得，只是现已全无踪迹。

小书房元年

如果列举传说中"末日之年"最称心的三件事，在 2012 年收拾出我们的小书房，算其一。小书房外，满窗莲花山色，葱翠满目，白天来到的书友们常常不自觉重景而轻书；当然，主人决计不会因此而不悦。诗云："书影青山外，风声蝶梦间。"何其清雅境界。

小书房内，我最自得的是那整面墙的竹书架。我非爱书人，却打小就梦想有一间满墙尽书的屋子——附庸"书雅"典型心理。在人生近不惑时鼓足勇气首度担当装修事项，便将书墙视为顶顶要务。起初设想很浪漫：要有满墙书，书畔近植竹，让书香竹香比邻成趣。最终室内种竹的念头被熟我习性的朋友按捺下去，幸好主理材料的雪妹妙手偶得，在书架原木上加铺青竹面板，也算偿我书竹宿愿。近前闭目冥思，能闻到隐隐淡淡的书竹香气。

装点小书房，自诩"伪书人"：爱书，爱的却不是书。我爱书中智慧与真理，或者根本上爱的是"腹有诗书气自华"之人。因为爱人，便生聚人之念，这是小书房的由来和初衷。现今书架上的大部分，是我和阿宝这几年来随心所欲、不成系统乱读一气的书们，都不太赶趟，多常规艺文、吃喝玩乐：从《古文观止》《乌合之众》到《金刚经编注》，从《法国当代诗选》《巨流河》到《世界音乐史》，从《徐霞客游记》《基督山伯爵》到《红酒品鉴》……品类繁杂。前些日子《读书》编辑部梅姐姐来到，在架前缓缓地踱一圈，略略点头："嗯，我知道你们深圳读什么书。"此言一出，听得我一头冷汗。书架最上层齐整簇新的一排《二十四史》，系供宝同学研读备查之用；一溜《古龙全集》，却是因追忆青春期读物而购，自从上了小书房架，就再未翻过。来来去去的有"80后"兄弟姐妹见古龙大喜，说是可以终获启蒙，陆续借去，让我对这一代的青春期阅读大生困惑。对于借书我毫不矫情，看中的便着速取，只叮嘱一声读完还来……此处愈发明示，我真真正正不爱书。

书墙正对茶格酒架，算是在方寸之间成就书、酒、茶间一段姻缘。白墙之上蒙石兄四尺墨宝《蕉叶嬉鸭图》，和格里童稚花画毗邻，添了画趣；再设手谈处，飨弈棋者。以书为媒，以人为鉴，小书房这一年，读书会、杂志编辑部的兄弟姐妹常聚于此；高谈阔论的时光里，读书行动貌似次要，然而，为了让每次相聚能拥意趣情怀，在记忆里留存一道温暖的光，不间断地读书、保持思考与表达却是如此重要，能将各人从言语无趣、面目可憎的泥坑边缘拉回青青原乡。不同的场合里大家都说，在尘事繁杂、身心忙碌的深圳，有小书房，真的很好。

怀念小房子

房地产很热闹的当下，不禁怀念起我家第一套小房子。

1999 年，我和陶工作两年不到，几万元积蓄，算了算买房子要 30 万以内带装修，还要在市区，交通便利。当时是踏破铁鞋无觅处，得来全不费功夫。当两人走进一家小发展商的小户型楼盘，卖楼小姐介绍那套顶层带露台 50 平米的单位，我们兴奋得连户型图都没看明白就直接落了定。

入伙第一天就有惊喜。在窄得难以转身的厨房里，透过小窗看到"私家小路"，即从主干道进入小区的数十米长林荫路（据发展商说花小 100 万买断的）。我上班远回家晚，陶回家做饭，他估摸着差不多时就在厨房里准备，时不时往窗外瞅瞅，他说看到熟悉的身影闪入小路时感觉无比快乐，因为等待中他已饿极，终于可以下油炒菜。

那时最喜欢做的事情：一是在院里来回散步，小区设计精巧，绿化有序，我们几乎总在 10 点下楼，12 点上楼；二是周末去体育馆溜达，到那些著名的 BAR 蹦迪半小时后回家，权当锻炼；三是懒懒地窝在软沙发上连续看碟，累了直接睡过去；四是狂热地请朋友吃饭，曾得意洋洋地给很多朋友秀过陶的手艺，人称大排档主厨水准，而他每临客至必是下班后步行穿越荔枝公园，走过园岭，到八卦岭菜市场买菜，回家备宴。

邻居中有个本地人，买了房子"打麻将用"，让我们痛感有钱人真多！露台相连的是一对年轻夫妻，周末回来，偶尔架起电线，在露台上烧烤打牌，很客气地隔着镂空铁艺围栏打招呼。隔壁两个女孩，常常上门借个酱油味精什么的，陶便妄生许多遐想，哀叹"恨不相逢未娶时"。再往后，陶惊呼他圈里几个公认的美女也住这里！世界真小，有天下楼玩篮球，撞到相识的一个身家颇丰的老板，他其时已位居离婚待娶之列。

小房子朝南，视野通风佳，越往冬去阳光入屋越深，特别是卧室，每个角落都温暖明亮。两年后，我们买了第二套房，这一套便被命名为"阳光小屋"，或亲昵地称为"小房子"。

搬后小屋空置两年，间或朋友借住，实在不舍得乱租。秋

风瑟瑟的某天，我独自发呆，突然下了卖掉小房子的决心。实话说，小家平时也算节俭，但这次却没想在意一万两万的差价，只一门心思给小屋找个好归宿。一日中介约说，找个明媚的下午，让客人感受深秋阳光，我顿时知音之感骤生。果然。一个山东小伙，高大、帅气、直爽，进屋一会就说，他喜欢我们的阳光和露台。报价，还价。五分钟后达成交易，一周后交接完毕。小房子又有了一个懂得欣赏它的主人。

前阵和两个漂亮MM吃饭，发现她们住在小房子二期。经过熟悉的小路，夜色中，很想轻声问候一声："小房子，你好吗？"

夜巡城

　　缘起于热播港剧中一段剧情。原本志趣相去甚远但阴差阳错拍拖的男女，决意悉心维护爱情，相约"多沟通"，生活点滴无比顾及对方感受，却依然大相径庭。一个兴致勃勃看日出，一个车内昏昏睡去；一个对年轻细佬决意第一辆车买敞篷的构思赞赏有加，一个则强烈反对。最终两人和谐分手，由恋人而好友，演员、观众，长嘘一口，如释重负。

　　往往步调一致的我和陶对望抚掌，心中大乐。"我们出门遛一圈。"时针正指向 23 点，世界杯巴加对决，黄黄白白的球员在绿茵场上正唱国歌。

　　夜已深，晴朗，天深蓝、云晕白，散散淡淡。路面车稀人微，愿意的话足可横竖穿梭，便略有些城市主人的感觉飘上心头。

　　体育馆。两处酒吧早已花枝招展地装扮成球迷吧的模样。吧台边三五成群，快意欢歌取代了惯常的私语暖昧，来得好直爽。舞场旋律一律调成噢嘞噢嘞噢嘞噢嘞……红男绿女的身体依然前后左右摆甩晃摇，眼神却直视电视且多数迷离神惘。屏幕上黄与白的对抗无端为此等迷乱添些健康开朗的分寸。不得不感叹：

世界杯就是世界杯，化腐朽为神奇。备受争议的肥罗又进球了，破纪录了吧。舞场尖叫狂啸，男声女声高度混合，终于听不到解说的声音。

高高低低的住宅楼，在这个时间是极度正常的黑寂。角落有一对情侣，某女拒绝与某男相拥，作扭头怒斥状。警察摩托路过，穿戴齐整的警察哥哥公事般瞄一眼，随即驶远。年迈而健全的一个老女人，从黑暗中飞快地闪出，向我伸盒子，表情示意着要施舍，我就着弱弱微光嫣然一笑，无动于衷。

路灯绵延着往东部。海滨自有一番热闹。原居民村落里，大排档、士多店、明火粥、烧腊铺，均或稀或密围着坐立的人们，电视声音巨大，听见黄健翔在喊："这支非洲队表现非常出色，打得一点不被动。"对面海浪不改初衷地冲啊退啊，和男女们在世界另一端欢腾，彻底无关足球无关桑巴。小帐篷们在沙滩一字排开，一队泳装妙龄女拎着泳圈妖娆着身体向着与海相反的方向步去。钢铁矗立的愿望塔，在这样激情的夜里，显得冰冷而僵硬。

　　非洲人不懈地坚持绝地反击激发出人群阵阵呐喊。三比零结束得与预测差距无多但全部人皆赢得尊敬。驱车回程。这个夜其实再正常不过，大部分在熟睡，少数人（实际上有很多人）在因球之名挥霍，自然还有劳碌者流浪者发呆者失眠者。只这两个无所事事心血来潮的人在子夜探访了约莫半座城。如在宵禁古时代，此事唯穿号衣、打灯笼、敲着木梆子的巡更人能为，悠悠长长压低声线地喊"小心火烛"。怎样一个流韵城市安稳夜啊。

骑行的风拂过脸庞

冬日南国，已然花红柳绿得令人不安，更顿生许多明亮晃眼的橙、黄、蓝三色自行车，真人踩着，排排立着，让阳光下这个大城市的街显出一种小生活样的趣致，真可谓"忽如一夜春风来，千辆万辆摩拜开"。继"滴滴"后第二轮，公共自行车改变身边朋友们的出行方式：方圆几公里内，脚力直达。

因应时间和效率而生的深圳，城市元初基因里自然没有骑行这个选项。西装革履的人们步履匆匆，挤公交，搭地铁，揸私车，单车出行的时光早已陌生而遥远；主城区地铁、天桥、城市快速路俯拾皆是，在深圳骑车既不方便，更非赏景乐事。过往大街上骑车代步的，多为来深建设者；时间镜头再拉近些，近些年文化、健身、亲子风尚，周末节假日骑行者逐渐多起来。

我算是自行车辖辘上长大的一代，二轮车骑龄自八岁始，十五岁前最远骑行距离约四十公里。上大学后校园里车行依旧，同班女生鞠老大还创造过暑假从北京直落江西的壮举。

到深圳工作，也生过继续骑车的小梦想，2000 年前后住在八卦岭，两天之内丢了三辆新车，狠创居家财富损失纪录，肉痛兼沮丧之余，彻底断了此念：城市阡陌纵横，无关骑行也罢。

入住中心区后，老爸为买菜，家里添过一辆女款26单车。爹当家，方圆三公里内的菜市场、生鲜超市必须游历遍、价格了然后方才落单，可谓轮尽其用。相继中学生楚月买进家里第一辆山地单车，打破了我对自行车的原始认知——上坡用劲下坡刹车，这早固化设置成大脑中骑行程序，再多大小齿轮和杠杆力学原理都敌不过第一记忆，再说，深圳无坡度，换挡非必需。

孩子们相继出世，打婴儿车、扭扭车起，从四轮、三轮到两轮，脚踏车一辆辆接踵而来，当大人的也因孩子故，新进一辆黑白折叠小车，这对车轱辘虽袖珍，但胜在宽轮、齿轮给力，骑行感觉倍儿顺。娃们大些，阖家通骑，横竖是健身之用，所有的车都没锁，身车不离。至今各类车仍在役，长横客厅，时不时打满气下楼或就近晃荡。有车，气筒便是居家必备——新生橙黄蓝公共单车们用的都是无需打气的真空实胎，骑起来总觉得梆梆硬的少弹性，缺了一种与身体重量相关的亲昵。

方便，且时尚，街上骑行人中多衣着光鲜时尚的姑娘小伙：双双对对你追我赶的，温情脉脉齐头并行的……此情此景让高楼林立的城市生出无数温馨。

缓缓地蹬车，街两侧的花、树随着耳畔微风向后飘移；擦肩而过的，还有各种表情的行人：容光焕发的长发少女，脸色倦怠的中年男人，行色匆匆拉小车的女人；有的莫名其妙笑出声，有的眼神只盯脚跟前，更有一个个顽固执着的"低头族"……辞旧迎新时日里越发行相纷纭。

在缓缓前行中注目城市的每一寸肌肤，任风拂过我的脸庞，仿佛触感到街道上浓浓的尘世烟火。

深海小钓

　　临街小馆店名"富友"，门面秀微，毫不起眼；而吸引目光且让我驻足的，是门口外墙满挂的各色彩照：整体深蓝色调，渔夫们与战利品大海鱼的合影。馆内不大，二十平米见方，四张清漆原木四人方桌两两成列，一眼望得厅堂白布帘后的厨房；帘旁是酒柜，几支日本清酒格外醒目。

　　海钓，是我入粤许久后方知的行当。内陆省份长大的孩子，海原本只存在于天边外的童话里，钓事更仅限于池塘江河湖泊想象。初遇海钓人，是在六七年前，一双儿女皆幼时举家周末游走期。当时鲘门镇某海滩沙幼湾阔，日出日落得让人心醉，旅游地产虽是初兴，那处小别墅却已整饬得别致：独栋小木屋，屋前后阔榕垂荫，屋内浴室地面都铺有原生鹅卵石。闲住几晚，娃娃们在沙滩上夜以继日地修城筑防，老人搬椅子闲坐门前树下纳凉，游人少至，人世安稳，颇得"闲"之意趣。到傍晚时分，见三四辆车至，车主们泊好车却都各自入屋，不闻太多声息。

　　和阿宝在晚风中聊天，见两男士从木屋出，打电筒，拎钓竿，手提红色箱和桶，手头忙活一阵后即垂钓屋前这片海。闺女天生夜精神，遇这等事更无比欢乐，小人儿举着手电筒，这儿那儿来回跑，嘟囔着她自己能懂的话，分头检查叔叔桶内的收获。

过去闲聊，却原来是深圳皇岗村村民，哥几个爱海钓，逢周末过节便呼朋唤友开车到海边。海钓人白天睡觉，晚上行动，作息与大众相反，说是因为鱼最易上钩的时间是子夜后至黎明，我琢磨着或许是因为入夜天海过静、鱼儿不安的缘故。和淡水钓比，海钓需用日本进口红虾制饵，除了时间、作息、车船等方面耗费，更需拥有随处埋锅造饭、在夜深海上凝神静气的能力；至于鱼线远远地抛出、和大鱼较劲必需的体力，或者海上天气突变时娴熟的驾船、游泳技能，更是缺一不可，确是一项人、财、物全方位系统配套工程。那日入夜深，欢腾的闺女力不能支，钓友们从屋内纷出，朝垂钓二位挥挥手就一

起出发，说是只是在这儿搁个脚，趁天气好，要赶往惠东好好钓一场。

　　因有那晚深圳潜伏的这批昼伏夜出者刷新我的社会常识，感慨这个世界和城市总能源源不断冒出我竟一无所知的人与事，见家附近新张这间海钓馆便倍感亲和。前些日子去，有店家模样的中年男子在靠墙边的桌上理鱼线。说吃饭，答今儿章红鱼和星斑不错：鱼肉制刺身，鱼骨煲汤，听着哈喇子便顺嘴角下来。话说这小馆适合三五好友吃吃聊聊，那天隔壁桌四个大男人，一水儿钓客模样，桌上刺身鱼汤和我们的一样，却自带一大包水煮花生，花生壳剥得那个欢啊！店里小哥虽然是服务业经验不常有，上菜斟水却格外家常，这顿饭吃得我很是轻松愉悦，为这深海鱼鲜味里渗着的浓浓人情味。

怀念天桥甲

天桥甲曾一袭绿装凌空横贯彩田路，连通东西。

我名之"天桥甲"，盖因这座体量不大的人行过街天桥极其家常，系数年前由桥东侧直入的著名超市捐赠兴建，主要为了桥西人到市场里买菜便利，应验"主观为自己、客观为大家"的说法。桥西高楼是深圳建筑外墙史上名噪一时的深绿浅绿渐变个案。当时为了应景，天桥甲的篷顶也是翠绿。灰黑的街面上绿桥飞架，俯仰皆成风景；站我家阳台上俯瞰，绿油油的弯弧玻璃雨罩，挺养眼。有了这座桥，桥西社区居民去超市就无需横穿马路，十分"就脚"。

桥面上有时会端坐"走鬼"的小摊贩一二，满地摊铺些不知何处淘得的小物件，摊主人目光会暗暗地打量摊前的每一位过客；时或有残疾而孤独的乞丐在桥西侧台阶上下处讨生活，脚跟前脱漆旧铁盒里零七碎八的钢镚总在诱发我心上关乎道德、法律、社会制度等的追问；还有落魄的流浪歌手，抱一把破吉他，旁边一个黑盒子音箱，在桥头唱一些或流行或忧伤的歌。过桥人大多以去超市买菜为目的，我观察无论地摊主、乞丐或流浪歌手，皆收获甚微；所以来的人很快就销声匿迹，却不妨碍永远有新人来做新尝试。有时入夜空无一人，我在桥面上略微逗留，风从北来，彩田路南北一路车彩霓灯渐没入暗夜，感觉这一寸光阴里浸透着晶莹的美好。

大概两月前的某日，突然发现天桥甲上下通搭绿网脚手架，戴黄色安全帽的工人们高高低低地攀爬着，开拆绿天篷。我心里一惊，隐觉不妙。果然，绿玻璃雨罩相继拆除，有关的钢筋水泥尽行捣毁。我以为要拆桥，便愤懑，心想如此一座兢兢业业为人民服务的天桥甲，为何说拆就拆；阿宝安慰，静观其变罢。

之后每天都是变化，桥上整日整夜地施工，工人上下往来，电焊火光四溅。原天桥甲彻底剔除，所幸桥还是桥，只是大改其形。终于，现代设计感明显的一座桥显山露水：树枝干造型的围栏从两面高高地立起，过于讲求视觉的对称与结构感；整桥的色彩是当下设计师们至爱的"高级灰"——在灰的路面上，灰的天空下，添一座新的灰桥；厚厚的透明玻璃平顶，看得出耗资匪浅。原本家长里短的天桥甲，在我心里，是盛夏夜老头身上棉质飘飘的短绿褂，是雨中老太太掌中的油绿伞，是居家少妇随意斜挎的绿背包，是小姑娘奔跑中头上闪闪的绿蝴蝶。新桥堂而皇之地这么一设计，便全然失却了天桥甲于心上的亲近。

感慨年纪一大，便爱给心里添堵。虽清楚绝大部分过桥人会迅速忘记那座质朴无华的绿天桥，我却不能断言自己要饶舌几多次后，方能停止诉说。此时此刻，我竟是如此想念啊，天桥甲上曾经的小摊贩主、乞丐和流浪歌手们。

中心区的老街坊

　　见过深圳中心区的标准定义：东西从彩田至新洲，南北自滨河到红荔，四条路框出一个长方形，中以深南路为界，又分中心南区、中心北区。身为一名极踏实的中心区居民，这十年来眼瞅着区域内各种脚手架拆卸，各个广场就绪，多年工地熬出一张鲜亮的城市文化名片，就很感共生共荣，和脚下土地关系亲密。只是有一种缺失隐约萦怀：中心区好是好，但实在太新，缺些街坊旧味道。

　　我家近彩田，沿福中路往东的彩田路和皇岗路间是一段四车道的街，南侧从万佳百货渐变的绿楼起，经几间银行、发廊和人才大厦，便是簇新的职业技术学校。除万佳楼下尘世烟火气和沿街几棵老榕树，其他建筑面貌都很公务，不亲切。倒是路北侧，这三两年却慢慢地很不一样。福中路北原是几个老社区，福莲花园、紫玉花园等的铁栅栏，间或两间五金杂货铺，金属感，清冷气，令我难生亲近。渐渐地，大概这边租金好的缘故，路对面的发廊挪了两间过来，夜里就有了光亮、人气和时尚感。接着招商银行开了门店，红红的招牌拉开，白天里也显精神。有了银行，餐饮就鱼贯而入，粤菜避风塘，东北饺子馆，接踵几家快餐式粉面店，对面写字楼白领不少，餐饮生意普遍红火，从此白天夜间都有了车水马龙气象。

对于我，以前到这条街更多是去近皇岗路那端一碟店，窄窄的门面音像碟密密麻麻；老板潮汕口音，八九岁的儿子在各类流行歌曲里做着语数外作业，偶见他玩游戏机；熟客挑碟时，老板通常在电脑上看股票，对着红绿曲线长吁短叹，收钱找零反成附属。网上电影多了后，少去碟店，想起来心里有点淡淡的失落。碟铺旁是两间单车铺，再过去是花店，开得有年头，价钱自然比咫尺之隔的花卉世界散装花贵，却因历来如此，买家心里也不觉冤。两年前，街头一家名"丽人行"服装店开张，周边小区女人们出现频率陡然增高。中年的老板娘审美不错，裙衣衫裤都赶趟，款式质地都还好，去了都能见熟面孔了。随后街尾同开了一间卖纯土布衫的，很有民族感觉。

也是两年前，街上陆续装修出几家茶叶店。有了茶气，街头就添了安静。子夜游荡，茶叶铺总还开，信步进去，老板瘦瘦的，在烟气茶气里端坐，见客人进来轻轻一句"喝茶喝茶"，天南海北聊开去，并不太推销茶叶。说到会心处连泡几道新茶给你，直到你自己心里不好意思，多少帮衬一下，哪怕帮家里茶具添个小海碗。生意大小老板面上决计看不出嫌弃意，只是很随性地笑笑，很亲切。说实话，直到服装和茶叶店开了，这条街在我心里才柔和且家常起来，街市里的买卖分明添了浓浓的街坊味，我这中心区居民当得心里越发踏实。

新鲜的城

网购通行以后，出门的意义便仅关乎上班、赴宴和步行户外，还有四季景致更迭时，咱家心血来潮的本城观光。纵然举国GDP狂飙已渐为"民生"所替，但某时某处化蝶之迅猛依然让人瞠目结舌，出趟门溜达一圈，实在是保持与足下土地熟悉乃至亲密关系的要务。

近来感慨的，是距家不足三公里的上海宾馆，以及中航路地界的变迁。上朵记忆云里的工地仿如一夜春风后，面目全非：上海宾馆圆顶小洋楼和格兰云天仍在，但整个街区已焕然一新。主体建筑为深南路畔的世纪汇和内侧的九方购物中心，外观现代、清新淡雅，一股爽洁明快的街区风。该地段也确实称得上拥有集体记忆的深圳"旧"城，记得我1997年初抵，时时听人说起中巴车一过华富路，往西尽乡野的段子——彼时此路是界线，将如火如荼的特区烟云截留东侧。

平心而论，新街区从建筑样式、尺度、街道宽窄、人车关系、行走、视觉等各项指标看，都算大方得体，比太多暴发户般崛起的楼耐看舒适；更难得建筑群中建有一道曲水流觞型的公共空间，入暮时分，看流水在灯影间穿行撒欢，毗邻华强北、赛格电子市场那些步履匆匆的喧嚣与拥堵，以及密匝匝的都市紧张感都逐渐消歇，一派后设计时代的流光溢彩，城市精进如斯，令人心不安。

某日傍晚再至，一颗心在温润的街灯里恍惚良久，忽觉时下世纪汇位置，便是旧时深南路著名的天虹商场，一栋那时少见的六层楼大百货。居深二十年，我一往情深地住福田，这家天虹很多年来都是我家购物场，一来因其惠而不贵；二来大牌商场物品有保障，买着挺有面儿。那时的天虹啊，几乎时刻人潮如涌，摩肩接踵，收银柜台前排长龙；待中心区方兴，奢华风尚，南区涌出升级版"君尚"，装修档次、品牌价格完超老天虹，我总结适合袋中银子不丰却讲究情调的青年们盛夏避暑；再后来，商场渐多，中航路不远处更兴天虹新版，少却人头攒拥，更多闲庭信步，进而到这片新街区商业人文气息流动，愈发和本城现代化国际化都市定位熨帖。

时代列车向前，自奋进特区驶入新鲜都市站，所幸上海宾馆楼体已列入见证深圳的留存单体建筑，让此间变化不至于彻底陌生。另，华富路新辟两组公交专用道，人行候车径紧贴其侧，下班时分，可见等公车的人们排着长长的队，掩映于树影街灯之中。这处体贴入微的变化让我每见每欢喜，盖因候车的人们面孔安宁，不急不躁。经此景时，深嗅夏风拂来花叶馨香，与记忆中缕缕香幽交织，让我足蹈此处的过去、现在，甚或未来，与此刻握手言和。

八卦岭的段段絮絮

2000 年春，作为正经八百的八卦岭居民，我和阿宝每天散工回家饭完后的要务，便是充任"城市巡察员"。那时候的二人生活，世界在我心里是明净单纯且热烈如炬的风貌，我和阿宝素喜关注身边点滴，像春夜如许，便是道树稀疏的水泥路面，在入夜的路灯下，在车人喧嚣后的寂静里，便已是最好的风景。

那会儿八卦岭正开始从城市老牌工业厂房区向"非工业化"迈进，虽然有些地块已然夷平开工，但总体改造量不大，算城市里相对安静的所在。多数四五层高的厂房楼外貌依然，内里却悄悄地变化：服装厂的，车间搬出二线关，这里换成展厅，主销售；印刷厂的，轰隆隆的机器搬出去，这里便作办公室、接待区……相比无数城区的旧貌新颜、日月新天，八卦岭的变化显得有点小桥流水，并非大刀阔斧的气派。

车流人流最密的八卦三路上，广告招牌琳琅满目。客运物流："湖南、福建、河南、山东……豪华冷气双层大巴……"小旅馆："十元住宿，经济实惠……"另家政招工、饭店食肆，无处不见，白天固然醒目，入夜更是霓虹灯闪闪地亮着，真是川流不息的人气旺地。八卦路与三路交界的东侧，有一间"挂狗头卖狗肉"的雷州铺，朝夕不改地 24 小时营业着，橱窗里赤条条将烹的狗身一度令我触目惊心，痛感人类在"食"上的残忍心性。

不过八卦一路上著名的食街，倒是十几年来一直熙攘得让人感慨。除了吃蛇人都怀念的"辉记"于"非典年"关闭，像以"胜记"为鼎柱的名店，一直稳稳开着，每次去都客似云来。这个变化莫测的城市有了这等不变的吃食处，人心平添许多安稳。食街上，还有栋朴素无华的白楼，那是万科企业的新人宿舍。许多年来，行业、企业都大踏步前行着，我却依然记得这楼春夜里无数青春痛哭、踌躇满志、宿醉不醒、意气江山的旧事。

八卦路与三路交界西南侧的书批市场，是真真无二的文化高地。搬出此间，我还经常回来帮衬。书批市场有一种迥异于书店的芜乱繁盛气，透着踏实；有的店老板有双犀利的眼，看你目光停留处，就能判断你的心水类型；待你问新的《十月》来没，他会连着《收获》《当代》《小说选刊》等一并给你。这种带了经验和判断的推销，非但不招人烦，反而更让人触至尘世人心的热气。折扣好像只到七折，想到这里心突然一紧，不知道在移动互联网风云直上的今天，书批市场还拥有多少未来……趁他们还没被消灭，2023 年春天，赶紧回去再逛逛。

这一路

　　傍晚，天桥一端，我突然一阵惊喜。一位老人蹲坐，脸上满是岁月刻的沟沟道道，面前摆着几大袋爆米花：白花花、胀鼓鼓的充气米花粒；淡黄月白相错、花朵般绽放的玉米花；长长条条、金箍棒似的爆米棍……心底一个场景猛地被激活：老家，孩童时，我怀抱搪瓷大脸盆、手捏一角钱纸币，欢呼雀跃地冲往等候爆米花的长队。"嗵""嗵"声声激动人心：小小一碗白米，穿过长长的布袋，化腐朽为神奇般变成数以百倍膨胀、洋洋洒洒的爆米花。记忆的魔力促使我买了两块钱的分量，在车人往来中极不和谐地边走边吃起来。此一回，称得上我几年来屡次披着斜阳步行归家经历中最具"猎奇"感的体验。

　　横跨滨河路的人行天桥地面上，经常有白粉笔写的手机号，前冠"私家侦探"云云；三五日后渐淡，重新再写。围栏畔各色人和摊：卖编织品的，大小方圆的竹篮藤筐铺满一地；卖相框、小饰品、影碟的，一块大油布铺底，货品横平竖直地排列；或有卖花的姑娘小伙，鲜花在阔口塑料桶中一束束开得都艳。摊主们一张小板凳坐着，目光左右游走。十几年前我初到广州，相熟的师兄传授，此种情境粤语称"走鬼"。

岗厦路段人烟稠密，高楼里下班出来的白领们一脸倦怠，却依然很是"深圳感"地行色匆匆；地铁、公交站，熙攘穿梭着等车、换车的流动人群；附近酒家、家私商场、健身会馆、地产中介等机构的雇员追着人派传单；一些看上去无所事事的人，倚着路边栏杆，上下打量行人，口中念念有词。

烤红薯一个个圆鼓鼓的，在齐人高的大铁桶顶上摊着，向饿和不饿的人一并散发出诱人香气。挑水果担子的小贩，枇杷时兴卖枇杷，杨梅上来卖杨梅，近段流行石榴和冬枣，好像又有青橘，印证"橙黄橘绿时"。一根扁担、两个提篮，秤砣被拨拉着在秤星间左右挪移，别有一种与数码秤快速变幻的数字所迥异的亲切。当然，买家口里总反复念叨着"别少秤啊别少秤"；卖家则众口一词铿锵回复"不会不会"。

深南路桥洞洞口一侧，是一系列我称为"城市平民心理咨询"的摊位。摊主衣饰多有趣：黑布大对襟、麻衣飘飘，上下一身的白绸缎，穿出"得道"和"勘破世事"的意味。没生意时摊主们相互热烈地聊，交流心得。

一过桥洞，顿时安静而有序，我"猎奇式"窥探与感触另一种生活的愉悦戛然而止。想到数年后岗厦改造完毕，这一路面貌焕然一新，上述景致亦多半会消失，欣慰之余，心情不免有些复杂。未来于我而言，一切虽会井然有序，却少了些激活心底记忆的点滴，我这一路的"散步质量"，断然很难再上一个台阶了。

北京的冬天

"妈妈，我有个问题。"车过蓟门桥，妞欲问非问。"嗯哼！"我终于学会新生代们的对答招数。

"嗯……你们，为什么，对北京，充满了，执念呢？"妞一词一顿地问。我倒吸一口冷空气后差点喷笑：既然"们"，自然包括她爸；"执念"这词儿，从孩子口里蹦出来，听着别扭。

"如果你在一个地方，抛洒青春和热血，你说你会不会执？会不会念？"我提高声调，转入舞台朗诵语境频道，边夸张边觑看妞满是茫然的脸，和尽透不以为然的眼神。

"还有……就像你，为什么，对深圳，充满执念呢？刚来北京几天，逢人就说I miss Shenzhen……"以其人之道还治其人之身。深圳妞被激怒，脸扬起来，眼睛瞪得像护崽的小母鸡："这个能一样吗？我家在深圳啊！"可不是嘛！你家在深圳，可是，我家也在啊。

迎寒北上，导火索源自京同学南下时跟阿宝声称的一句："今年北京天儿可好了，来过年吧。"基于我家俩深娃从未体验过大中国黄河以北地带的寒冬，遂秒决策，订票北上，给初一及小学生上堂感性地理课：亚热带和北温带差异以及大陆性季风气候中冬季寒冷干燥属性。最要紧的是：过个北京年。

高铁轻抵北京西站后对首都开始观光客审视：天色果真蓝了。而腊月里立春，光秃秃的树枝内里便分明已蓄满水分，仿佛在暗暗地涨鼓气力，只等一场暖风，新芽便破枝而出。没比较过的南方娃瞅不出秋冬干枯树枝和初春蕴水分秃枝的气质差异，一见树枝直刺天空，就反反复复鲁迅的几句，我家院里有两棵树，一棵是枣树，另外一棵，也是枣树。无论怎么指手画脚地讲解，也只能一知半解，反而是一树一树枝丫上大大小小的鸟巢催生出他们无边的兴致——因是南方稀罕的景致。

城里车和人都少，从二环到六环道路都畅通，天安门、故宫、恭王府、首都博物馆等游人如织的名胜景点，这个时段格外亲民，随到随进。年关和寒风吹散了太多游客，却也将我这类游人吹将过来。而雍和宫畔的一幕，让我仿佛穿越至这座城的北平时代，心旌摇动：一群群白鸽在蓝天树影间盘旋，虽不闻鸽哨，却因为和着风声，说不尽的自由自在便回旋往复于这群琉璃飞檐之上的飞鸟之中。此情此景中，妞几乎忘记了天寒地冻，只仰着脸痴望。

执念问题，抛给乘搭相隔十分钟由深圳北高铁抵京的晋如，徐老师哈哈大笑："陶睿，你爸你妈在北京恋爱，这里有他们最难忘的时光。"答案通俗易懂，妞虽然露出惯常的鄙夷，但眼神里添了些光亮。妞啊妞，且不道不惑娘原本未必执念京城，但此间令我和你心灵相通的，不正是蓝天里红墙上这群率性翱翔的白鸽么！

夜雨"去深圳"

到朗山路公干。

对于习惯在福田、罗湖活动的人，这条路名意味着颇遥远的距离。这一片，若干年前政府特地拨为高新产业新区之用，如今一律是宽宽矮矮的建筑。搬来此处的企业，许多和这个城市一起成长了十几年。

盖因时日未久，道旁树未及茂盛，宽阔的水泥路面灰尘满目，恰此日阴冷的秋雨绵绵软软地落，煞是荒凉。事毕，我们几个或抱着肩抵御秋风，或抬手挡着雨丝，打着寒噤，在路边苦候。待暗红色小车停靠，三人单衣已透，发端趋湿，时近傍晚六点。

在南山、蛇口生活工作的人，一般将去福田以东称为"去深圳"。果然，一上车，司机便问："去深圳？""去深圳！"美女COCO肯定地回答。

"能不能……换个车？"司机略略迟疑地嗫嚅。深圳TAXI司机的质素，我和朋友，无论本市还是外地的，无不齐齐声讨，这一直是我这个好市民的切肤之痛。且不比强管理、精计算的上海同行，更难敌知识渊博、能言会道的北京老大哥，甫一上车，点滴尽透不地道：不识路的，不找零的，见客人拉着硕大的行李却也安如磐石的；而拒载，我以为是"不职业"之极致。我怒从心生，声音顿时高八度，带着些威胁："怎么？深圳你都不去？"

"不不不。我交班的地点在南山，能不能……"小伙子音声孱弱，明显商量的语气。

"你交班和我无关！"既能亮顶灯载客，我就有权"去深圳"。鄙人消费维权意识向来极高。

近乎恳求："我送你们上另一辆车吧！我是看下着雨，你们在路边等……"我想起了雨中等候的心情，沉默下去。

阴雨天傍晚寻一辆空的士，绝非易事，小伙子直把车开到了深南路近白石洲路段，泊一无碍交通的位置，下车，静静地在路边挥手，等待他的继任。

又一辆的士由南而北拐过，停下来，小伙眉开眼笑地招呼大家移玉步。美女COCO冲他嫣然一笑致谢，他腼腆地笑笑，小跑回自己的车去。

"怎么？他拒载？"未及坐稳，新司机愤愤发话。又一个眉清目秀的小伙。"怎么能这样！打电话投诉！我最烦这行里这种人。"声音铿锵有力。

"不不不！是和我们说好的。他回南山交班，特地把我们送过来。"COCO忙不迭解释。新小伙微点头："那还差不多。我们这行的人，很多素质太差，千万别迁就！"

昏暗夜色中，雨丝依然在窗外飘，我分明感到一丝欣慰。从朗山路"回深圳"的两辆的士，在寒凉中给了我暖意。便觉深圳的桩桩件件均在与时俱进，"的哥"也不例外。我是时候反省一下自己的"消费沙文主义"了。

报刊亭之梦

　　家中动漫期刊越堆越高，各处罗列，不消说，这些命运朝如红颜夕白发的杂志的采购点，便是睿妞学校旁和家门前的两间报刊亭。

　　本着全方位关注"00后"生命动态的原则，我不止一次在报刊亭前驻足，以调研之心态观察、思考，究竟是何种吸引力，能捕获"00后"们欢心如斯。

　　报刊亭一直算我的陌生领域，既缺事务交道，更无情感记忆。小时候流连忘返的，是县里的租书摊，到长大成人，报纸家里有，刊物依赖咫尺外的图书馆期刊借阅室，报刊亭无非是社区道路旁专做小朋友生意的档口，和爱心早餐车、便民蔬菜摊同源同理，属于便民、惠民工程，所以当闺女七八岁时，阖家自湘西老家自驾返深途经粤西北，她以大城市姑娘惯有的居高临下环顾罢小县城后惊呼："这个县城很先进啊，都有报刊亭！"这个情境让我顿时倒吸一口凉气。

　　从生意看，动漫期刊是报刊亭核心盈利产品，陈列上最为醒目且便利；报和刊是基础，深圳各报常列——某种意义上，这是深圳报刊亭广泛存在的理由；纵深处立式柜台后陈列的刊物，32

开本的《故事会》，16 开本的《女友》，常去常有，时尚期刊有之，意外的是，文学期刊亦有《十月》《收获》《小说月报》，看到它们，很多感动涌上心头。在聚人气效应上，吸引小学生纷涌的，更多却是小零食：每个玻璃柜台上无例外都有台烤热狗小机器，热卖零嘴无过乎辣条。辣条大概是辣萝卜条，售价五毛，被厨艺了得的阿宝爹认定为垃圾食品。就这么一个无包装、缺广告的朴素食品，却成了小学生们的赌约支付品和热门互请食物。据搞金融的宝爹科学考据，小辣条销售金额惊人，堪称商品销售界的奇迹；玻璃柜台内陈列了不少女生发饰、男生水枪等玩意儿，看来也多人问津。

某日，身无分文的姑娘午休，拎回家两本全新动漫，我惊问，哪儿来的钱？妞淡淡答：我跟老板说明天给他。闻言心里微微一跳，觉着小朋友已经长大到拥有可以刷脸赊账的社会关系。再一回，妞兴奋地拎着从日本新买的水彩笔去学校，回家时却两手空空，仰脸想半天，说大概落在报刊亭了；摸黑去找，远远望见暗夜里报刊亭的灯，中年女亭主一见睿妞便笑，不用任何语言便从柜台底下拎出笔袋，姑娘满脸紧张瞬间轻松。

我的报刊亭追问答案突然涌现。除了乐买喜卖，更有这样人与人之间的温情，让十二岁的孩子至今数次声明：我的梦想，是开个报刊亭。在传统媒体日衰的当下，叔叔阿姨闻言纷纷劝阻：其他梦想都支持，报刊亭还是算了。只是劝归劝，小妞报刊亭亭主痴心不改，大概真要去应验那句：梦想要有的，万一成真了呢！

冬暖小梅沙

从海洋世界到背仔角，小梅沙傍山沿海延伸的这段滨海栈道往返总长七公里，道势平缓无挑战，对新潮户外达人们来说，连热身路都够不上，然而对病患初愈、亲子欢悦两种情况却再合适不过，尤其在这个冬晴日暖的午后。

深圳无冬的明证之一是：滨海山色一入日历上的冬，却越发地可劲儿绿油油、翠汪汪起来。小梅沙栈道由花岗石铺就，依山而前，两侧白石栏杆润滑光洁，远望便是青山碧海间一条蜿蜒盘旋的玉龙——闺女和孩子爸走过几遭，我却头一回。如果户外行走有程式设计，这个下午堪称设置完美：碧海，微澜，晴空，暖阳。关键点是：河清海晏的好光景，游人寥寥而不荒寂，行走间偶遇情侣一对，三口阖家，彼此都有充分的心情和笑容点头致意，互致陌生人的善意。

下午二时许，阳光近垂直倾于碧波之上，自眼底金灿灿、光闪闪地铺陈开去。远方海平面处数座离岛青峰隐隐，活脱脱错觉出"浮光跃金"的湖光山色：宁静里满满湖意的娴静。天幕空蓝如洗，有淡淡的云飘着，水面却无"静影沉璧"，这里头藏着湖海深浅的奥秘。这光景，回复我家万变不离其宗的教育功利主旨，续上回原始森林遇潭而诵《小石潭记》，全家秒转《岳阳楼记》读书现场。

瀚海虽拥湖意，近岸处却因浪与岩的拍击，回归海的本性：微澜至岸，力度顿生，涛虽不惊，依然坐拥卷千堆雪的力量。嘟子欢呼声和海鸟般晴朗："我最喜欢听海浪打石头的声音。"我补充："还有海鸥的叫声呀！"确实，涛声阵阵和鸟鸣的空灵，恍如摄像机由近而远，将午后这片景致摇得幽远、辽阔，直臻静寂——"蝉噪林逾静，鸟鸣山更幽"的幽和静，适用于今日小梅沙。孩子们在栈道上时健步时狂奔，时分时合：独行时各自潇洒，仿佛在山海间思考自己小小的人生和未来，合时则交头接耳，姐弟情亲密无间。我是如此热爱并深享此时情境：一切焦灼随风，"人是自然的孩子"这句真理，便如海面浮光一般，真切切地从心尖跳跃而出，在全身血液粲然。

终点名"背仔角"：巨石如一大人背孩子面海而立，和众多"望夫石"的孤寂相比，这块望海石名里有孩子，让人心生暖意；石下有亭，各自席地摊书，沐风负阳，心中得意读书这件事可以奢侈如斯。不一会四个潮汕口音的青年至，摊开茶具喝茶聊天，上前打声招呼，蹭几杯茶，便觉天气晴和间万年一瞬，世事于我如浮云，所记者，唯眼底之碧海，与山间之翠树尔。

冬日小梅沙更悟东坡，大乐；至于返程时娃娃们在乱石峭壁间奔走跳跃，我的惊恐，他们探索，更是又一番领略自然教育真谛的欢悦。

南市买菜蔬

"不下雨了，走远点！咱们散步去岗厦买菜。"天上冷飕飕的骤雨初歇，阿宝忽地兴致盎然。也是，疫期服从大局，能不出的门就坚决不出，还省珍贵口罩，准备打居家持久战。

家小区位于福中北、彩田西，论买菜，以步行距方圆二公里计，彩田福中十字路口的某名超市近且大，却颇不为主厨"主妇男"们称道。——不及莲花二村赫赫有名的传统街市，也不及风生水起的某大妈连锁店，据说这家店踩点排队等折扣的现象也少了，人们都图人少利索时就落单走人；但超市输给临街新开的窄门脸、小经营的菜肉铺，"比超市好太多"，就令许多人挠头深思了。话说超市侧后原有个中等规模街市，因地块拆迁改建没了，"确实不方便"，我素不近厨，到这会儿才听出阿宝这句里的日常味儿。刚拆那阵，晚饭后散步见街边小贩骤多，抗疫俩月间，阿宝说，街面多了几个买菜去处——有肉、菜、生鱼合伙一门三货的；有专司肉，猪牛羊新鲜齐整的；开铺的多为原街市档主，眼熟。

岗厦村离家两公里，属于居家日常可去可不去的地界，兼需要穿过城市主干道深南路，心理距离又远一层，去得少，上次去那儿是带孩儿们真实体验城中村。初学摄影的女儿进村就高兴，密匝匝握手楼墙面油渍下依稀透出粉红马赛克斑迹，电线电表交错纵横，中间时而孤鸟驻，时而群鸟飞，形容神色各异的往来人等川流不息……香港电影里和现代都市强烈对比的公屋生活立现眼前，激动得小摄影师快门按不停。"村里住了也有几万人，让城市活了，保姆啊，快递小哥们，在市中心总得有个落脚的地界。"宝爹负责社会分析。

　　毕竟是复工期，村里人已颇不少，入口循例测体温。小街横巷一圈转下来，添了多间生鲜小微超市，无例外地墙上告示醒目："本店不接待不戴口罩的客人。"蔬菜品类齐整，叶菜瓜类，紫茄红柿，水灵灵地喜人。村内高悬"走马灯"的理发店也不少，看玻璃上贴的新价格单，都主推单剪，少了推拿，店里客人和理发师数量相当，不甚热闹，却也不冷清，刚刚好的样貌。兴许是天上这枚久雨初晴白太阳金贵的缘故，楼下街边许多方桌摆出来，等复工的人们，吉屋出租的业主，喝茶的，打牌的，边儿上更添或蹲或坐的男男女女——这城过往难得一见的闲人景致，路过时有的抬眼看看，大多波澜不惊的眼神。居家日久，头一回见这么多人，虽然都口罩捂去大半张脸，但我从他们眉眼间都看出暖来。眼窝一热，连月被新冠困扰、连日被冷雨浇淋、被揪紧的一颗心，在街边人们的眉眼中忽地松弛，恍然间手上满袋子肉菜也失了重，飘浮进日光之中，去沐这暖意。

花 羽

周日下午循例男娃踢球，一路凤凰花，粲粲艳艳地往梅林去。

吊唁毕享年八十二岁的嫡亲姑母，再看八岁男在绿茵场上生龙活虎，便有许多感悟从心内生出，沿身体星罗棋布的毛细血管渗透入每个细胞。人到中年，自然不会有太多时间耽于虚无或离情，前一秒泪眼，后一秒酣笑，说得好听点叫举重若轻——便跟红黄暴雨警示不断的今春，满城凤凰花却开得让人心醉的道理瞬间有了通感。

2016 年春夏之间的凤凰木，全然超越"花开时节动鹏城"，更让全城人因这忽如而来的惊艳美丽涌出满满的高傲心气。作为道旁树，凤凰木无关名贵，街头巷尾随处：揸车的，跑步的，骑单车的，踩三轮的，迎朝阳送孩子、踏晚霞收工的……每个人都可能随时抬眼遇见，便情不自禁地在灿若云霞的树冠花海间停足驻脚，忘言数秒，再继续自己的步履。待日子渐夏，树叶酽绿，凤凰花越发镶翡拥翠，将一例平常的花开出光华葳蕤的贵气。

凤凰花居高，却不临下。因为生得高，一抹抹艳红凌空恃气，和尘世隔了一段天然的距离；又因花形细幼成簇，朵与朵之间透出丝缕天空，凤凰花的俯仰姿势里便有了轻羽的呼吸。说到凤凰红则更是妙曼、自在，既不似映山红漫山遍野宣言般的不屈与奋进，也不似花期再早些的木棉红，朵朵沉甸甸的开与落里都蕴涵着人世的喜乐。因不似桃李樱花般稍纵即逝，凤凰花盛得率性，落花也堪称"落落大方"，花朵们从树冠上跃下，既不欲半分"落花满地无人扫"的哀伤，更比"不许人间见白头"的执拗美人多许多漫不经心。小时候读红楼，格外喜欢"花气袭人"感，心里还颇为之名于一名大丫鬟而不平，这阵子在凤凰花无拘无束的烂漫间穿行，横着觉出"袭"字的单薄和小家子气来，这树冠上火烧云质地般的凤凰花羽，怎一个"袭"字能容。

正在畅想中升天入地，中场休息的男孩却贸然将壶中水洒得一滴不剩，黄昏已过，小卖部铁将军把门，无奈走出围墙，见对面有院，念及可赴讨水，遂拾路而入，提壶进院，老板娘正冲茶。"老板娘，给小朋友讨杯水好吗？"感觉自己的言语如花般轻快；好好好，年轻的姑娘笑着起身，提壶续水，瞬间满溢。这不期而遇的姑娘的笑容让我想起近期对于"情怀"的奔走相告，感慨文人矫情得实在虚无，像这个凤凰花开的傍晚，陌生人杯水相赠，这里头满溢的不是情怀那是什么？

不经意间，凤凰花与情怀，已悄然生长为这座城光彩琉璃的振翅中温润的羽毛。

part 2

家庭
羁绊深深

Family

The Closest

Bonds

空气飘满盐霜
路人的笑苦咸苦咸
你口里含颗糖喊一声
妈妈抱抱
世界瞬间清甜

《孩子》

金银花香里的陈年

金银花：处处有之，藤生，凌冬不凋，故名忍冬。三四月花开，花由白而渐黄。主散热解毒。（摘录自《本草纲目》）

当年，外公是乡里最受人敬重的老中医，母亲是幺妹。老外公晚年至爱，是牵着姑娘的小手走街串巷，出诊开药。外公好酒，等把完脉，写成方子，诵完医嘱，病家便迫切地阔口大碗奉出家中自酿的米酒，以示感激，外公便斟出些许，递至小女孩嘴边，至今母亲酒量绝胜他人。虽然她当时最有条件承袭衣钵，不过外公说女孩子家还是从药的好，可省些人生风雨奔忙之苦，母亲便顺理成章成为药剂师。

小时候，我总觉母亲在药房里花的时间和心思远超出对我和姐姐的，便有意无意、心甘情愿地在药房里厮混，享受娘在跟前的欣悦。我家就住医院，药房抬脚便至，齐墙高药柜间深褐色小铁环伸拉的小匣子于我深具魅惑，每拉开一个，便有一股子奇特的香味扑鼻而来。待细细参了实物，再回看抽屉外贴的绘着细绿边白纸条上的药名，或甘草、陈皮、五味子，或党参、枸杞、当归，趣味无穷。从初具人生逻辑推理开始，我就心里断言母亲势必长寿，因她身体细胞里浸的药香：药源于大地，药香与俱的母亲身体，自然为地母所呵护。

　　春天梅雨季是母亲最忙碌的时间。药柜木制，会吸空气里的水分，源于山野的各味药更会变质：比如黄芪，这类脆生生的白条片，吸潮多了，就生霉发黑，会实沉沉的，没了轻盈和香气。每遇阳光，家中被褥其次，首先是晒药：一个盒子一个盒子地倒出来，有当归、生地、熟地，有藿香、荆芥、陈皮等。那些药，从药盒重见朗朗天日，整整齐齐地躺在裁得方正泛黄的纸面，便欣然舒展着，吮着日光的温暖。我一放学便会自觉凑上去帮收药，如见久藏深闺的好友，能亲感她们的愉快与幽思。遇到甘草、条参等清甜可口且不贵的，就随手偷尝一二，清香自口而盈胸，叔叔阿姨见了，也不以为忤，都宽厚地笑。

　　和外公教她不太一样的是，母亲教我凭药赚钱，生平首单生意是采卖金银花。素来在地里撒欢时，对于田野土壁间蓬蓬簇簇的青绿藤枝叶和其间满缀的黄白小花们，我视而不见。待知是金银花，便肃然觉其葳蕤茂盛。从花事上，浅黄白的金银花实在算不得荼蘼，细细碎碎地在藤上绕着，采摘有时会遇刺藤，把小胳膊扎出血，但一念将获"金银"可换奢望已久的小人书，便浑然忘疼。金银花及其枝、叶皆可入药，但因藤本，极不压秤，我和伙伴们便求多多益善，日暮方归。等满簇满簇地拎着鼓鼓的蛇皮袋返家，母亲便教导我们细细地理清藤蔓，将杂草摘出，将掺附的泥土洗净，着手日晒和烘焙；几天内亲目黄白花与绿枝叶渐渐失却水分，那是人间最令人喜悦的枯萎与凋零。经检验成药，我们便骄傲地将其送至药房，有时母亲亲自掌秤，有时是同药房的杨阿姨，秤尾自然高高地翘起；按市场收购价计算了钱，报个数，取出碎钞，交到手上，我们便一路欢啸着往书店里去。如此"内举不避亲"的交易，让我有了人生第一次"劳而有获"的欣喜，而那时阳光下、田野间青绿藤与黄白花与春泥香味间杂着，让我的童年记忆始终萦绕着一股馥郁的清香。

也成母亲，于中医中药却已恍若隔岸。一次到药店给孩子买祛热药，见一味药成分里标注着"金银花"，与之相关的无边烂漫迅猛涌出，几欲热泪盈眶。

生　日

踏着凌晨两点钟声进门，因为心内律令：在妈妈生日这天回家。

我家娭毑生于 1944 年夏，闺名原本有"莲"，"文革"时更名"文"；而这个出生年份里含着极重的历史：小时候听妈妈说同年叔叔好几个名字里都有"兵"，因为那年日军进湘，百姓集体"走兵"避祸。

娭毑这个寿日不请亲戚朋友，就一家人安安静静地，加个菜，添瓶酒，吃顿最平常的饭，外加嘟子嬉皮笑脸的表白：老娭长命百岁。出门十日，妈妈没给我打过一次电话，在包括我在内的现代人越来越讲究时间分配给谁、给什么事时，老娭却执着认定工作第一，我经常能听她跟孩子说的一句：你们能自觉点吗，你妈妈要上班。从初生孩子全居家，到自由欢乐地各种忙，再至几年前接手当前职务，不管我什么状态，娭毑总能无半分抱怨地把我因各种理由随抛的孩子事务全身心接上，因为她就觉着我的工作才是最重要的事。经常有邻居跟我举大拇指，说你家老太太，那是能干啊！你家功臣啊！我先内心得意，随即便很生出些默然的羞愧。

其实娭毑随我十几年，早发现小区里太多全职妈妈:陪上学、陪作业、陪睡觉。不过她似乎不觉察那是件多么正确和足以解放她自己的事。只一次，妞考试低分遭我奚落，娭毑忍不住小声旁白:谁谁谁妈妈从不上班，每天陪孩子，考试就没问题……这种替外孙女出头法，真是可怜天下娭毑心。

每次出差凌晨归家，我习惯把行李箱摊在门前，让老妈清晨进门能先见行李，知道我回来，也让她能第一时间收拾。虽然我们这一代都不习惯以身体语言表达爱，这天我却忍不住张开双臂抱娭毑，她展颜而笑，身体却颇不惯。七十二岁的老太太，不算小，也不算老，只是我曾经如此盲目地相信大地将眷顾我家中药师出身的娭毑，而这半年，素来健朗的老妈对自己罹病时光很不满，常常自言自语:一直可以帮你们，这一病，就只好尽量不给你们添麻烦了。

这天的中饭晚饭都吃得家常素淡，我知道只要我回来，人在跟前，声在耳边，能看到彼此的眼睛，无需渲染华彩，便是娭毑的美好时光。不过我亦深知，就算我没回，或者干脆把妈妈生日忘却干净，她也会抑住滑过心头的失落，不厌其烦地告诉小嘟:"你妈妈在工作，她好忙好累，你要管好自己。"这就是我的妈妈，一个执着地相信工作比妈妈生日更重要的湖南老娭毑。

脑海浮起这辈子从妈妈口中听得最多的箴言:爷有娘有，不如自己有。一句话道出独立女性价值观真谛，已融入我血液，而与俱的副作用，却让我全部生命历程充满追逐的强迫，不自觉时便会盲了心眼，偏离最深的亲情。

祥　光

祥光是阿宝妈妈的大名。她姓向，向祥光，码字此刻我才惊觉，这个名字如此深蕴佛意。作为媳妇，我在日常生活中低能、马虎、任性……有无数理由被挑剔、被指责，令常规婆婆无可奈何地摇头叹息。回想起来，祥光妈妈却以她的宽容、敦厚、坚毅、忠诚等等诸多美德，让我领略一个平凡女人的伟大。

1998 年底的某冬日，我人生第一次也是唯一一次做人流，那时年轻近乎狂妄，术后回家便开通宵 OT 写文案，清晨结稿，紧接着和阿宝一起搭朋友车返湘过年，一路颠簸，毫无休养生息的意念。到了怀化老家若无其事地和祥光妈妈一说，她顿时大惊失色，几乎以不容辩驳的语气命令我马上躺到床上，别再出门，她自己则迅速奔赴市场；此后每日一大盆炖得香香烂烂的乌鸡汤，妈妈端到床前，扶我坐起，逼我连肉带汤全部吃完；一连十几天，天天如此。祥光妈妈在一旁看我吃，却不多话，我只记住一句："小产跟坐月子一样啊，怎么那么不懂事。"在浑浑噩噩吃了睡、睡了吃的时光，我醍醐灌顶般领悟到什么叫"无言而深沉的爱"。

祥光妈妈和"老头子"来过三次深圳。妈妈去后，阿宝说我们工作后做得最对的事就是早早买了房。第一套房虽只一房一厅，却也足可团圆；爸妈过来自然是他们住房，我们睡厅，但两天后"老头子"说祥光妈妈坚持要他们睡客厅，否则她睡不好。我又一次洞悉了祥光妈妈为人的细腻与敦厚。于是我和阿宝继续奋勇拼搏，两年后买了套三房，让老人在深圳可以有自己的房间。2005年深秋最后一面，老两口海南港澳游落脚深圳，祥光妈妈高兴地说："我这辈子没遗憾了，天涯海角也去过，香港澳门也去了。"事后才发觉这一句仿若妈妈留给世界的告别。原本留他们在深圳过年，妈妈执意不肯，说要回家照顾阿宝哥姐的孩子；临走前略腼腆地和我说，结婚时不知道我的喜好，不敢乱买，留了一笔钱给阿宝，让他买个金项链送给我。我当时嗫嚅着不知说什么，心里却感动得稀里哗啦的。

祥光妈妈年轻时应该是满月脸，随着岁月肌肉松弛，添了纹理，脸渐渐成了枣形；说来奇怪，和妈妈一起生活的时日不多，我却能异常清晰地想起她脸上最细微的表情，面容间充盈着一种人世坚毅而沉穆的气韵。2005年冬，祥光妈妈丧礼后，"老头子"给阿宝和我看了一份盖有"文革"期间革委会公章的文件，是妈妈的身份材料。原来她生于浙江金华，上世纪40年代大逃难到湖南边陲，襁褓中的她遭遗弃，弃婴旁有个大大的信封，毛笔字遒劲有力："金华市大马路几号。"我当时便呆了，战争、弃婴、大爱……煽情编剧们苦心安排的情景，竟电光石火般因妈妈的仙逝，真切地浮现于我亲身生活的道路中央。

中医 · 老爸 · 乌梅汤

　　老爸至今保持着老中医身份，受聘于家附近的中药铺坐堂。依然有院子里的邻居，像我小时候，因老爸医好了他的病，遇见时看我眼光便格外不同。

　　老爸幼年不幸，三岁上我爷爷过世，家里待他长到十四岁，就送他至他舅舅处学医。舅爷爷履历我没太核查，不过从爸爸每次提及之口吻，想来为人为医都是好的。舅爷爷返乡开诊所前为国民党服过役，官至少校军医；所以，老爸的从医，绝对从承接口传心授开始。也因此，六十岁退休的老爸，工作证工龄是四十五年，丝毫不虚，他颇为之自得。

　　工龄只是表象，在医术，老爸是始终务求精进。我想最初是功能化需求：因自立早，恩师的履历，在那个事事讲政治面貌的年代，像最时髦的参军、提干等事，反正和他无关，唯一能让他自我肯定的就是专业冒尖。老爸习性谨慎，喜怒不形于色，以及当年我考大学填报中文系时他强烈反对，都与他所经历过的政治相关。他的认知里，中文，与笔杆子相关的饭碗，都和政治太近，远不如行医问药，可得一世有技傍身。而我姐姐，上医学院，当了医生，便是老爸谋生观的完美实践接班人。

我对老爸当医生优秀与否的最初感性认知，在上世纪 80 年代初。好像是国家试点，湖南首次医生职称全省统考，中医师一律有一门考试叫"医古文"。平时，爸爸家中、诊室案头总摆着几本厚厚的竖版医书，那时更见他频频挑灯夜读，几次还顺手拿画红蓝线的古文字句给我看，我自然一窍不通。那次他顺利地考到职称，成为省里首批晋级主治的医师，全县只有三个，我心里很为他骄傲。

行医数十年，老爸得意病例不在少数。饭桌上经常听他和老妈聊病人，说有谁谁谁快不行了，在他如此这般，诊断如何，用药又如何，便病情反转。有一例"孩病"我记忆犹深：说是某男孩就医，脸色蜡黄，眼白处都呈黄色，腹部钻痛不止。家长心急如焚，说刚是同院另名医生诊了，急性肝炎，需急治、大治。医院那时没化验设备，家长心里存了些疑，辗转跑至老爸处，以求确诊。老爸望闻问切一番，思忖片刻，说出一番不同之理：孩子虽然脸黄、眼黄（与急性肝炎症状相类），但肝炎患者不会腹如针扎，应是蛔虫入胆。至于用药，老爸从药房现调一剂乌梅汤，当即让孩子冲汤喝下，片刻后疼痛顿消，脸色眼色渐渐恢复。病人感激涕零，不言而喻。许多年后一次说起，我详问因由。老爸笑道："有医书云：'虫遇酸苦则伏。'以乌梅汤，加黄连，药一至胆，蛔虫自然就老实了。"

和时下医院仪器重重、化验万方相比，敢用乌梅汤这类简单到几乎不算药的药，且当机立断，除患于迅然，实在算得老爸这类中医济世的最优等处。

医者老爸

深圳楼市回暖的重要标志，是莲花山南几栋著名"红楼"下冷寂良久的裙楼商业带被盘活。先是一家装饰及菜式甚为精致的中餐馆拔头筹，紧接着一众茶楼、超市、售楼部、服装店、酒店纷纷亮灯。原本宁静的福中一路东侧陡然热闹起来，夜深犹然，霓虹灯异彩辉煌。其间穿插着一间新开张的中药行，内里东侧端坐一西服革履、面容清癯的老中医，正是我家老爷子。

先盘点下身世：本人也算出身中医世家，上溯三代都在中医药界讨营生。老妈鲜红的工作本上写明"中药师"，老爸是"中医师"，属同行"近亲"联姻；以致我打小对医院、对药店有一种天然的亲切。"红楼"下这间新药行从上门头、堆货架开始，我就上了心。某晚，携老妈散步，猛见玻璃窗赫然贴着一张大海报，上书"聘中药师"四个斗大的墨字，我迅速嗅到"人力资源"的需求气息。

我本着实事求是、尽职尽责的诚意推荐：去年七十的老爷子医龄近六十年，名副其实的"老中医"。中年女店长亦湘籍，身形健硕，很精明，通世故地笑着；获悉我家和药行仅福中一路之隔，脸上迅速闪过一丝不易捕获的轻松，约谈迅速推进到老爷子出任"坐堂中医"。

这个城市，对随迁老人而言绝非养老佳处：远离工作生活几十年熟悉的故土乡情，对不善言辞交际者、方音浓郁不能改者，在深圳开始的新生活都不啻人生晚年一场重大考试。老爸随迁后除了在娃娃病时动用医术，其余时间全权担任伙食采购、行政总厨等角色，常窃以为家里摆着一个资深老中医而无人知，是社会资源的极大浪费。

老爸坐堂快满一月。因新开，药行生意并不兴隆，三三两两的，买个小药，看个头痛脑热。深圳人都知道，挂"老中医"行医的不少，但以江湖郎中为多，像老爸这般实打实回春无数的恐不多。在我耳濡目染中，中医是个太过高深的活儿，望闻问切、药理药性、药与药的"君臣相辅"、分量剂量尽是学问，来不得半丝马虎。而中国医和药在体制上忽分忽合，关系始终没理顺，以致药店以卖药为终点，销售员大都是药学院、医学院毕业的年轻人，医术上不能要求。而医者良心和药店利润间的关系也难以把持。一日，老爸迟回家。饭桌间说到一例病人："来深圳打工的，能有多少钱？哪里付得起贵药呢?! 配了几服，九块八，他们肯定负担得起。"语态颇轻松。

老爷子是水瓶座，求完美，常常遇事堵心，易不痛快；平素我和他两代人间沟通不畅的情形屡有出现。那日席间闻言，我却猛然念及"医者父母心"这句，瞬间仿佛体会到老爸的一颗"父母心"，心中竟然生出些莫名的感动。

老爸喜看报，但据观察，他重社会新闻，少看"文化广场"。所以大胆地写，不算"忤逆"。况且清者自清，无关广告。

老头子卖房记

　　台风日清晨，暴雨哗哗地下，车送家中二老去高铁站，回乡卖房去也。

　　从爹娘退休赴深照料长外孙女开始，我家老人居深已逾十六年，小学一年级来深的楚月，今已婷婷参评"龙岗最美教师"。所以说，深圳城市发展的渐入佳境，老老小小随迁老人和深二代——是硬指标。

　　一座城如若只有血气方刚的创业激情，那叫"亢龙有悔"，不多元，不从容，而从中小学学位缺口彰显到政府勉力弥合，从广场舞大妈人数愈众到各公园舞姿翩翔，城市建设与人文血脉携手往纵深去，顺应的是打筚路蓝缕到宜室宜家的人类发展规律。

　　我和姐既已家安鹏城，二老自然随迁，深圳老人随迁手续洗练简洁的明证是：年七十出头、方音浓郁的爹娘，竟然一条龙全自主办妥。除了提供户口本，我没多效一分力。却记住了表格上迁入理由选择项之一：投靠子女。爹妈居深，当年是毅然且长远的决议。家中原来的房都已处置安顿，某年月日，不知受啥触动，老头子召集我和姐，说思来想去还是要回老家买套房，省得老了太给你们两个添麻烦云云。我小心翼翼申诉几句，表态赡养父母是应尽义务，老人家不必思虑太多，但素来思虑良多的爹此次态度坚定，我再多说就有阻挠长辈意志的嫌疑。老两口回湘，买了涟水河畔花园一套电梯洋房，每平方米两千——同年同比，深圳中心区楼价为两万。房总价二十来万加装修十万许，我悄悄估算了下，当是花完二老此生积蓄。

置完业，老头子返深身心透着踏实，很靠谱的老有所依感，当时我心里还有点嘀咕：我和姐姐俩活人加起来，跟一套房的可依感差不多……事实是我对于人的社会、经济属性和更深层次的心理语境始终不能明晰透彻地理解。老人家买房，也是给迈入骆驼般跋涉的中年女儿们递的一句安心话：经济上、心态上，他们依然自立自强。家宴时老头子还发表一通传统言论：房子这些财产是我们的，但也是你们的，归根到底那还是你们的。入我耳中，一来父母身康体健，二来我向来无功不受禄，心里不以为然。

那套新房子我们扶老携幼地返乡入住过一次，亲和接地气得厉害，娃一出院就在河堤上疯跑，玩水拔草抓蝈蝈，乐趣无穷。

一晃七八年，老头子近八旬，娘去年病痛缠身，我也默默扛起许多过往理所应当甩手给老人的孩务家事。前阵就听二老说，要把那套房卖了。

消息放出去，来电不断，很快以四十万出头成交；老人家对成交金额也满意，一不留神赶了个不动产保值增值的趟儿。订金收毕，二老拾掇证件返乡交易。

话说我家户口本从只有我和阿宝两个到如今老中青三代俱全，真是大深圳百姓小家其乐融融之缩影也。

父母在

犹记 2002 年某冬日下午，我和阿宝心乱如麻地奔赴机场乘机返湘。向来颇善嬉笑怒骂的阿宝因母亲车祸罹难的消息方寸大乱，一路急急如律令，我因之明了如丧考妣的真义。及披星戴月赶回家，一头撞见灵堂中的母亲肖像，阿宝当即失声痛哭，做媳妇的我亦泪如泉涌，久不能止。分明记得当时眼泪除因逝者而附，更因当其时滋生出的一个念头，挥之不去，思及必哀："从今往后，阿宝变成没妈的孩子了。"那种身在人世间突如其来的虚空，我与阿宝恍若感同身受。

在人与人的情感关系上，我总觉得自己过于迟钝，凡事皆需亲历方能有感，时过境迁后才能觉出代价之大。幸好自那年冬，我终于对"父母在"的重要与"父母不在"的严重开了些窍，一并生出些珍惜心和恐惧心。

自来深圳，长达七年，我和阿宝始终保持着小两口之家的自由自在。老爸老妈于此一直虽不明说，却也常或正面或侧面，或亲身或托他人，明示暗示下一代事宜。待我初孕，老两口便满心欢喜地从姐家迅速移居我的住所，我亦由此正式体验中国最传统的三代同堂生涯。或许是因为经历过"子欲养而亲不待"的无言之恸，阿宝在大家庭中对岳父母言听计从。每逢我和父母因琐事冲突按捺不住时，阿宝对我谆谆善诱，因势利导，这女婿像极亲儿子。

我们这一代人的父母，算得上经历过艰辛时局。老妈生于1944年，对于她在襁褓中被抱着"走兵"的事如数家珍。当年正是抗日战争末，日军穷途末路的"大陆交通线"湖南会战时局。老爸1940年生，时时不经意说出家中亲戚在长沙师范学院闹学潮或土地改革时各房亲戚的不同境况，很鲜活的口述历史。至于"困难时期"、"文革"往事，两人更是点点滴滴，俯拾皆是。

那年我到派出所给老两口办暂住证，所填表格中"来深理由"中有一项：投靠子女。我虽勾其上，心中却深不以为然，"投靠"远不如"照顾"二字名副其实。父母来深起因是帮姐照顾家，我一孕，老两口工作重心迅速转移。从关外到关内，从单位房到商品房，从多层到高层，初多不适应；待宝宝出生，老人慢慢和邻里生发出自然关联，逐渐有了可以见面点头微笑的熟人，有了不同家庭间的往来串门，有了自己的生活规律，老爸还就近找到可以发挥余热的一份工作。自街道办开始给七十岁以上老人办免费乘车证，我家爹妈率先办了，便在亲戚朋友间广为宣扬在这个城市获得的尊敬。一个年轻城市理所应当为老人们做的一件小事，却让他们倍感荣誉。

这一阵陆续有同学家中老人仙去的消息传来。每闻噩耗，我即沉默，全然深味当事者的伤恸；继而推人及己，便越发珍惜自己父母犹在的辰光。

暮春之殇

头一遭进 ICU，陪年近八十的妈妈，辞别八十四的姨妈。

医院地处有"深圳后花园"之称的惠东，滨海、沿河、盐田、梅沙，东海岸暮春风光本应无限，却一路惶不旁顾。

妈妈兄弟姐妹四人，只她姐俩各因婚姻事业先后离乡，成公家人。姨妈的渊源系于姨丈：青年从军的汽车兵。姨妈随军南征北战，出名军嫂一枚。姨丈复员，回县无线电厂任职，老实人不愿当官，说离不开方向盘，于是掌厂车直到退休，姨妈也分配到机械厂，任仓库保管员。

姨妈一生待人热情如火。姨丈好酒，姨妈好客，每至周末，家中便高朋满座。姨妈炒得一手好菜，香色俱备，荤素齐全，客厅不宽敞，围桌坐满不说，男女老少更一茬茬的"流水席"，笑逐颜开，高谈阔论；午饭至三四点，晚饭至夜深，酒酣胸胆开张。姨妈只间或来坐坐，说几句话，看桌上菜已凉或将尽，便起身进厨房，韭菜鸡蛋，香葱萝卜，热腾腾香喷喷地炒了端出，席面再度热烈起来。我眼里姨妈是厨房里的魔术师，明明空徒四壁，她却能一而再再而三，在锅碗瓢盆纷响处，灶火炉火明灭时，变出无限美味佳肴。不擅家务的妈妈便以姨妈能数十年如一日般周旋、操持、愉悦于此等迎来送往事务为奇，常戏称之"外交部长"。

热情只是表象，姨妈待人接物的内在，实是以善以慈，以诚以爱。多年后，唤姨妈作妈妈的人，除了表兄姐、我和姐姐、外婆家族表亲等，还有许许多多中学时吃过姨妈做的饭、沐浴过她的言辞微笑的伙计。姨妈家近县城学校，家在城郊乡下的娃读寄宿的，担心学校伙食跟不上成长营养的，就寻到姨妈这来，姨妈成了各乡学生家长心中菩萨般的存在。家乡至今传颂称奇的，是周姓四姐弟，初高中六年雏燕新飞俱受姨妈照料，姐弟们后来分别考取"北外""湖大"等名校。多年后与周家四弟偶聚，说起当年情境种种，他虽已事业有成举止沉稳，说话间却握紧姨妈已皱纹遍布的双手，泣不成声，涕泗横流。

ICU抢救设施已撤下，姨妈容颜安详，刹那间，少年时鲜活情境纷涌，俱化作姨妈笑盈盈看着我道："芳唧，读书要上紧噢。""上紧"是家乡话，意为上心、抓紧时间。忽地望文生义，只当这句话是姨妈赐我的紧箍咒，这一生额前心上，便永远戴着，再不挣脱了。

姨丈今年八十一

姨妈和表姐说，前阵姨丈念叨我好几回："芳妹子现在深圳么子情况啊？细伢子怎么样？"于是上周末一家三口开车过我家小住，一偿老人愿。

姨丈生于一九三一年，曾经不折不扣"雄赳赳，气昂昂，跨过鸭绿江"，这位老志愿兵可不仅是在朝鲜金达莱花丛中奔跑的小兵，他那时以堂堂汽车连连长入朝，负责前线物资运输的重要战略任务。我们幼时都很以姨丈这段经历为荣，每逢小朋友们口水战拼爹就挂上嘴边，一言定输赢。姨丈一九七二转业那年深秋，我出世。这回来靠在我家沙发上，姨妈和姨丈眼睛上下左右打量我和闺女，半晌出声，眼神里揉着近一世纪的人生和长辈的慈爱："怎么就四十了！现在记得的还是你刚出生的模样。"

姨丈转业后被安顿在县无线电厂，当年的高科技尖端产业龙头，继续老本行搞运输，那个时代流行一句"喇叭一响，黄金万两"，司机堪比当今公务员，炙手可热。记忆里一次我跟车随他去煤矿拉煤，坐在驾驶室内环顾江山的感觉，宛如这是皇宫宝座。可惜姨丈心性耿直，不善言辞，对他人的好从来都记放心上，但对旁人的恶却总直言，属于典型的不谙世事；否则以他的老资格，稍稍精明些，在官场职场混个核心领导岗位也是笃定的事；但姨丈偏偏把持着方向盘一等一的资源，却丝毫不因此升了官，发了财。姨妈到现在翻古时犹然愤愤不平："人人都说当司机好，但是，哪里能指望他顾家里半分呢！"姨丈正直得近乎憨直，就算姨妈生性泼辣，行事果断，却也着实难为无米之炊。幸好两人最共识处在于为孩子、为亲戚朋友不遗余力，古道热肠、乐于助人的名声遍及小城，而姨丈，也一直安于、乐于开着他的大货，在三湘大地上奔驰，享受驾驶的乐趣。

姨丈退休那年，表哥表姐颇费了些周折。档案履历上注明姨丈参军时间为一九四九年十一月，依据章程，解放前（十月前）参军的，归为离休，姨丈有往来的几个老战友，都是离休老干部，迟了 个月，姨丈却只能退休，声望、待遇、工资差得不止一点半点。记得大家当时心里很不平静，表哥表姐紧张地找老伯伯们了解、去民政局核查档案记录是否有误……但自始至终，姨丈都没正儿八经上心，最常见他提这事的态度是呵呵一笑："记错了吧？是记错了！记错就算嗒。"这是姨丈典型的铿锵三段论：提出问题，自我确认，做结论。他这回念叨我的逻辑依然如此，想到他转业那年返乡亲眼看着出生的婴儿，就说："芳妹子在深圳么子情况啊？哪天去看看！"就算他今年八十一岁时患上轻微老年痴呆症，但他惦记人、决策事的方式如出一辙。我乐观地想，姨丈忘掉的，应当都是于人生无足轻重的部分。

当阿姨已成奶奶

以我的年龄，刷绿漆装嫩的事是早不干了，升级做阿姨属于常态；但说到当奶奶，更像解放前农村宗族系统的事。一个喜忧参半的事实是，我早已于两年前首度当了"姨奶奶"；本年又将有两个婴儿呱呱落地，共同称呼我"姑奶奶"。往泛里看，四世同堂这老舍先生时代的福分事，在深圳这么个刚满三十岁的年轻移民城市里出现，颇有喜剧感。

那个最早叫我奶奶的孩子，是管我妈叫亲姑的表哥的外孙。小男孩刚会说话，他妈妈——我侄女领着上我家做客，先是"太爷爷、太奶奶"地叫，然后指着我，满腔柔情地跟宝宝说："叫姨奶奶!"虽然早有心理准备，我也面带微笑回应，但这句话入耳却让我心里翻江倒海；想着自己都还没太适应"阿姨"的身份，就直接成"奶奶"了。细数族谱，我比同龄人更早成"奶奶"的原因很简单：我爸我妈在他们那一辈都是家中老幺，我又是我家老幺，最大的晚辈侄女仅小我几岁，我理所当然成为年龄小、辈分高的那一个。我家地盘上四世同堂的光景，简直可以为和谐深圳抹上浓郁的一笔。

周末扶老携幼奔惠州，几大事由：一是珠三角大家庭中秋聚会；二来我大表哥六十大寿；三者我那两个孙辈婴儿即将问世，事关父系，属于我亲姑妈这一脉。姑妈姑父一直是国家地质队上的人，改革开放初期扎根惠州，属移民广东的先行者。大学毕业前夕，我和阿宝自京南下踩点投奔姑妈，英俊的小表哥专程专车将我俩拉到特区登临国贸顶楼，高楼林立、南风劲吹，旋转餐厅168元一位的广东茶点让我对欣欣一片的特区彻底拜服，在南眺香港时下决心远辞京城。这是我和深圳最早发生的关系。

按最新籍贯归属法，表哥表姐几个已经是地地道道的广东人，但他们和他们的孩子，却众口一词地对外表白自己是湖南人；我感觉甚至比我这个生于湘长于湘者更坚持声称自己是湖南人，家教力量之强，信然。我那次南下时，那几个孩子跟我家闺女差不多大，十六年弹指而过，现在轮到他们将为人父母，欢喜溢于言表之余，都和我这个当姑的坚定地表达了对大家庭的向往。闻言我心里生出些莫名的欣慰，而转念一想，他们这个决定对我意味着，在不久的将来，我将强忍越来越老的伤恸，去体验一个中国式姑奶奶子孙满堂的巨大幸福。

姐　姐

"我有一个梦想。"和姐姐见面，她脸上浮起很是天真而向往的笑容，"等退休了，要把我亲手接生孩子的照片，收集成一本影集，一页一页地翻过去，该多幸福啊！"质朴而强大的幸福啊，瞬间我被击中。

我姐姐，不是让海子"不想关心人类"而"今夜我只想你"的那个，更不是张楚有歌"牵着我的手，我有些困了"的这个——是我嫡嫡亲亲、血脉相连、一母同胞的姐姐；再三强调的原因，是姐俩从长相到名字都差很远，陌生人们总不免怀疑。

姐姐大我四岁，年龄上足以节制我这个以"孙悟空"而名的妹妹；她从来都是优等生，从小学到高三，都当着我遥不可及的班长（团支书）。高考遂父愿，学理科，上医学院；毕业后分配到老家地级市的大医院，很快成为手术台上的干将，1999 年调来深圳坑梓医院。以传统眼光看，单位行政级别一落百丈；然而南方始终代表先进生产力，更重要的是：孩子在可能更优的城市长大，当然还有，我在深圳。移深几年，姐姐以技术好、心地好、勤奋敬业稳打稳扎，自家喝酒时就誉她"坑梓一把刀"，有不少病人"非她莫看"，她也半骄傲半调侃道："谁让咱们家家风如此呢！"也是，一技傍身，是老爸对我们姐俩的不二说辞。

我小时候是见聚思散、睹月伤情的那类孩子，总形而上地在思考"人活着是为什么"，人生基调一直灰暗。上大学后和姐姐通信，信里常提及"人活着没什么意义"云云，让医生姐姐颇为费解，记得一封回信里她写道："不知道你这种思想是从哪里来的？"暑假回家，姐姐给我安排了一场特别救赎：带我到她医院产房外，给我套白大褂、蒙大口罩，说让我看她接生一个生命的全程。手术室内刀、剪、钳等金属器械和将至的血淋淋现场让我迅即头晕目眩，姐姐同事见到，边数落边拉我出去；产房门外，我听见新生婴儿呱呱欢泣。姐姐说，每一个她亲手迎来的新生命，都是在战胜分分钟可能发生的险阻后降临人世，每一个都是顶顶坚强而珍稀的天使宝贝；她带我到婴儿室看粉嘟嘟酣睡的婴儿，脸上泛起圣洁的光："看着他们，你还会觉得生命没意义吗？"二十年后，身为人母的我回想姐姐这次"拯救妹妹行动"，心中分外柔软。那时候姐姐刚结婚，还没当妈妈，却已然真切地知晓新生命于世界的救赎意义。不知何时开始，我杜绝玄想，热火朝天地投入最最真切的生活。

姐姐现在是我专栏豆腐块的"铁粉"，一天和我说，我每周的稿她已做剪报，逐周累加。想到自己许多过笔即忘的文字和心情全在姐姐那儿存着，心里便似冬雪天里近着红炉火，温暖得不行。突然想起姐姐中学住校离家前夜，姐妹俩执手间仿佛生离死别，哭声惊动全院，邻居甚至连父母都莫名其妙。兄弟姐妹间的血脉情深，是当世孩子们已然失却的人世感动。

钉钉子未遂记

　　妞带回家两枚回形针家庭作业：每位同学做铁丝小陀螺，转久者胜。饭毕，娘俩灯下对坐，从第一步使钳子将针拉扯成纯直线开始，妞力所不逮处，我是相助有心、使扶乏劲，眼看时间滴答着过，已将直线再而折成陀螺状，却无法完成旋转任务；抓耳挠腮后一机灵："快去楼下找同学取经！"妞旋出，喜而归，小铁线陀螺成功旋转十余秒。"要领是：环形底部旋转支点部分必须短，底盘要低。"妞取回的真经听得我一身汗——朴素明白的道理，又一次验证我动手能力超负一流："这事绝不能学妈呀！"自黑不忘抓教育："来，听妈妈讲个过去的故事吧！"一桩往事喷涌，俩娃雀跃而前。

　　"很久很久以前的……2000 年，深圳两个年轻人，努力奋斗三年，终于赚够首付，买了人生第一套房：50 平米，一房一厅。"励志而老套的很久以前，妞不齿表情："厅？厅多大？""呃……今天故事的重点不在厅，在房。"

　　"房间小，空调不必要，落地扇占地儿，所以……决定装一台壁挂扇。以两位毕业于名牌大学高才生的观察、思考和讨论结果，一扇，一电钻，足矣。"听到"高才生"，妞哂笑。"先到超市买电钻，两百多，买壁扇，也是两百多！万事俱备，只欠安装。请注意：精彩部分即将出场！"事关乎娃们关心的钱，瞳孔开始放光。

"电钻插电，爬上椅子，预备在白墙上钻一个洞，安装钉子固定壁扇——最简单的一件事。"氛围渲染，把听故事的娃引到悬崖边，"钻头对准墙面圆点，大拇指按下电源……我脑子里想的是：跟电影一样。一个完美的墙洞美丽出现！'突！突！突！'一股超乎想象的巨大反作用力传递到手腕，电钻震得差点脱手，那瞬间，墙面哗哗哗地，白色粉块纷纷脱落！"讲得绘声绘色，手舞足蹈，俩娃哈哈得乐不可支。"华彩部分在这：你们的爸爸看不过眼，大喝一声，你闪开！披着超人披风闪亮登场。结果呢？电钻声响，白墙粉继续哗哗哗地掉……哈！哈！哈！滑！铁！卢！"宝爹在一旁故作镇定踱步，孩子们笑得直不起腰。

"时间不早了，直接讲结果：两个名牌大学毕业的高才生，花费500多块钱，五个小时，把一面整洁的白墙钻得坑坑洼洼，成功地打一个洞，安一枚固定钉，给房间装上一台歪脖子壁扇；新电钻经此一役就深藏功与名，迅速转手送给一位电工师傅。此后漫漫人生路，在墙上钉钉子，成了我和你爸爸心头最深的痛！"俩孩子笑得泪光闪耀，只差喊"揉揉肚子"。

"每次和从美国回国的朋友聚首，听他们各种亲自建房子趣谈，就只好面面相觑，顾左右而言他：美国是他们的，我们连钉子也没有。……所以，咱家动手的事，就交给你们了！"

娃们笑倒在地，翻来滚去，娘故事毕。铿锵扔下一句励志之光，孩子们睡去，梦中钉钉子去。

灵异纪事

作为自小接受唯物主义教育的新生代，我素来不信灵异，不事鬼神。对于亲身经历过的明符暗合的事，也无非付诸一笑。在日子间走着走着，就到了"四张"的年龄，生命途中不断冒出丛丛簇簇的事，仿佛与"知天命"三字应对。深圳音乐厅本年度新年音乐会是古典音乐界举世无双的《"贝九"》，让人不由得从《欢乐颂》想至《命运》，忽觉有必要将自少年开始所亲历的灵异事件予以整肃。

少年时的一桩往事在我脑中始终记忆犹新。上个世纪八十年代末，高考前两月，一个阴雨绵绵的周日，我陪两名悲观而颓唐的男同学，去县城的某个角落寻访一名瞎子算命师。"瞎师"居于旧陋近崩塌的屋舍间，行路至此已尽皆"拖泥带水"，混沌不堪，绝非戴诗青石板雨巷的浪漫。待我们一脚水一脚泥寻至，"瞎师"正静坐屋子阴暗一角的竹靠椅上，仿佛正在静候。他怀中一根细竹竿，上身一袭那时代最通行的蓝卡其布外套，皱巴巴，极旧；房屋空空荡荡，正是所谓的"家徒四壁"；屋中央青冷坚硬的水泥地表放着一个搪瓷脸盆，盛着从屋顶瓦隙间漏下的冷雨，滴滴答答的。

造访本意是俩男生问高考事。边报生辰八字，"瞎师"边细摸手骨，批辞都不太好，其中一个大概叫"白虎相冲"。说来也怪，听完这寓意不祥的判词，俩男生固不欣悦，却又仿佛长舒一口，神经不再紧绷。我原本全出于朋友义气陪他们而去，但二人劝诱，说来都来了，也算一下。我也就顺其自然报了生辰，伸了手去。如果没记错，"瞎师"在我的"命"上耗时良久，面部表情也发生了微妙的变化，变得明朗柔和。其他说辞记不清了，我同问高考，"瞎师"直接说了"文曲星"三字，把我吓得一哆嗦。出门时微雨已住，俩男同学用艳羡的眼光看我，我摇头无语，强行约定将此次实在算不得体面的"算命事"概不外传。及至高考毕，我获了全省第一的分数，这二人见我目光便格外不同，"文曲星"的典故自那以后在县城熟人间不胫而走。

　　我一直有意无意地回避这则往事，因其冥冥中的应验让我不寒而栗，二来也很有"自誉"之嫌。直至某日，套用阿宝的话说，我已泯然众人矣，在知天命时回看，便觉得命运在那时候便已善意地向少年的我掀起了面纱的一角。

　　拥有生平第二次记忆深刻的灵异经验时，我已成深圳人。说也奇怪，知悉命运在不同人生阶段将如此这般让我惊鸿一瞥后，我却愈发谨慎且收敛地在这道门前止步不前。或许是骨子里始终不愿直面真相，又或是真的难以放低唯物主义者的身架。无论如何，生命不息，保留些未知，会更有乐趣。我仿佛能通感到神在空中看着我摇头慨叹，这也当真是恪守"科学"而又意志不坚者最愚笨的所在。

小表弟

爸爸口里不断地有小表弟的事传出来，开公司、买房子、回湖南、买车，诸如此类，最新消息是，结婚了。对于小表弟如此朝气蓬勃、生生不息的日子，我心中早有预料。

传统的父亲亲属，原本该称堂弟。不过在我的词感里总觉"堂"不如"表"，所有亲戚关系就都"一'表'无余"。小表弟家弟兄两个，小表弟其实不是家里更看重的那一个。对于处于经济大潮边缘，犹以脱贫、脱农为生活目标，尚存有"唯有读书高"意旨的湘中农村，大表弟高考考入湖南一所一本类大学，立即成为村中醒目仔，家人大摆酒宴，引以为荣。相比而言，小表弟就相对平实，大学没考上，一个人独自买了张火车票，南奔而下。

知道这个小表弟，却是大表弟大学毕业来深找工作时节。兄弟俩约着来我家，我才明晓这几年城市里时时处处还活跃着个血脉相连的弟弟。小表弟说初来深圳时送过报、送过餐，很长时间就做快递员，每天晨起夜归，骑单车在深圳大街小巷里穿行。那会他主跑罗湖区，来到我家所在的福田，有点陌生，就在窗口路边东张西望，左右比画；时而锁眉沉思，时而笑容绽释，一副潜心研究地形路况的模样。有一阵子我上班地点在景田北，他某次要送快件到附近，便特意向我致电，对应着手中的地图，询问了方圆几里内景致。两次接触，我心里就很以小表弟为然，感觉天道酬勤，说的正是他这类兢兢业业的劳作者。

不多的见面中，小表弟都会征求一下我对一些事的意见："芳姐，可不可以问你个问题？"标准英语提问式。一次是说与人合伙做生意的事，从快递业转攻深圳黄页，说有业务资源的人邀他合作。对于一个进入社会不久的年轻人，这个邀约极具诱惑。我自然很鼓励他创业，只是提醒他注意甄别合作者和探究细节。过了几年，他进军淘宝，专做电子产品网购，跻身小老板行列。开店前他和我详尽分析，因为谙熟快递业，在成本、到达率、货品安全等多个环节，他比同行千千万万卖家优势倍增。我顿时就觉得小表弟是个人才，做一行，专一行；而此行的"专"，又为他进入彼行做了良好的沉淀与积累。

小表弟天生是个可爱模样，一笑便露出两侧的虎牙。不管是当快递员时，还是后来做小老板，说话总是不卑不亢，不急不缓。对于自己不懂的人与事，有强烈的好奇与探索欲，他跟我请教广告，和阿宝探讨金融，常常能说出些质朴而又在点子上的道理。我便认为人如小表弟，方是中国公民社会的基石：勤劳，乐思，不贪，不妄，能坚守自己，一点一滴地营建更好的生活。他们身上，有股平实而向上的力，故在生命中必能收获幸福。我真的相信。

高考生小月

　　高考完几天，小月迎来十八岁生日。小月生于一九九四年初夏，我和阳宝大学新毕业，两人当了足月的"月叔月姨"。每天抱着柔软小生命满院子转悠的生活是清丽的：新生婴儿小月绝对早睡早醒，清晨四五点，清亮亮的小眼睛便"忽"地睁开，"啊啊"地和人世打招呼；便睡眼蒙眬地爬起，待奶妈哺乳毕，就抱她出门，去看饱含露珠的花徐徐盛开，听新出巢的鸟儿啾啾鸣叫。

　　小月小学前一年来到深圳。老家那会儿还没斑马线，她过十字路口人行道，一根白线一根白线地连着跳，将自己幻身一只美丽的小斑马；身边的人全都忍俊不禁。忽然就一幕一幕地演出结束：小学、初中、高中、十八岁……襁褓中的模样和跳斑马线的身影还铭刻于脑呢，眼前已是窈窕淑女，青春逼人。孩子是时光流逝最切实不过的参照系，悄无声息的岁月，唯在花草岁荣、孩童日长的及目中方可知悉。身边有孩子，再想刻意忘记时间的人都做不到："孩犹如此，我何以堪"，从孩子身上每个人才能看到老去的前路。

　　十八岁的小月，对人生有很清晰的选择。填报志愿时，她几无例外填了师范。久前便听她说想当老师，当时并未以为意，直见她所行，才反映出她所言非虚。高考前夕的饭桌上，和她讨论作文：我说作文最重要要有鲜明的观点，而且真是心中所想，只有这样，才能在短短的文章里展示真实而鲜活的你。语文考试后第一时间接到她妈致电，先概述下本年度广东作文命题，再说小月的立论是要"精彩地活在当下"，大意是人生虽然不如意事十之八九，却也无须太多地痴想穿越，去活在魏晋南北唐宋明清；将当下每一天活出精彩，便是最好的人生。我在电话的这端迅即说："很好！我如果是判卷老师，我就给如此立论高分。"

　　小月高考分超出一本线十分，她妈说这是个"剩女分"——"高不成，低不就"。近来流行一篇《我们不屈地奋斗，只是为了做一名普通人》的文字：辛酸的、慨叹的、愤怒的……反响不一。在精英教育中成长的我辈，终此一生，都在精英和普通人的二元中矛盾对立：时而意气风发，冲上前去勇敢担当的一刻，那是醉时或"知其不可为而为之"之后；更多时候，面对生活常在意料之外丑丑重重的点滴，唯有修炼妥协、平和、自得其乐的本领。小月立志当老师已久，她妈补充部属重点师范院校毕业后就业形势还不错，不至掉进"毕业便失业"的残酷陷阱，小月当老师，已经是极大概率的事。

　　台风后的深圳天空明净一洗，我愿以之祝福小月以及如小月一般的孩子们：普通的天空，却拥有绝不普通且可洗涤人心的开阔境象。

"夺印"记

寓意知识的是书：专属睿的花布动物书、"小手撕不烂"图画书、大人阅读的全文字版《茶与悟》《飞鸟集》《圣经》各一以及一沓相关媒体的报纸。征示写作、绘画天赋的为笔：钢笔、铅笔与彩画笔。表达音乐意图的是一只优雅的小口琴和摇滚节奏乱响的电动小吉他。另备医生的听诊器、服装设计名师的花裙子、遥控小汽车、亮晶晶的小舞鞋、五颜六色的积木。特别推出：一朵刚从自家阳台花坛里现摘的新鲜小红花和一张人民币百元大钞及硬币若干枚。

为睿睿"抓周"所备物，内涵跨文学、诗歌、宗教、绘画、传媒、音乐、医卫、服装设计、建筑、机械等。进入倒计时的几分钟，无意发现旧友亲制相赠的一方印：寸许、暗花纹、石质，我随手将其扔入物料堆。"印"于未来代表什么？我未及细想，就听 12 岁的小月大声宣布："这是一个老古董！"

金舞鞋率先入手，摇摇随即摔出；转身，睿将口琴顺起，如握指挥棒般在空中左右挥舞，扔下；目至画笔，迅速爬过，将五颜六色的支支细数；未几，又弃，继续摇头晃脑、左寻右觅。我心略生丝丝遗憾，舞蹈、音乐、绘画艺术均可令凡人在尘世间绚丽，她却浅尝即止，看似缘无深至。

目光凝至小红花，睿双瞳闪光，伸"兰花指"捏花，笑容烂漫。忽而高举，忽而低放，"噢噢"有声，不离不弃。众人正待欢呼的一刻，睿的"捏花指"忽变"摧花手"，一花瓣，又一花瓣，片片飘零。爱花终却败花，我思颇有不逮，再见睿，已直扑《茶与悟》，翻开书页指指点点，间或抬目与观众交流。

外公频点百元大钱："这里！这里！"睿却转向硬币。摆出"我视钱财如小戏"，拾起百元钞向空中高掷，浅红色的纸钞飘扬飞落，引来众人连声的惋惜慨叹。

终至高潮。一众人将全部物事层层堆覆，睿探身扒拉半晌，手中亮出一物：我随手置入的那方印。小淘气双手握印，双腿跪地，上身直立，满脸骄傲与满足，似宣告："我的印！"

印意味什么？我迷惘的瞬间，听见老赵愉悦的声音："好啊好啊，掌印啊！以后看来是要当官的。""是啊！是啊！官印！厉害啊，厉害！"整场应和着爽朗的笑声，呼应了睿欢快的尖叫。

21世纪初，中国现代都市的家庭，依然在儿童满一周岁时举行一种世代相传的家庭仪式"抓周"。在深圳，一名叫睿的周岁女孩，选择了一个中国人用以表征身份，名为"印章"的物件，这个"印"，依据唯心的传统说法，必将紧密关联着她未可知的将来。若干年后，以传记作家或社会学者的方式表述，睿此番"夺印"，格外显出一种源远流长的中国味道。

清泉云吞记

　　您试过山泉水煮出的云吞、汤圆或者铁观音吗？泉水清甘，煮出食物味道的确非比寻常灶台出品。却说这周日"文博会"尚在持续，阿宝却毅然弃"文"择"体"，吆喝着大家去登梅林后山。而他成功诱惑原本不情愿户外的闺女的条件是：野炊去！试试山泉水煮云吞。

　　历次"被爬山"的经历证明，对于此类跟身体过不去的户外运动，我总心不甘，情不愿，不过既然闺女已被"清泉云吞"魅惑，当妈妈的也没得选，只得顺从。幸好这日无雨无晴，行走户外最适宜的天气。梅林水库后山小兴土木，数处山径、亭台正在整饬，青石板砖沿途横陈路边，路牌上文字提示，概由小马驮上山来。沿途景致说不上多优美，只在山路蜿蜒时远处遥现水库清波，稍显烟波意趣。

　　姑娘是绝对的心情小孩，每逢多蚂蚁路段，或见奇枝逸出，或发现某丛蕨类植物翠生生明显异于他处，便顿时兴致盎然，浑身带劲；而至"自古华山一条道"的垂直台阶，尚未抬脚，音量便陡增数倍："妈妈，好累呀！"事实是，长途跋涉后再见登临台阶，于大人都是恐怖的事。只是在娃娃面前，需装得大无畏一样，做轻松态，以言辞与挤出来的笑，消解孩子的惧意。

自茶香径开始下坡。这一段"非正常"山路垒石与土路交错，路面满是青苔、枯树叶，比正经八百的台阶来得趣致，人在行走间需不断选择落脚处，来不及前惧狼后怕虎的思量。茶香径尽头右侧，是一条极隐秘的小道，即此行标的——名副其实的溯溪道。这条沿溪小径，堪为"其实世上本没有路，走的人多了，也就成了路"的名句佳释。路常常不见，细寻原来隐于树后；因是下山，山径随溪，小溪亦忽隐忽现，流水虽非丰沛，但清清浅浅，令小朋友们兴奋不已。时时遇见簇聚的一汪汪泉，便弯腰，将水掬到手里，扑到面上。一路蚊蚁虽繁，队友们相互吆喝着抹风油精、驱蚊水，体验初级丛林探险意味。

径行近一小时，一汪数平方米大小的清泉忽现，大大小小洁白的垒石散于四周，可坐可憩，驴友们最经常的歇息点，所谓"埋锅造饭"处。所携设备专业，电子火炉和高分子材料锅，冰袋中有云吞、汤圆、铁观音。在泉边生火，就近舀水，煮沸，下云吞。泉水极清甜，连速冻云吞都煮出格外鲜美的味道，闺女吃得喜喜的。抹嘴毕，男孩女孩猫到泉中央方寸许的石头上，细数着石底水间来去的小鱼虾，感受密林深处的霜天自由。更有资深驴友小刘，食毕，绝不忘随手拾掇垃圾残物："从山下带上来的垃圾，全部带回山下。"我在一旁，静默慨叹：唯人心与事如此，孩子们心向往之的"清泉云吞"方能可持续性地江湖历见。

虚拟饼干

淘气是天生的吃家。从清晨睁眼的第一刻起，她便开始美食之旅：一岁半不到，一天三顿牛奶，两餐米面主食，两三次水果，再加零食若干。最不堪的是，完成她自己的定时进食后，每逢大人用餐，她依然不失时机地力求参与饭桌，张口四方求索，全天嘴上基本无歇停时刻。所以，每见到小区保姆端着碗满地追着孩子喂，便心生安慰，庆幸淘气好吃爱吃，消了此心头大患。

事情永是双刃剑，"吃"兴不成问题，度的把握又成问题。比如说，零食的供应，就是很费周折的事。水果、紫菜等用来逗嘴玩，补充营养，消磨时间，可饼干类淀粉食品，控制不好即可能威胁主食地位。所以，控制宝宝吃饼干，成了一段时间内家庭的重要课题。

淘气丁点大，记性却好，对于饼干桶摆放的位置记忆深刻。一旦兴起，便奔袭而去，面呈渴望，两手张开，口中甜甜的逮谁叫谁。淘气媚笑的战斗力超强，大家无不乖乖就范，拿过饼干桶，掏出一两块，趁小不点欢欣鼓舞的片刻，迅速转移阵地、销声匿迹。

某日清晨，阳光清澈，一只小鸟扑棱棱飞入阳台花池，栖息于枝茎，点头频啄树叶。远远见淘气歪头站着，凝神观瞧。未几，见她表情欢愉，右手举起在空气中抓抓有声，随即手掌合拢，递至口中，敢情在模拟小鸟吃树叶。我恍然大悟，原来"吃"，也是可以虚拟的游戏。

又某日，饼干桶不慎暴露于淘气的视野之中。我情急生智，"明知山有虎，偏向虎山行"——堂而皇之将桶端出来，盖不开启，却照着包装上的饼干图案碰碰揪揪，沿着空气递将过去，没想此举结局惊人，淘气张嘴便接，口中啪啪地嚼，仿佛滋味无穷。迅速出演"超级模仿秀"，胖乎乎的小手，在饼干图案与口中重复往来，那份满足与快乐，仿若天下美食，莫过于此。自己吃毕，撒着欢给周遭各色人分享她的"虚拟饼干"。发现这一奥秘后，全家人无不如释重负，饼干桶遂告别东躲西藏的命运。

感觉自己无意中遇到一个真理。眼下"虚拟"当红：虚拟经济、虚拟社区，无不沸沸扬扬称道于江湖。"虚拟饼干"对应"实体饼干"，实体满足口腹之欲，虚拟创造想象与快乐。对于拥有灵魂与肉体双重性的人类而言，虚和实的确是相对概念，淘气"饕餮虚拟饼干"时桃花般明艳的笑容，是绝对的"实体"快乐。所以，虚虚实实，怎样都好，快乐与分享方是人性恒旨。

约会记

　　对于成人，约会再平常不过，无时无刻不在发生。而对于未满六岁的孩子，人生第一次约会，却不啻我们全家一场隆重的仪式。

　　某天下午，小姑娘正端正地坐在小板凳上看书，扭脸看到归家的我，飞速跑来，神情严肃："妈妈，我和你说两件事情。"边说边竖出兔耳朵般的俩手指；有生以来头一次，她如此正式地和我说话。我不由自主直直脖子、清清嗓子，将音声表情调到"说正事"频率回应，心里也好奇，究竟何事令她如是。

　　"我和朋友约了，星期天晚上七点半，去……我曾经在那儿看过电视的……商场。"说话间闺女全身仿佛笼罩于一种神圣而期盼的氛氲中，我心里忽地一凛："姑娘大了。"

　　孩子成长的实质，是其个体性、家庭性逐渐部分"被社会"的全程。与外人约会，是百分之百的社交事件。约会意味着时间、地点、人物、事件，意味着约会者开始将自身与他者区隔，意味着家庭之外亲密关系的开端。我本能地对姑娘生平的首次约会做了详尽了解：对象是她同班女生，为了共同热爱的当下流行于"幼小"间的一本漫画书。

基于"尊重孩子意愿"的家庭准则，全家无意外地于指定时间到达指定地点。为了防止小姑娘"约会未遂"后可能出现的心理失落，一路我都在打预防针：先是绘声绘色地讲著名尾生"抱柱信"的故事，美人洪水的，听得她很愉悦，我不过想让她明白约会这回事，有人守约，有人失约，没什么大不了；第二是趁机搜肠刮肚了些"有约不来过夜半，闲敲棋子落灯花""既见君子，云胡不喜"等与"约"有关的诗词，无孔不入地熏陶；第三是"社会常识"课，传授与约会相关的细节，比如，约会地具体到点，学习上海人精准描述位置的方法，等等；最后，我一字一顿地说："等人时间不超过二十分钟，我们不能学尾生。"

　　果不其然的"有约不至"，"抱柱信"故事明显起了积极作用。候约期间，小女孩在门前栏柱爬上爬下，一面很角色化地嚷："发洪水啦！抱柱子啦！"喜笑颜开。二十分钟后，约人终不至，她悻悻地自言自语了一句："哼，她肯定忘了。"转眼奔向卷发新疆男摆卖的、冒着浓烟的羊肉串摊，新疆音乐节奏欢快，世俗夜生活的活色生香，让她暂忘约会的事。

　　我在旁守着，百感交集。我们一边百般努力，将"诚"与"信"浇灌入孩子的心灵；而迫不及待的另一桩，却是传她一部面对"非诚""不信"时的"心灵防护秘笈"，想她成年后对于人间逆向的人和事，不至于惊愕或茫然。是耶非耶，其间"度"的把握，未及深思。这一次，与其说是陪孩子赴她的人生首约，倒不如说是趁机给闺女注射一支与失约相关的"心理防御剂"。

那些失落的故乡

　　湘中中秋的晨阳，全不似岭南般炫目，只是温柔地在涟水河波纹间铺就一道金橙的涟漪——我告诉女儿：这是涟河"涟"字的由来。涟水属湘江支流，横穿湘乡城。"湘江是长江支流，地球上的水全部相连的，就像妈妈和孩子身体里的血。"从深圳返乡，在每寸山水里都浸着童年的景致前，和孩子们的话就特别多。

　　返乡首日，我跑上河堤；二十余年，从瘦弱的中学生，到年近不惑的人生释然者，今晨沐浴同样清凉的涟水晨风。回来的时候是夜晚，全城霓虹灯闪闪发光，却不能搜出丝丝记忆，回家的路，都需求助 GPS。中国每一座大城小市命运一致：城市化进程和翻天覆地的房地产在创造现代幸福生活时，同步将这一代人记忆摧毁殆尽。我很文人地生发出"未老莫还乡，还乡须断肠"的失落与惆怅。

　　河中央沙洲——朴素地俗称"碧洲公园"的芳草萋萋没有了。整岛因纪念湘乡名人曾国藩、黄公略缘故新名"斯文公园"，内立整饬有序的"诗文岛""天鹅湖"，数只天鹅在内湖中将头高高地昂起，美则美矣，却让返乡者倍觉生硬。河面通向对岸的十余艘铁船连成的浮桥没有了。河面上"一桥飞架南北",凌然巍峨;女儿一听此处曾是浮桥,顿时恸哭失声:"为什么浮桥没有了!"这一哭,真真地哭在我的心上。最令我黯然的是,河畔中学母校也没有了。在兼并、扩容的潮流下,湘乡三中并入一中,隔河遥看,一排排绯红簇新的教学楼曝在晨阳里,光鲜异常。老同学致电,说因我昔日高考荣光,相片依然在新校门口挂着。心下慨然:我和一中原本"一毛钱关系"都没得,资本游戏和现代化进程,却让两个毫不相干的元素生出密切关联。"昨日之日不可留",狠狠心,不再跑去对岸。

大概是未来得及的缘故,河堤路面仍为土质,跑在上面便有了些孩提时的通感:河堤两侧桑树俨然,依然是中学时养蚕晨跑摘桑叶的去处,终于恢复丝丝记忆。神勇发展的三十年,恨不能每一寸土地铲平重来的三十年,每个人都有着"故乡没了"的慨叹。欣慰的是涟水河清流如故,与当年小黄毛在水边咀嚼"过去不可知,未来不可知""江畔何人初见月,江月何年初照人"等诗文意味时并无二样。和多数惨不忍睹的河流相比,涟水河是我这次回家最宽心的收获。回家领孩子们出来:"去看妈妈小时候发呆的地方。"在河岸纷跑,不用紧着叮咛"不许乱摘树叶"之类的"都市异化语言":天开地阔,河水东流,孩子们随心所欲地摘叶飞花,抓虫击石,和自然亲密如斯。孩子们这无所拘束"胡作非为"的欢乐,总算将我失乡的惆怅略略冲淡。

春天里的鸿鹄考

"我妈当时就茫然了，在那里自言自语：'鸿鹄是天鹅？鸿鹄不是大雁和天鹅吗？'"——这是六年级睿妞开学吐槽文《鸿鹄，人家不是天鹅》篇中金句，一个有语言、有动作、有表情、有思想的"我妈"形象首度出现在女儿笔端。

开学首日课毕，合家晚饭后集体包书皮儿，边帮忙边絮叨我们小学时用牛皮纸、旧挂历包书等温馨往事。顺手翻开语文书，见首篇古文短篇二则：《学弈》《两小儿辩日》。《学弈》篇里棋人秋授教两弟子的故事耳熟能详：一个心无旁骛，另一个却老抬眼望天，琢磨"鸿鹄将至"。这位上课爱做白日梦的学生千百年来一直是教导中国孩子专心学习的反面个案，深究起来错在家长：这孩子更该去上骑射兴趣班。再者，弈秋更该向孔子好好学习，贯彻因材施教。就在姑娘背古文时，我目光遇到书上"鸿鹄"词条注解："鸿鹄：天鹅。"我，当时就茫然了。

鸿鹄一词，因"燕雀安知鸿鹄之志哉"这句励志名言广为流传，对古汉语稍微有常识的都知道，燕、雀、鸿、鹄，是四种鸟名。词汇体现的是古人认识事物上的不厌其烦：一个"马"，古汉语根据年龄、毛色、数量的不同，各有特定字，比如"骊"指浅黑杂白的马，"骖"指三匹马；同理，鸿指大雁，鹄是天鹅，鸿鹄和燕雀的区别，在于飞翔的高度。

本人古汉语功底弱，且不求甚解恶习已久——"她就机智地拿出手机查'鸿鹄是什么意思……'"妞文如此描述。必须忏悔，问度娘这个动作实在有辱我中文科班出身履历，我迅速把手机转移到闺女手中。网络释义各异，小结如下：1. 单字，鸿者大雁，鹄者天鹅；2. 鸿鹄，大雁和天鹅；3. 泛指高飞的鸟类，包括秃鹰；4. 再引申出神话中的五色凤凰。最后这个发现让睿妞心生欢喜，像青鸾、黄鹤等，她在漫画与游戏中常遇。趁机进一步鼓励姑娘把考据过程写下来，以小学生之大发现，挑战下教材的权威。小有网络写手经验的六年级女生很快成文，标题赫然：《鸿鹄，人家才不是天鹅》。结尾处还小幽一默："看来语文书也不能信了。"文章转出去，引发各种剧情，大小朋友们点赞不断，更有热心人士追加查证，某文化人儿传来流沙河先生《白鱼解字》，佐证睿妞结论；而宝爹好友截来某版现代汉语词典释义，挺的是课本原注释。本人心情的确凿反转，发生在亲同学发来《王力古汉语字典》释义之后。对于该句，王先生采三国陆玑释义：羽毛纯白的大鸟，在此是双声连绵词用法。追踪至此，我顿时收起对语文课本编写组生出的轻慢之意，紧急给睿妞纠偏，这次轮到小妞满脸茫然既而愤怒，说好的"不是天鹅"呢？

呵呵，在该问题上，最重要的是春天生出的这场"鸿鹄考"让我和睿妞明白，鸿鹄是不是天鹅，在于我们占有了多少关于古文的学问。而求学解惑之路上，一而再，再而三地不厌其烦，才是搞清楚一个问题的不二法门。

家中有个小固执

越长大，小花朵心里就越有钢铁意志。快七岁的小固执最坚决的，是每当我想请她抛头露面，她都鄙夷地斥之为"幼稚"。爱问所以然的妈妈，思前想后地追求根源。以跳舞为例，她幼时我读到篇科普，说五岁前谨慎送孩子练舞蹈，对幼儿骨骼生长不利。一见此论我深以为然，如在水中得了稻草，心安理得地不送她上舞蹈班。不过，随着五岁"轻舟万重山"般转瞬而逝，其间看其他花儿们尽显妖娆，时生艳羡，偶尔问句："咱们也去学学舞？"回答却越来越铿锵："不！我不学！"绝无半点妥协的可能。五岁的小朋友的思想如此，书上不这么写，经验很新鲜。是因无兴趣，抑或是某种隐隐的自卑？如是后者，我罪莫大焉。学游泳时小固执也很让人恼。同龄小朋友上小区游泳班，调教出的蛙泳呼吸平畅，姿势标准，此人却始终抗拒"上班"，坚持自学自练。一通乱划乱呛后，练就了个蛙泳不蛙、狗刨不狗的泳姿，不过总是堪称"会水"，她喜形于色，逢人便说她"自学成才"如何如何。

两种环境能让小固执心无旁骛、浑然忘机：一是自然，二为书。在自然里追风捕影、逐蜂逐蝶、赏花嗅草、捞鱼捕石是她热爱到极致的事。白日的蜂蝶，入夜的蚊蛾，草丛嗖嗖的四脚蛇，墙角匍匐的"小强"，无不是她最要好的朋友。每见了，面容上顷刻便满是灿烂笑容，脚步直直地、轻巧地跟了它们的方向去。她在蓝天碧野中自由奔跑，我便在旁亲见世界最美的风景，以"大自然的孩子"名之，再恰当不过。至于书事，她"小书虫"的别名已深入人心：无论何时、何地、何景、何人，见了带字带画的书、报、纸，便能随时随地进入深度阅读。书城是她最爱的去处，远胜影院、剧场、游乐园。有时到了黄昏她仍"手不释卷"，担心视力的我不得已"暴力夺书"时，她通常满怀愤愤地盯着我的眼睛，一字一顿道："你知道吗，如果某某某（她的好友）像我这么爱看书，她妈妈不知道该多开心呢。"那种语气，真是一任自信，一塌糊涂。

小固执强大的心也有偶尔被刺痛的时候。某日听闻她朋友的画在关山月美术馆展出，顷刻泪如雨下，抽泣不止。泣罢柔伏在怀里悄悄和我咬耳朵："妈妈我嫉妒了。"真是通透的水晶心呢。很快她想通，大大方方看画展，边赏边点头："画得挺好的。如果我有画笔和油彩，我也可以呀。"

有时我会忧心小固执这个年龄的固执有点不合时宜：花枝招展却不嗜穿，自甘朴素；成身体的年纪却不好吃，对于美食更在乎形式，果腹便好……她在这个充斥着比较、竞争的"走秀场"般世界里自由地生长，我暗暗地替她捏把汗。

宝爸新梦章鱼烧

闺女最近狂迷章鱼小丸子，多变"小吃货"在这枚零食上驻嘴时间之长，让当爹妈的很感意外。可惜福田地界小丸子摊档太过稀疏单薄，常帮衬的只两处：上梅林的"川町太郎"，和更近处新兴福田交通枢纽绵延至购物公园地铁站的连城新天地一间名"弹丸滋地"的店。

久不搭乘地铁上下班的人容易陷入对城市的彻底陌生。初进连城，恍如王姥姥进环球美食迷宫城，中华东西南北美食熏得人头晕目眩；有龙抄手、关中面、牛杂汤、胡椒饼……让人目、胃双不暇给；有来自异国他乡的日本寿司、越南香草、泰式咖喱……B2 出口转角处一间印度菜还很有趣：台椅直铺到扶梯口，客人不多，却总有棕肤卷发的朋友在此高谈阔论。PIZZA HUT和星巴克此类高品质全球连锁店，以及面包烘焙、品牌糖水，也都不示弱，各种清新洁致穿点其间。整片美食部落基地占据了地面交错几条街，内里行走，迷路是常态——每迷一次路我不免多感慨一次：住了二十多年的城市，隔壁街的地底居然如此蓬勃繁盛。

闺女上月去台湾身心最强烈的心愿，是吃一次"正宗的"章鱼小丸子，"正宗"前缀来自她一位到过宝岛的同学，潜台词无非是你以前吃得再欢，也不过是"山寨货"。我跟闺女说，此言才"山寨"，小学生都相信的百度可查：章鱼烧（章鱼小丸子学名）创始人是日本大阪的远藤留吉，姑娘颇以为然，引经据典的"文化小吃货"自有不可言喻的优越感；百度还说，章鱼烧由于设备成本低、制作方法简易、无需固定摊点等优势，适合励志小餐饮初始创业人。连城新天地美食街里，方寸十平以内的档口很多，除餐饮外，更有服饰、创意家居等等不一而足，店主店员都青春后生，显见多"90后"甚至"00后"，创业气息扑面而来。跟台北乡土浓郁、人潮拥挤的饶河、士林夜市比，这片地下美食城之琳琅丰裕、气象广阔，更具现代新都市的骄人意志。我自己每每在此类民气升腾、人声熙攘的地界行走，心下里便踏实，颇能生出国富民安、积极向上的正能量；趁采购小丸子的契机出个门，自己吃点喝点解馋，感受下大众创业的时尚，比猫屋里不停批阅微信圈各种消沉论调，实在要阳光得多。

再说我家，前年女儿爱寿司，宝爸迅速购进整套寿司工具；去年尚西米露，我家案头青芒果、西米高筑；今年章鱼烧东洋风来，宝爸研究半晌，大概是专用烧烤炉动静稍大的缘故，他突然微微出言：要不咱们开家章鱼小丸子店吧？创业念头传出，即遭身边高大上的金融界兄弟嘲笑讥讽。我觉着吧，人过四十，梦想再微小，也是日常生活开出的花朵，喜女儿之喜，乐儿女之乐，咱家章鱼烧主供自家娃，兼系围裙企街叫个卖，也是个在理儿且有趣的事。

"洗碗工"日记

　　半世为人，对家务厨事依然为小白级主妇如我，也实在算得极少数吧。幼时家虽不富，却衣食无忧，父母默许"家务你别管，唯有读书高"。待自己成家，又遇热衷厨艺的连理枝阿宝——出身化学系的户主自揽厨房事务，我自顺坡下驴，将"君子远庖厨"随挂嘴上。待人生行至阖家老小之中年，家中多帮佣阿姨，家务事渐行渐远成常态。

　　曾经以为人生就这样了，平静的家事不再有浪潮。万没想到新冠不仅彻底改变了世界的运转模式，亦颠覆我的远庖厨履历——以新晋"洗碗工"的姿态。

　　疫期阿宝坚守一日三餐作息，居家四人正餐保持三菜一汤，鱼肉蛋蔬，还颇讲营养搭配，数着日子换花样。家有肉食虎子，无肉不展眉，又有素食青春期女，逢肉必皱眉，实在难为厨师，于是肉以重味，鱼以清蒸，青菜加番茄蛋花汤包圆，成众口难调的应对。不过该家厨籍贯湘西，无论荤素，重油大火爆炒皆必然，与"清淡"二字相去甚远。

　　既为"专业人士"，户主在厨房便将化学实验室瓶瓶罐罐烧杯试管做派发展得十足十凌厉，把家中并不丰富的器皿使用得那叫酣畅淋漓啊！首轮备原材料，青椒鱼肉，清洗明净，各陈其美，其次食不厌精者必备葱姜蒜配料各自妖娆，另加酱菜一两种，调料三两味，碗碗碟碟在案几上铺得满满都是——据说这还是月薪五千元的大排档厨师要求，三五万的行政总厨，便对厨房构建格局、烹饪炉灶有更高眼界和要求。

肉食荤炒，香气四溅，儿子吃得啧啧赞誉，"洗碗工"却心里嘀咕得紧：荤腥饮具清洗难度高出数倍，尤在冬日水寒刺骨，饮食自欢，洗碗却苦呀。然而实践出真知，双手少沾阳春水的文科生颇有惊世大发现：热水是油渍天敌。于是热洗或冷洗，湿洗或干洗，与洗洁剂相关的水和纸如何综合环保指数最高……此类初级科普问题便不断在劳作间浮想，屡获"得意忘言"之境。洗碗二月有余，家中贵且典雅的一套釉下彩骨瓷餐具，仅只遭损毁饭碗菜盘各一，真是新晋洗碗工的优良业绩，不免自鸣得意，遥想二三十年前远赴欧美求学人们大多有的餐厅洗盘子经验，现在我竟然居家小实践。

某日涮碗毕刷朋友圈，见某主妇友圈道："近期琢磨要不要买个洗碗机……"忽地笑出声来，家厨和俩娃投目相询，赶紧解释：为了保护咱家骨瓷餐具，洗碗机就不买了吧。全面复工在即，各处酒楼饭肆也重燃烟火，家里食客生起外出涮火锅、吃烤肉的动议，附议间心情大欣慰，而却有个念头悄悄冒出来：洗碗工生涯时不久矣，竟然有些淡淡的惆怅滋味，何其矫情的一念呀。

part 3

Encounters

Friends

and

Acquaintances

所遇
友人甲和路人乙

总有少数人
到废墟深处
埋藏鲜花的种子
掬一束光
温暖世界

《总有少数人》

白露为霜

当了"UFO"，小姚这位我在本城的头牌闺蜜越来越成遥远的符号与记忆。

两年前，面如满月、手比柔荑的姚新任巴西证券交易所亚洲区首代，原本乐宅的"巨蟹女"反成在全球各大城市间频繁往来的空中飞人：纽约、伦敦、东京、惠灵顿、圣保罗……一时一处，为数不多的几次回深，都会迫不及待地跑来见面，互诉离情。

小姚是我"路边捡来的朋友"（我妈妈说），和她的关系能深刻如斯，每次说起都感生命的奇妙。正如每一段爱情都有一场微雨的背景，伟大友谊也是。2004 年冬日之夜，早孕反应中的我虽孤独却毅然直奔香港城大，赶赏白先勇青春版《牡丹亭》。冒雨过关、搭城运，顺畅抵演出楼。在海报下，姚和同事正于一派粤声中以普通话轻声交谈。身为陌生人，我积极主动的搭讪明显操之过急，虽然进剧场落座再次点头微笑，但姚的香港同事——归自英伦的女强人，却以轻慢且不乏鄙夷的眼光滑过我。"攀识"未果，戏已开场，虽是节选，那晚《牡丹亭》却比我看过的任何一次都焕发着青春光彩和昆曲至美的生动气韵。曲终人散，冒雨归深，搭城铁、过口岸、换地铁、赶末班车，进车厢落座，一扭头，却见小姚独自赫然端坐身畔。

车厢只我们两个，全程谈了白先勇、昆曲、城市、金融、文化、孩子等等。又巧的是我们住所同区，连上班地点都超近。临下车，我提及白先勇自传体长篇《孽子》，姚说一定借她看看，互留电话，次日如约致电，女人和女人的爱情里，也有了借书的理由。

因为离得近，交往愈来愈频繁：相约喝早茶，爬莲花山，看各种各样的戏和书。小姚是我所见最为温婉的上海闺秀，理工科出身，金融界就职，身体每个细胞却都浸润宁静与安详。与她成知交，谙知她亦有身心重负，哪怕在最艰难时刻，都未见她面色焦虑。我常说从她身上获得了中华传统女性极致美德力量——温柔与坚强，绝对从心。

昨夜小姚又回，与她对坐。因亲睹女儿在基础教育中受的伤害种种，她全家已移民新西兰，每年两月坐"移民监"。家人远离，她频频环球飞行，回国多栖上海，小姚平静道："我觉得自己正在远离深圳，生命里曾经这么深入的城市。"我刹那间触摸到人生的参商动荡：不久的未来，小姚，如同那些已经远逝的人们，亦将从我身边绝尘，一段一段看得见摸得着的友谊转成心中忆念。我泪涌出，她泪涌出，两个成熟女人默然而平静地执手相看泪眼，小姚说："你是深圳我所有朋友中，心中真正独立的那一个。"

"似这般良辰美景，似这般蜜意绸缪。"脑海里胡乱通感出"蒹葭苍苍，白露为霜"的清冷绝美。伊人将去，剩下一座空落落的城市；只是，任心中万般不舍，姚既誉我"独立"，我便该勉力前行，不负"独立"不负卿，如此才好。

怀念远

　　难能一见的晴好周末，天明云净，与Y兄茶聚银湖，阳光由窗外穿堂入室，洒在背上，漫入心间。不知不觉，Y兄话题已谈至佛法的"无善无恶""不二法门"。红尘人如我，其实不明白这两个概念在佛法里的真谛，听得似懂非懂，思绪飘忽间却仿若通感到丝丝印痕，意欲细品，却已如羚羊挂角，无迹可寻。

　　关于佛经，我数次囫囵吞枣地读过《金刚经》，每次翻完却都满心迷惘，除了记住"我执"和"如是我闻"二句，于精妙处却全如牛嚼牡丹，不解一味。此情此景中，却忽地念起音书绝已久的远。

　　远，是我来深圳后青春似锦的那段光阴里结交的真正一见如故的朋友。因为识了远，这个城市除了热热烈烈、觥筹交错的往来奋进，空气里还真正弥散着朋友的气息，再孤单的时刻，都感觉情有所系、心有所归。

　　自京赴深的远，数年后返京。虽然天南地北，随兴所致的电话、信息依然不断。知悉她和几个研佛的朋友越走越近，生活愈发波澜不惊，于宁心静气间结她的佛缘。某年深秋的最后一面：我赴京，在寒风凛冽的凌晨四时即起，由东三环驱车至西五环的龙泉寺，趁她打扫寺院的罅隙，两人寻了块平石坐下，细诉别后二人所经历的大小事由；山石虽凉却心暖无边，不觉皈依后的远有何不同。那天我生平首次，至今仍是唯一一次，怀着虔诚过了整天的寺庙生活，虽已不甚清晰，那日却因清凉山寺气与友意温馨在脑海中氤氲一团，鲜活而恒持。那以后，远和我在世间的联络便戛然而止，手机拨号已成停机；再某日，从她家人处获悉远已身在尼泊尔，家人言道："她应该生活得很平静。"

那一阵，对于远的失踪，我有时会莫名其妙地心生恐惧，害怕她不再和我同处此间。得知她还活生生地存在于地球的某处，在遵循她的心念安置肉身，我的心便平静下来。常觉她是另一个我，我是另一个她，我们相互彼此替代着，经由不一样的人世历练而修行精进。

银湖的阳光已从我的背上移至地面，光阴斑驳。我絮叨着和 Y 兄说起在心中封存已久的这段情谊，总觉自己能感知到她在世间某处安静地存在；有时做白日梦，某年某月某日某时，和远又复面对，她清灵的面容上已有佛陀般的目光：智慧深藏，无忧无怖。人心无常，知交零落。真的朋友，自然是令生命全程温暖的力量。在子夜灯光照射的键盘上敲出这些字句时，我已泪流满面。

好邻居老胡

　　老胡不谋面久矣，想起了他家昭妈朋友圈发过在杭州机场新开的酒店图片——精巧秀致的胶囊酒店。

　　胡昭昭，老胡家千金，是俺闺女从襁褓摇篮期开启友谊的纯发小之一。从被抱在怀里彼此照面咿咿呀呀，到歪歪扭扭学骑单车摔成一团，到联手其他伙伴风一样各家刮着串门讨糖，一块念小学、读中学，分享物事包括糖果、芭比娃娃、各色书籍，到少女心事。

　　大抵都是——城里小区邻居间的友谊，是随孩子们生长的。胡家 B3 栋，我家 B4，相隔一个门栋，小妞们两小无猜期最常见的行动轨迹，是出自家门下楼，穿过十来米连廊，上楼进她家门。日复一日，年岁和个头一并在往复循环中螺旋式上升。因了孩子，大人就自然有了打交道的机会，熟络起来。先是妞们彼此不回家通报电话："汩汩晚饭在我家吃了""昭昭说玩多一小时才回家"……电话那头多半是昭妈，偶尔男声响起，是老胡。

　　那会儿老胡公司在龙岗，一聊吓一跳，貌不惊人的昭爸，公司出品过很有名的动漫角色，过了十几年我还记得叫憨八龟。那只小龟比风靡至今的某羊羊还要先红一步，老胡说，我家片子在央视播出过呢，语气里很是些抑制之后的自得。两爸凑一块，先是相互递烟点火，话题紧接着直落行业和赚钱，便有一鳞半爪的句子顺着风钻进我的耳来：原创动漫不好干，政府扶持力度必须大，公司在龙岗挺远，老板也得每天早上打卡上班……诸如此类。那是约莫2010年前后，忘了从什么时候开始就不再听老胡絮叨动漫产业相关的事，只记得有年春节老胡独自开车回了趟安徽老家，开春后小区遇见，理了个新头，精神焕发——昭妈说，家里要创业了。

在昭妈朋友圈里经历过的胡家创业史，其一是助睡药枕，其二是售卖生鲜百货的网店，从单一产品到网购平台，跨度不小。药枕我刚看到，昭妈已热情地拎了两个来家，说试过，帮小朋友睡觉极好。在对熟人朋友创业的支持力度上，反思自己有点过于理性冷血，正像我娘说我的——"读书读傻了"：没待我体验好药枕广为推介，再遇已是他家网店时期。老胡说，来，扫个二维码，我想给邻居开家店，保证菜送到家时是新鲜的！那时节不止一个人说互联网是风口，只是娃爹说，站立风口创业的人若过江之鲫，所以我们边网购生鲜帮衬，边替老胡捏把汗。

一天天，一年年，两家闺女忽地亭亭玉立，有日突然想起老胡，没见面说话只怕一晃有几年了——记忆还停留在两年前他在朋友圈里秀跑步，楼下遇他一身运动装，朝气蓬勃的，把我衬得老气横秋——年岁上老胡明明长我几岁！然后又想，老胡家"憨八龟"我看过，药枕睡过，网店买过，按照好邻居交往逻辑，实在可以找时间入住下胡家胶囊酒店，也算得大人友谊从家长之交升至君子之交，方不委屈这人生弥足珍贵的15年近邻缘分吧。

听"老章"讲庄子

　　章必功老微信告知，将在图书馆给市民讲庄子，我陡然兴奋。虽然打大学起我就不是个爱听课的学生——老师好、纪律严的课程除外，前者是自然吸引法则，后者属"识时务者为俊杰"，然而作为章老的校友兼系友，太明了"研究先秦文学"六个字中的意韵深长，学识绝非常人之所能及；更因这位深大前校长全然不属书斋老先生类穷经皓首，学问之道于他深渗生命，已臻化境：数典信手拈来，论今妙语连珠。我经历过听他四小时不间断的一次讲述，从起初至最后一分钟神色无倦意，言辞间手之舞之，义理香花随撒，形神丰沛，当真"翩若惊鸿、矫若游龙"境界。那日辞别，脑子里忽地浮现悟空在三清山上课听至妙处的抓耳挠腮、喜不自胜，顿时戚戚。遂同俩娃立约，周日下午分头学习，我自然是真听课，暗忖娃们必是撒欢玩耍了，心中微哂。

　　精读选篇《濠梁观鱼》："《秋水》该篇原题《庄子与惠子游于濠梁》，我觉得不好，这个题目是我改的，比旧题好太多。"讲古而恒为新，章老之妙。"子非鱼，安知鱼之乐？"短故事无人不知，起讲法也让人醉倒："从前有一只猫，和一条鱼。"将量子物理学界闻名遐迩的"薛定谔的猫"和庄子濠梁所见"出游从容的鱼"尾钩连着尾跃出，通识大趣致，而真学术范儿随见于之后对该猫该鱼语言表述法的辨析演绎：对猫"半死半活"的描述，基于科学立场，而对濠水中鱼状态的表达，则基于美学立场。

"鱼快乐？还是不快乐？"老师的提问让场上芸芸听课人瞬间紧张地揣测出题人意图，相继言辞铿锵："庄子对，惠子错！为什么？把握庄子基于审美立场的这场设问，问题自然迎刃而解。"一言既出，满座焕然。"太多解释者把本篇的立意止于'庄子善辩'，把这篇文章看低。"讲台上老师慨叹。

"我觉得您就是庄子的当代版，生命意志始终如北冥鲲鱼般大彰显。"素来课堂拘谨如我者忍俊不禁，争夺到一次对话机会。"不不不，我不是庄子，我是孔子'克己复礼'的信徒。"传道授业解惑的章老笑对。想想我也真属孔门，通篇"章老"。遥想其时学生个个直唤"老章"，那种师生亲密，令人艳羡且仰止，反观若非老章庄子心性，安能行哉！

大师小事

八年前的初冬，与一位在职场间搞文化的前辈朋友在小饭店里喝啤酒，前辈问："认识韩吗？"那语气，韩明显是一号人物。我茫然地摇摇头，前辈顺手拿过电话，拨号，通话，和那端高声喧笑良久。电毕笑道："说要请你们吃饭，不过说答应了带女儿去吃麦当劳，要说话算话，改天再约。"我便对韩心生好感，对女儿信守承诺，仅此一条，便足以位列深圳优胜爸爸之列。此一"未见其人，先闻其事"的铺垫，令我记忆犹新。

后来才明了，前辈提起韩时的口气绝非虚夸，其时韩在业界间已然声名鹊起。1997 年，他以《沟通》为名设计的海报一举夺得首届"平面设计在中国"多项大奖，该作品且入选欧洲多间高规格的艺术展馆、博物馆收藏。据旁人叙述，该年颁奖现场景象颇为戏剧煽情，场间韩的名字先后十余次被叫响，堪称"拿奖拿到手软"。自此以后，越来越多业内外人士称韩为"大师"。

"大师"好学、好书。因是"空的族"，韩对各类航空公司、航班、机型、座椅舒适程度、空姐质素、服务水准如数家珍，他会选择综合条件最优班次。行李箱内除日常衣物，书必不可缺。行内人知，设计类书籍通常是国际大十六开，大、厚、极沉，韩却不厌其烦：少则一本，多则数本，牢牢地占据箱内一侧。多次临去机场前最后关头，都在书架前徘徊，挑选该次旅程的最佳良伴。

韩办公室占据整面墙的书架很出名。某位朋友家新装，特地派了名工人前来，量书架的高度、木梁的厚度，详细了解油漆层法、安装方式，韩亦毫无保留，悉数以告。不过，之后两年，他便将办公室装修一新，原实木色为主的黑褐书架转而纯白，一派现代简约基调，其他空间渐渐添以国风、异域风的家私与配饰，很是"国际视野间的中国味道"。

某年，同出差到长沙，得半日闲暇，恰天光晴好，便往岳麓书院。至院门，见"惟楚有材，于斯为盛"大字，我出身湘楚，自然沉浸于八字带来的极度虚荣，却见韩举起相机，光圈、焦点调配良久，咔咔嚓嚓连拍数张。照片显示，他至感兴趣的，是"惟楚有材"中"材"字终笔那一钩的劲道。这一心思，令人叹为观止。书院内，潇湘千竿修竹清绮，韩立身其中良久，若有所思。概举国树上留名刻字"到此一游"风气颇炽，韩的镜头，对准了遭遇刻字之痛的每棵竹。之后几个作品主题均与此相关，如《百家姓》，色彩缤纷、字型各异的中华姓氏；如《竹》，淡黄的背景中，金漆拓出的竹节与"竹"字。在相同生活的片断间，他比常人收获了更为非凡的意念。

韩大师的小课堂

在中国平面设计界，深圳算得上大师辈出，固然是因这座城市得风气之先，更有"平协"这个组织创建伊始的国际化视野，并且出了不少在商业与艺术间跨界自如的孜孜以求的人物。其中我熟识的韩姓著名设计师有二，圈子按年龄辈分素称"大韩小韩"：大韩者，韩家英；小韩者，韩湛宁。有趣的是，在我二十年深圳履历的不同阶段，竟和二位韩老师分别有过缘分不浅的生命交集。

却说湛宁辞晋赴深，原本进的是金融界某高级机构，工作体面收入高，却因心中那团情怀之火而弃，出走创业，给设计公司起了个诗歌界的名儿："亚洲铜"——后知韩老师年轻时是诗人一枚，方恍然大悟。我在大韩公司任职期间，小韩任该届"平协"秘书长，与韩家英会长共事。某年小韩为深圳大运会设计的LOGO 已各处飘扬，年轻设计师锐不可当，大师范初露端倪——于我俩很算是有未见其人，先闻其声的友谊史。

在当今国内书籍设计界，韩湛宁名列前茅已无悬念，我更入心的是他亲述的求学故事：创业专业双丰收之际，韩老师数年受聘汕头大学教授职，在学界和商界间自由徜徉，边挥洒创业者之激昂热血，边欣享桃李满天下的师道之乐，人生春风得意境界。转折点出现于任教清华的先生和他的一番长谈：先生认定小韩足以担纲推动中国平面设计走向另一个高峰之责，提议他在从事商务、教学同时，重回学院深造。先生提议已出人意表，深味生命甘露中的小韩却也做出了一个貌似极不合理的选择：备考应对，进清华美院，当吕先生的关门弟子，认认真真读书，兢兢业业设计。他的毕业作品实验设计书籍《脉流》，在国内多城图书馆展览数次，宏大、细腻、超验。几次听他面聊受惠吕先生为人之诚挚、为学之精严，沐师恩的感激之情溢于言表，在这个年龄的男人间，着实罕见。

小课堂关乎我与湛宁兄的儿女交集，因几家孩子年龄相仿，都进了蓉老师通识课堂，课程结束后家长同学情谊浓得不忍散，猛回头发现家长里有韩大师、"名记"杨娘和我这类伪文艺分子，几人一拍即合，"合子共教"，韩教授选题中国美术史，课堂虽小，企图却大：从顾恺之到宋徽宗，从黄公望到八大山人，旨意用四堂课打通中国绘画的任督二脉。不只小学生听得津津有味，大人们也忠粉得厉害：遇孩子缺课时段，家长们依然忠贞不贰地端坐教室，堪称鹏城一景。最后一讲"八大山人"，题目赫然为"给世界一个白眼"，大合我家执拗妞之心意，课后一叹三咏，令余心有戚戚而成文：这年头"大师"一词虽被扭曲得厉害，而言者既是真心实意，于湛宁又属实至名归，遂居正不辞。

养蛇小哥

看电视屏幕某剧镜头：男主掌间一条小青蛇，嗖嗖地绕指柔——身体一激灵，恐惧如轻云袭心。编剧深谙观众心理，紧接着对白：不怕不怕，小蛇还没长毒牙呢。忽然心念一闪，睿哥儿的模样跟烧红铁锅里嗞嗞作响的炒豆子一般，蹦跶着跳跃脑海。"陶睿陶睿！"忍不住高呼，"记得那个和你同名的赵叔叔吗？"妞面容稍迟钝后眼睛一亮："记得记得，那个养蛇宠物的叔叔。"睿哥儿山东籍，是个深二代。之所以牢牢记得他的籍贯，系因某年春节后各自回归见面时，他拎一枚面积大于我脸盘的故乡大馒头相赠，让我着实嚼了好几日。因父母都在文艺界，与深圳共成长的哥儿也自然跻身文艺圈：念深大，学戏剧，搞戏剧——"我是大学同班毕业后至今活跃在舞台上的那一个！"哥儿特骄傲。而在我眼里，此人天生戏份足，打小就站在命运的舞台上恣意挥斥，誓将自己的人生铺排成一个非比寻常的任性故事。中学生奇装异服到东门租铺卖军刀，未成年时领小女友摸上香港阿姨家门蹭饭，成年与妻一见钟情，次日结婚，而后生女，后成单亲爸爸却含辛茹苦心满意足地担任"二十四孝老豆"……剧情跌宕起伏，各种转折，皆在意料之外，情理之中，他自己是稳稳当当男一号，更因高且帅，举手投足间总透着牛气，头永远微昂。

　　闺女小学后，睿哥儿将他住所营造成了一个文艺青年聚会场，养蛇这事，便是在那场内听他缅怀的故事。一条打小收养长得黝黑发亮的蛇如何乖如何聪慧懂事，长到半人长后，每日他劳作返家时蛇如何热切直立前身行吻脸礼，还有关键一次蛇勇立护宅大功，将一入室盗宝的飞贼吓得魂飞魄散当场晕厥……听得我浑身发麻，惊心动魄。这话题缘于哥儿家大厅餐桌玻璃罩面下的砂砂石石间，数只蜘蛛壁虎或静处或攀爬，一问究竟，原来是为蛇预备的点心。

　　"自从我养蛇，我爸就坚决不去我家了。"似乎是哥儿心头隐隐的亏欠，"我出差一周，回来蛇就不见了，那个满院儿找啊！把邻居和管理处吓得够呛……我想蛇的走失，跟我家老头儿是不是有点关系……它没回来，也是缘分尽了！"那阵子我和哥儿聊过许多天儿，这是至为情深款款的一次。

　　哥儿今已携女远赴重洋，朋友圈里晒最多的是肌肉男狂练射击，我眼前仿佛浮现下次见面场景，睿哥儿居高临下狠盯我双眼："你让我再次验证了一个真理，绝不能把私事告诉写字儿的人！不定哪天，他就在文字里，把你出卖！"对此我泰然自若：我深圳如此黑得发亮的一朵文艺奇葩，这般奇幻真切的剧情，不分享出来，才是写字人的最大失职。

马校长的合唱团

　　2013 年，广告界朋友发来台湾某银行广告片，题为《马校长的合唱团》。煽情故事：宝岛玉山山村小学马姓校长，坚持每天放学教孩子们唱歌，终年不辍，持之以恒，直至登临音乐厅公演，童声天籁赢得掌声空前热烈，那一刻，"孩子们第一次觉得，自己就是天使"。银行广告片 SLOGAN 落在"一人有一个梦想"云云，让我这位浸泡传播行业良久，当即却依然热血上涌者顿感于心，虽然知晓业界"不动心不出街"的作品高标准戒律，对该片认知止于"一则好广告"，然因片子源于真人真事，心中对于马校长其人其事生出丝丝探究好奇，然因缘未至，深藏心内。

　　2015 年，赴台北参加慈善论坛，在文化理论板块和台湾原声教育协会阿贯老师不期而遇。在她演讲 PPT 图中，突然见到马校长和布农娃娃清澈透亮的眼睛，听见《看见台湾》纪录片中橙衣孩子屹立玉山之巅，向着天空歌唱。心头一震，人与人、与事的缘分竟如此因缘际会，藕断丝连。我随即如香口胶般粘住阿贯，大咧咧地吃她自请海鱼餐，随至她曾任教的中学探班台北中学生志愿者，探访至台北读高中的布农族同学练唱阿卡贝拉——善歌天赋与勤于训练双重属性立见。歌已动心，几位同学清亮淳朴的眼睛更动人，我在激动中张口问：你们知道大陆有很多少数民族吗？你们最想见哪一个？面色黝黑、神情腼腆的一位姑娘忽地眼睛一闪，高喊"哈萨克"。这一声喊，诱发刚刚过去的时日——六十余名布农族孩子飞越台湾海峡，远赴西北阿克塞哈萨克族自治县，寻踪丝路，经西安，抵鹏城之行旅：嘉峪关，长城，敦煌，阳关……马校长指挥着他的合唱团，一路访，一路学，一路歌，直至深圳大剧院"玉山天籁"专场，巅峰落幕。

2016 年，第六届"玉山星空音乐会"，带飞越彩虹哈萨克童声合唱团孩子们克服重重困难，与原声孩子在玉山同台放歌，得见马校长。时值三月，台中南投县樱花繁盛，初见马彼得，他很异禀地拄着拐杖，一瘸一拐地现身排练室，寒暄后问原因，说是因为家里修鸡窝不慎跌落，狠伤了脚踝，但为音乐会完美呈现，硬是忍痛咬牙，坚持排练。三年前在广告片中动心人物近在眼前，自虚而实，似梦如幻。布农族作为高山族的一支，尤善歌，其八部合声 2008 年北京奥运会时开幕文艺重磅，正是罗娜部落男性长老倾情演唱，音乐会后我和伙伴们在教堂聆听，为他们通往祖先、神灵的摄人心魄的歌唱泪湿衣襟好几重。

"爱的种子埋在地底下，阳光雨露让他长大。"歌声背后的感动不消说，更深层次的是，马校长愤懑于部落族人在现代化洗礼中恍惚迷惘、酗酒懒惰陋习俱生，不欲见后辈跌落时代变化造致的贫穷、消极之陷阱，发心和阿贯们创建原声教育协会，期冀激发孩子们阳光自信成长，引领乡梓向前向上；更因布农族善歌，"让世界听见玉山唱歌"亦成马校长的合唱团终生不渝之志。

漫雪百合

　　这是怎样的一种纯净和洁白呢！当漫舞之雪轻落百合的花蕊。

　　当歌声响起，如月光，如清泉，如露珠折射晨阳的光芒。当歌声的气息洒落，拍击空气的翅膀，温柔、欢畅、剧烈地，在金色大厅回旋；轻盈如蝉羽，静谧如流星，直抵心灵，泪珠蜂拥，一首又一首。9月9日，深圳音乐厅，深圳高级中学百合合唱团二十周年音乐会，因《相遇》之名，二十年的爱、执着、情谊，成百上千颗滚烫的心，聚首日光下的南方城。

　　二十年，无数颗诚挚有爱的心灵被浇灌着；这个夜晚，一朵又一朵新鲜艳炽的花朵绽放。一场名副其实的巅峰级原创音乐会，三位大师身携为此次《相遇》倾心专成的新作：松下耕，来自日本；埃里克斯，来自拉脱维亚；刘晓耕，来自彩云之南。于是，音乐厅典雅的舞台上，姿容妙曼的傣族和树神下文身的纳西族相遇；波罗的海上微风的呢喃与东欧大草原上骏马的奔腾相遇；富士山顶轻扬的飞雪与北极光给世界的注目礼相遇。三个地理、人文、传统迥异的国度，三个拥有自己鲜明独特看法与表达基因的作曲家在这里相遇，他们的心与作，乘着百合们歌声的翅膀，直融观众耳中、心中、泪中。

漫雪是指挥家的名字。在中国合唱指挥界，漫雪是出了名的美；在世界，她便是出了名的东方美人儿。在深圳很长一段时间，漫雪于我，只是一个遥远的传说，如远方渺茫的歌声，让人痴醉，让人窈窕思服，辗转反侧。三年前，因歌的缘故，我和漫雪，和许多许多朋友，探云南，往贵州，赴甘肃，一起走过许多路，看过许多云，听过许多蓝天青山之下孩子的歌唱，漫雪的美便逐日逐日、逐年逐年在我眼底和心中具体起来。漫雪的容颜让我秒懂《诗经·静女》篇"静女其姝"的"姝"字本义：思索时眉心微蹙若蒹葭，欢喜时手舞足蹈如璨露。漫雪对于边疆孩子们的爱，是从心里流淌出来的，他们之间有着歌声那根神秘的红线。她说："每一次从民族孩子身边回来，我都会和百合们说，真正打动自己、打动他人的歌，不在喉咙，不在技术。真正的歌声，是在山林，在田野，在雨雪风霜的世界。"因为漫雪，素未谋面的他们和她们之间，生出河流一般绵延的情谊。

高三将毕业的百合，高二为梁柱的百合，初一坐看台的百合，初三临中考的百合，珍珠般散落世界的百合，台前指挥若定的百合……二十年，百合花开，清风徐来。为百合合唱团播种、浇灌的创团指挥希珍老师年近古稀，在贵宾席上一定泪如泉涌：当二十年的光阴化为今夜撼动心灵的歌，我想这是命运赐予生命最珍贵的礼物。其实，我们每个人，又何尝不是为自己独有的那份晶莹剔透生命之礼孜孜以求、毅定前行呢！

散场后阿宝沉默片刻，轻声说道：今年也是我们两个，一辆的士后备箱载着全部家当来深圳的第二十年。所以，我们的深圳，生日快乐，在这个雪光洒落百合花瓣的如歌之夜。

但歌云不去，含吐有余音

"但歌云不去，含吐有余音。"雪枫序的结句。六位音乐文化大咖为徐霞这本《因乐有情》新书作序，我这友情责编读到的，便是每个字里的深情。

以《梁祝》一曲名震天下的陈钢先生，病榻之上成文，徐霞说起时泪不能止。陈老对这位"霞妹子"将于国庆前在鹏城开自己的音乐会以及这本书，给予了由衷的赞誉。对于徐霞少为人知的就学于上海音乐学院、师从年初仙逝之周小燕先生的履历，陈钢先生自然谙熟，在序中概述："今天，她终于找回歌唱的徐霞，找回了'柯湘'和'小铁梅'。"先生对学生重归专业的欣喜，溢于文外。

作为音乐评论家，雪枫享誉海内外，近两年更因 APP 平台之"雪枫音乐会"跻身新媒体弄潮儿：古典音乐欣赏的每日一讲，订阅量愣是远超一众金融、法律大咖。曾听这位历史系大师兄戏谑：音乐评论是他不务正业所致……因不务正业而成功业，据说是我们的母校校友的共性之一，语意时褒时贬——对雪兄，自然是业界言动于衷的评价。打从微博时代开始，雪枫和徐霞因乐相知，继而多次同赴欧洲音乐之旅，验证人与人关系真理另一层，伟大的友谊也由长途旅行开始。对徐霞待人之诚，歌唱技艺之全面，音乐素养之高，雪枫文中娓娓道来，而取"子夜吴歌"的诗句为题，让我这个中文系的喝彩不止。

小说家王跃文的序读着生动有趣，里头有跟徐霞在一起光听她音乐谈得眉飞色舞全然忘记他这位客人还饿着肚子的趣闻，令人莞尔。他记忆最深处，是和时任深圳音乐厅艺术总监的徐霞同看万家灯火时他却需匆匆离开："徐霞说，其实大家都不必这么忙，安静下来，好好听音乐。"王作家感触深深："因为徐霞，深圳是亲切的。"文辞里满满尘世烟火气掩映的轻盈。

音乐专业出身的徐小平虽系投资大咖、名闻遐迩的《中国合伙人》原型之一，霞姐姐说正是这位小平兄，一席肺腑之言，致使她下定决心排除万难将《"贝九"》引入深圳，为这座城圆了一个矗立巅峰的音乐梦，那件举城音乐盛事，令人荡气回肠。也正是这位小平兄，对徐霞走遍世界、听遍世界、写遍世界这一不争的事实，无限垂涎艳羡。

刘索拉行文中保持了这位成名甚早诗性作家的自由风。在她眼中，徐霞最为难能可贵的，是她待音乐和这座城市如主妇一般，满怀真挚的热忱，这一点，彻底刷新了她认知中理性、知性、矜持、傲慢的"声乐女皇"范儿。她说："没范儿，就是徐霞最大的范儿。"而对深圳即将唱响的这场音乐会，上音教授杨燕迪如是说："多年之后重返舞台，此番决心和经历对她一定具有难为旁人道清的意味深长，人生苦短，唯艺术永恒。"对燕迪先生此言我感同身受：因为这部二十万字的《因乐有情》，我亦全面而深刻地历验了徐霞从心流淌而出的音乐、世界、生命之爱。

佳佳和她的"庄先生"

　　佳佳是舞蹈专业出身，原来并非属于戏剧界。先是"八厘米"扬名福田，以表演和观众只隔八厘米的小剧场观演共生理念，除了是深大戏剧系专业玩家之外，她的小剧场话剧推广足可写入城市戏剧发展史的重要事件。

　　很久很久以前，因某部剧缘故，和佳佳约在大剧院旁午餐，由于"八厘米"的声名，初见面让我稍意外，佳的模样和其他"搞戏"的人士不太一样：既不穿老百姓眼中的奇装异服，也未佩戴过于夸张的饰品，朴素如邻家姐妹，齐耳短发，脸色红润，一眼看出是干练人儿。一位衣着时尚的妹妹相随，却是帮她打理财务的姑娘。那次聚餐后，才知道佳佳为"八厘米"已经玩到典屋搞艺术的近疯狂境界，让我啧啧慨叹海水实在不可斗量。那阵佳的公司大概在转型期，属于不轻松的阶段，而她神态言辞却并不凝重，说完梦想说俗务，和财务妹开句玩笑，大意是她一笔账一笔账记得最清楚这些年"八厘米"搞戏剧的收支状况，财务妹边摇头边笑，秒懂个中滋味。

　　之后在各种戏剧沙龙活动中遇到，清水一般的君子之交，知道她一直在戏剧梦里美丽地待着。两年前，一夜之间，佳担任制作人的《庄先生》声名鹊起：这部改编自深圳本土作家庞贝原创的话剧作品，开创了由纯民间制作推广、从京到深演出逾百场的纪录。值得大书一笔的是：2016 年夏，该剧以深圳之名走进法国阿维尼翁这座世界戏剧名城，不少文化界名宿和佳佳一道，亲历盛事，我在朋友圈、在事后不少文字中了解甚多资讯，羡煞。

阿维尼翁戏剧节始自 1947 年，大背景是政府希冀重振"二战"后人民的萧条心境，关键是坚持发起人的不二初心……让戏剧走下殿堂，走进生活。

当我在距阿城二十公里的奥朗日观瞻公元初年罗马帝国为向民众弘扬帝国荣光而兴建的万人剧场，念及阿维尼翁古城灿若星辰的老房子剧场、每年暑期如期而至数以千计的参演剧目，以及街头巷尾演员观众如满城怒放的夹竹桃、蓝雪花、牵牛花般美丽茂盛，我瞬间明了城市戏剧的枝繁叶茂，皆缘于两千年传统基因中一代又一代艺术家们的创建与升华。

《庄先生》今年再入"闪耀中国"赴阿维尼翁戏剧节十部剧之一，佳佳愉快地说，入选的还有她制作的第二部戏《豆先生》。遗憾的是我来时《豆先生》已撤场，走时《庄先生》未至。

说来惭愧，我已经一而再，再而三地在深圳、在北京、在阿维尼翁与《庄先生》失之交臂，还好人生走到百般珍惜每次相遇的年岁，所以也就不太在意每次的错过；更重要的是，因为有这位生命在戏剧梦里的佳佳，我心中认定：在某个街道转角不经意处，自然会与佳佳的《庄先生》遇见。

闲坐说潮人

最近世道被一桩商战搅得烽烟四起、众说纷纭，商战一端是名人，另一端是被"誉"野蛮人的潮籍人，再想想近些年潮州人遭诟病者多，就想说说我认识潮人的"非野蛮"种种。

从穗到深，居粤二十余年，交的潮汕籍朋友不多，也不少，首先受惠的，是经常受赠凤凰单枞——不管茶界人士如何评定，我这种亲近谁就说谁好的主儿，逢人便说潮州凤凰单枞那股独特的醇厚甜香味，是我茶中至爱。

潮州朋友里最推心置腹的，是十几年如一日的蜜级女友雪。雪，是潮女里较少见的少年赴京求学、有文化有追求的那类，我为雪贴的"中国好媳妇"标签，已然持续验证：对家人、待朋友那个温良敦厚！请她吃饭，明明你为主她是客，三巡五味后懵懂惊觉，主客已悄然易位，她把你照顾得那叫无微不至，对此雪回应："潮州女人照顾起人来，我是最差的一个。"在广州读研究生时，有位大师兄系潮籍，生得相貌堂堂，一表人才——据说潮州男人长得都这么帅。那会子我们小圈子盛行调侃说：潮籍、客籍男人长得帅，是因为祖上在古中国非皇即贵；客系后来常年生活在山里，气度上稍受影响；潮人不一样，潮州城街巷有状元巷、驸马府，基因里的高贵全写在城里和男人的脸上；及近代，沿海得风气之先，潮人面相里的贵气又凭空添些洋和傲，这是那位大师兄器宇轩昂里藏着的历史人文坐标。师嫂见过一面，说不出的温婉秀丽，关键是师兄当众对师嫂说话的语气，一副很易看穿的乔装凌人表情，当时我称之为"大男子主义"。到深圳后也常听坊间盛传外地女不嫁潮州男的金句，说咱们这些早已远离男尊女卑传统的新女性，断然受不住潮州婆家对于媳妇的要求种种，单单过门次日即早起制餐侍公婆，对三姑六婆的礼数，就够你喝了一壶又一壶，听得人胆战心惊。

还有两位出身Ｐ大的潮籍师兄，一位当众扬言：一生两样骄傲事——一是生为潮州人，二是上Ｐ大。另一位高调附和，这是潮人骨子里的自信。对于潮籍人士斩不断理还乱的绵绵乡情，自近现代到当代，潮籍华侨报效祖国者众，经我数趟实地体验后总结出的理论是：一切源于潮州人的胃。潮菜作为中华料理典范名列全球美食第三，堪称实至名归：重原料、讲食材，味道之鲜美、品类之丰盛，从贵价酒楼到街巷小店，自有其强大的制膳基因。某年我家潮州十日游，嗜吃善吃的阿宝吃遍街头巷尾后撂出一句话：在潮汕地头，随便进一家饭店都可吃。我也伺机高声道出我的结论：吃着家乡美食长大，打小养就一副挑剔的胃后，这个顽强的生理记忆将为每位潮籍人士铺就一条成年后的归乡路；我坚定地认为，胃的记忆，是潮人返乡的第一驱动力。

一颗铜豆

　　《我去哪儿了》在福田文化馆连演六场，这出荟萃深圳名编、人艺名导、数位实力派青年演员的原创剧，在京首演后返深，场场爆满，近三百人的剧场内外观众熙攘，摩肩接踵，我瞬间生出久违而独源于小剧场特有的亲近与生动。

　　初识编剧，在三月的"戏剧原创与土壤沙龙"。未识其人，先听友言这位陈兄在深圳成名甚早，二十年前一部《窗外有片红树林》一鸣惊人，勇夺"五个一"，难能可贵的是他写过儿童剧《丑小鹅》，在编剧行当里一字一个印迹地走，奖项含金量高，不过朋友又说，陈老师的为人啊，真是直率，太直率。

　　我在深圳戏剧圈里厮混也有些年头，知道好编剧紧缺。正如《我去哪儿了》戏中在网站教授成功学的卢老师，许多优秀写作者为稻粱谋，均华丽转身各类宝典。当时既听介绍如是，又凭己对因文而名者普遍不善言辞的认知，心中略忐忑，却又听一同莅会的深圳戏剧发轫人熊源伟老师一直盛赞慧中编剧才气，好奇心便占上风。那日朋友们寒暄毕，远道而来的熊老师对深圳戏剧当下臧否罢，慧中明显激动，毫无芥蒂地接话："那就我来花言吧……""花""发"不分，非湘即粤或莆田。见他从挎包掏出一沓 A4 纸，那一秒略汗。对参加沙龙而备齐发言稿的嘉宾我向来又敬又怕：敬的是态度，怕的是少即兴情绪。"今天将（四声，见）到熊老师，我心里增（真）的很惭愧，因为这么多年，觉得自己没有素（什）么新成绩俊（进）步……"老兄开场白让我莞尔，心理天平即时倾斜：一个直言不讳地批评自己的人，必拥赤子之心。接下来发言多为观剧心得：为哪部戏惋惜，为哪句台词、包袱的抖法感到不安，为那么多戏缺乏人性深究遗憾……更难得的是，发言间慧中极其在乎自己所费时，语速屡增，鼻尖冒汗——相比太多张嘴则滔滔不止者，何其尊重他人。而《我去哪儿了》恰恰——回应他对戏剧质疑的林林总总，从物欲横流、成功励志学占满人心的现实展开戏剧主题，提审现代人灵魂。

慧中网名"铜豆"，眉宇间紧锁着满满对人生和世界病态的"一肚子气"。铜豆取意关汉卿，《我去哪儿了》亦在批判意义上承袭《窦娥冤》：有无辜生命遇难的悲剧底色，有层层揭晓的冤情谜团。编剧让舞台上每个灵魂在生命中自省，让"驻足剧场一会的我们"自省，"让太快的脚步等等灵魂"。观剧毕，深味铜豆兄的救赎路、济世方，回想几次谋面情境，越发觉得老兄人如其名：普通话欠标准却十分嘎嘣脆，而舞台上演员们演绎着编剧笔下流出的真情，便如一筐铜豆挥撒空中，一颗颗都打在观众的心坎上。

狗肉教授的禅心剑气相思骨

　　早前不久，我甘冒"爱狗联盟"之大不韪，赴晋如亲制的狗肉宴。这位深大文学副教授周遭宣扬他"好狗肉而不倦"，又称今生如果有他最希望获得的称号，那便是"狗肉教授"。凡此种种，备受"爱狗联盟"的强烈抗议，微博上组团抨击。

　　本人不仅不爱狗肉，还曾因家门前街道开有一间"雷州狗肉店"，每日归家不忍直面，而必绕行。然而如此这般亦未让我加盟"反吃狗肉者"阵营。多元社会，每个人必须拥有选择自己吃什么或不吃什么的权利。同为狗肉热爱者，阿宝和晋如却一拍即合：一顿四人狗肉宴，简简单单的四菜一汤，充分显示该未来"狗肉教授"强盛的烹饪功力。

　　只有成为乐观的吃食主义者，所赴宴席方能一席更比一席强。这不，港版《禅心剑气相思骨》自港新运初至，晋如便与相契的师兄弟姐妹提议，再整家宴，兼签名新书发赠。闻言开怀，且不说本顿既无需背负"爱狗联盟"谴责，更有规模宏大丰盛菜肴，尚有作者赠书仪式，着实一次满溢人文色彩的欢宴。

　　晚六时许，应邀人等毕至，桌上已满铺香色诱心的几盘大菜：糖醋红烧排骨、红烧狮子头——徽菜系；青红椒炒鸡蛋、脆炒红素——湘菜系；麻婆豆腐——川菜系。厨房内锅勺碰击之声如磬，"狗肉教授"正趁人齐新治姜葱花甲、白灼鲜虾——粤菜系，其后热气熏煊之清炖鸡汤呈上，汤色淡黄清雅，香气四溢。满目佳肴令惯于大场面的大美人Z师妹疾呼"申请成为女朋友，尽日欣享居家菜"。众人笑翻。饕餮毕即签名赠书，身着鲜粉"卡娃依"图案T恤的"南儒教主"端坐，翻开淡黄封面，在清白的扉页上落下墨迹；W师兄首位获赠，大笑开怀。

《禅心剑气相思骨——中国诗词的道与法》源于晋如在中大上诗词课时用的自撰教材《中国诗词写作教程》，我望文生义："禅心"，说的是诗词"道"的源点，需宁心，需守一；"剑气"，论的是诗词作法，需凌厉，需苦习；"相思骨"，道的却是真性情，晋如心中的诗人，需具屈子"苏世独立"的性情。全书总论开题澄"道"——"诗人与诗心""器识与胸襟""体性与门径"；其后皇皇两大篇"诗说""词说"，讲韵律、格律、五七言律、词调等作法，是为"法"；结语却是"诗词的当代命运"。就体例而论，先道后法，推古至今，决计为表里兼具、学理分明的正作。

身为师姐，我常羞于在这位师弟面前提古诗词：虽然"明道"，于"法"却懒，不能在这条路上勇猛精进，也就自甘庸常。然而一切并不妨碍我爱极"狗肉师弟"本书书名：在这个烟尘遍地的人世，禅心、剑气、相思骨这三桩秉性，如此令人心驰神往，"吾将上下而求索"，誓成必然。

小 祝

更多身边的人都早通称他为"老祝"，或者"祝老"。身为"70后"，对"老"字我始终心怀戚戚，认定是自"80后"起绵延的"90"、"00"、"10"这些后浪对前浪的"刻意打击"，非如此不能衬出他们自身的娇艳欲滴。

小祝小我几岁，二孩政策放开后，旋即跻身俩娃爸。记得某年同游，其时小祝虽已"被老"，但正新婚未当爹，很算青春年少、雄姿英发，那个广受娃娃们的热爱啊！爱的原因，无外乎祝叔叔脾气绝好，任娃如何欺凌，他脸上始终洋溢着柳丝遇春风般的温柔笑靥；瞅着闺女们对小祝手脚并施，当妈的心里为该枚未来"二十四孝老豆"暗暗叫绝。

小祝的好脾气却常常遭遇工作同僚挤对。身为深圳广告圈够得上贴成功标签的一员，祝总现今辖众也是数以百计，不过一开大会他依然会腼腆脸红；明明可以挥斥方遒、杀伐在握、老板权力"滥用"，他却是忍不住的温文尔雅、细声细气，缓缓讲述众生平等、创意为先……让他身边"炮筒子"性格的合伙人急出朵朵火烧云。当总经理的，总会念叨"价值观"，在用人上，小祝价值观廓落到堪称不拘一格：为梦想而工作的，好！为远方而辞职的，好！加班通宵为创意的，好！自维权早放工的，也好……总之只要思维清晰、行动明确，不管对眼下公司抑或业务好不好，小祝都觉得好——只有一桩，对混混沌沌、不知所谓者，他便保持态度上的沉默，最多几句温情劝诫。

识小祝，属于"未见其人，先睹其文"的才子型次序。早在世纪初，本人还属于有梦想的专业人士——"不做总统，就做广告人"，却因身居管理岗位，某日被老板阴沉着脸训斥，说你一个总经理，总趴在桌上写文案，那公司明天就关门算了——这句话成功地毁掉一名二流文案家，引导出一位一流职业管家。从那日起，我狠心弃文专管，然而碰到才气横溢的文案，总不免会怀着嫉妒多看几眼。某日翻见楼盘报广整版 SLOGAN "日子缓缓，生活散散"，在满纸豪、贵等无感字眼中，这八字描绘出的生活方式真心动人。第一时间拿过电话广询业界，问此八字出自谁手，说是某广告公司某文案新人，当即给人事指令：挖过来。挖是究竟没挖着，不过人生注定的朋友缘，怎么绕都绕不过去；我在职场中"急流勇退"退居二线，耳边不断有同事、朋友创业开公司的事迹传来，其中就有小祝们四勇士的激情大戏；和小祝亲密共事，看他边当总经理边写文案，也是在他被广称"老祝"后的事。

除却好脾气、好文字，小祝还好酒，共过酒场的朋友都说该祝酒风大好：逢酒必喝，逢饮必醉。时下网红的四字，我却听小祝从创业初就挂在嘴边：勿忘初心。细思我称小祝的"小"里，真没倚老卖老的意思，而是觉得十几年白驹过隙，小祝一直小心细腻地呵护着自己那颗小小的初心，并倚着这"小"，去从容直面长长的一生。

叶子求职记

"让我加班吧，至死方休！"

这是叶子求职信的结尾句。那年我主持面试，求职的小叶端坐我对面，我和他中间隔着一张清水木纹办公桌。

小叶子现在已直奔不惑了，沪上资深创业人士，那日却系鲜炽出炉的毕业生。书面履历毫无花哨：A4 纸，填满姓名年龄籍贯履历，中规中矩；毕业院校无关 985、211。我闻所未闻的一所大专院校——套用某些"歧视链"人士的话语：连本科生都不是，简历该因邮箱关键词检索转为自动屏蔽进垃圾箱的那类。

能有这次面试，确因我敏锐的"伯乐"之眼一眼看到两个证：专业英语八级证书、汽车驾驶证（B 牌）。一个大专三年学制英语系应届毕业生简历中暗藏这两个证，居然还未被求职人画重点，顿如石落湖面，激得我心里水花四溅。

时系本世纪刚开始时的春天，城市和人心里都纷飞着世纪末宇宙未爆炸而俱获重生的欣喜与时不我待，易感，勃发。名校生如我，当年也只摇晃着过了非专业英语六级，而我所知一些英语本硕的花花草草们，顺利拿下专业八级的也在少数。驾照更珍贵——叶子籍贯湖南益阳，就算十八年前"北上广深"净排名尚未出现，特区也天然烈日骄阳，五线城市这位身材矮小面容白皙、雀斑未退稚气犹存的十八九岁小叶，居然坐拥驾照。

"为什么会考驾照？"本面试官努力平静发问。"噢，我爸爸看过一篇文章，二十一世纪人才必备三项技能——英语、开车、计算机，就让我把这三项都考了证。"小叶声音仿佛从胸口挤出来，像初春青草艰难地从地底钻出，在春风里挺直身板，摇摇曳曳。

"为什么要做广告？"最后一问。十八年后记忆犹新的一幕出现：叶子低头从簇新的公文包掏出一沓 A4 纸，略略迟疑，隔着桌递过来，瘦弱的手微微抖着。我一瞥，白纸上密密满满的一首长诗。"我接到电话后，网上了解了下，想来就写了这个……"

长诗写了什么已记忆模糊，通篇是梦想与谢情。"让我加班吧，至死方休！"最后两句早已深深地烙进我的记忆，在诸多场合我和年轻人们屡屡提及。

有些人和事具备一语成谶的巫气。那往后，公司进入连续三天鏖战期，新入职试用期的小叶，无怨无悔地加班两个通宵——成为其时其后同事们的谈资。叶子赴沪后我俩失联了好多年，近日重逢，微信里相向而笑。想起"至死方休"的往事，感觉这一句正在挣脱"加班"的罗网飘飞至一份师友情谊的天空之上。

平江乡下老黄家

　　每年近半时间，老黄都会在湖南待着，他说不仅是父母故土难离，更多还是自己喜欢在老家待的闲适。正巧这日同在湖湘，虽然我是湘妹子，平江却是头一回至，零距离体验让老黄在深圳每次说起脸上都满溢幸福的乡村时光。

　　脑海里除却历史课本中彭德怀领导的平江起义之外，对此地我原无所知，所以不期而遇的平江县史馆着实让我倒吸数口凉气：撇开伏羲和革命史不说，单是环城汨罗江、三国时吴属汉昌郡以及杜甫辞世处三桩，便是一条自战国而汉唐的中华历史人文大动脉；而近代曾氏湘军中有一支劲旅独称"平勇"，文能安邦，武可御国……从展览馆出来，再看老黄，突然觉着厚实许多。

　　老黄家离县城十二里，该距离对返乡一族堪称完美，俗称"离尘不离城"；自绿色田畦中小路入，村口一栋白色小楼便是。进门即方庭，庭中植竹，竹叶婆娑，竹下两株棕榈，几只母鸡咯咯信步，叶间掩映一口手摇柄水井，扭开水龙头流出的，是清纯纯凉沁沁的井水——瞬间开启我幼时家中盛暑凉西瓜的清甜记忆。正厅红漆木门效古法，四扇，居中梅兰竹菊入画，进门中堂悬字："滚滚长江东逝水，浪花淘尽英雄……"全首，荆楚古意扑面。

　　"走，上二楼，看我家的燕子窝。"老黄这句语气里的兴奋劲秒传，我三步两步上楼，抬眼见书房外通道近窗天花板日光灯管上，真真地砌着一个黄泥燕窝。"开年后就看燕子衔泥，飞来飞去地建窝，还在里头生了小燕子。"从老黄的叙述和瞧燕窝那眼神间，我真切地触碰到他的幸福。"再到后院看看菜园，中午想吃什么就摘什么。"主家介绍继续保持无上荣光：楼后大片菜地丰盈盈的，明黄丝瓜花最先映入眼帘，紫茄子、绿青椒，一派殷实之家气象。

　　"还有还有，我家门前好多的花树。"全屋转完，经天井出门阅花。最近楼体的茶花树上居然垒有一处鸟巢："这个窝也孵了几只小鸟，全家都舍不得赶它们走。""桂花树原有两株，十几年前老人家亲手栽的，中秋开满花，老远就能闻到香气。可惜2008年冬天冰灾，一棵冻死了，幸好这棵还长得好。"老黄指指稻田畔那株枝繁叶茂数人高的桂树。"还有这棵玉兰花，每年开大朵大朵白玉兰，去年春天贴着树根长出新枝，谁也没想到新树枝上开的，是粉红粉红的花。"老黄忙不迭掏手机，从相簿里寻出一组照片给我秀，果然是白玉兰、粉玉兰春满枝丫，看得我双目圆睁、芳心怒赞。此间得见的乳燕呢喃、双色花冠绝的诸多家宅奇福，让我对老黄乐不思深的乡寓时光生出无限艳羡。

香港人麦克

至今为止，我也没记住麦克的中文名，实在是香港朋友中叫Michael 的仅此一位，十几年来其人其名深入脑海，反而顾不上啥大名。

2005 年闰女出生，出月子几天，阿宝领一位男士进门，说这朋友坚持要来看看孩子。我当时一门心思在新生婴儿上，也就和他有一搭没一搭地寒暄，只觉得这位兄弟和素往见的港人不太一样：个头敦实，样貌朴素。麦克说工作经常在内地，陶哥家添丁之喜，一定要来见阿嫂贺下——阿嫂这个词让我听着一激灵，太过港产警匪片味道。漫不经心地听俩大老爷们聊，天气、运动、深港、金融，原来麦克中学大学跑马拉松，专业运动员级那种，心里释然：难怪这么敦实。"不过现在跑不了，膝盖受伤。"麦克说话时下巴微仰，眼光却平视，那时候马拉松运动还不似今天这么风起云涌。"以后我有空陪陶哥到莲花山跑跑就好啦。"临别前，麦克把特地为娃娃新买的小金饰交放我手，便觉得这位港哥为人厚道，礼数周全。

一天，阿宝回来说帮麦克参谋租房呢，因为他天天往返深港，太耗精力，想在中心区租个单位；黄埔雅苑离我家近，又是鸿基集团开发，麦克很快落定入住。成了近邻后，他经常和阿宝约莲花山步行聊天，或来家小坐喝茶，相约饮早茶的次数越发多，有两回赶上家里饭点，留他也不见外，边吃边赞"住家饭好吃"，使得老太太对麦克印象奇佳。聊起家常话，原来麦克是父母辈从穗赴港，说到小时候家里挤——不到50平米居屋住好多人，说到和弟弟睡高低床，下床就触门、抢厕所的事，还目光炯炯地道出人生梦想：拥有一间可从三面上床的宽绰卧室——许鞍华港片世情滋味。

两三年后，麦克买了房，阿宝说这套居屋带子母车位，有特点的东西保值升值效用好；约莫同期麦克辞了工，交了女朋友。去年某周末夜，阿宝接电，连连说好好好，放下电话告诉我麦克在港找了新工作，也帮妻子申请了正常身份排队程序，想把深圳房卖掉，搬回香港，请陶哥帮忙看下。我说麦克的事，你赶紧去。阿宝子夜后归，言语间很兴奋：说帮麦克顺利地卖了屋，中介如何，买家又如何，也就两三个小时间推敲细节、商定手续，那年二百万买的楼今年成交千万，首付已入账，还说麦克很高兴，陶哥又帮了他一个大忙。

一次在中环登山扶梯畔偶遇麦克，和平时T恤居家态大不同，光鲜革履，中环金融人士范儿。路边闲聊几句，说给妈妈在香港换了新屋，说各国新同事都不知道深圳在哪里——说这句时耸肩，有点鄙夷的意思，立马觉得麦克已然自觉担负起对全球同事推荐深圳和内地的使命。也是，用阿宝的话说，麦克在房产和人生中最重要的投资和收益，都在深圳。香港人麦克对深圳有着可想而知的深厚感情。

洪波的河

　　云南游返深的朋友发来微信，感慨丽江饮马流花客栈的禅意佛境，言及北大研究生毕业的于掌柜年纪轻轻，在深圳某局当公务员当得烦心，索性辞去公职，赴丽江开客栈圆梦。这朋友也是公务员，想来感同身受，在客栈就给我发短信，说逢罕见的惊雷暴雨，雷静雨歇后遭遇安宁沉静的于掌柜。

　　上个月，客栈几个股东师姐妹前去，发布掌柜最新动态：他要出家！姐妹们表达时多少带些讶异表情、惋惜心态。闻此言我却不意外，心里一直感觉掌柜出家无非迟早的事；人的难受状态是常态纠结与徘徊，一旦决定，趋心而行，心中必生欢喜。这个家出不出，我都为他高兴。

　　于掌柜洪波籍贯东北，本科英语，硕士法律，算文科生里全面发展的人才。人生得俊雅，业务也过硬，在深时是单位骨干。大运会时他单位是接待外宾的关键部门，听他说到条目林林总总，令我瞠目结舌，自惭形秽。我这类体制外人士见了体制内的，会有意无意显摆自由自在等优势项——心理学补偿机制，酸葡萄理论的另类践行；在洪波跟前，这颗酸葡萄却只能往肚里吞。人家体制内工作完成得好不说，在体制外朋友圈里也是众口一词的善朴纯良，更兼一手文艺范儿必杀技：弹古琴。在深听过两次，弹琴时洪波一袭淡灰麻料长衫，飘逸得紧，将黑绒琴套里的琴取下来膝前一横，无需焚香，便已满室清宁。去年暑期我全家老小在客栈盘桓数日，离店前晚，点了他的琴，古城子夜鸣奏《幽兰操》《阳关三叠》，月明在天，流水在侧，浑然"此曲只应天上有"。

因客栈结缘的上海朋友 Tony 来深，说某日和洪波通电超半小时，谈论他出家事由。Tony 力劝掌柜落力经营饮马流花，他以为单就佛家弘法而言，在客栈修行的"普世"价值远胜出家，对该观点我保留意见。作为股东，掌柜出家虽让我忧心客栈前景，但终不敌我力挺洪波去求真欢喜。我这两年囫囵吞枣地看《金刚经》《心经》《六祖坛经》等，都不深解，只求稍悟；和洪波聊经，感受他那股钻研劲和兴奋之余，会为自己不求精进而心生羞愧。客栈旁普贤寺，洪波一至，便和二十岁出头的监院小师傅相谈甚欢，非佛缘深厚者莫能为之。

中学迷萧逸《饮马流花河》时，没想过未来一间客栈因之而名，定名时我力推，不仅因其与俗世隔离之美，更联想到某学者从佛教角度谈《西游记》角色设置中的禅机：悟空和白龙应佛言"心猿意马"，因此一个戴紧箍圈，一个西行负重，意指修行。在客栈，饮意马，赏流花，是住客的事；对于洪波，在这里渡过他人生最紧要的一条河，当是必然。

阿德家的岛

　　去阿德家的事，春节就定下来了。那天来我家拜年，小两口搬进屋鲜鲍、大海参若干，阿德昂头骄傲地说，这是劳驾父亲潜到深海，亲手抓的。把当时现场一众人激发得"海岛狂热"顿生，相约"五一"上岛。

　　阿德全名洪才德，洪水的"洪"，德才兼备的"才德"，十分"两广式"通俗而寓意美好的名字。阿德是硇洲岛上渔民后代，"硇"音同"挠痒痒"的"挠"，雷州半岛东南侧一小岛，在广东省地图上，最细微的指甲盖大小。虽说深圳是滨海城市，但渔民海岛生活却离我远之又远，最近的认知得自闽女的民间故事《金色的海螺》。我曾仔细盘点朋友录，渔民出身的无几，阿德算亲近的一个。

　　当年岁直逼不惑，我几成坚定的践行分子，但凡可能，便不放弃任何可亲身把握与体验新奇与美好的机会。近"五一"，我大书一封"海岛召集令"，将上海岛去阿德家的事，迅速转成现实。虽说节假日虎门大桥两端冰火两重天，广深高速车车相逼，但一过大桥便陡然通畅了，西部沿海的车便已颇有限，愈往西车行愈少；及至阳江境，整条高速公路上更是司机们最为心仪的路况。

湛江的特呈岛，是上阿德家的岛前必到站，岛上一栋栋茅草屋，屋顶都是一群手工老艺人纯手工编织而成，巧夺天工，别具风情；更兼在细沙滩软吊床椅上歪着，看隔海对岸湛江港上集装箱船只穿梭往来，夕阳在侧，级级地落下。

过硇洲岛需搭轮渡，四十分钟，过海汽笛的长鸣把孩子们喜得不行。下轮渡车行一来分钟，就到阿德家的存亮村。村头村尾拉出的两条欢迎横幅，令这次"合家欢"为主的旅行具备了深刻的"有组织"交流意味。在阿德爸妈专治的海鲜宴上大快朵颐时，村长特地来介绍，本村曾以深海鲍鱼直供国宴而著称，只是随着海洋生态的变化，势头稍弱，不过依然抢手。好客的阿德父亲特地驾船出海，捞捕出大只黑海参、青石斑，鲜活炽热地呈桌面。海味之美，人心之热，真令人热血一阵阵涌上心来。

入夜，饭桌上犹然觥筹交错时，流浪歌手阿弟已在海滩堆柴，点起了一场预谋已久的篝火。这遥远滨海沙滩上的火，深红，透明，赤子之心一般，将海边的暗夜照得通红。音乐响起来，海滩上全部人手之舞之，足之蹈之，此情此景，太久违。

阿德醉了，醉到说很多话，秀美的母亲在旁听着，眼睛透着光："我这个儿子从不会撒谎。"阿德更醉了，醉到说不了话，父亲看看我，骄傲地说："我这个儿子，比村里很多孩子强。"这时，岛外来客们既歌且舞，欢畅淋漓，岛主人阿德却依偎在篝火畔，醉眼昏昏地睡去。

天使的告别

腾渊的告别仪式定在周日下午，未料天寒人病，不能亲至见最后一面，恍如鱼刺在喉，哽得令人胸闷。几天来深圳气温始终在低温盘桓，天地一片凄楚颜色，冷风冻雨，仿佛在为这十二岁少年的辞世呜咽垂泪。

腾渊姓龙，按字面义看，这娃分明属于可在人世逐风竞浪的人物；也因赞许这名称缘故，打娃出生我就始终唤他大名，每次唤名，眼前都能见他未来意气风发的模样。腾渊爸爸我叫小龙——我中学六年耳鬓厮磨的男同学，时下称蓝颜。由于和小龙经历过从孩子到少年的青春期，一块打架斗地主抄作业，一同研读金庸古龙，情深如许自不待说。小龙大学念同济，典型工科生，毕业后早我三年抵深，从独身到一家数口，再稳当有序不过的人生。那年我身无长物赴深实习，宿舍分在梅林一处空房子，屋内除张床垫外空徒四壁，一个电话过去，小龙便左手一铺盖、右手一枕头地搭乘小巴穿城救援，我在这座陌生的城里才算有了身心安顿。此后随城市节奏各忙各，我打我的工，他创他的业，时不时电话通报近况，添些心中暖意。

小龙婚后腾渊应声而降，其时我职业生涯正拟告一段落，探腾渊宝宝便探得很有趣致；概是"万有引力"，次年我家妞赶着降临人世，两家人见面话题便从常态忆往昔峥嵘岁月更新，添了晒娃八卦臧否生活桩件。瞅着小腾渊从褪褓到蹒跚学步、牙牙学语，再到幼升小、小升初，小人儿重要的人生节点我从未落下。记得三四年级时来家，腾渊胳膊缠满绷带，重伤员模样，小龙说娃从双杠上摔下来，骨折，爹又赞儿子懂事硬朗，只痛得受不住时才节制地掉眼泪，让医生惊叹。我怨小龙看护不力，这爹满不在乎说，孩子嘛，总得跌跌碰碰才能长大。

腾渊罹病已逾一年，某天小龙说一家三口在北京某医院，说腾渊要手术。心头一惊，赶紧问，发过来一个不常见的病名，说已有专家诊断意见，情况不太好。当即心如沉船，除了问详细些，尽可能搜些资讯，再无能为力，只能心里默默祈祷，既而通感到小人儿身体所忍受的疼痛，心中万般黯然。

几轮手术后腾渊从北京转诊深圳，探望时见病床上孩子口鼻插满管子，不能出声，近他说话，他很努力地睁眼合眼，眼睑边的睫毛张开复合，很用力的感觉。二十四小时陪护的妈妈说："腾渊在和阿姨打招呼。"顿时鼻头一酸，几至失态。拉着手给娃读个故事，唠叨些过往家常，起身离开告别时，腾渊的眼睛再度一张一合，我上前，努力抱抱他的头。

那日阳光和风都好，出儿童医院，我在音乐厅广场石凳上独坐良久，所有寂静的空气都凝固心尖，猛地不能自已，失声痛哭：人世间许多天使正在绽放，唯独这一个，却将随风归去。

纸月光

纸月，曹文轩小说《草房子》中女孩儿的名字。妈妈未婚而孕，产后自尽，爸爸身份不明，纸月由奶奶带大，却生得格外安静，一手好毛笔字不说，更背得许多唐诗；离纸月家不远，是一处古老清静的寺院，寺名浸月，多年来只一个相貌清秀的和尚慧思，慧思的眼睛里"有另外一个人的眼睛"；后来，纸月和慧思一起失踪，"仿佛有一对父女，偶然地来板仓住了些日子，又搬走了……"再后来，有人在江南碰到纸月和慧思，慧思已经还俗……周末中心书城这个下午曹老师的出现，纵然让现场人潮涌动、听众情绪激昂，纸月意象却始终萦绕我的脑海，挥之不去。

数十年如一日在燕园未名湖畔写作不辍、教研创相长的曹老师最近大火——因获"国际安徒生奖"的缘故。从"莫言旋风"到"曹文轩热"，中国特色"一朝成名天下知"的传媒造神模式，令原本清明的文学金光万丈。"获奖至今，我有点疲倦，但是我想还是应当配合媒体完成宣传。"现身"深圳儿童文学发展与批评沙龙"的曹师如是开头。"不过最多再过半个月，我应该就能回到书桌旁继续写作了。归根到底，我是一个作家——而作家，是必须回到书桌前写作的！"说这句时，面容清隽而略显倦意的曹师眼中闪过一道光。之前看过文博会给这位"中国安徒生爷爷"赴书城制定的分秒必争的时间表，所以当面对尚书吧内举书等签名的同学们、受惠于曹师的数位深圳儿童文学作者专注而期待的神情时，我生出些左右为难的心情。"得奖消息传来时，所有人中我是最平静的……不过，这个奖，是要到现场，才能感觉出她沉甸甸的分量。"曹老师轻轻地说，浅浅地笑，我心中宠辱不惊的学者本分。

无独有偶，新著《青苔街往事》初版的杜梅和畅销一时的《超级六班》作者刘克勤同样提及"和曹老师素不相识，看完作品后他却欣然作序"，在中国诸多儿童文学作家的写作心路中，曹老师便是那束温润的光，恒持照亮。身为深圳青春文学写作推动者的谢晨更有话说："当年邀稿，电话那头说：'你替我写一篇吧……'此言令我心中一顿，替写如何曹文轩？"不料包袱抖出，谢晨娓娓，言道待他如何将此城中学生"阳光写作"自滥觞至发展洋洒大篇毕，即收复函："写得很好很全面，但我一字都不用。"不久后曹老师手稿馨香毕至。我心中暗暗喝彩，此文坛典故着实生动，非儿童文学作家不能为之也。

沙龙全程，纸月意象凌空频现，想来也是：万丈红尘间的儿童文学，正如纸上之月，温暖明净，为孩子的天空、为每个成人心底永远的孩子而恒在。"我想，'国际安徒生奖'之所以颁给我，一是因为我在创作时始终坚持的文学性，二是因为在我的作品中，独一无二的中国味道。"近半小时讲述，曹老师脸上始终淡淡微微的笑，透着月亮般皎洁而宁静的光辉。

创课者

　　事实上，我不认为蓉老师课堂能称得上当下时兴的创业：一没觉着蓉老师在主观为育女、客观惠朋友的创小课堂之举能称为创业，二来她虽为课辞职，开公号、做推广，但这个前无财务报表、后无扩张计划、鲜闻天使投资人 AB 轮等网红词的国学小课堂，何以称创业？

　　蓉老师不认为自己开的课叫国学课，虽然课堂内容讲的确实是五千年文明古国的那些事，却将地理、历史、文学、掌故打通了讲，蓉老师更愿意把自己创的课叫通识。通识，在教育界一直是舆论征伐重镇，从小学、中学到大学。有关小学语文课，先有鲁迅移出课本之争，后有国旗和生命谁重要那篇三年级课文掀起喧闹，"90 后"自行设计最美语文教材热极一时，对语文的重视已昭然若揭，所谓大国当道，语文归来，很合逻辑。

　　既过揭秘期，就给大伙八卦下蓉老师发心创课的段子：她家闺女也算学不逢师，遇到一位从知识储备、能动性到态度都弱的语文老师，眼瞅着女儿语文每况愈下，名校中文系科班出身的蓉妈那个心急如焚啊！怀满腔诚挚上门商榷，不幸老师太不谦逊，对高人辈出的深圳江湖也知之甚少，从头到尾一副"你教还是我教"的傲慢，态度上成功激发出蓉妈大学时以迷重金属摇滚而另类的中文系学生的叛逆劲儿，数十年社会教导出来的温良恭俭瞬间烟消云散，直接来了个扬眉剑出鞘，我教就我教。于是家长五六个、童子六七人，语文课扬帆起航，课堂端坐的孩子里自然有她自家娃。"我的课也没啥，我拼了命给同学讲知识，给大家抹一层中华文化底色，同学们呢，必须背古文、写文章……那啥，我只有站在讲台上的时候，才看得到闺女眼睛里崇拜的光。"受惠亲们都必须感谢蓉家闺女眼睛里的光，这是蓉老师不惑人生之后收获的至尚奖赏，和她创课时舍我其谁的核内驱。

课堂两年，我以工作繁忙讨了蓉老师的家长课堂免随金牌，眼看着我家姑娘在吾国人文、历史、文学浸淫中日新月异：学完《过秦论》，"胡人不敢南下而牧马"句成了闺女新年自选门联；从《阿房宫赋》到《史记·太史公自序》，从《孔雀东南飞》到《春江花月夜》，从《前赤壁赋》到《醉翁亭记》，孩子们背得那个如火如荼；假期辅之以三山五岳名川瀚海的游学，寄蜉蝣于天地，从蓉老师之乐而乐。周末课堂娃娃们趋之若鹜不说，蓉老师洋洋洒洒愣能让猴子们三个小时端坐如钟、屏息静听。最值得称道的是蓉老师备课倾心尽力，每个三小时都需耗费 N 个三小时，常常子夜网上遇见，相互给个笑脸和月亮，对影成四人。

蓉老师已然很红，图书馆两场公众讲座，听众之盛，远超太多名家，更屡有知名国际学校请她进校园授课……我这厢无比感慨深圳家长们对孩子语文教育的拳拳之心：一端满目留学频道，一端是吾国语文当道，往大了说，从中华文化深入滥觞的爱国主义教育，正当其时，恰当其时。

冬梅的微笑

　　冬梅是闺女的英语老师，在公众场合，我亲切而尊敬地喊她Ms.Chen。单就"冬梅"二字，闻名知为同辈人：咱们那个年代，父母给子女取直观、质朴、易记名儿属常态——春兰秋菊，夏竹冬梅。我姐生于腊月，也是直接唤作腊梅。

　　早在三年级家长会时，我被扑面而来的Ms.Chen的气度容颜惊艳了个正着：生得实在美！高挑个，面容承袭"鹅蛋脸、樱桃嘴、柳叶眉、丹凤眼"等中国传统女性美特征，珠圆玉润，更衣香环佩，身姿妙曼——像大朵芍药花样的美人儿，落落大方，无关梅之暗香袭人。概因执教多年缘故，言谈举止端庄得体，我却能从她稳稳当当、不怒自威的表情间依稀辨出少女时清丽娇俏。家长会讲什么早已烟消云散，当时心底暗暗一声喝彩，却在我心间存留。妞六年级，小学生涯将逝，Ms.Chen是承担他们年级课程最久的任课老师，熟络后，听梅师说过一句："我是一名老师啊！我在意的是在孩子们面前保持优雅和美丽，希望通过我的一丝不苟，向同学们传递美和认真的态度。"淡淡地说出来，无常态表述正能量时的铿锵。

　　梅师常见表情，是淡淡的微笑：讲台授课，和家长说话，或点头或沉思，不急不缓，微笑时下巴微抬，"为人师表"应有的矜持立见。少见她开怀大笑——遇过一次：两年前和她同赴高原藏区支教，强抑各种高反不适给藏家娃授课毕，阶梯教室内同学老师掌声雷动，冬梅双手不自觉地胸前合拢，眼神寻到我，脸庞秒绽，那笑容啊，跟高原的天空和孩子一样蔚蓝，清澈，无拘无束。认识四年间，偶遇过她略微疲倦的神情，却总淡淡的，仿佛日子再难再累，几个深呼吸后便能重归丰沛明艳。只有一次，我把郁积心中关乎小升初之焦虑种种和盘托出，便见她眉心骤锁，愁满花容："当老师这么多年，每年一到这个时间，我是真心疼咱们的孩子啊！一批又一批的孩子……"沉默良久，再道："我只能做好我自己，让孩子们尽可能培养好习惯，快乐学习……"言必信，行必果。英语教学上 Ms.Chen 研磨出无数把刷子：唱英文歌，英语演讲，探究践行戏剧英语教学……去年岁末那场少年鹰鱼气势飞扬的"深圳小学生英语戏剧趴"，Chen 是不折不扣的幕后总指挥；在教育命题上，冬梅是我所遇到深入各领域的体制内老师：每年准时出席文博会、慈展会等大型活动，担任翻译志愿者，任深圳"蓝粉笔"支教组织骨干，为倡导家校"幸福双翼"课程鼓与呼。家长会上，梅师都掷地有声地恳请家长们务必尊重孩子，探求与孩子顺畅沟通的方法。大前提是：各种呼吁，都源于她切身践行——证据是：学生们和她已上中学的儿子和她之间，无限亲密。

当我拥着孩子，在人生向善与美前进的急行军中，疲惫时偶或想起冬梅的微笑，这位美智兼修的好老师，自然已坐拥桃李成蹊河海般的深爱，我却能从她面容上春天般的微笑间，窥见她骨子里凛冬的坚毅。

　　这个小满刚过的子夜，忽觉凉风携暗香，扑面而来。

那些王芳们的香气

　　去年某姓名研究机构出台文件，发布汉人名重名人次排行榜，"张军"居首，超过七十万。本人名字排行第七，名"王芳"者，二十二万之众。打那儿后，每见陌生人，我都心虚地向对方解释：我是二十二万分之一。此外，我更为朋友手机里多一个"王芳"致歉。

　　在这座城市，我熟悉的活跃在文化领域的王芳，另有其三。手机中标注的"王芳姐姐"，是大剧院职员，姐姐说，每次和我通电，王芳打给王芳的感觉很奇妙——我也这么觉着。姐姐任大剧院艺术总监多年，籍贯西北，脸上生得一种大气的美。那阵子我蹭戏票蹭到自发主编出一本文艺圈内小有名气的地下刊物《看戏》，铆劲要把深圳剧场文化摸个门儿清，便跟姐姐交往频密。某年艺术节，我全程参与开幕座谈，本人现场速录堪称专业，后期报道角度独特，让姐姐对我刮目相看，单约吃饭时才知道世界上确实没有无缘无故的爱，姐姐以前任过《深圳演出报》编辑——虽然该报已消散风中。因国有文化机构改制，姐姐五十岁那年办完退休便回了老家，既享受不老便还乡的悠闲，更随心所欲地做自己想的事，继续光彩美丽。

第二位王芳赫赫有名。我赋闲生娃又立志混文化圈后，初见业界介绍自己时，总能听见"咦，你不是书城的王芳……"心想原来真有个王芳名声如炽呀。后有共同的朋友撮合，此王芳见彼王芳，书城王芳一头短发，精干的女强人样式，那晚便听说她次日要回武汉老家，去播撒鹏城先进经验的种子，当晚俩王芳相见恨晚，相谈甚欢。不久后就传来武汉"方所"开业的消息，营运模式之新、设计之巧惊动全国。不久前从朋友圈中知道彼王芳已返深，对于人们对本城自由空气的怀念，绝对感同身受，而每次在朋友圈里看到她风风火火，心头便一热。

第三位王芳妹妹生得白净文弱，她的工作单位很让人惦记：市里文化专项基金办，早两年因工作关系常见面。妹妹开会说事儿时光听，不太吭声，却胜在会后行动倍儿麻利。当时一起做的是一件企图心很大的全城文化艺术地图大业，妹妹负责沟通协调全市各文化单位、企业、项目，她在 QQ 群里劳心劳力、不厌其烦地通知、联络资讯，经常清晨起来便能看到她半夜发的消息。身边年轻的王芳奋力如斯，我心里就越督促着自己把工作完成得好些、更好些，大小王芳之间的微妙互动，非王芳者不能感也。

芳者，香气也。我发过心，说咱们这四个，还有那些在城市四散的芳儿们一起坐下来办一期"王芳沙龙"，沙龙主旨除了欣赏美丽，相互激荡，我们还可以搜集、召唤出那二十二万缕王芳们馨鲜的香气。

春风识面戴医生

　　如果在封建社会，戴医生的场子门前必将高悬一块黑檀木匾，上刻三个正楷镶金大字"回春堂"。

　　生于 1963 年的戴医生是小时候的我需仰视方能及的国家栋梁——医学院大学生。戴医生本人并不这么看："我的心理素质太差了，每次做完血糊糊的手术，都吐得稀里哗啦的，整天整夜吃不下、睡不着。"回溯当年事，固然是音声爽朗，却明显透着心有余悸。我闭着眼睛都能通感到当年纤纤弱质女子在医科大学攻读骨科的艰难心路，着实是因了父母之命不可违，而她父母都是当地颇具声望的医生。

　　虽年已半百，戴医生却显示出和她年龄不相称的轻盈与秀丽：满头青丝乌黑油亮，高高盘于头顶，垂之过腰；素面红润，水分充盈，头发、皮肤之佳，和她中医师的身份极相吻合。"大学毕业，做了六年手术后，我下定决心，逃离这个行业。"说这句话时含了些释然的味道。的确，在医院各科室门类中，骨科更近乎体力活：一个装置齐备、钉锤俨然的工具箱必不可少，手术过程也可以完全发挥感性想象，在敲打、修补中完成作业，很不像清俏苗条的戴医生所从事的职业。虽然她的离开全在家人、朋友意料之外，她却依然一往无前远赴北京，投名师，从头越，学习她心仪已久的中医推拿、针灸。

经络、穴位、刮痧、火罐……于我一直存在于武侠小说或概念间，更觉其是须发皆白老中医的专利。但戴医生手上功夫和疗效却是真的，找她的人，都是口耳相传，朋友引荐给朋友；某次我见久病愁医一闺蜜，发现她面色绝佳，一问才说起戴医生。过往相当长的时日间，她几乎每月要到医院报到，做透析，吃尽仪器和药物的苦头，数据却每每不尽人意；她说在戴医生那儿疗了一程后，再去医院，数据便很神奇地转趋正常。我当即便生了好奇，尾随而去，与其说是奔治疗的，倒不如说想去"眼见为实"。电话预约时闺蜜转问："医生问你身体哪里不舒服？"我一愣，赶紧校正意识里"推拿"和"按摩"两个概念中治疗与放松的差异；不过，当戴医生十只手指在我背上巡游一圈，迅速选准一点按落，直痛得我一阵哆嗦，说该症状表肾虚、体寒，我当即便想五体投地，觉着遇见传说中的名医了。

"有时想整理一下我的病例。像强直性脊椎炎，在世界范围内都是疑难病症，但我手里已经医好了五例。"听着很重大的事，戴医生说来依然轻描淡写："看着他们一个个原来走路都困难，到疗程结束后跑得飞快，真比什么都开心，这才是当医生的最大的满足。"我闭目倾听，心中润泽：在医患关系早已算不得褒义词的世道，戴医生尚能如此享受"回春"之乐，也是2012年初春我所遇最美的人和事。

深圳好青年

朱朱祖籍阳江，我和他具同事之谊，源于他一位阿姨、我一位朋友。五年前，朋友说推荐个"深二代"来当志愿者，我小心翼翼强调两遍：补贴微薄！补贴微薄！朋友说，哈哈，深二代不用买房，还有他想考社会学博士，到你那儿锻炼锻炼。次日，一个大男孩便敦敦实实地出现在办公室。

确实，朱朱最吸引路人注目的，是身段儿，最新事实是：某日我单位烙饼专家赵姥姥施展千层饼绝技，提升办公室午餐品质。立马一小女同事"艾特"朱朱：都怨你，害姥姥得买多二斤面粉！朱朱当即微信群回复怒目圆睁和狞笑表情，一众人跟帖，笑得泪流满面。

"为什么想考社会学博士？""呃……每年回老家，村里老人家越来越老，年轻人越来越少，有点难受，就想……为他们做点什么。可是，又不知道能做什么，去读下书，可能就知道了。"朱朱当时略羞涩而真挚表情的回答，颠覆我印象中广东人、深二代穿拖鞋逛街或周身干练地出入生意场所的形象，恍有春风拂过，清泉暗涌，当即我脑子冒出"深圳好青年"五个字。此后两年间，朱朱每月领一千五，从事各种活计，他的独有才干和乐于助人的天性也自然显山露水。身为男人，他理所当然加入重活累活集中营：朱朱，慈展会布展，搬下电视机；朱朱，周末沙龙，物料大箱子归你；朱朱，明天开"小红"来啊（朱妈妈小红车）……更重要的是，中学学校毗邻华强北的朱朱对于网络世界的谙熟，解了集体许多困惑：朱朱，网断了。朱朱，电脑崩溃了。朱朱，U 盘和硬盘哪个好啊……"朱朱"呼唤率稳居办公室之首。

单位单身人士多，我常做些红娘或知心大姐工作。某个早上，和医院谈完一桩儿童疾病合作计划，和朱朱一起走在福中路上，概因心情大好，不觉扯到个人隐私，我高屋建瓴说道：每个人都会遇到自己那杯茶……朱朱，你说对吧？……嗯，朱朱沉默两秒钟，连连点了几下头：是的！王老师，我……已经遇到了。"银行旧同事，人很安静，跟我一样喜欢漫画……就这样了。"表述彰显朱朱粤籍本性，惜字如金，概不渲染，接下来一句让我闹心："王老师，我可能……不能当志愿者了……计划结婚，我要挣钱养家了。"哈哈，我心里那个雀跃，结婚自然比考博士重要一万倍，只是，朱朱一走，那摊琐事将如何！

鬼使神差，朱朱离开半年后，组织发展出机会，我忙不迭地递橄榄枝，有份正常薪水的岗位，胜在 BOSS 好，来不来？朱朱欣喜而华丽丽地入职，办公室一切又有序起来。婚后朱朱的变化，一是可以为接丈母娘请半天假，二是春节后开始给未婚人士和有孩同事发红包，2019 年的红包上竟然是小朱太手绘动漫猪："我们数了数，朋友不多，可以一个一个画耶！"看他日子静好，我有日不怀好意地问："朱朱，小日子过得可美啊！然而，你的梦想呢？"嗯！万没想到朱朱又点点头，重重的："老人家都还在，他们说，等我多学点东西再回去。"

脱单进行时

　　除了财务岗位的小朱，我负责的这间公益机构的人员是全女班，皆因心中相同光火而聚，时光骤逝，每至新年度，熟朋友惊呼声越来越响亮：还是你们几个啊！转眼"在一起"已七年，在深圳这个快节奏的现代都市，简直奇迹。

　　年轻时主持过创意公司，百十号同事如走马灯轮转。履新求职者一月试用，两月熟手，三月主力，共事半年，便可称"老"，傲视新侪；更缘深而进取的，满一年则大可能被拔苗至独当一面。而当前公益组织，薪水原低于我城均数，更数年如一，工作强度能力需求却随我这位生性热血励志的领头羊普涨，早已全线接轨市场。以如此前提，几个人都肩并肩走过七年，得意之间，略感不堪回首。

　　七年一体的小伙伴们，单身姑娘有三，昔见君未婚，至今君未婚。头一年，亲近的叔伯姨娘们瞅着仨各种喜欢：一个美，一个飒，一个沉稳朴素；越发触碰她们美好心灵、单纯秉性后，更是纷纷动念，牵线搭桥，这通通是深圳好姑娘啊！牵搭间还不忘看我：事业忙归忙，千万别耽误她们哟……已婚领导如我，压力梧桐山般大。然而，热闹是旁人的，她们什么也没有，各自静默三年后，我开始把个人问题列入会议重大议项，恨不能追加专题技术研讨会：集体命令有之，个人谈话有之，年复一年，概无所获，行至七年之"痒"，意志开始崩塌，准备默默关熄心底那盏为她们做嫁裳的灯。

美的是Z，无论在哪儿颜值身段都稳居前三，擅音乐，弹一手好钢琴，面容更具新世纪诱人的高冷范；飒者H，剑眉星目，端庄泼辣，舞姿魅惑不待说，最胜三观好，心眼正，对孩子张弛有度，圈粉丝无数；朴素稳重的是Y，传说中"女汉子"写照，能吃苦，无怨悔，摄影专业范儿，长于抓拍他人最有韵味的瞬间。人生过来人，我常换位至未婚男士角度思考：仨妞每个，以我和她们亲密无间在一起的七年，娇骄矫三字全无，个个都是经营良帮手，生活好伙伴；难能可贵各有艺术专长，爱心与审美兼具，人生伴侣之君子好逑才是。这都不热销，反而有焦点集中至我：工作满，出差多，让姑娘们没时间谈恋爱……明里点头称是，暗自心中委屈。

三人里，Y是最严肃对待人生的那一个，由于不排斥传统的相亲，年初甚至推进到谈婚论嫁，我那个暗欢喜啊，只待花开并蒂，好事连连。但结果戛然而止，我好落寞。遂深聊，三个人失败恋爱史中，都在与对方相处时因分歧僵住，悉数落入"你不怎样，我就不怎样"的言辞逻辑陷阱，未及牵手便挥手自兹去。

听罢摇头叹息，姻缘虽天定，但不委屈、不磨合、分分合合都超级麻利的恋爱，也终是新生代困境。奇怪地想起一句诗："何当金络脑，快走踏清秋。"马犹如此，人何以堪。姑娘们脱单啊脱单，赫然成我清秋时节的重大念想。

这些花儿　那些花儿

　　嘟子近段跟小轩和几个男孩打得火热，执着于在拍卡游戏上一较高下；放学时间家中对讲机常常响起，让这位素来跟姐姐爹娘混的 8 岁男生生出许多坐拥独立私生活的骄傲。

　　小轩是小区保安队长的儿子，今年 10 岁，生得虎头虎脑，体格无比结实，让我这类家有"厌食排骨娃"系的家长艳羡不已。提起我家小区，那可是城市中央和谐社区的代表，中央领导来深视察时的展示典范。我居家其间，也确实感受了许多物管工作上的优越：比如跟大多商品房社区相比，保安系统的安全与亲切。

　　亲切感更多源于楼栋配置的女保安。小区启用女保安记不清有多少个年头，那阵子刚见，感觉跟居家安全、退伍军人等常规概念太过背离，陌生而新鲜，渐渐才觉出好：纯自住型小区，多的是老老小小家长里短，让隽秀温柔的女保安在门口当值，比防火防贼的肌肉型男保安，不仅亲切家常，更从安排扶老携幼到常规分快递等琐事，细心耐心天然到位。

　　我家楼栋前的是小苏，江西人，生得眉清目秀，初来时面色颇怯：毕竟要面对一批价值观已颇现代的深圳置业者，开始一种与老家迥异的生活方式。那种怯，连帮手拎肩扛的业主开个门都感觉她手足无措；慢慢熟了，见她不仅分内的当更巡逻等工作一丝不苟，更因人踏实、肯做事，赢得越来越多业主赞赏：如下雨天给忘带伞的人热心递伞，老远跑上前为拎菜袋的老人搭把手，更通过手中对讲机准确告知各家贪耍孩儿的准确位置……就这样，小苏怯怯的表情渐褪，能朝见夜见她脸上的真心微笑。几年前某暑期，我下楼遛娃，见两孩子坐楼门前桌椅上写作业，小苏站立一旁当班如故，脸上却现出罕见的温柔，我问："你孩子？"她腼腆笑着点头。正说话间，花朵们却都已朋友遍天下地自来熟，在旁边游乐场上耍成一团，小苏明显不好意思，张口欲唤回，我忙不迭止住她：这几年我常在边疆乡村跑，见证太多留守儿童思念爸妈的难过心情，能见小苏一家在这儿团圆，心里高兴。

和小苏家团圆相异的是，小轩因父母都在小区工作，打小就跟了来，也顺时应势地就近读了幼儿园和小学。因牌友关系，嘟子跟小轩常互有造访，有次从轩家回来，絮叨着跟我说，他家房子好小啊……我闻言顿时凛然正色："交朋友不能看谁家房子大，得看谁更讲礼貌，谁更身体好、学习好。"嘟子诺诺，一副进耳的模样。很多次玩拍卡，嘟子被小轩赢得一张不剩地灰溜溜"裸归"，我表面上说着安慰儿子的温柔话，心里却总不免有点幸灾乐祸，边乐边心里嘀咕：还是亲妈吗？

一 号

"一号"是我家院门前发廊的理发师，店里人都这么叫。

家门口这家发廊算有年头了，开业时对面中银裙楼废旧一片，彩田路万佳旁一众发廊也尚未迤逦次第，堪称独步。店内装修不算豪华，但红红白白的，从布局到椅、镜陈列都很现代。数年下来，店铺几易其主，名字、门头一换再换，但据我观察，发型师、洗头小弟流动率却也不见得比旁家高。用"完全经济人"阿宝的话概述此情此景，就是"老板对下面人还可以，做生不如做熟。"

身为店长的"一号"俨然是几朝元老，细想起来，我自第一次进店做头发就已经见过他。"一号"中等个，体格瘦弱，有股质朴、干净的味道。年轻的发型师们通常很在意自己的头发，总要想方设法出类拔萃；"一号"大概过了这个坎：只浅浅的短发，栗黄微卷，说起话来秀秀气气，和模样、个头一衬，一副不打眼的文弱书生气；临门落地玻璃前视野最开阔的椅子，属他专用。

在我印象里"一号"不太争客。像我这种对自己容颜从不自信发展到不自恋、索性素颜到底的客人，进店常常随遇而安，逮谁是谁。有时瞥见他坐在透亮的角落，遇我垂询的眼神，却并不是积极主动过来兜客，更像温雅淳熟的店长，小弟招呼不周，亲自过来问问需求，务令宾至如归。一来二去，我也顺水推舟有了"专属发型师"，成了"一号"的熟客。

以前进发廊，最简单地洗、剪、吹，完了便撤，觉镶混着香波、发蜡等滋味的时间于我不甚安逸，不愿在此间耗损，我发质不佳或许存乎此心。旧年凤凰花开时节心生愤郁，一夜之间额鬓添霜，兼之断发如丝，心中既忧叹"老之将至"，遂始关注头发问题。再见"一号"，便多了话，直接"专家咨询"，听我絮叨时，"一号"始终保持着平静。平时他说我这种感觉的女人，只需讲究自然、好打理，即便生心卷、染，亦都遵循最简易的程式。那天他仔仔细细上上下下翻、拍我头发内里，沉吟良久，说他以为我的掉发是新陈代谢旺盛所致：因我头皮贴处新发丛生，属于新旧交替，应当无碍；至于白发，最在乎营养和休息，要减轻焦虑。当即就觉他言语里蕴着贴心，我轻松许多。

做头发时有时也会不急不缓地聊聊别的，"一号"说起他如何要求店内发型师在专业要"更好一点"。这间店确实重视培训：几次我拣客人少的时间去，只见一群发型师聚拢在一个头前，研究烫、染，最新发式命题。又聊到他是来深圳后结婚生子，爱人是同行，生完宝宝后在家全职，由他一人养家糊口。说到孩子的顽劣种种，"一号"细细而经常眯成一条缝的眼睛便发出清澈透亮的光："明年她就要上学了。"满脸辛劳却洋溢成就感的人生表情。

邻座港太

公务突袭，早班机赶赴昆明。上机便靠了窗位闭目养神，昏然睡去。及送餐时喧嚣，才睁眼环顾。隔座一对夫妻，一看便"很香港"，他们身上那股精致的城市味，像我这类十几年的"老深圳"，扬脖儿便能嗅到。

很有礼貌地拒绝了空哥循例递过的餐盒，只接受小点心。本人飞机餐吃相和那些低头狂啃的或领了饭吃一点又浪费的人颇是不同，感觉邻座港太看我一眼。当我习惯性又要果汁又要茶时，港太便热情地当起了"二传"。她十指纤纤，指甲都精巧地镀了一层粉，最妙的是镶了细细朵朵白兰花，令素甲人士叹为观止。又侧目，见她头发亦漂染得细腻，红紫紫的一缕覆在额前；面容虽已不年轻，却尤姣好，薄施了一层粉；班机冷气不足，她鼻尖有微汗渗出，却不显狼狈；"徐娘半老，风韵犹存"八个字，写照准确。"您的头发染得非常漂亮。"在她再次充任"茶水二传"时，我递去一句真心赞美，她欣然报以谦逊的微笑。

攀谈展开。"我和我先生是香港人。"还算标准的普通话，虽然卷舌和儿化音咬得有些刻意或勉强，但在香港人中已属上乘，我再一次坐拥主人翁姿态赞美："您的普通话说得很好。"港太话

匣子明显被打开："我到香港四十年啦，我十岁跟爸妈过去，这十几年都在大陆做生意。我先生是地道的香港仔，湾仔生的。"过道位置读报的"港生"听及此句，亦有礼貌地注目回应。"您怎么看待香港新特首？"虽不关心政治，但是个好的话题。"其实上一届曾特朽（首）都不错了，很努力。新的梁特朽（首），还要看，不知他足不足够好的行政管理能力……不过，我觉得很多香港人很过分，对大陆人不好。我们做生意的，都希望和大陆有一种好的关系。""我常常跟儿子说，一定要爱你的国家，你不爱你的国家，别的国家就肯定不爱你……香港中小学新增了中国的地理和历史课，不过很多人不认同，大家有观点的分歧……"

短短一路，港太话题已经覆盖了政治、文化、教育。

"港生"忍不住了："其习（实）外国人都不懂中国，总是以为中国很穷，很糟糕。""是的，我们以前也以为香港只有黑社会，只有旺角、砵兰街，只有满大街的打打杀杀。"我说。"系（是）的，最要紧就是多高（沟）通啦，要让人家了解真正的你。"

　　落地各自别去，因为港太，此程飞行颇意外地获了许多信息和人间暖意。面对陌生人常常恨不能第一时间捧出最炙热的人情，这是人与人关系间通透的一处。

老 杜

　　事实上，至今为止我还不知道老杜姓什么。但我第一直觉他就得是老杜，内在逻辑是：我既不认为他是王、张、陈等普及得太普通的姓，但也不至于老欧、老陶、老丁这般生僻。老杜感觉比较对，不生不熟，音色铿锵，挺像他。

　　老杜是我一个熟悉的陌生人。早 N 年前，小区东门便扎着个小修理摊，爹妈搬来同住的第一事项是把家里一堆各有缺陷的伞一把把拾掇得齐整回来，说："门口修伞师傅手艺不错。"那是我的生活第一次和老杜有交集。

　　家中有老人，修补旧物件便成常规，尤其像伞啊鞋啊的，有时我偶尔被支去接修补好的东西，也就真真切切地见到修理匠老杜：那会儿该五十上下，一张脸从颧骨两边直直地削下去，瘦而不弱；浓眉、鹰钩鼻、薄嘴唇，一件蓝布外套罩灰围裙；江浙口音，不苟言笑，有点被梅雨浸泡多日的味道。老杜手上利索，你拿物件到摊前，他只抬头看看，不多话，接过来便动手；他主营业务有两块，一是补鞋：钉鞋跟鞋掌、拉线锁线、修补鞋面等；二是修车：链条、上油、补胎、打气。老杜有个泛黄的木头工具箱，里面有大小不一、样式各异的金属质鞋跟，还有大小张黑、褐色的皮子、一捆一捆各色绳线，外加钉、锤、起子、扳手等。每次老杜打开箱子时分我都联想到古龙小说：马场上钉马掌的老男人通常是历尽劫难后不动声色的一等一高手，深度参透生活"隐忍"二字，老杜冷峻的面容和手上利索劲真让他有了点退役武林高手范儿。

老杜的摊原本在小区东门口垃圾站前，地面也算干净整洁，然而每次见我都替他忧心工作环境的空气质量；后来小区改造人流路径，老杜摊挪至南门，近车道，老杜工作时就有了车水马龙的背景。南门口临小学，摊上单车类的活越来越多，后来见他摊边支了个打气筒，孩子们自己给单车打气，也不见老杜管人收钱。

某日黄昏时，我拿童车让老杜整链条，突然一个女人骑着单车径行至摊前，极熟络地细声道："哎，给我看看，怎么嘎吱嘎吱响。"老杜很罕见地立停手中活计起身，接车，猫腰，左右端详，片刻后："好了，你看看。"那是我头一回听老杜温柔地说出完整的句子；那女人似是小区某家钟点阿姨，来回推推车，冲他嫣然一笑："谢谢，先走了。"老杜刀削脸上随即浮现憨憨的笑容。我眼瞅这一幕，暗自揣测，这八成是老杜的相好或暗恋对象，不知怎么地挺替老杜高兴。

老杜的摊儿让住小区里的我心里很踏实，老杜勤力踏实变废为宝的能耐更让我感觉深进尘世烟火。或许某天，一不留神我这句就脱口而出："老杜，您贵姓？"

的哥晒幸福

　　"这时候去机场不用走皇岗，深南路不塞车，可以省十块。"胖的哥很自然地叨叨着。清晨风凉或者闻言讶异，我心略动了一下：京沪出租司机主动选路、帮客人省钱算是职业习惯，深圳却少见。我"嗯"一声，赞许他的意见。"你们小区的房子，好贵的嘞！"一言未落，一言又起。出租司机主动聊房价，我有些意外：曾经二线关内的房价和"的哥阶层"仿佛隔着鸿沟。我又"嗯"一声："中心区嘛。"表示礼貌。

　　"你是哪一年来深圳的？买得起这里的房子？"他顺理成章地话题绵延，我有点绷不住，心想与其被动作答，不如转主动："您……是湖南人？""是的嘞，攸县的！"语调明显热忱，音声里饱含一种获回应的愉悦："深圳开出租的，十有八九都是攸县人，我 2000 年来的……我和我老婆来深圳十几年了。"

　　我顺水推舟说起遍布各处的"湘攸大碗菜"。"是啊是啊，就是我们那里人开的，我老婆还在店里当过服务员，一天工作十几个小时，好辛苦的嘞。""那老婆现在……"我终于华丽转身为话题引导者。"老婆没上班了。去年在老家买了套房子，前后装修都是她在搞，总共花了三十多万。"God！如此私密话题，居然面对一名陌生乘客恣意展开:"买的房子是株洲最好的,四千多块钱,九十几平米的两房,给我和老婆回老家养老用喽。"我好奇心也起来:"这么年轻,就想养老问题?""我六八年的!儿子都二十多岁了,也在深圳开车,自己养活自己。现在我们也没什么负担,车也买了,房也买了!"

"老家还有地?"明显问到点子了,胖的哥表情骄色顿现,声音也爽朗:"当然有!我家三口都是农村户口——你知道,农村户口现在值钱啊——有三亩地。""地现在谁种?"我的聊兴也渐入佳境。"村里有人统一租种我们的地,几十亩上百亩地种。""插秧、双抢忙得过来?"我稍迷惑。"现在都用收割机!秧早就不插了,用机器抛。"想起小学课本里一篇描述秧田水平如镜的篇章,略有些失落。"现在亩产多少?"尽量搜索储存不多的田亩知识。"八百来斤一亩。租田人每年交三百斤谷子和几十块钱给我们……有时收成不好,我们就索性不要了。"

"您日子过得真好啊!"我由衷地赞美。胖的哥无不自得地点点头。"村里一起到深圳是不是都像您这样?"我继续社会调查。"哪里哪里!"胖的哥声音猛高几度:"有喜欢赌博的,挣点钱就去赌;有喜欢喝酒打老婆最后搞到离婚,十几年前什么样子,现在还更不如。"

"那是你老婆好,要好好待她!"机场到了,我很奇怪地说出这么一句,胖的哥却忙不迭地答应:"是,是,是,我这一辈子,什么也不想了,只图和老婆回老家过清静日子。"我下车和他再见,胖的哥或许不知,在他半小时质朴而平实的幸福里,车上乘客从心底对未来生活滋生一丝安宁的期待。

婧 儿

　　婧儿籍贯河北，模样毕肖杨柳青年画中的标准美人，小时候读过的描写美女容颜的词句对她全适用：身高 165，体态丰满，肤色白皙，鹅蛋脸，柳叶眉，一双杏眼明眸善睐，秀发浓密黑亮，织个麻花辫便可登台演铁梅。婧儿笑起来如晴秋天色般温慧明丽，愁时却只将一对好看的眉毛立起，奋力将全部愁锁在眉心：这点愁，恰似白白嫩嫩的一块豆腐上轻落一点尘，稍以筷或勺尖轻拂即可清澈——脸上便透显出股子稚气，让遇见的人忍不住生出解愁的心。

　　十几年前婧儿抵深，成为这座城最平常的女白领一员，开启青春奋斗生涯。此妞坐拥高颜值、大酒量和难能可贵的上进心，只因爱美缘故，进了我其时效力的设计公司。她履新时我已居高位，领军过百，辖深京沪三地。婧儿对我崇敬有加，除了办公室必备的政治、专业双正确，更出于她顶头上司——我那小铁粉贾姑娘的口传心授。短短两三年，婧儿从新人发展而至独当一面，我除了狠狠掷回过几份不成熟的文件限时改定、聊过三两次人生——谆谆告诫工作再忙也要及时谈恋爱之外，对她成长再无贡献。所幸婧儿恋爱得很正常，未婚夫带给我相过，实朴讷言，很靠谱，便庆幸独自漂泊的姑娘身心有了依靠。

婚后，婧儿一次寻我来，愁容明显从眉心扩散，乌云密布。问及，说两年了，小夫妻想要孩子而未果，寻医问药漫无头绪，心头堆积的慌闷时时溢出胸膛。明了愁因后我与她娓娓道来：姐姐我亲历学习、工作、恋爱、婚姻诸多必修课许多年，一直坚信自我奋斗，唯当遇孩子事，才真正触摸到命运这个魔球；我那亲手迎过无数小天使的产科医生家姐，亦同遇过诸多小生命夭折——每个小天使的降临，唯物者称偶然，唯心者曰命运，在失望时更需耐心与安静地等待。我一路絮叨，见婧儿默默几次点头，愁容渐散，知道有些话入了她的心。离开时婧轻声细语，老大我明白了，我知道怎么做了。又两年后某日，婧儿得龙凤胎的消息传来，闻讯大喜，感激命运善待好人。

宝宝两三岁时婧儿来家看我，虽满脸幸福，眉心却隐现我熟悉的点点愁意。"虽然看着宝宝好开心，但有时觉得空落落的。"婧说。"噢，那是全职妈妈久了跟社会脱节的缘故吧。"我诊断。聊后不久，婧儿告诉我说找了份工作，要把生命和时间有机地分配给包括自己在内的家庭每个人。

这几年，婧儿一丝不苟地相夫，教子，学习，工作，以清凌凌的眸子和活泼泼的心凝结身畔的光阴与人世，燕赵女子的从容与大度显山露水。偶或会收短信或 QQ 留言："老大在吗？想和你聊天。"每次相见欢，我亦能从她身上呼吸到温润而绵厚的大地般的力量。

"废品佬"夫妻

　　我所住小区的东北和西南门口，长年或蹲或坐着几个固定的"废品佬"，有男有女，一色的中年上下，而西南门口树荫下的，是一对夫瘦妻肥的公婆。

　　以废报纸、旧纸箱、坏电器等为主的废品，无疑是现代家庭的负累：扔了觉可惜，不扔却极占空间。一到此时，小区周边的"废品佬"便显得尤其重要。阿宝是个坚定的废旧物资变卖主义者，他的语录是：相比直接扔掉或就地销毁，将废品卖给"废品佬"决计是正道，足以有效地提升整体社会效率，促进人际关系和谐。

　　交道打多了，知道西南门这对"废品佬"夫妇系河南籍。我搬到这院子多久，他俩就在那门口蹲了多久。老公精精瘦瘦，眼睛里泛着机灵，总在适时算着数；老婆则生得肥肥白白，衣着干净，在电梯里碰到，如不是她手里拎着的那杆秤，初见的会认为是哪家主妇，只是偶尔脑后梳着的一把抓髻儿，透出些院里主妇们少见的北方女人范儿。

　　我家物资消耗量大，废旧物品"生产率"高。因近西南门，召唤这对夫妻频率也高。有趣的阿宝，每逢他亲自卖废品，便青蛙般与人聊个不停。以我的性子，卖废品既是为处理杂物盘点空间，收到的每一分钱都是赚的；而作为市场秩序的坚定稳护者，阿宝不仅讨价还价，还不厌其烦地同步了解最新废品行情，类似废报纸收购价是四毛五，还是五毛。经常从"废品佬"的信息里普遍联系到近期某某国际原材料价格的涨跌，让对方看他的目光中射出仰慕的光。

家里换过两次门，旧门换下来，老人不舍得扔，对人说："多好的木料呢，你们拿回去吧。"人家却摇摇头，微笑拒绝。这也是习惯小农经济、手工作坊的老人极度不能原谅的大工业社会中的资源浪费。接下来就急召"废品佬"，通常老公上来，上下打量目测后，扛到手里掂掂，眼里心里将其拆分成若干木料、些许玻璃，估估总价，最终在某个钱数成交。那老公便喜不自胜地掏出一个盛满碎钞的钱包付了钱，扛着整扇门乐呵呵地下楼去。

有时候，举家出西南门散步，见树荫下这两口子安静地打点回收物件，将桩桩件件靠着树边、篱笆墙旁摆放整齐，偶或相互对视聊上几句，情形不像夫妻，倒是很熟很默契的同事。我记忆里没见过他俩吵架的情形，似这般年龄夫妻经常出现的状态。有时他们还一起哄着孩子玩，亲情可掬；还有时候，瘦老公去收货了，胖妻在树荫下的旧椅子上斜歪着，睡熟了，胖胖的身体随呼吸略略起伏，我仿佛能听到她微鼾。就觉得心里温暖：这样的城市，如此微尘样的人们，还能有着自由自在的生活。

好人罗阿姨

"再见,小王。"踏上银湖开往邵阳的大巴,罗阿姨回身和我挥手道别。

2005年3月,专程为我呱呱落地的儿子嘟嘟来深,罗阿姨当了整整二十二个月"来深建设者"。第一面,见她虽年近五旬,犹一袭蓝底素花中式棉袄,低眉顺眼、秀气清爽,我突然想到祥林嫂的年轻时代:当然罗阿姨命远比祥林嫂好,生了两个儿子,两个儿子又都生了儿子;她刚在老家伺候完小媳妇坐月子,随即来深照顾新婴儿和我这个新妈妈。那个月我除了躺还是躺,她却从白天到黑夜,忙得不可开交;当我心极无聊悬腰抱孩子晃秋千时,她总赶忙接过去,一副长者姿态:"坐月子,别用力,以后腰痛。"科学说不上,我心里却温暖。

嘟晚上随她睡。开始我怀了些"资方"警惕,唯恐孩子半夜哭阿姨犯困偷懒,睡时都绷着耳朵、竖着神经。事实证明,我这点小心眼儿有点多余:不出嘟三声啼哭,就能听到罗阿姨低低的拍哄声、温柔的小曲声、嘟哭得激烈时她窸窸窣窣的起床声;一小一老高号低吟,孩子亲妈反而跟一旁听广播剧似的,怪诞吧。

这是罗阿姨人生履历中第一次出远门,一进门,她称我"老板"。刺耳！觉得这词对长期叫嚣民主平等自由的我很讽刺；再要求，她才勉强叫我"小王"。第一个月薪水事先已谈好：高于邵阳，略低于深圳。因为满意，第二月我毫不犹豫将她的薪酬升至本院阿姨正常标准。

罗阿姨偏静，话不多，却交了个热闹非凡的邵阳同乡，熟络得交换彼此老家街道门牌号。那阿姨属原大厂矿交际花型，徐娘半老，随女入深，好麻将，闲时帮佣挣些牌钱。却说罗阿姨把我当存薪水的银行，二十二个月共"提现"不过三次，每次两百。突然一天满脸急迫地回来说："小王，给我四百块钱。"我惊了下，问缘由。"我老乡打牌输了，和我借钱。"我想起"杀熟"，就委婉提醒她提防"人心不古"，她反倒极大度："没事，她都请我去过她女儿家呢！"一晃几个月过去。一次，家中老人和罗阿姨口角，她想辞工，特地请了半天假，说去找老乡。听她打电话，鼓着勇气说："我要回去了，那个钱你还我一下。"我心里才放下点什么。

罗阿姨回邵阳了，或许此生都不再来深圳。我始终平静看她收拾行李、送她到车站，心中其实不舍。这些文字，罗阿姨永远不会看到，我权替嘟记录他生命初期这位怀着质朴与真诚的爱之守护者。

part 4

旅行
万里路

On the Road

Thousands of Miles

不必每片叶
都从碧绿走到金黄
既然与秋风有约
就相拥着
去天空华尔兹

《秋风》

当山河壮丽又成往事

　　作为一名身份证上的广东人，立身将中国区分为"本省"和"外省"的天然屏障——南岭的最高峰"猛坑石"：眼前是大写意的泼墨山水般群山壮阔、云雾绵延，耳边是不绝如缕的风声、树叶声及鸟鸣啾啾……不由得一扫素往"南粤无造化"非常自觉的自卑，当真"荡胸生层云"豪意顿起，"五岭逶迤腾细浪"情怀骤生。于我，决计属元旦小长假出行的意外收获——此番"南岭国家森林公园"突如其来的山河壮丽。

　　驱车北向：广深转京珠，约四百公里车程；过韶关，宿乳源瑶族自治县（极简陋一小城）；次日晨起，再西北五十余公里，即至森林公园。正门入，蛇行而上，蜿蜒几道弯，便突然云蒸霞蔚起来，仙境一般，令久居"水泥森林"樊笼里的老小们情不自禁地惊呼，小女孩们高喊"我们变仙女啦！"而每日伪称"性本爱丘山"而实则乐此不疲地混迹都市的我更是十分心潮澎湃，恨不能即刻"采撷白云赠故旧"，行些夸张做作的浪漫之事。

　　行至"小黄山"，格外的烟霞袅绕。寒雾中迎客松们无不秀微挺拔、神采奕奕；翠微间有深涧、有低瀑。最妙的瞬间发生于我在两岸丛林簇拥的一小瀑布前掬水时，昭昭妈一声诗意盎然的惊呼："啊！蓝天！"抬目，只见两山对峙，护住一片高远的天，空中有意无心地牵着一缕云；那种……悠深、美好、纯净、未染尘埃的蓝啊！

随即往"猛坑石"。云雾之盛皆因雨后，未铺柏油的一段盘山路泥泞非常；所幸雨已住、天将晴，只在某个打滑的瞬间，车中俩壮年男士随即将话题引向某著名越野车在此路况中的诸多优点。车外泥花飞溅；下车惊觉我家温柔的七座车生了粗犷的"越野范儿"。

经一道门出粤，又另一道闸入湘再左转一道泥泞路，车直攀海拔 1902 米的南岭最高峰，山势绵延，云长云生。趁此绝佳现场教学基地，不失时机地给小女孩们进行"爱自然主义"教育。

登顶片刻激越后，细雨起，男士 A 与男士 B 迅速比较起越野 A 和越野 B 的优缺点。我参与这一并不熟悉的话题，口里说着，心里却隐觉不妥。静处深思，才发现此情此景此等语境，赫然有些"煮鹤焚琴"的黑色幽默感。

其后又数十公里，至粤赣边境陈帅作《梅岭三章》的所在。800 米的梅关古道，梅枝依依，静谧幽然，我等匆匆而来，捕些空气中飘浮的意趣又匆匆而返。不由得沮丧：壮丽也好，优美也罢，对于刻意为之的"城里人"，此间相生、相敬、相映成趣的妙处，已然不可求。

随即回归深圳轨迹。短短数日后，当越野车性能成为家庭本阶段研究性主题，当我指着照片与女孩儿重复此次粤北之旅……毫无悬念地：山河壮丽于我又成往事。

一千公里私家旅游指南

　　梅州静，揭阳杂，揭西酷，汕尾闹，鲔门适。长假七天，家庭"游遍广东"计划继续，车行恰足一千公里。虽然"现代化"将各地街景屋舍搅得如出一辙，但往深里探究些风土民情，终能得许多新鲜意境。

　　只从梅州最著名的两大休闲场所的命名来看，想必是雁们曾经的聚集地：雁鸣湖与雁南飞。空气之宁馨，环境之清爽，饭菜之可口，服务之温馨，各类指数都全面超乎预期。尤其园内设在山坡上的"童趣园"，和山下繁喧比，更加健康得意。我此行孩子六七名、大人八九位，老小合家欢，一众笑逐颜开。

　　揭阳在我心里一直属于"潮汕系统"的旁支，既不比潮州古意，又不似汕头新鲜。因途经，就顺道去瞻仰下有千年传统的"学宫"——夫子庙。按常理，凡尊孔处，理当"重教兴学"，城市风貌理论上不应太杂芜。惜学宫前土木正兴，灰雾弥漫。正对的进贤广场、城隍庙皆在重修；广场基座的浮雕上刻了孔子周游列国事迹，算得文化普及；及抬眼，牌坊匾额上，赫然是一深圳名声颇炽的房地产开发商大名，心稍愕，又平复。

　　以方言论，揭阳是"潮汕系"，揭西却是"客系"。揭西境有

座大北山，山上有森林公园。大北山主峰最高海拔为1100米，虽不高，却足以傲视平侪。有了高度，大北山产的茶就和潮汕茶相左，非这一带常见的乌龙或者凤凰单枞。山里抱孩子的胖茶农反复说了三个字的茶名，我愣是没听明白，茶味苦重，其后却生发很特别的香味。

揭西这个小城最酷的，莫过于拥有"冰川遗址"这回事。阿宝久前看《国家地理》，惊呼广东居然有如此神奇的所在。于是穿街过巷，车道经行颇显原始生态的芦苇丛，终于寻到"石内河"。说是河，不如说是阔些的溪，因地表有落差，水势就盘旋往复，可以漂流。所谓冰川遗址，指的就是石内河里横陈的那些个白色巨石，和周边山石迥异，大部分石上有深窝，即科班名词里的"冰臼"；此系冰川曾经行进此间的最核心的物质证明。我不研究，不知是否为孤证。

汕尾有个名字很美的半岛，叫"遮浪"。乘兴而去，其原生态和缺乏管理的现状让我失落；又兼海风狂劲，人潮汹涌，不宜小朋友；便转道前行至海门湾环抱中一个秀微的度假村，两年前举家到过：在名副其实依山傍海的小木屋里，很宁静，很舒心。

及返深圳，看10月1日旧闻，往河源的大巴几十名旅客罹难，一阵难过。行万里路虽好，心悦人安，却实在是应该坚守的基本底线。

深圳水　东江源

　　佗城之后，抵河源和平县西北的林寨，偏安一隅的客家古村落。林寨，顾名思义，系赵佗部将一林姓将军镇守之处，承了秦制，然而村民却以元末明初从闽、赣迁入的陈姓移民为众。全村系数十栋四角楼建筑聚合而成，是客家土楼、围龙屋之外客民系群居的又一重要样式，虽已修饬二十余栋，多数却仍荒芜，以豪华气派的"谦光楼"为例，民初巨贾陈云亭所建，三层走马楼式楼房，三进四横格局，厅、廊厢房，横屋一任俱全，房屋多达324间，家族开枝散叶造就出此间人稠屋旺。

　　需浓墨重彩的是环村那堵矮墙，易被游人忽略。文献有记，由于村址地势低，规划上以船型构之，外沿以高墙仿船壁，既防匪，且防洪；而今墙垛齐腰，是经年累月洪水退却泥沙淤积的结果，原本的高墙日日矮缩。这一特殊的建筑规划和功能设置，更是决定了四角楼大多厅堂举架极高，更建二楼，楼上设防御孔、射击孔和阁楼、储藏室等客家先民聚居村落的重要功能区。

　　环绕古村的，是东江支流之一，浰江。水能兴村，亦能覆村；因此河，林寨从明清始至民国发展成东江沿岸最繁作的商埠，日却也因洪水泛滥，百姓年罹其苦。在某破败屋舍厅堂内，粗红线画就 2006 年洪灾水位线，已近二楼，需仰头见，水倾梁柱的悲剧立见。正因如此，建筑亦成一怪——船艇上楼梯：家家四角楼屋顶下都有一层木阁楼内备小艇，一旦洪水肆虐，便乘艇求生，或救济难民，因常年水浸缘故，村落深处那些未及修葺的旧楼内部墙面斑驳，水渍痕迹明显。繁盛也好，苦难也罢，白墙青瓦的屋舍，依然巍巍立于斑斓秋色间。

林寨次日，终抵东江源头。九曲湾曲折绵延，因秋雨故，水急流速，河色昏黄。三百山接踵而至，确实林密山深，绝幽静的去处。林间拾级上下，未见泉前，飞瀑漱玉之声渐闻，一个九十度山路急弯之后，便见"东江源"——叶选平手题的三个朱砂大字石刻悬壁之上，咫尺之侧，倾玉泻银。瀑布直挂碧山前，不依时变，千百年来激流湍飞；山林深远，瀑声悠远，此时最适宜的姿态是静心闭目，听风过林野，思山色空明。

从此情此景，东江开启她昼夜不息的奔流，绵延五百多公里，东汇珠江，万千年如一日地灌溉流域间的土地和人民，而于深圳城的饮水之赐，与在这里生长、创业、激情四溅的人们水乳交融，更为这座滨海之城缔造出一条足以寄托乡愁情思的河流。立身飞瀑泉心，思前念后，一种爱情涤荡胸间，成诗以记：如果我是豹／我只在你的国度狂奔／每一滴汗都斑斓／洒入你炽热的奔流／／如果我是鸟／我只在你的天空盘桓／扑闪着羽翼亲近／你注目的每一丝白云／／如果我是你／我会布告每位山河的子民／屏住呼吸／让花和树潺潺地相爱／／你我如一／沐浴晨星／随亘古天风／南倾入海／

春 山

车至连州境，便是群山环绕的一路；清连高速一处进山口，道左山岩壁立，道右一条水波泛滥的河如影随形，山水又浸染入一片朦胧烟雨，景致梦幻一般。清明正日，带孩子们回湘挂青，遇此情此景，脑海里便冒出"故人遥相忆，山河一梦牵"两句，原来是典型的写实手法。

清连高速贯通粤西北，直指湘西南；阿宝说十年前证券研究员哥们便放言，本道将成为湘粤要冲，股票啥的可重点买入，彼时99%的回湘车辆尚在广深高速上拥堵，此论先声夺人，十年后应验。连州接壤湖南永州蓝山县，连蓝高速在建中，目前是蜿蜒六十公里的盘山公路。蓝山居南岭最西端，同属五岭，与粤东北角梅岭之盛名比，蓝山实在是默默无闻；然而此山无名，山那边却直通中华民族祖先鹤归之所。

当今华夏子孙，未知几多知晓九嶷山。传说中舜帝葬于此。我幼时看过许多传说故事，又似乎读过一篇名为《九嶷山的云》之诗文，对九嶷山每一片云、每一竿竹都满心神往，觉得那里是美的代言地，浪漫主义极致仙境所在。以山为例，连州的山，以有"小桂林"之称的"英西峰林"为上，属喀斯特地形，异峰凸起。而翻过蓝山抵平路，九嶷山便显著不同：远山顿时巍峨绵延，有了山脉感，峰峰耸立，山山相连；漫山遍野的山树也不知何时易为修竹，迎风摇曳，远远地都仿佛能听到满山"刷刷"风穿竹林。唯此时，"春山秀美"四字如临其境。

九嶷山属湖南永州，柳宗元"永州之野产异蛇"的那个；前几年访桂入湘，才对柳前辈的《永州八记》与"满城植柳"间形成地理感性认知。古时由湘入粤，除东侧梅岭，西侧是避绕蓝山（南岭）往西，沿湘江，下桂林，抵柳州，再复东行，由贺州入粤之怀集，此桂粤要冲，也是用兵主干道。

抵家次日上山挂青，雨原本一直淅淅沥沥，孩子们欢欣而谨慎地一脚深一脚浅地踩着泥；奶奶坟在高处，山路蜿蜒着向上拐了一道又一道。及至坟前雨却歇了，天开云散，一派朗润，山道旁有汩汩清溪流下来。拔草、掊土、焚香、烧纸，一切仪式事宜在孩儿们这儿都欣欣然充满欢乐，我以为这是祭拜先人的正意。小女孩兴奋地发现无数只蜗牛，便冲着空中大喊谢谢奶奶，在她心里，天上的奶奶全知她在春山上看她，每一个蜘蛛、每一尾蚯蚓、每一只蜗牛，都是奶奶的传令兵。此时此刻，先人与孩子间生发出最强烈的爱的共振，这便是最生动的传统了。

春访安陵

　　郴州安陵书院是我"五一"小长假扶老携幼探访的去处。去年初冬，南儒徐师弟前往此间讲学，行程间赋词《清平乐》，首句"短蓬摇绿"和下阕一句"行行永佩江离"，点染出一派诗家水乡游学境界，迅即心向往之，今春终成行。虽在湘地，却近广东，整个行程五百公里开外。

　　湘粤通高铁，对自驾族是绝对利好，素往拥堵不堪的京珠高速忽地畅通起来，两车道的路还常常空余一车，让人不由得生出虚幻的不真实感，甚疑这条"南北通渠"。轻松六小时，至郴州，又一段省际公路树影婆娑，便抵永兴县安陵书院。

　　安陵是永兴县古号，有称安陵书院在清朝与岳麓书院雄踞湖湘，不过"岳麓"有船山派学术带头人，"安陵"却只有名家至此游学讲学，"教化湘南"。

　　在湖南修建修身养性的清幽去处，我心里存着大疑惑。用阿宝的话说："湖南从来没富裕过。"意即还没到讲情讲调阶段，这一点和京城、江南存在本质差异。而湘人当下亦大多性情刚烈、意气风发，最喜呼朋唤友搓麻打牌，自然不安逸于小桥流水、白墙灰瓦的"心照"境界。曹雪芹把林妹妹所栖千竹掩映处题名"潇湘馆",用的也是史前舜帝二妃娥皇女英抛泪寻夫的典,和被辣气冲天、曾国藩、《湘江评论》、"书生意气,挥斥方遒"等熏染出的潇湘,全然相左。

书院亭台楼阁皆浮于半岛之上。说是半岛,实是山尾绵延入江处:自东而西山势渐微,直通临江阔目的岛沿边际,"湖岛形胜"四字可谓名副其实。见此地形地貌,我心里当即喝彩,这江山一脉的恢宏,便已和"小情调"截然划出了界线。规划建设是明显的江南园林"大挪移":飞檐清壁,江流画舫,有戏台,有经堂;游园、观鱼、赏石、攀玩花木,文人所乐于沉耽的雅趣此处皆可为之。每处建筑名都取得文气:坡上屋舍唤"半山精舍",四合院则有"枕江楼"、"身心安乐处"等,用膳高地是"观沙洲白鹭厅",凭汀远眺处题"望远楼"……客房名亦从典籍:"明伦""明德""抱朴""知止"……室内摆件循古意:木架床,丝质蚊帐,桌、椅、柜、灯,一俱明式家具样式;双开木门,顶上宫灯……七十亩领地内,把园林技艺和人文复古彻底贯彻了一遭。

环境虽美,孩子们雀跃,住了两天我却隐感失落。临别出门,见拱桥巨石镌"安陵书院"四个行草字,旁却无书家落款,忽然便找到了失落的根由。我之所以热爱并追逐传统,更多是奔着"意"上的安逸和共鸣去的,建筑、风物不真正浸透人的精气神,就缺了刺穿人心的力量。物理意义上的安陵书院固然已算得上古风回荡,如要真正焕发出温玉般持久光泽的,却需无数有心人、有志者,从从容容地,以人心煨,以文火烤,一代代的,等火候够了,书院自然也就彪炳史册了。

紫了茄子　绿了丝瓜

　　连续这些日子深圳天儿都闷得跟蒸锅似的，阳光里外的人儿个个都成蒸饺，在这锅中热气里抑郁地做着桑拿。身心都很无计可施的当口，就想换片天地，可巧朋友来电，约周末往河源赴友人生态农庄观光，便欣然举家，一路呼啸着往这蒸笼外去。

　　不过两小时的车程，天地便大不同。一块近千亩的土地，放眼望不到边，是深圳有志于种植的创业者在此处兴建的生态农业示范基地。老老小小的排着队走在时宽时窄的田埂上，巡视农场，其时长势旺盛者有三：玉米、茄子和丝瓜。

　　南方的"青纱帐"和小川诗里很不同，玉米秆齐人高，这边畦细幼淡黄的穗头初生，那边的已结了壮壮的包谷。我和孩子们一样，头一回在收成季节近距离亲近这作物。之前对玉米别名"包谷"从未生发过感性联想，这日只见青青果实从主秆旁斜出，如非微风中摇曳的淡黄穗头，几乎让我这五谷不分者茫然不知玉米何在。敢情玉米谷粒便是包在青青叶下的，"包谷"二字是因象形而创的词汇。此点微尘般的释然让我大惭，只得安慰自己"闻道有先后"，然这根植亲地的心让人很踏实。

　　土地是轮着茬种庄稼。此时除了玉米地，所见满是紫茄子和绿丝瓜——我爱极的两类菜蔬。幼时大人在家院里辟出过几块小菜地，一到暑假，我就被派活浇水抓虫。我打小偏心眼儿得厉害，只伺候自己的"爱菜"，对这两样就格外上心。茄树叶脉肥硕，表皮上绒毛微生，最受甲虫喜爱，在茄叶上翻啃出大小窟窿。对于"争食者们"我怀有百倍的耐心与斗志，一片一片叶地翻，逐只逐只虫地逮。立身田埂，见劳作的农妇在修剪过于肥硕的茄树叶，以防叶过盛抢了瓜的肥分；丛丛茄树枝叶叠于路边，上悬白白紫紫大小茄瓜，小朋友欢乐地奔去自由地摘，我却于乌云荫沁的天光中恍见儿时。

　　丝瓜似乎是不太招虫的，只是渴水得厉害，给它们浇灌一定得在傍晚太阳下山后。这边丝瓜分两类，湖南籍品种粤地称水瓜，本地品种才是丝瓜。"物称"往往关乎偏见：于湘人，水瓜才是丝瓜正品，稍煮片刻便溢出浓浓的汁，以制汤为上，入口那股清香的浓酽味道是我一生的味觉美梦。在粤地，这便成"退而求其次"之"次"：不禁煮，不禁蒸；粤版带棱刺的丝瓜，也称

胜瓜的，皮粗肉鄙，论细腻远不及湘版，粤菜里出名的一道清蒸胜瓜，如非精心选料，亦难称上品。

　　入夜制膳于东江畔一条渔船，自家菜蔬，船老板从网里取了大活鱼，自鸡笼里抓了鸡，烹鱼宰鸡，江风习习，颇动心思要"一饮三百杯"。最难得主人家一条生得干净的大白狗，始终温柔地伏地，四周环顾看着孩子们，陪他们嬉闹。几小时内情境的强烈转换让我很生出些人生的虚幻：源乎天然的风清菜绿，当真已如太虚幻境，需经创业、寻访方能得了么？

绿皮火车彩虹课

    Z230，深圳至乌鲁木齐的长途列车，全程 48 小时。罗湖站长途车则一如既往人头簇拥，因路途遥远，旅客们随身携带行李丰盈，队伍格外显出迤逦。阔别绿皮火车已久，一派慌乱和喧嚣间，依然一股强悍的尘世烟火气，对于已然习惯轻声细语、岁月静好的中年人如我，重归此情此景，是件需要勇气的事。然初上车便惊觉，与二十年前的绿皮火车记忆迥异，车厢内设施完备，干净整洁，远超出发前的各种艰辛想象；除却如厕偶有不如意，热水、洗漱、餐饮服务和车厢清理频次与态度，都让许多人大大意外，不由得从心底给伟大祖国点了个赞。

    这边更风景独好：硬卧 6 号车厢，车开启后不久，大大小小混迹于人群中次第上车的，逐个换上件白底上泼洒重彩油墨般缤纷艳炽的 T 恤，车厢内瞬间靓丽，"飞越彩虹"组织的甘肃公益夏令营，靓 T 有专名，"彩虹衫"是也。待车过韶关，初旅慌乱心情落定，几位年轻人陆续过来，在相对的卧铺间贴彩旗，给小朋友按年龄分组呼唤——我始创且团伙筹备良久的"火车彩虹课"。

    从四岁半到十四岁，大小孩子近四十，到目的地张掖 36 小时，三个课时，四个课室同步：地理、历史、钱的故事、趣味英语、歌唱……年轻老师们系本次公益夏令营志愿者，出行前为此次别出心裁的火车课堂悉心备课：课件、道具、讲授方法，研磨再三。

"来，我们来拼地图。"大鸿老师三堂地理课。就在孩子们兴致盎然地拼中国地图时，绿皮火车轰隆隆地过长江，近中原。"中原是什么？"儿子曾问。此时窗外辽阔的华北平原，便是讲解"问鼎中原"的最佳时机。身临其境的大地走读，让孩子们从身边事物而非课本抽象概念出发理解学业，事半功倍；万卷书与万里路，需得相辅相成。话说这趟 Z230 穿过大半个中国：从深圳越南岭，过湘楚，至华北平原，达西安，而后沿黄河沿线，西进，穿越祁连山，自西宁终抵张掖；而祁连山正是青藏高原板块与内蒙古、云贵高原板块两级台阶分界线。但见穿行一道道幽深隧道，历经数次黑暗与光明交替，令小朋友们时而惊呼，时而欢呼。入河套后夜幕已临，树影婆娑：张掖乃汉设河西四郡之一，武帝扬威，卫青霍去病建功立业、意气风发的所在。"那么，张骞为什么要出使西域？"简单老师历史课堂上问。"因为汉武帝派他去和西域的大月氏交朋友，一起打匈奴。"几堂课下来，小朋友已然朴素地通晓"丝绸之路"开启的诱因。

"在那遥远的天边，有座美丽的高山。"孩子们纯真的歌声在车厢内响起——为列车长和列车员叔叔献唱《飞越彩虹》，歌声里满满的感激与欢乐。因这一路课堂、一路欢歌，7 月 30 日这趟 Z230，被大家亲切地唤作"彩虹号专列"，而火车上热热烈烈的课堂，更悄成孩子们生命中一道靓丽的彩虹。

看星星的禅

　　山路弯弯，路面忽平忽凹，高低忐忑，老司机阿宝大呼："驾驶的乐趣！"尾随其后的新晋司机刘生该日是拿驾照后的第三个上路日，双手紧握方向盘，凝神贯注，汗不敢出。幸好山壑幽明，空气甜馨，急弯过后的平坦路径，尚拥山林情怀，极目舒心。此程目的地是云浮，我家"游遍广东"计划2011端午站。因总有"走新路"精神，阿宝综合研究地图、百度、数旅游网网友推荐后，毅然弃常规经肇庆的路线，取道开平，自地图上看，直线距离最短。一到了这段险况丛生的山路，大家心下便明镜一般，为何网友们全无一人推荐此线。

　　云浮是地级市，在深圳西北偏北，相隔二百多公里。直奔此间，直接缘系六祖慧能。"菩提本无树，明镜亦非台"的佛偈，是佛教"空门"演绎最生动的传播，一偈道尽禅宗"明心见性"。到了才知，六祖故居实际上在新兴。对于我这类游客，先知云浮，后晓新兴，二者既有行政隶属关系，自为一码事，但新兴人心中大不如是。新兴极古，秦时便已置郡，是个绵延2100多年的历史名城；兼出了六祖，环境又美，新兴人心里家乡便胜天堂。云浮系唐时初设郡县，新兴归辖云浮，是1994年后的事。慧能于新兴，是最重要的致客、待客之道：这里有他的出生地、舍利塔、圆寂处，佛祖肉身的生灭均系于斯；名头极响的国恩寺，系则天皇帝御赐，彼时佛事繁盛、法身荣耀，遥见一斑。

因佛祖、山林及"云浮"二字浓郁文意的诸种诱因，此行天云之高、空气之馨、山林之秀、民风之淳，皆在我的预料之中。而突如其来令我始料不及的是，夜深人静时的星斗满天。

不过一抬眼，北斗七星便赫然悬于天幕中央，勺状其四，柄状其三，历历可数，清晰可见；视线沿柄末那颗直行不远，一颗明亮非凡的星，在那高处，静静地，华光闪熠。不夸张地说，我当时倒吸一口凉气——传说中位尊势强的北极星，正居其上。

静夜观星，已是太遥远的往事。就算是家庭出游狂热者，上一次"星记忆"也是三年前，某海边，星况远不如眼前丰硕，那晚小姑娘因当了个名副其实"数星星的孩子"而兴奋莫名。我静了静神，旋急唤：看星星啊！姑娘从小屋中出，仰面朝天，见夜空深蓝辽阔，星象璀璨纷呈，再看我时眼光里便无限惊奇。我一五一十地给她讲北斗、北极、大熊、小熊、射手、天鹅等我所知晓的识见与传说时，恍惚脑海里浮出儿时暑夜，我在院中躺在发黄的竹靠椅上，持了圆蒲扇的柄，指点着天幕上的北斗七星。生命里仰望星空的每一刻，满心无以言状的美好。

几年前有本畅销书名《禅是一枝花》，于红尘中人，禅就是宁心静气的修炼术。在这一夜的一见一念间，我便当自修一回"看星星的禅"，此行最盛硕的收益。

入乡随俗的"上帝"

　　从深圳自东往北，自粤赣高速，从赣州始，入江西境。虽说此行所抵均系历史、风景名胜，要么人文史迹丰沛，要么自然风光优美，对于家庭消暑自驾，自然是不错的选择。在庐山上叹清凉空气时收到好友短信哀叹"深圳的马路都要灼得冒烟"，彼时很牛出些惬意与成功逃离的优越。待至婺源，识见了"中国最美乡村"十数个村落小桥流水、白壁飞檐。赣省境内，却以徽派建筑与十余年来苦心经营的初春油菜花盛景见称，令此行颇体会一把"社会主义新农村"建设之丰硕成果。

　　风景虽好不是家。于深圳客平素习惯的"上帝"消费法则却面临重重考验。却说车初离赣州，进一服务站，阿宝带着广东消费者的成熟经验，认定其加油、餐饮、休息一条龙；孰料"加油"标志高挑的此处居然无油可加。无奈之下，停车休憩，谁知一波未平，一波又起：与岗前人抱怨几句，言辞稍有冲突，小保安便愤然掏出随身刀具，扬言要扎轮胎，言语之争，竟是钢刀相见，实在是享惯"上帝"待遇的我等久不经历的感受，委屈滋味，一言难尽。

　　由"行"而"食"。赣地菜肴之辣，虽排于川、湘、贵座次之外，却也无辣不欢。这趟苦了从不事辣的小朋友。有一次最其，对着菜单点菜时指着一道清炒土豆丝，连连强调三遍，不要辣，服务员亦坚定地点头。待这道菜上桌端详，见土豆丝上红粉点点，辣气冲鼻。服务员小妹很委屈：真不辣啊。我一想全过程便哑然：辣椒自然是没放，无非是厨师图省事，一则洗锅不够，二来锅铲间无不浸着辣的劲道，此系无心之辣。

再说"住"。庐山上每一栋别墅，基本上都关乎当代史上的重要人物。我们首日下榻的，资料显示是陶铸所住，格局原本不错，宁静的两层小楼，有厅有房，二楼小木阁楼明显是新近装修，把此行四名小朋友都喜得不行：拥有一次住阁楼的体验。不幸事发生于次日午后中学生甲在阁楼间冲凉时，一楼相应位置却滴滴答答起来，愈演愈烈，一楼厅房渐成水帘洞。想来是新修木制阁楼绝不应涉水，店家却毫无提示。投诉后，店主人赔着笑过来，说不好意思，马上让人来修，耽误你们了；一边赔不是一边紧着吃喝院里小妹晒被子；那关系绝不似经营者与消费者，反似前来投宿的远房亲戚，叫人着实不好发作，哭笑不得。

兴许是清凉心情作用的结果，我倒也不似过往当"上帝"般将维权进行到底，不如换一种心态。现代化这辆高铁，来得慢些，不彻底些，却有另一面的优越性。这样想着，我便一路心安理得地"消费着"许多哑巴亏。上帝嘛，也需得入乡随俗才是。

岭南红叶赏

　　气温一日内从27度降至7度，北风呼号，转瞬即冬，这大概是许多非岭南人来到此方，极少领略过的冬寒肆虐。

　　毕竟是岭南，阳光是轻不言败的，略略慌乱两天，便迅速展露她的晴好容颜。空气清冷凛冽，寒风横荡过的天宇却因之高远明丽。一枚冬阳不急不缓地自东而西，巡环天际；惧寒的人临窗见了，便也惬意地在这冬阳的散缓中，随翻书报。至旅游页，赫然见"从化石门森林公园红叶节"标题，心念大动。由中学起，红叶，便不折不扣是北京香山的代名词，是一众在京求学者深秋必访之地。自南归，"秋探红叶"早成遥远记忆的彼方，忽然又见，恍觉隔世。

　　记忆作祟也好，暖阳诱惑也罢，与阿宝只言片语便决定，看红叶去。目的地离深圳超过二百余里，胜在我家老小早已适应"在路上"之感，兼之三小时车程间，又发现高速路旁的山在初冬里已数添参差之色，虽不似黄河以北秋时五色斑斓的气韵生动，但星星点点的红、橙、黄，却令郁郁葱葱、深深浅浅的满山绿意变得无比生动。其中柿树最为醒目：光秃秃的树桠突兀狰狞，一个个小灯笼般的橙柿子却亮晶晶的，入途人眼中，便成山色里最明炽的靓丽处。

午时抵，进山。此山不高，却知海拔一千二百余米有广州"第一峰"之称的"天堂顶"正在旁侧；再看山，见时而峰石磊磊，时而沟壑森森，分明是"崇山峻岭"四字的写照。如此山势，便是我心中国画山水里的崔嵬之境。小时候见真山既不识，见画中山亦不识；近不惑，眼前山、画中山入目，便能于心感其雄浑、舒展，对应至人心的历练。

虽是红叶节，红叶其实并不丰盛，或许是尚未到季。山树多荔枝，荔枝浑圆的树冠顶部有的叶已枯红，于高处瞭望，丛丛簇簇红韵仿若跳跃在绵延不尽的绿意间的音符，让人能轻松想象出漫山红透时的洋洋大观。途中偶尔会不期而遇几株叶已尽炽的枫树，这岭南的红枫叶，玲珑精巧为多，在地上拾起几片鲜活如新的，叶脉清晰，叶身充盈，鲜嫩嫩的毫无虫印，不似我记忆中香山红叶拿在手中的枯红肃杀气。另有一种名曰"红花荷"的红叶观赏树，花、叶俱类荷，或浅红或青绿地在树枝上朝天伸展，我便分明如见满树微秀剔透的荷，心里清凌凌的。

孩子们在山中奔跑往来，怀着新奇与烂漫，欢悦于他们此度"岭南红叶赏"。此情此景间，再细思近日我所遭逢的人事，胸中清气顿生。凡人于世事纷扰时节，最需要大自然的抚慰，"造化钟神秀"当真是化污解浊的良方。而借此初冬明净日子，山树磊落，红叶鲜柔，也着实令我见识了岭南如火骄阳外的温柔一面。也是造化。

我们去桂林

　　从小学背诵"桂林山水甲天下"课文开始，仿佛已经去过无数回："桂林的水真清呀！……桂林的山真奇呀！……"数年前因公务，掐着时间在漓江上乘竹筏、奔西街过夜生活，更兼几顿桂林米粉，明明是蜻蜓初点水，却恍如故旧重逢，真兮幻兮，浑然莫分。此番正式以桂林为目的地，激动自然没有，只念着能让娃娃们在上语文课前先见识真正的桂林山水，令真实的物理世界先于意识形态层面认知，对我们这一代通常由虚而实认识世界的方法论主体来一番颠覆：于我等算人生再试验，希冀成就孩儿们更健康的人生初体验。

　　我们去桂林。自深圳发，经广州，越三水、四会，进广西，宿贺州，自驾经典路线。粤桂边界风光旖旎：端午前天雨，河间水量充盈，山中竹翠欲滴，路牌上"千里旅游景区走廊"名副其实。

　　我们去桂林，行一段"印证"之旅。

　　第一证，证的是"飞流直下三千尺"：贺州，姑婆山，姑婆瀑布。清晨雨浓，雨滴撞击在车前窗玻璃，水珠激扬，视线迷离，令司机困扰之雨却令孩子们莫名兴奋，更没承想此雨成全

了极其珍罕的观瀑一幕：盛极"姑婆瀑"！水自山崖直贯而下，落潭前，因水帘与崖间的空隙狂风骤就，凌空飘卷出细细密密的水雾，乘风扬至十米开外。见水雾纷飞，全身遍浸润，饶是撑着伞，由发际至脚端皆无可幸免，尽皆湿透。"水帘洞！"女孩儿高呼——此系第二证。对于"水帘洞"的感性认知平生第一次被激发：水幕珠帘自上而下，我仿佛看见群猴被这水瀑惊得四处逃散，唯石猴挺身而出，携着无比的勇气与战斗胜心！

第三证，证了"墨分五色"。次日，从贺州发，近阳朔，雨时起时歇，时密时疏，于是烟雨朦胧；学名"喀斯特地貌"的群山纷纭，拔地而起，因其多而层层叠叠，由近而远山色由浓次淡，好一幅水墨长卷。脑中又一个储存的知识细胞被激活——中国画"墨分五色"，正在眼前。便想素觉国画是唯心艺术，原来仍脱不了唯物的基础：绘画原点当是目之所见，当是必然真理。

突然激动起来。去桂林，是去心中的桂林，去山水的桂林，是给孩子眼中植入一个饱含中国灵与美的桂林，让大自然的容颜在他们心中脑中生根、发芽，待得再读"桂林山水甲天下"，则可浮想联翩；不似我们，口中念念有词，水怎么个清，山怎么个奇，却尽留白。当世界以前所未有的速度变"平"，当每个城市都有一条"步行街"，当现代化建造的楼房都同出一辙，当每条江边都亮着"一线江景豪宅"的广告牌，幸好深圳六百公里外还有一个桂林。

一条小道，一辆粤 B 牌车停靠一旁，这一路所遇的第二辆深圳车：我们倍感欢欣，有人一起去桂林。

河畔花开

　　抵达遇龙河正值午后，三辆车从阳朔县城漓江畔一路青山迤逦绿水迢迢地行进，满目乡野悠闲时，河对岸一棵红花树映入眼帘，红红火火，在绿玉山水间煞显突兀，美得意外，却让人精神一振。

　　长假和广州老同学相约携娃同游，考虑如何让这难能可贵的一周游乐价值最大化。甲天下的桂林、甲桂林的阳朔，车程不远不近，似乎刚刚好；但风景名胜通常并非长假佳选，像西湖、五岳、九寨、桂林，决计脱不去"翻手为云、覆手为雨"游人潮涌的窘况。看行程表上阳朔、遇龙河、龙脊梯田，无一不是摄影胜地、小资天堂，略略心生些"明知山有虎，偏向虎山行"的壮烈，只是想来专司行程的 F 君系旅中老手，且把心搁回肚里，放宽怀去。

　　两广之间往来，通常由怀集出贺州，或自云浮抵梧州，自驾高峰期，两条线拥堵风险均高。广州两车 6 时出发，10 时到怀集，我们清晨自深圳出，近虎门已是一通小堵，心下沮丧。1 号子夜高速免费时间始，车流量便持续高涨。至今高速未通的怀集县，确是喇叭口咽喉部：40 公里省道走足 6 个钟；饶是警力全勤，三步一岗，五步一哨，都无法抑制车队蜗行和焦虑司机们屡番追尾。伟大祖国，汽车时代先于汽车文明成熟，势不可挡地提前来临。

甚好入桂后山水养眼，又逢花树惊艳，一洗舟车劳顿。F君不愧行旅方家，下榻酒店真如仙境：大套房三家熙熙融融，宽敞的露台正对原野广阔，峰峦秀美。稻谷收割已毕，余短稻秆贴地，大大小小的黄牛轻摇尾绳在田间缓缓踱步。可是孩子们的天堂了，满田撒欢，捉蚱蜢，捕蜻蜓，伙着小牛在泥坑里打滚；向晚烟云四起，河上漂流人散，睁眼闭目间都是无敌田园牧歌。

稻秆是牛当季主食，更用于就地燃烧养田之用。暮烟一起，勾起小伙伴星夜烧烤兴致。村里人和店老板都和蔼面善，见孩子们就地牛火，纷纷过来添柴、支招、送稻秆，猛一通烤蚱蜢烧红椒，燃香柚焖地瓜。见黑暗中火光照得一张张大脸小脸通红，再不想堵车境遇，美好得仙梦奇缘一般。

少年时很受鲁迅《故乡》影响，觉得乌篷船两岸风景都是文人墨客臆想中的虚无，远离了真实的人间，近年人至不惑，认知上却越来越小我，不再把那些黎民疾苦横心上；我思我在，他处风景亦我心证，于每个当下感受真善美，瞬间沙堪聚恒河。

那棵花树，当地人叫国庆树。近处围观，"红花"实一只只微型三面体小灯笼，W说是火焰木，查度娘后正其名栾树，远方同学亦微信补白："栾树举国南北皆是。"那"红花"，貌似花，实为果。只是不求甚解如我，树种、树名都不重要，重在此情此景，化开烂漫逍遥游，幸福指数极致飙升。

最快乐的时光

　　和女儿谈及快乐时光，她会时而眉飞色舞，时而略带惆怅地说起阳朔遇龙河边那棵开"花"的树。

　　虽是广深双城之隔，与笑、晓两家却总能不期而约，大人间意气相投不消说，给孩子们铸造"人生最快乐的时光"，却是让此约定恒持的强驱动力。某年国庆长假，遇龙河畔水慢花红，三家在河边民宿盘桓，因秋早，收割已毕，稻秆在路侧坡前堆成一个个草垛，余稻田间齐脚踝的稻秆数列般，一畦畦的；黄牛水牛们漫甩着尾巴，咀嚼这似乎永无尽日的稻秆，蚂蚱与田鼠的狂欢季已至，几个孩子更在廓落的田野间呼啸来去，擒蚂蚱，逮蜻蜓，胆大的近到黢黑皮色的水牛身边去摸摸牛毛，夕阳余晖和绯色云霞将这场田野童欢的盛宴铺洒得格外璀璨夺目。

　　孩子们雀跃一路，不知谁提议烤蚂蚱，到院子里选水泥地板背风的一角，从山边拾些石头，捡块大些平些的石板覆上，灶和烧烤台瞬间成就。草垛自然是现成柴料，食品除了蛋白肉质虫类，更就近菜地摘朝天椒、扯青豆，从柚子树上现取蜜柚，田园 BBQ 莫名丰盛。未几，石板上烤就的第一只蚂蚱散发出淡淡的肉香，烤则烤矣，最无知无畏的小嘟自然成为首尝者的无二人选:"第一个吃蚂蚱的人"成为嘟子人生不可逾越的巅峰,姐姐每说每乐——孩子们几年来屡说屡怀念的"人生最快乐的时光"。至于其后某夜数小时大小攀缘跋涉上山,一觉醒来直面晨光梯田满目金黄,在天地大美间浑然忘机,心间印下一片光的领地,已成大人们心头至宝。

今年秋迟,长假时石门枫叶未红,星点枯黄的树偶或在路旁绿浪间飘浮。往原始森林去的省道上粤 A、B 车循例最常见,入则泉石随绕,空气里草叶清香弥漫。别墅虽质朴,却胜在三家一栋,白日集体户外探山,及入夜便在灯光里团坐,讲故事,打扑克,或者全体桌游,大小共沐快乐时光。碧山深处更一处湖光静谧,水质翡翠,仿佛只与天空晴蓝映衬;顺流而下处一农舍,白墙灰瓦,屋前庭树,捕鸟关鸟的罾和笼都在树上悬着;走地鸡们随心踱步,咯咯几声,浑不知客人心中欲念;大小黄黑犬只们毛

茸茸，威猛猛，饭食时围拢来，"汪汪"地把台下的骨类拾掇得干净。最难得屋舍数步之外有一汪山泉注成的潭，泉水至清而无鱼，主人家书丹砂"吹水台"三字于潭畔岩石，很粤味很闲适。赤了足浸水，瞬间凉沁沁地直入心肺。孩子们在石上水间，跑酷嬉水，欢喜无限。于是大人们临泉和着云影慨叹：人生最快乐的时光，大人和孩子都需在年复一年中，边回味，边创造。

湘西冬色绘

油菜花黄

在一座山与另一座山间公路的蜿蜒盘旋中，忽地惊现一畦畦金黄的油菜花。小姑娘满脸狐疑："妈妈，现在不是冬天吗？油菜花不是春天开的吗？"两个反问句弄得我一愣一愣的。只见过"人间四月芳菲尽，山寺桃花始盛开"那类梢被晚于时令的风景，而花事先于季节，却极罕见。我一面贪婪地呼吸着青灰色天空与山间这惊人艳炽的芬芳，一边讪讪地答："山里季节和气温呢，总跟山外不一样。"含糊其词，蒙混过关。于时，因这无端"冬行春令"的菜花黄，清冷且无不肃杀的一程山路顿添无限生机，连人带车，都欣欣然欢乐起来。

冰霜清

世事总有惊喜。油菜花尚历历在目，车忽上忽下进入另一座山，拐了个急弯，一大片冰霜满坠的山树又忽如而至眼前。成行成列的"冰树"啊，再次刷新我脑中残存的冰雪意象：虽无"千里冰封，万里雪飘"般巍峨，或"大雪压青松，青松挺且直"的刚劲，却自拥一股非凡气势。自触手可及的道旁树，至极目远眺的漫山远树，尽皆冰凌与树枝浑然一体，清凌凌、白森森，每一棵都在天地间挥洒着摄目的清寒光色。一年级闺女当日自发地写了日记，题为《冰树》："忽然，我看到了冰树，就惊呆了。"极其真实地描绘出我当时的心理感受。不明就里的是，山区气温与植被为何差异如斯：一个小时内，能同见油菜花与冰森林两季美景，待日后详解之。

纱雪白

山中边城的除夕夜有些细雪飘落，次日晨起，对面房子斜屋顶上便是薄薄的一层白。在湖湘境内，鹅毛大雪甚少，多是细细碎碎的，在暗夜里静悄悄地飘着。下足整晚，便给大地、山树、屋顶都浅浅近近地铺一层白，如同给世界披上一层妙曼的白纱。天地间绰绰约约的，一切物事在雪纱下都似有还无，幻境一般。这种景致，足以令在广东长大的孩子们识见冰天雪地之景象。于我，久违雪日，此时此景间，儿时诸多关于雪的记忆尽皆复活。

炭火红

在户外打了雪仗，再把水池那层薄冰捣碎了玩，及回屋，见了炭火盆里旺红的火，便着实觉得亲。乌黑的炭燃出明炽的红，当真是最极致且奇妙的色彩关系。那炭黑乌乌的，那火却红酽酽，透着光亮；这红极生动，却在光焰中透着虚幻，仿佛只存活于记忆的国度。自我离湘，随岁月远逝，炭火红便悄然远遁，遍寻不见。今冬，她旺炽炽地穿越而来，成为寒日中最珍稀的礼物；她亦将随春而逝，待下一个寒冬降临，她复莅人间，给山里人家带来温暖与希望。

大三巴人家

　　傍晚六时许，天色灰蓝，大三巴牌坊上空天顶孤单单的弦月和坊下街前密匝匝的人潮，一目之阔内天上人间仿佛成就某种默契：热闹判归地上的人类，月亮静静地悬空就好。

　　距离上次临此，三四年秒逝，其间正是我读《妈阁是座城》——从小说到电影的时段。人自打进入中年隧道，心里越来越明白，有些事、有些感受确没可能更无必要亲历，便越习惯钻进文学艺术的魔镜，浸入文艺家们心眼手蔓延出的作品里，去触摸某个时代某座城池某群人的某些气息，比如赌徒心境，比如和深圳仅一湾之隔的妈阁。

　　几栋常态镶金戴钻的娱乐城一日间从视线里消失，城中街巷间便充溢一股特有的安宁与质朴。或许此感关乎官方所谓"产业过于单一"的既定印象：那些赌场不屑于用哪怕一星半点人文审美来装点内饰外观，一味金灿灿地豪得惊天动地，将平常人的视觉嗅觉，压抑得憋屈得气不敢出。然而正因如此，此间单车道大小马路上的中巴车、街头巷尾随见的月白马赛克片地面、街边墙面斑驳的居民楼，忽地脱离浓妆艳抹的压逼，就让人感觉分外轻松而又朴素了——从人山人海到寥落寂静，只需一个街角的

距离。

　　大三巴广场两侧是小高层居民楼，牌坊呈"品"字。此刻西侧顶楼恰近新月外弦，遥遥望见身上系围裙、手里一把菜刀和一个胡萝卜的老太太出阳台转两圈，随即进去，旁侧窗有袅袅烟气飘出。"胡萝卜炖排骨呢！那户人家。"美食家阿宝随语定音。说来也怪，牌坊下人潮瞬间静音，定格数秒，恍惚间隐有老火汤香气潜入鼻子。那弯原本清冷的新月，也因这若真若幻的香气陡然间温暖起来，真是人类灵长类动物的奇异秉性啊！

　　科学馆热门，各年龄段娃娃们雀跃，可惜购票设施明显与大数据时代违和，购票厅排起长蛇阵，从入门到进场，至少等候一个钟——倒不如隔街相对的艺术博物馆，整四层澳门国际艺术展进行时，尤其顶层系与南京博物院联手推陈陈之佛先生花鸟展"翎静芳馨"，见标题英文译作"QUIETNESS AND GLARITY"，感慨方块汉字联想丰富："翎静"二字意境之丰盛辽远，岂一个QUIETNESS 所能容纳。

特地看了策展人履历，都是澳门本土青年，一个北京大学博士，一个四川大学学士，学成返澳门效力文化，不由心中生出很多欢喜来。

关于澳门，过往太多电影记忆：赌城或跛豪，任达华、刘德华、甄子丹等熟悉的面孔演绎的警匪兄弟亲情反目等男人故事，镜头里大三巴的摇曳带着遥远的英雄迟暮或岁月静好。实际的澳门打深圳船行仅一小时，在我城偶感火热城建无处盛放闲淡心情时，倒不如漂来此间走走，无关乎赌，只需沐着海边观音慈眉善目，去随触由尘世繁华到烟霞散落的人世瞬变。

卫城下的家宴

    一样凭海临风，雅典和深圳两座城空气却迥异。概因爱琴海纬度较高，空气里全无鹏城的湿热和梅沙海域自带的咸湿气味，呼吸感与能见度皆因蔚蓝海域而洁净清透。

    从迎风生长挺拔的年轻城市，猛地飞抵这座古迹星聚、建城史近三千年的雅典：时时处处于街心橱窗遇见世纪前诸神雕像，脚下随踏透明玻璃下数千年前断石残垣，读几章《伊利亚特》《奥德赛》，遥想特洛伊木马战剑矢纷飞，再抬眼看阳光下红粉白夹竹桃花色通城掩映，无尽时空穿越感便与满天海鸥齐飞，连续几日，我整个人持续身心轻盈，如沐神光。

    卫城之震撼，首在视觉。正午时到达，不顾紫外线之烈，行走于灿烂阳光下，远处一座微黄色城堡突然跃入眼帘，在蓝天下巍然静矗，心头一震，便知必是卫城。公元前 600 年遵循绝对黄金法则而建的帕特农神庙，是建筑史上的不朽杰作。几天之内，和阿宝东南西北地绕遍卫城：边踱步边遥想狄奥尼索斯、埃斯库罗斯悲喜剧在此间频繁上演，苏格拉底、柏拉图在开阔处辩论演讲……若非读过文献种种，这里是西方文明公认的发源地，这里几千年前便已经攀抵人类思想、艺术、文明的高峰，我更愿信为神迹。

索菲亚和玛丽安，生于雅典的一对双胞胎姑娘正当如花妙龄，笑起来如鸢尾花般明媚艳炽；姐妹俩刚从北京学习四年中文后返国，帮父母打理家族生意，不过父亲随后告诉我们：希望俩孩子继续到中国深造。

索玛爸爸一直在跟中国做大理石出口生意，说卖势不错，闻言不禁莞尔：来自神话国度，缔造过阿波罗、雅典娜真身的大理石，货品既实且优，在我国善造势的销售口中，童叟无欺的希腊文化，决计是能让顾客付高价的绝佳理由。

索玛家在雅典老城区，顶楼九层，360度俯瞰全城——唯卫城稳稳地在不远处站立，微仰视可见——老城建筑原则，神与祖先的居处，后辈不得平视。落日时分，金光万道自云间倾洒，暮光之城便是梦想中的理想国。自深港来的客人自然慨叹迷醉，纵横商界的主人家却也不掩饰脸上的骄傲与意气，笑盈盈地与客人们分享这居家坐拥的雅典城。

家宴丰盛，希腊传统美食盆满钵满：烤羊肉鲜嫩，芝麻饼清甜，水果甜度极高。在诗的国度，作新诗奉上，玛丽安同声翻译，将华夏文明中与海、太阳、智慧相关的神话与哲思向这片土地倾诉。

索玛爸爸且听且点头，沉吟赞赏：同为文明古国，中国和希腊之间真的太需要文化的纽带。主人家这一句，让卫城下这场盛迎深港远客的家宴，瞬间添加了文化交融的悠长滋味。

虎年探曼谷

初二往，初七返，均逢冷空气大举南侵，深圳水冷风寒。初八开工日，见报上尽皆"深圳不日将回暖"大标题，心中大乐，愈发觉得自己在正确的时间去了正确的地方。

这边中国南方天无晴日，那厢泰南都城艳阳普照。在温暖的曼谷给两家小姑娘解释这个名字时，我如是演绎："曼，美丽，谷，谷子；一个盛产谷子的美丽地方。"边自由发挥边暗赞中文译者功力之深，BANKOK 几个英文字母被这两个汉字表述得声形并茂，色香味俱全。

下榻酒店居全泰星级酒店、时尚购物中心集中区域 CHIT LOM，全球那几个掰着指头数得过来的奢侈品牌橱窗和广告牌成了夜色中的靓丽景致，数步之遥便是人气极旺的四面佛与象神。冰冷的玻璃幕和大理石墙下端坐着方方正正的佛，香花环绕，烟尘袅袅；初觉融合得很僵硬，又感此方现代化与传统元素何能如此毗邻而居、同轨并行。几天下来便觉出好处：高楼林立的水泥森林里，亲地的佛、香、花几成人心温暖亲近的所在。

切身体验了举世闻名的"曼谷塞车"，原本高高在上、穿越全城的轻轨可以让我们省却此经验。轻轨英文名称 SKY-LINE，名副其实——地面行人可仰望"天路"上火车呼啸而来。下午三时许,"天路"短短三站,TAXI 走了一个半小时,司机们都神色安详,安之若素。陶很专业地论道:曼谷的塞车问题完全不可在短期解决,一是路与车比例失调得太厉害,二来这个国家绝不能像咱泱泱大国说修路就修路。不过,饶是很塞,却不令人绝望,比我印象中数年前在北京的经历要好些:各十字路口或车流紧张路段,总立有制服齐整、手眼忙碌的警察,让被塞的车们心里有盼头。另车况整洁,空气无异味;在深从事燃气工作的老文播报重要资讯:泰国汽车烧天然气,所以虽为"全城停车场",空气却清新依然。

　　游河系抵曼谷必探之选。湄南河将城分为东西两半,游人如织的大皇宫位于河畔东岸,西岸则五星级酒店簇拥,每家有摆渡船在河面穿梭,船尾悬小旗,迎风招展,很私家的奢华感。我们雇了条布满鲜花的小木船在湄南河中穿行两小时,穿河过巷,岸边花媚草香,家户俨然。不断经过佛庙码头,见橙袍僧人静坐,慈眉善目地注视着每艘游船。佛的注目令船上时光越发宁馨静谧,小女孩们沉迷于河岸景致,不复缠身,大人们东拉西扯的聊天遂成可能。姚说,同学在泰国开了两间米厂,却苦于管理:发薪次日,必然多人迟到早退、概不加班;手头富足了,就尽情享受生活。便想,呼吸此种讲求刹那与当下的信仰空气,人的幸福指数想当然地高。

　　斜卧倚船沿,生发出此番"虎年探曼谷"最深的艳羡。

预约时代

有感而发或思维训练写文章自营公众号已成妞日子里的盐，妈最爱调侃她的一句是：写作多好，名利双收——价值观听着不那么伟光正，但人家明显受用，也算是对事件的正向能量叠加促进。冉冉升起的网络小写手出自如此世俗功利的亲妈激励，将来是很可八卦的梗。只是最近新情况，几日不见开电脑码字儿，不禁追问："怎么没新作？名利不要啦？"妞头微仰，模样傲骄道："看稿请预约！这是一个预约的时代。"

休假回深，家事公事百废待兴，紧紧张张带妞到儿童医院牙科复诊，微信预约挂号全周已满，只得硬着头皮跟主诊医师帅 M 博士发微信求加号，踩着开工点儿上门，幸运加到号，复诊成功，大乐。妞一路翻白眼："你预约了吗？"也难怪她紧张，单就上医院牙科复诊这件事，预约已成关键词。且说半年来儿童医院网上预约挂号系统如火如荼建设：从最初软件不成熟就上线，横点竖点都约不上的草莽阶段，到最近公众号预约顺畅；从初用我屡约屡骂，到最终 APP 应用如意，我鹏城医卫便民信息化系统建设之成果可窥一斑。

在南法时，从戛纳驱车马赛，途经法国共和国战争史上闻名

遐迩的土伦港，一家四口行走在近乎空旷的街道，穿过自由女神像矗立的广场去南面港口，经过临街一间牙医诊所，大门紧闭，橱窗暗哑，唯玻璃静静地反射出些日光，阿宝笑对俩娃道："看！牙医高收入阶层啊！不顾上帝之约五天工作。"妞招牌白眼："需要预约好吗？"

　　我家最近流行预约话题，溯因需时间倒流回欧旅出发前。我因忙碌到最后一分钟，短发长到无暇剪，到雅典街头闲逛，见临街理发店橱窗，禁不住往里张望：几十平米的空间布置雅致，居中一张深棕色皮转椅，经典样式，让人颇生出些坐上去的旋转欲望。橱窗玻璃上的标价，虽欧元计却尚可接受，仔细看看开店时间，隔日随着街头随飞随落的鸽子踱步过去，隔窗望见里头三位直鼻希腊男，帅到足以让普通妇女倒吸凉气的那种：最帅的白衬衣居中转椅旁站定，理发师是也，正为椅中人头顶作业。推门进去，用磕磕巴巴的英语问能否理个发，空气瞬间凝固，三帅男齐刷刷向我投以意外且异样的目光，理发师回应我几句，英语似乎并不比我更好，不过他的摇头让我明白这事够呛，忍不住追问：不能帮我理发？WHY？隔壁短沙发上等候的那位吱声：Appointment, just for appointment……原来如此。既不自带撒娇搭讪的东方美人颜值，英语也没好到亲切拉家常人来熟，只好礼貌地点头微笑，转身推门出去。回酒店八卦此桩，妞大笑：哈哈哈哈，请记住，这是一个需要预约的时代！那时间百般想念深圳正时兴的轻简版理发店：让我这种不甚讲究但求利索的，可随时出门，店铺林立，不预约而可目标粗暴达成的国度，充满另一种自由而且浓浓人情味的空气。

我们欧洲的豆腐

　　却说这一程深圳艺术家们行走在匈牙利境内，某日导游宣布，明天吃"国王大餐"，闻言一众人行旅疲态顿消，群情激昂。

　　餐点坐落于多瑙河畔，山丘下一条繁花盛放的山径旁，风光优美。落座，每人发一顶纸制明黄图饰王冠戴头上，一条蓝布围兜挂胸前，说是中世纪骑马民族没刀叉，更没纸巾，供吃饭时擦油用。一色陶制餐具，杏黄器皿上粗犷的纹路，是我心里希腊感的质朴味道。盛白葡萄酒的陶罐简直就是画作《泉》里姑娘肩上扛的那个。巨罐盛汤上来，满满的牛肉，味浓色炽，香气熏鼻。盘中面包足有一尺，很是丰收的喜悦。作为西餐，该头盘决计远超食量，西餐经验丰富的领导也表疑惑，我当即信口由缰："国王大餐啊。领军打仗，不能复杂，一块面包，一罐牛肉，简单实在嘛。"这解释一出，从个头最肥硕的书法家童开始，到最瘦弱的书法家卢、舞蹈家张、导演彭、画家蒋、摄影师钟、演员赵、秘书谢等等个个低头将汤中肉、盘中餐风卷残云，酒足饭饱。收毕罐、盘，喜剧性的悲剧时分顿现：服务员次第端上更大的盘子，满盛鸡臂与土豆。我迅速低头，坚决回避团友们射过来抱怨、鄙夷、哀怨的目光。

事实上，"国王大餐"还只算得本行餐趣"头盘"，而作为"主食"，让大家记忆更深刻的，是抵达维也纳的第一顿晚餐。那中餐厅内里装饰、菜品俱弱，屋室简陋，灯光昏暗，深有"月黑风高赚人夜"之嫌。坐定，领导目光巡视一圈："老板娘好讲究的哟！"只见柜台后立着一张精心涂抹的徐娘脸，高眉浓目，披肩卷发从脑门往后拢着。我当时已略生了些失落与愤懑，艺术之都的中餐馆如此不艺术，全没"大中华"体统，就顺口接了领导的话："哼，就知道脸上讲究！"

　　这顿饭的质素，随举两例便知：素炒豆腐，黏糊糊地端上来，勾芡过度不说，往嘴里一塞一嚼，一股子过夜的酸劲；油淋茄子，可怜的茄子被榨得油浸浸，干扁扁。能把这两道菜炒成这样，真是很难为厨师。浓妆艳抹的老板娘听说我们把原订的次日午餐退了，款款地过来刨根问底，有前次"国王大餐"失言的教训，我自觉地保持了缄默，团友们都考虑国际影响啊，全没平日在深的"上帝"气，唯领导以平和的音声作温馨提示："豆腐好像有点酸啊。"语音未落，只见这老板娘眉毛一挑，杏目微睁，速复神清气定："噢……这你们就不知道了，在我们欧洲，豆腐都是这样酸的。"

　　醍醐灌顶之效。我脸上绷着，心内笑翻。原来不仅维也纳王宫广场上端坐的特蕾西亚女王昔日可以凭裙带把这片大陆融汇成大家庭，当今中餐馆的老板娘也足可一统欧洲豆腐。由此推断，欧洲境内的亚裔移民融合工程还当真令人钦佩呢。

part 5

片羽

点滴皆人文

Fragments

of Treasured

Experience

月光在千里之外
随行的相思鸟　子夜
飞入灰色云朵那端
黑暗
把人间叫卖、刀剑、欢笑、恸哭
调成静音

《刹那》

乐莫乐兮嚼新绿

我家有个习惯，从外婆、我到小妞，三代女人传承，平时不太显露，每个春天明前、雨前新茶进得家中茶台，便显山露水，偶尔老中少三女同在，就会互相看看，嘿嘿对乐。既是习惯，便难用好或不好做简单判断——嚼茶叶，这个坐拥浓郁乡土性的饮食习俗，说出来似乎不那么文雅。这不，妞这段时间每天必唤一杯新泡明前龙井，三次茶水饮毕，手指将杯内茶叶挟出入口，嚼得那个香甜舒畅啊！

晓是华南春气过浓，不似江南缠绵婉约，我家还是很赶趟地拥有了天南地北三种明前：西湖龙井、景迈山古树头春、老家新绿。杭州龙井村专为茶去过两次，典型江南富庶村落，家家户户院落陶罐满陈，许多年前标价便是四位数；普洱系茶客不能不知六大茶山之云南澜沧县的景迈，此间长居的布朗族是茶界公认的首批种茶人类，古树株岁四百年起；而我这地道湘妹子，小时候对茶只知新陈，更不闻多色之辨，年年这个时节，外婆家亲戚和找爹看病的乡民们随身捎来开春新摘、家炒的绿茶，地地道道的山珍，是我心中唯一的、最好的茶。嚼茶叶的习惯，就是俺娘每年收新绿后郑重第一泡时，水必三道，叶必嚼尽，仿佛仪式一般，我便有样学样。

虽然貌似不雅，新绿让嚼茶人最难舍难离的，是茶叶细嚼吞食后满口生津，口腔弥漫的清甜可以长达半日。长大后我到广东学喝潮汕工夫茶，以回甘之快、泡数之多论茶品好坏，但即便是顶级工夫茶，和嚼叶而成的回甘相比，滋味和时长上还是差了几个轮回。

说到茶，我也勉强算掌握了些名词和知识的茶文化人：从只知绿茶的浅薄底子，到逐渐被普洱的年份茶洗脑；从新茶即冲即饮，到茶具由少渐多、程序自简入繁；从偶尔喝茶时看片片春茶随滚水上下旋转浮沉，叶面由卷而舒的欣喜，到装模作样端坐，背着《茶经》论道，对茶色茶品产茶地学术般的应对……越来越感觉像从河的此岸泅到彼岸，回望却发现来时风景亦佳。小时候喝茶就是喝茶，没太多呼谓上的差别，茶就称"茶"，茶叶才叫"茶叶"，不像现在茶馆里里外外：喝茶是件事，是种感觉；茶分水和叶，茶水大名为"茶汤"，词语里变的，自然不止于内沿外延范畴。

前几天朋友约茶，中心书城某名馆。谷雨逝久，进馆问："明前绿有什么？"布衫姑娘明显蒙，再问："雨前？"秀美脸庞浮起丝缕歉意，美而木地摇头。我随身带了景迈春与朋友共享，姑娘瞥一眼，职业而冷冰的声音："自带茶人头费六十。"一颗心顿时沉到土里。幸好有友同出湖湘，说到心目中最好的茶是新绿，嚼茶叶后方抵至境，你一言我一语呼应得无比热烈，粤籍友人听得满脸讶异。此时此刻当真是良辰美景无限：一边齿颊生津，一边在这个深圳中心地段生出"唯楚有嘉木"的欣喜与骄傲。

酒肉不二

最早见"不二法门"四个字，想必是在青春期时的武侠阅读：某某秘笈乃练就某某神功的不二法门云云，字面最好理解不过——不二者，唯一也。光阴快车瞬间驶入 21 世纪，先有王朔《金刚经》白话小说版，后有冯唐《不二》红极一时，深得媒体名媛专文推崇，佛典的文学演绎似有些复兴味道。《不二》我至今未读也绝非刻意——今时今日的我对于身边流淌的人与事很随机缘，讲风行水上、自然而然。这几年身边学佛的友人与日俱增，两年前某次聚餐，听谙佛经的 W 兄提及"不二"，话语情境已全然忘却，只记得当时顿生心念，就想求个"不二"究竟。

我是个不折不扣的选择性求知主义者，通常万事不关心，而一旦于某人某事生了心，便很快能臻于朝思暮想、废寝忘餐的至境；而随年岁增长，稍能领会恒持与果证的关系，不太过于心血来潮、时过境迁。去年银湖国学院市民文化大讲堂开设经典讲座，听专家讲《心经》《道德经》《六祖坛经》等，既已亲聆，更积极读书，尝试以佛家想问题、看世界的逻辑与方法，理论结合实践，时时应对现世间自我与人事。几个月前某个夜深，恍然对"色即是空，空即是色，色不异空，空不异色"十六字有所顿悟，对于"不二"仿佛有了些如风似影般的感觉，不可说。

周末暴雨，小书房大举冷餐宴，一顿餐饮厨技、文艺当下热议之后，T姑娘抛出"感觉"一词，向大伙求证心与脑的认知次序关系，恰巧近日精研心理学书籍的H兄弟以最新理论成果例证开示，试图作答。而此话题则引出我这两年来断断续续对"不二"之思考与验证。

辩证法认知体系中的心与脑、感性与理性、肉体和精神等等，皆是"二"非"一"。T姑娘为自己心脑"不一"的可能性而生烦恼，H兄弟则选择接受人的具体行为未必经由"心"的深思熟虑，或许仅仅是无意识中接受环境、情境暗示后"脑"的自然选择。我顺着H兄弟的推导发言，表达我近年越来越领会到色空二元的同指，比如生理上血热与血冷催生思想境界与行动之差异，本质上是"一"而非"二"。再以执着于爱情上"来电"感的Z姑娘为例，一味期待电光石火的刹那，便有可能踏入"空"的泥淖，不妨回归些"色"，以"不二"的模糊态度顺时应势；感觉也好，推理也罢，总之到什么山上唱什么歌，"吃饭时吃饭、恋爱时恋爱"，在此过程中验证希腊哲学中最永恒的命题——"认识你自己"，认识那个深刻的、"不二"的自己。

于我，这个骤雨周末的聚众豪饮，在酒肉之间高谈阔论，应已深得"酒肉穿肠过"的不二真意。

丽娜家的饺子

　　途经东北饺子馆，我突然无比深刻地怀念起在丽娜家吃的那顿饺子。

　　丽娜是东北人，我在 G 大读研究生时的校友，一个楼里同住三年，从未见过面。集体分配到深圳做新人"被培训"，和她恰巧坐一张板凳，这三天培训时光让我们彻感"他乡遇故知"。让我最记忆犹新的是，貌似大大咧咧的丽娜，竟是讨价还价的好手；培训尾声"溜号"时的购物辰光，她能面对面地把价砍得让我瞠目结舌。

　　不知不觉就说到了饺子，我不无夸张地说："我爱吃饺子，可是我不会包。"丽娜一撇嘴："那容易，明儿个上我家，咱们包一顿就是。"

　　事实上我的确打小就爱吃饺子。这个喜好直接促成了我填高考志愿时毅然选择北方。后来我分析自己这种"南人北胃"现象，除了"好吃"理由，更重要的，一是面食比"食不厌精"的南方伙食做着、吃着都要简单，和我怕麻烦的性格吻合；二来从做到吃，饺子全程特热闹，符合我"爱掺和"的习性。

　　虽是南人，我对饺子的口感要求却高。阿宝一度买回速冻饺子来"塞口",我试过两次后便坚决杜绝。速冻终归是速冻:皮滑不溜丢,全无黏性与嚼头,馅中菜归菜肉归肉,无法浑然一体。对于饺子,我便越发"宁缺毋滥"。

我们一大早就直奔莲花北丽娜家,兴致勃勃地去吃纯东北手工饺。以我家标准,做饺子如同过节,从下料、备馅到入口,决计不少于二十四小时。我那天怀着给高手"打下手"的激情,预期着连吃带学艺。记得进门时刚过九点,我就挽起袖子要开干,丽娜和老公却吆喝着大家打牌,天南地北,谈笑风生,从东北到南粤,足足两个钟还不见动手迹象。我心里着急,忍不住问:"咱们中午是在家里吃饺子吗?"丽娜瞅我一眼,不急不慌地看下钟,说:"成,那就开始吧。"

接下来这个过程让我大开眼界,丽娜和老林,一个和面,一个备馅。丽娜负责面:面由粉到团,色泽手感明显地从生涩到圆润,接着搓、切、按小面饼、擀皮儿,一套动作行云流水,绝对的武林高手风范;老林和的馅,清清爽爽,香气扑鼻,一小会就成一盘,齐齐整整地落成下锅。前后一个钟头,饺子入口:一口下去,皮薄却具筋道,馅中菜肉混同,鲜香满颊。是我有生以来最鲜美的一顿饺子。

可怜的是,这顿饺子宴后,我便逃入忙碌的职业生涯,疯狂的广告业几乎泯灭我的时间与"饺兴"。和丽娜偶尔电话,再没聚过。几年后,听说她生了女儿;又几年,听说她去日本读博士,再听说她回深时,一晃十几年已过。有时想想也荒谬,我们两家只隔了座莲花山,居然十几年不谋面,不是深圳人都不信。虽然人生参商惨烈,丽娜的饺子,在我心里自然是宝刀不老,一如我的怀念。

腌萝卜和大盆菜

周末午餐合家欢，觑见爹娘满脸兴奋而神色微倦，说是上午去了梅林市场，见白萝卜大、好且价平，就买了二十斤回来："趁这段太阳好，晒晒赶紧腌，赶得上过年炒腊肉。"闻此言，味蕾直接反应，舌根有一股清甜涌出。

北方寒气铁石心肠，小雪以来频刷朋友圈，一遍又一遍，然终因悍然矗立的五岭巍峨，冬寒多止于月初——所以老娘称道的"太阳好"，兼着冬阳和秋阳。腌菜过冬自非岭南习俗，但对湘楚人家，冬天高悬于灶台之上的腊鱼肉，缺了腌雪菜萝卜，必成憾事。举家到深圳以来，腌菜属于气候上不利、行动上奢侈事宜，罕见爹娘操持，这日餐桌上"腌萝卜"三个字着实让我心动。

"冬吃萝卜夏吃姜，不使医生开处方。"说的是萝卜和姜对治未病的重要，于我，这两样却比熊掌和鱼的诱惑大得多。单说萝卜，从绿秧秧青苗到沉甸甸果实，吃季久，做法多，像粤菜中那道鸡汤煨萝卜，属于治法到味蕾之极品：鸡肉香经小火慢煨，丝丝渗入萝卜细胞，入口满齿生津，鸡肉萝卜香润味细无声——那是带着泥土芬芳的萝卜缀珍珠皇冠后的登堂入室。而由新鲜到腌制，更是萝卜味觉在时间里的进化：湘菜家常里有道萝卜干炒肉，肉须五花，肥瘦相间，肥肉贴锅底儿煎出的油浸润菜干，一口咬下，脆脆爽爽中香甜浓郁，素菜荤吃，是小康日子之典范。

那日大浪街道浓妆重彩，旗帜纷盈，值"第十二届客家文化节"开幕礼。阳光晴好中，看见一个不大不小的广场，须眉皆笑间一株百年矗立的老榕树，嬉笑欢畅处一场五湖四海客家人聚首的民俗"盆菜宴"。对客家盆菜的印象首见于深圳博物馆二楼民俗馆之雕塑：四方八仙桌，桌上盆菜表层大块梅菜扣肉轮廓清晰可见；而这日秋阳明炽，与文化学者同台，每吃一层，都有人辨析各层食材用料之文化担当，吃得实在博大精深；而于盆菜，刘老师更有说道：从海鲜成分看，盆菜更当属粤客文化之共融，因"无客不山"，海鲜源于闽粤系，此观点越发让人一边大快朵颐，一边心悦诚服。

盆菜层层而下，探至梅菜扣肉，同桌人正海鲜与大肉齐飞时，大块大块肥硕耀目的白萝卜忽地冒头，间错淡黄色腐竹、金针菇，心中一喜，不待客套便慌忙挟一块往嘴里送，瞬间惊艳：这浸润过上八层荤道洗礼的素底，香气和味道上浑如洗尽铅华之皇子，深藏功与名之侠客，更似十八变后的姑娘，焕发新娘容颜的炫彩。情不自禁，不顾餐桌礼数狂吃数块，念及家里阳台上腌晒中的萝卜，脸上自然微笑，朋友目询，赶紧自我嘲讪讪道："民以食为天啊！这是我多年经历的客家文化节中，顶顶深刻记忆的一次！"满座言笑，一派欢悦。

岭南食橘记

在"非典型岭南"的深圳，水果摊却很是百分百的"岭南"。不说四时不断的苹果、梨、进口鲜橙、"布林"等，单单鲜明"地域性"的便有：春杨桃，夏荔枝，秋龙眼、榴梿、番石榴、火龙果……举目琳琅。在市井果摊间，橘，是不起眼、最最"平民表情"的那一类。入秋，小货车厢载了，满堆满堆地参差次第：不似远渡重洋的鲜橙般鲜亮诱惑，全无火龙果榴梿般张牙舞爪。橘在此间是极致朴素的，安静地躺着，全不吆喝；价格也实在得可爱——通常以个位数论，买菜的老人家拎了菜的同时，再就手要一两斤橘，简易的红胶袋提了，回家往餐台上一扔：橙红的橘滚出来，宛如小姑娘般的顽皮鲜灵。

橘在我心里，地位却崇高：绝不只因为屈子赋之"后皇嘉树，橘徕服兮"的美誉和"受命不迁，生南国兮"（彼南国非此南国）的高洁，更非为小学课本《小橘灯》《背影》篇目里橘子意象的美好；我爱橘，首先概因生理上"懒"字作祟：苹果、梨，吃食前需细细地水洗或削皮；声名最炽的荔枝、龙眼，外壳剥来虽简易，但果肉糖分易粘手，也是麻烦；"橘家族"大号的橙和柚，削、剥皮都需一番力气或技艺……唯独橘，顺手剥来，轻快至极，吃罢麻烦的果子再来个橘，心头手上，就顿生"扁舟轻过万重山"的愉悦。

在湘楚大地"禀太阳之烈气"而生长的橘，成熟于白露秋分天地之将肃杀时。风起叶枯，橘树颇具质感且"经冬犹绿"的深绿色枝叶，能在这个心神不定的时节给人心上带来丝丝安宁；暨见橘由绿而黄橙、而丹朱，漫山漫野地在清冷空气间挥洒深秋的暖意，这是长年居夏的岭南人难以理解的欣快。有时会比较：荔枝馥郁的香甜，和此方倾斜而尽的阳光同理，鲜炽味酽，浓烈却单纯；而橘的酸酸甜甜里却仿佛蕴着万般滋味，有一种吮朝露、夜霜、秋气、暖阳后在瓤瓣间无数次回旋往复后的妙曼。然而"橘性温"，在深圳这种忌讳"上火"处，不合地利。"一颗三把火"的荔枝，本乡出品，便有套可以"去火"的完整吃法：盐水浸后食，或皮核泡水后饮——"原物化原火"；对橘却无讲究，只简单粗略地劝人"毋好食太多"，我偏置若罔闻。

橘味美，非我嗜之如狂的根本，橘皮香才是。植物界一些香气，会在世事忙碌中忽如袭来，让人痴想成癖：如橘皮、绿茶、艾叶、桂花……橘香居首。食橘前必先橘皮覆鼻，闭目深嗅：香气浑似一剂无边清馨的救赎方药，专为打救蒙尘日久的味蕾而来。我从中通感到一阵天边外的清丽爽直，喻以美女：似金庸笔底的小龙女，又肖《白蛇传》里的小青，有股子我行我素、破尘脱俗的率真和"一剑涤宇宙"的侠气。橘香如是，即便神清气爽灯下眼前，我亦生出无尽眷恋。

那些隽永的忧伤

"王老师，2017年您准备讲哪本书？"年关忙得喘不过气儿，虽然对南图小吕这个年度之问已早成竹在胸，但奇怪，答后我颇费了一阵思量。

两年前应邀加盟南山图书馆的名师导读沙龙系列，头上多了一顶"名师"桂冠，心中惴惴：一来打小脑后反骨作祟，反对一切"名人名物"；二来不惑之后，朋友们约着这里那里地给后生们讲人生、诗歌、公益等，作为非老师，站在讲台上真切体会出为良师者"得天下英才而教之"的大快乐，以及为何诸多人前赴后继地掉进"好为人师"的泥坑——后进们眼神里对于生命与未来的好奇与探索之光，确实是人到中年最强大的心灵按摩器。

既知南图周末讲座活跃听众为小学高年级学生和家长，导师序列中多为各中小学语文名师，我这个新晋者具体选讲什么成了一个问题；不过人生轨迹既然决定了我另辟蹊径，就须寻求和语文课堂不一样的讲授。中文系科班妈改革语文课范例，前有蓉老师的文化课，近有我几年来服务边疆孩子们艺术素质教育中之浸淫，工作既然关乎远方与美，讲题亦锁定在我以为香气四溅的中国现代文学序列，从孩子们似懂非懂的纯文学着手，详析我情有独钟的作家作品:萧红和她的《呼兰河传》、沈从文的《边城》——现代文学中两株奇香异草,清远幽逸。我希冀领着高楼林立的现代化城市里十来岁的少年,在爷爷奶奶辈作者的神思文采、故土深情间来一次纯美的精神之旅。"现代"与当下,不觉已相隔百年——一个经历过战争、革命、新中国、改革开放等巨变的百年。信息时代成长的新一代,不出门而知天下事的新一代,通常不会再苦苦思考与追问"远方有什么?"这样虚无的问题;对于不缺旅游经验的孩子,如何在时与空不远不近、若即若离的作品中吸取对于他们自身生命有益的营养,这是我在备讲《呼兰河传》与《边城》时的思考:有所裨益,若有所得。这是导师我对于讲座毕听众心情的满心期待。

现场证明,十来岁的南图小读者们对文学的理解力、对文字的审美力超出了我的预期。课前有朋友为我在公众讲座中选如此生僻唯美、故事弱、无噱头的讲题狠捏了一把汗,他们担心的是两部作品优美的行文背后掩匿的生命暗色甚或绝望对于孩子的"负能量"。事实是,当讲到萧红家后院从繁盛到凋芜,翠翠没有结局的等待时,我分明看到台下有孩子眼睛里泪光闪动。生命之花里隽永的忧伤,便是人类穿越时空最本真的共情。

鱼兮鱼兮奈若何

　　不远处红白鱼漂猛地往水里一沉，鱼讯明显，布了两三处竿的中年钓鱼男人赶紧往那边跑，拾起地上的竿，缓缓地起，钓竿顶部弯成一道拱门，一条大鱼。

　　这天下午云白风清，和闺女观钓于银湖；堤岸上三两垂钓者鱼桶里多黑瘦"罗非"，据说此鱼繁殖力强，不钓则会泛滥全湖；"罗非们"一生的要义，仿佛只是为与鱼钩玩这场生死游戏。于银湖钓者，钓竿压成拱门有些罕见：随鱼线出水白花花的一条，果然大收成。收竿至手前，鱼在钩上剧烈地摇着尾，想从空气中挣脱回去。此样场景让我心生不忍：虽非鱼，"鱼之悲"却仿若感同身受。

　　我在幼时却深刻体会过垂钓的快乐。小时候，我参与过砍竹制竿、酒糟炒糠制鱼料、抓蚯蚓为饵、往钓、垂钓、杀鱼及至烹饪，由钓而食的全程。

　　钓竿纯竹制，到竹林里寻粗细合适、柔韧适中的中年竹，大人砍了，扛回家第一步，以砂纸通竹打磨，直至表面光滑就手；继用煤油灯的烟将竹节处熏黑，可增强承重力功用。扛亲制的竹竿往钓，欢欣自然不言而喻，捕饵、制香料的过程也充满无边欢喜：雨前泥地，蚯蚓好动时，亦是遭殃季。我趴在泥地里，条条地将它们揪出来往鱼饵桶里搁。爸爸早早便问附近农家要了成袋的糠，连同家制酒糟在大铁锅里和着炒，再加些我说不上来的香料，时时掺水，翻来覆去炒；不一小会儿便酒香扑鼻；水分多少，以温润时可手捏成团为准——诱鱼的香料就绪。

至于挽着小凳、坐在爸爸单车前杠上出去钓鱼，那在小伙伴堆里更是神气活现的事。爸爸为我专制过一根小鱼竿，我也自己使出吃奶的劲往池塘里撒了香料，在鱼钩上装了蚯蚓，紧盯着浮在水面上的鱼漂，绝不放过每一动。有时提了水草，有时钓到乌龟，记忆中我只成功钓上过一条小鱼。除这战果，其余更多和"小猫钓鱼"里的小猫无二，垂钓静水边成了我拔草揪柳、飞花

摘叶的主战场。

许多尘封已久的往事，总因某些情境猛然记起。于我，那段钓鱼记忆全然笼于一团自然氤氲的光辉。小闺女却正兴奋地在各钓桶间往复观战。银湖湖面忽地随波而近一条淡青色长胡须大鱼，翻了鱼肚白；就近的钓鱼哥哥网捞上来，我好奇问道："它是怎么死的？是中毒吗？"中毒当然是最具话题感的死法。钓鱼哥哥鄙夷地白我一眼："这条鱼是老死的。"我讪讪无语。

当大人最要命的就是万事不纯粹。关于鱼儿们的生与死，以及"己所不欲，勿施于鱼"等命题，都是"思想者们"的犹豫。比照孩童们观钓、垂钓时单纯通透的欢乐，长大成人的我，面对垂钓事间鱼之赴死、鱼之将死，心却常常不知所措。

掇拾"朝花"不必"夕"

"老师，我想问一个问题……"一个女生举手起立，欲言又止。我注目，点头，以示鼓励。

"您怎么评价鲁迅和许广平的关系？"女同学声音恍若无风天空中的云，迟缓地飘移。

心头略惊，毕竟是"南山图书馆名师导读讲座"现场，座无虚席，台下中小学生和家长数以百计："请问这位同学，读初几？""初一。"

大都市青春期孩子关注爱情与婚姻，确有内在必然。我张口，将先生与许广平从北师大相识，因"刘和珍案"师生同理，继因时局激化同赴上海，先生赴厦大任教，而后复辗转广州与许相聚，终成人生伴侣之事实娓娓道出。

"那对鲁迅的太太朱安……公平吗？"女同学继续问，继续迟疑。

"看待和评价任何人和事，脱离其所处的时代背景，就会理解上谬以千里。鲁迅和朱安的婚姻悲剧，需要我们穿越回晚清，在中国千年礼教婚姻制、妻妾合法时代和中国那时候现代意识发轫的几个大背景前提下认知：或许你可再读《祝福》，去通感更多的祥林嫂；或许你可以再读《狂人日记》，更进一步去体味满纸愤懑和他笔下'吃人'两个字的意思。此外，老师还想说，在命运这个维度，我们每个人，必须激昂奋进，到中流激水，做命运主人，但总会有些事让人无能为力，哪怕他是伟大的鲁迅……"

悉心唯恐错过每个字的提问同学频频点头，若有所思，此次《朝花夕拾》讲座课结束。

备讲鲁迅实非易事，一年前，几个初中生妈不约而同聊起孩子语文课中的鲁迅问题，说孩儿们都愁眉苦脸，怨声嘤嘤："为什么鲁迅那么难，还要学？怎么学?！"心头便生出些替先生鸣不平之热；而近年鲁迅篇章于课本之取舍更是语文教改不争的热点，其时我家妞直面小升初，鲁迅的"拦路虎"既然躲不过，更不当躲，便动念如何添己之力，为少年们打开一扇新鲜的门，试令先进入，而后懂，而至爱。

《朝花夕拾》虽只十篇，"朝花"朵朵距今却已一个半世纪，对青少年理解上已近"美人如花隔云端"。殚精竭虑后，我将通往鲁迅心灵的第一道门，设定在他的13岁。此前，周大少爷孩提时代的快乐生活自成旋律，中间"鉴略""三味书屋"杂响；13岁时科举案发，祖父入狱，父亲病倒，哥儿"从小康人家直入困顿"，被命运的激流推至台前当家，上当铺，入药房，凡此种种，皆见于《小引》《狗猫鼠》《阿长与山海经》《父亲的病》《琐记》以及《呐喊》序等篇章。家境巨变时的所思所感，不仅是少年鲁迅真实的生命印迹，更是理解他日后文学和思想的一把金钥匙。

席间听众多 13 岁的同龄人和父母们，令先生"朝花"重绽，比直接开启巨匠语境更加亲近不违和。而互动时间初一女同学最后一问，更让我相信，通往鲁迅的道路无限，老师的任务，便是帮孩子们找到心边和身畔最吸引他们的那一条。

燃

昨儿听一个"85后"姑娘点评一首歌，很汪峰的词与曲，以我"70后"价值观概括之，无非追逐自我青春无悔的励志。姑娘推荐大伙听后自己动容道："我觉得这歌特别燃。"旁侧"90后"妞儿连连点头，隔壁素来以脸生得嫩广受称誉的"70后"男忽然眉宇微皱，附耳过来悄问："我怎么连'80后'的词都听不懂了！"

扭头晒之：至于吗，一个"燃"字——血液烧起来的通感，晓得啵？言罢心内默默总结，燃：燃烧，点燃，在社会语言学现代汉语应用渐变范畴，归于常规词汇及因语境省减宾语的缩略法。

晒归晒，这个"燃"字，却腾地点燃我近段藏于胸中各种与孩子、与爱的事件花火。

记叙文当该这样开头："这个温暖的岁末夜，当全城空气都燃起辞旧迎新火光，深圳小学生英语戏剧趴缤纷上演……"

几天前发生的，已是"陈年"往事。岁末，一群孩子在福田文化馆梦工场圆了个真真切切的五彩梦，近百名十岁左右的娃连同家长，那个兴奋莫名啊！对于多才多艺的孩子们，参加演出不新鲜，但自导自演、自主持、自宣传的，却实不多见。

基础教育领域，以孩子为中心的授课形态称"翻转课堂"，我以为，知识因好奇而生，自生活所致，"翻转"更当是镜面的常态与本相。演出搞成"新年趴"，娃娃们主题聚会好不欢乐趣致：英语好不好，忙于张罗杂事的后台人员说了不算，但演得投入，看得欢喜，《小红帽》《青蛙王子》等剧目未必创新，表演距专业也远，但每个短剧演完，台下都以热烈掌声回应。返自北美、澳洲的志愿者姐姐们流利的英语评点，戏剧界荣哥哥对表演的圈点和展望，相信对娃们是最正向走心的激励。

而极致燃点是，梦工场内每个人都清晰自己这次绽放的另层深意：参与一间公益机构组织的爱心义演，旨在搭建一座因爱之名桥梁——让深圳城市娃和边疆乡下娃因爱结谊的彩虹桥。现场小书法家挥毫，小歌唱家赠歌碟专辑，演出后同学家长踊捐零花钱，愿将浓浓爱意的新年心意带去远方，令这场演出除却当下共时的欢乐，自拥跨越时空的爱之真意。

次日，跨年夜深圳电视台新年晚会现场，另一群深圳孩子身着蒙古族服装登上世界之窗的舞台歌唱，一首《飞越彩虹》，一首欢快的鄂温克族劳动民歌《鄂呼兰德呼兰》，让深圳湾的小海燕们更与内蒙古的鹰雁、云南的孔雀同声高和。

在基础教育领域，"指挥棒"话题显山露水：与应考对应的，是培养认知解决问题的能力。后者的践行，势必令孩子成长间参与社会利他的行动蔚然成风。生命的河流绵延不绝，远方的诗歌与风霜同在，孩子们最真实的友谊建立让他们认知生命存在形态的多元可能，且在这多元中渐渐确认"我"之意义。

全城紫荆花开得炽烈，和孩子们的欢乐自燃如出一辙，此情此景，让"70""60""50"等后们，心中如何能不燃？

斗陀螺

~~~~~~~~~~

深圳"孩界"动态：最新风行于两三岁至八九岁孩子们间的玩具是陀螺。

关于陀螺，"70后"们罕有人没玩儿过，且彼时代多为自制：各种殚精竭虑后方得手的小木圆柱，以刀锋将一端削成圆锥形，锥尖处钳入细钢钉，便是一枚陀螺的简制全程。当然，质素优劣关乎木料、刀功、钢钉位置等，关键词则是——均匀；"不二搭档"是陀鞭：通常为木棍一端系一根蓖麻编结、粗细有致的缠绳。将陀鞭层层环绕陀身圆柱端，猛地甩出，陀螺游戏即在高速转动中得意开锣。小伙伴中陀螺、鞭子、甩陀技术"三好"者，在均衡久稳的旋转中便能收获同伴们艳羡崇拜的目光。至于我，打小动手、游戏能力皆弱，从女生的毽子、猴皮筋儿，到男生版陀螺、拍烟盒，从制作到游戏，没有哪一项能够应付自如、崭露头角。正因如此，混迹于这帮我眼中灵性万端的"游戏名家"伙伴中，总有一股浅浅的自卑如烟气，由心底升腾、飘散全身。

现今孩子们的陀螺则已是两重天地：自制已近绝响，玩具体满溢机械时代工业化流水线生产印痕。首先，陀螺进化成一个零件结构复合体：有陀心、陀身、外圈轮环、旋转底座等；陀鞭亦升级为"锯齿状长拉条 + 发射器"之集合。每个零部件均职能明确，可拆卸、重装或替换，如陀身外沿钢质外圈轮环，为不折不扣的"战斗"之用，互相撞击时"嘎吱嘎吱"金属声作响。每个陀螺都拥有一个或美或威的名字，最厉害的据传为"战神系列"，按图饰分男女，依色彩、形状与感觉得命名：陀心全绿者称"碧影神弓"，橙红者唤"烈焰金刚"，粉红色是"飞舞的玫瑰"，金黄色叫"极地金盾"……每每想到产品工作者们兴致盎然或绞尽脑汁设计着一个又一个陀螺，一批又一批成品从制造厂流水线上生产、组合、包装、销售……再回想洋溢着全手工气息的"陀螺七〇年代"，很生出些"往事只能回味"的黯然。事实上，如此这般"非手造"，大大解放了我这类弱能家长：能力不重要，银两可办到。身处"拉低效应"之低端，我貌似在孩子这一代陀螺界里颇能找到"被平等"、不自卑的理由，心底却如此怀念儿时那些制造天才小伙伴身上的光辉。

孩子们通常把"玩陀螺"说成"斗陀螺"，"斗"，是游戏最具吸引的妙意。我看到斗陀螺对规则教育、挫折教育的百般益处：规则清晰，输赢直接，孩子们一个个乐此不疲。输了的，乐呵呵地把自己率先东倒西歪的那个拎起来，静静地候着赢的那个旋转到最后。再次发射，游戏重启，一群孩子凑到一堆，有斗，有和，有赢，有输，有笑，有闹，而终究无争端，不孤独——便是陀螺风靡"孩界"的因由。

网课风云

最近常常默然慨叹：中国人民当真是地球上最好的人民。疫情之下，"停课不停学"号令一出，刹那间网课风起云涌，势不可挡。本人兼具老师、家长、学生三重身份，算得上典型时期中的小典型人儿，分别领悟各角色中苦乐忧喜：最有成就感的是老师，最愉悦的是学生，最乱中作乐的是家长。

自我以"王老师"身份行走江湖，几年来也桃李遍深，期间也有网课创业者递来橄榄枝，我断然谢绝，毫不迟疑。我属于授课活跃度、精彩度和学生眼神面容凝视度呈正比的老师，没想到"云时代"与疫情同步降临，于我，讲课从地面到云端，便涌出一股天然驱动，横心接下两堂公益云课堂任务。讲题锁定中国古诗，便选了《楚辞》和《春诗》，前者源于偏爱和当前形势，而值得细细说道的是《春诗》。主办方锁定一款当红手机直播软件，一小时课程讲完，顿时像缰绳松弛的马，对"镜头感"有了切肤体会。

因有了为师经历，当学生"如花隔云端"便成常态，且听且偷师。近期最愉悦的一堂课，是坐听《理想国》。该名著产生大背景，正系雅典城邦遭遇瘟疫后，柏老夫子意欲重振理想社会风气而奋著此书——与孔子和司马迁何其源出一脉！同课学友中有海外生活经验者众，老师结课陈词，同学们有过在世界各国居住的经历，都将更加深刻地明白一个道理：我们的理想国，只可能在我们脚下的祖国！她的未来如何，都取决于每个人致力于推动与改变的力量。顿时鼻头一酸。

家拥二娃，从陪娃看课表、寻教室、找班级，到视频的、音频的，直播的、录播的，电脑版、手机版，软件五花八门，下载家常便饭。网课趋满月，我体察到的核心差异，是形态上突破空间和学生容量制约，故全年级一起上，经典视频课一起上，老师当网红，忙补技术课……网课像刚出生的娃娃——从头到脚都是新的，一切欣欣然。成年人对于同学眼睛视力忧虑重重，当局体育课导向明确，娃们打卡争先恐后，争奇竞妍——网课啊网课，仿佛"火烧云"，红透天际！初获悉一批远山娃苦于网课无"器"，一众热血热心者即时行动——网购智能手机捐赠，务求尽快送抵。和阿宝在阳台上徘徊时他问："你觉得经此一疫，中国会往哪个方向去？"我前所未有地沉吟数秒，逐字作答："我觉得，中国一定是向好的——你看，有这么多渴望学习的孩子，这么多奋力上课的老师，这么多忙乱一团，却时而吼着，时而笑着的妈妈。"

江湖无小事

近两则亲闻亲历的小事于心中印痕颇深，权录之。

第一则，没事千万别得罪人。

某日午时，阳光温和。与朋友共饭毕出门，猛抬头，门口正对的榕树下停车场，有警务人员，围观者众。我虽非好事之徒，但对深圳城计民生却颇关注，便凑上前去，一探究竟。只见人群将一辆俗称"A6"的黑色轿车团团围住，车门前一中年男子，手臂高高地扬起，一口粤语，慷慨陈词，意为怎么会有这么缺德的人，"花十万八万都不怕"，务必严查事端。我正疑惑，想来车辆既未被盗，仅被刮花，不至于将车主激怒如斯。顺着众人聚焦的目光再望，却见车漆反射出夺目光芒的车门上，清晰无误的刮痕中两个碗大的字："王八"。

两字入眼，我当下反应概和现场车主之外的围观者大体相同，几欲喷饭。记得学过些知识，这种带些罪恶感的快乐，实源于社会禁忌的公然破除满足了人内心深处渴求破坏的潜意识。鉴于警务人员现场办公的严肃氛围以及当事人愤慨激昂的表情与手势，我强抑笑意，假装漫不经心地踱至车门另一侧，依然有相类的两个大字。我速离场，远人群后忍俊不禁，自顾自地笑了半晌。

回家述此事，听者乐得前仰后翻。无独有偶，说网络上近亦传近似案例，小事酿出大事端。人生风雨如晦，时日有限，无法将有限的时间浪费在过度的较劲之中。陶以极爽朗的声音总结："这件事告诉我们两条真理：一、忍字头上一把刀；二、没事千万别得罪人。"

第二则，慢就是快。

单位整风。为营造些身先士卒的自我崇高感，我恢复了朝九晚六的作息。九点钟，写字楼电梯间拥挤，众人互相环顾，面呈不安。电梯门一开，便纷纷扬扬地簇拥而入，唯恐被落下。早从大学开始，我便已经无数次被证明在人群中抢夺的生存能力方面属于弱智低能，所以，每逢争夺的局面，我便会白旗高悬，抽身而退，宁停三分，不抢一秒。当然我知道自己有点站着说话不腰痛，这争先恐后中的有些人，电梯的这一班和下一班可能决定了是否被批评、是否被罚款……不过其中有另外一些，尽管什么都不会损失，还是习惯性地恐慌。

我之外，另一位老者，在此部电梯来临人群往前涌的同时后退几步。目送最后一个挤进去，电梯门徐徐而闭。几乎同时，临侧另一电梯门缓缓张开。我和老者相视一笑，从容步入，尽享二人专梯，宽敞无双。"我们两个是聪明人。"老者面色十分惬意，"慢就是快。挤什么呢？"我微笑着点头，两个完全的陌生人在冰凉的电梯中生出许多融洽。

凡尘琐事坚持以它特有的质感传递智慧。人群中一些最简单的真理，常常以细细碎碎的方式毫不粉饰地陈列。在非文字、非镜头、非记忆的真实中，我触摸到存在，感受到自己与生活的亲密无间。

私房菜菜单和中考满分作文

发现这家湘味私房菜，决计是阿宝给闲散食客们的巨献。菜馆所在小区、菜式和室内装饰都异常家常朴素，所以年才过半，已光顾若干趟，每次吃完都意犹未尽，相约下一顿。

本篇意非美食，不吐不快的，是老板兼主厨阿姐的手写菜单。我头回光顾是在三月，祖国各处朋友圈都在晒烟柳翠幕、桃红李白，深圳城更风铃木澄黄、樱花树轻粉团簇着开——在此春心荡漾时节，约往春茗，微信那端传来菜单，细品菜式之前，一手娟秀钢笔字已然让我屏住呼吸数秒。瞳孔放光，刹那间心生艳羡垂涎："怎一个民间高手了得！"菜品字品俱佳，八菜一汤里，那道汤名足以让英雄美人们动心：栀子花汤。

赏字品汤前先闲荡一笔。近日身居北美的老同学在朋友圈叹息：家养栀子花为何总奄奄一息……我赶紧留言：知否知否？栀子花可入食。引得同学速复，求烹饪法。阿姐家那道清香扑鼻的栀子花汤，预测能让我念叨到明年菜品出现时刻，"春朝花食日，四季相思时"。

说回菜单。主厨阿姐年岁与我相当，不惑的半百之间，而面容间蕴着生命此阶段诸类苦乐，肌理妙曼。善相面者如我，第一面便察觉她眉眼之间存着一股子隽秀清灵，瞬间联想到曹雪芹论述过天地清气之化而成就的那类人。

亲睹面容的那刻，我脑中秒飘"字如其人"四字真言。菜单上的钢笔字除了秀和飘逸，还有稳稳的绵力。如"茶油蒸腊鸡"类荤菜，全不令人油腻，而"青椒炒茄子""湖南丝瓜"，便更清灵万分，水灵灵地摆在眼前。一顿家常湖南餐，未及入口，便有了清丽脱俗的姿容。

说到写字，深圳某篇新中考满分作文刷屏，称文章书法俱佳。对于真伪莫辨的此类事，我一贯自动屏蔽，有亲近朋友发来请我点评，只好点开。文章且不说中规中矩，引经据典，腔调十足——唯独缺内在的真与诚。关乎作文自由法和应试法之异同，见仁见智者众，不多谈，我想说的，是让全民赞誉的作者"好书法"。

作文通篇类钢笔字帖之集字版，横折竖勾俱全，看得出习字者耗费良多，然800字通篇读来，从内容到形式让我这位读者无征无感，无滋无味，不觉生出些许幻灭。概"字如其人"是品鉴汉字的真理式指标。从羲之《兰亭集序》惠风和畅到真卿《祭侄文稿》悲愤激昂，意为领，情作纲，通达者便为佳品、上品、极品。

而那作文，内容上原已泛泛，字体上赫然一笔一画横平竖直，笔端不见丝毫情绪，不免为该少年之"无情"慨叹，生命历练或许还没开始，或许已深不可测。再想起私房菜阿姐那纸清隽菜单，香气隔着手机屏幕已然令我垂涎三尺。这不，上顿同吃的朋友来电，说阿姐家"黄骨鱼焖荷包蛋"，绕口三日余味无穷，打探治法来也。

和大鸿谈教育

夏至一过，升学事跟热空气一样，日益升温，小一、初一、中考、高考、沸沸扬扬，焦焦灼灼，新传沪上"考爹妈智商、求外公职业"的幼升小段子一出，更是满城风雨。阿宝夜半拜读那篇遍传朋友圈之某金融学博士的不平则鸣文，且笑且自卑，且骂且无奈。

正为儿子小升初忧心忡忡的老黄来家小坐。黄家坐落于令无数家长竞折腰的名校学区房钻石地段，六年级儿子学籍表上也稳稳地连续 9A。"苦恼啊，我家孩子现在真的很厌学啊！课不想去上，作业根本放弃，一想到就要来临的初中，三门课变八门课，要了命了！"老黄愁眉紧锁，"以前没想过的出国，现在好像变得迫在眉睫了……"一年前，新晋小升初学童家长如我也曾压力如斯、不知所措；所幸遇到许多人与事，令我在咸盐水的浸泡与反思中，当直面荒谬而严峻的现实间，拥有从容面对的勇气。

陪家中俩娃阳光生长，他们也始终兴高采烈地拒绝市面各类补习——包括 P 大教育创业旗帜下某著名数培机构。我以为，让孩子发展兴趣、拓宽视野、自主探索是永恒共性的命题，但绝不应在补习班——让兴趣班回归兴趣本身，这是这一年我和许多体制内外从事教育工作的朋友聊过的课题。

遇到同为 P 大毕业、同投身教育的大鸿，偶然而又必然：几个新创业师弟带着科学仪器与课程，一次公益行动就令参与的孩子们受益。在一同玩 3D 打印、一起打篮球中，拒补习的儿子秒服大鸿哥哥，回家便哭喊着要学数学，学编程。从此每周两次，风雨无阻，成他生活重要事项，作文为证："我发现编游戏，比玩游戏好玩多了……我一定好好珍惜这次学习机会。"某周日早送儿子上课，大鸿开门，见他眼睛布满血丝，脸上藏着浅浅的倦，一问，腼腆地说昨晚研究一个程序语言，不知不觉一通宵，当时心里喝彩——对他与伙伴创建的"蒸汽机"顿生满血信任。

　　"天予是一个很有童心的孩子，我猜测师姐你的教育方式是让他自由生长，让他如树苗一样可以往四方伸展他的枝丫，但你会在合适的时候让这棵树顶端的阳光最为灿烂，让阳光吸引他向上。"一堂课后，我收到大鸿发来的课堂记录，开头如是，理科生之人文情怀更动人心。微信互聊许久，师弟说："最开始我没想过在这么年轻就进入教育领域，在前进中也有过迷失与徘徊，但是我内心有一团不灭的火。看到你说：'我觉得这是一个百万般容易把孩子塑造成零部件的机器型社会，我只能在妈妈的天空下让他们去树样天然生长，听到自己骨骼的声音。'于我心有戚戚焉。教育的目的不是分数，而是让孩子更快乐地成长，在知识的海洋里自由徜徉。"和大鸿关于教育的互聊和读到沪上"拼外公"文同日，我最真切地感受了冰火两极的教育观。突然明白自己这一年能由焦灼步入从容，正因为遇到大鸿，和许许多多散落在各处、对孩子教育初心不改的大鸿。

　　写出来，与特别惆怅中的老黄共勉。

欢娱之末

却说这日银湖深处国学院的饺子宴，好一场朴素行动，浓烈心情。原拟三五成群的小聚，因一来二去应者如云，索性广邀各路好友，从面粉、鲜肉出发，到热气腾腾手工饺出锅，劳动者热烈，吃客们欢欣，踏踏实实的群聚欢喜。对我最妙不过的是，"硬手"扎堆，大可堂而皇之不劳而食，尽兴欢娱。

像我这把年纪尚迎风落泪、睹月伤怀的文艺中年，岁末情绪不稳定是常态。只是已谙习以喜乐心境将人至中年的黯淡、不安等负能量分子逼至心底囚牢，勿令出头。小 G 偶得一句"浓艳解狂愁"，我以为是人生各种狂欢的正解，也是我心内此场饺子欢宴之根源。

这两年，我对自己的认知呈螺旋式上升：一个彻头彻尾"群乐乐"分子。当然我并非没有享受"独乐乐"的能力，但终归"两乐相权取其重"：群乐乐时，我能生动地触碰到那时间点心尖尖上的安稳馨宁，仿如倚心海棠花瓣。饺子宴进行中，数十号劳动者、欢食者在开阔室内高谈阔吃、浅吟低论，有片刻我隔门远立而看，觉此情此景，是我今生孜孜以求的至境。

有朋友常赞美我在群体活动中的大公无私，其实这是"主观为自己，客观利他人"的典范：追求群乐乐，是"小我"经营活动中朋友在侧、欢乐满溢的必由之路，欢娱在此意义上具备人生观本体意义。技术流阿宝常在我面前重复他深以为然的池莉某篇小说名句："唯有心冷似铁，方能直面生活。"某时某刻我因这两句极度沮丧、痛彻心扉——其残酷的真理性，基本上将我推入理性与感性的两难陷阱。还好心冷似铁远非我所能恒持，具备生理冲动的热血主义者总有自己最贴地践行的方式；更幸运的是每次身心炽热的投入和付出总能激发出惺惺相惜的友人们心底最真的热忱。这一点光，那一点热，便在人生逆旅的时时处处催鲜花盛放——时光花园渐多了，恍成姹紫嫣红的美好。

饺子宴后无端翻古龙，且只盯着些相关聚与散、爱与友谊的文字看，直至刚刚细想剖析完我的欢娱人生观，才陡然明白为何每次聚会我都能保持最后离场的记录，要点文艺腔：因那每分每秒里都饱含我对纯美生命如烟似梦的不舍和眷恋。只是在这个年龄上明白人生概以无常为常，聚散终需随缘；只不过虽然识得了无常，却愈发通晓群乐乐之欢聚令灰度人生明炽的灯塔效应。

拖家带口如我，终难洒脱如魏晋风度般"昼短苦夜长，何不秉烛游"或苏学士"只恐夜深花睡去，故烧高烛照红妆"般令我垂涎九尺的极致惊艳执着，只能铁了心抽离，再抽离。平日写稿，直需两小时情绪酝酿后闪至僻静角落电脑前，清扫闲杂人等、障碍物事，装出静心写作模样，非如此不能人定、不能字斟句酌；今天却因这欢娱之末的心情，需得在明晃晃的客厅中央、在尘世居家喧闹嘈杂声里，写下海棠花逝后稍嫌寂寥的文字。

"饮马流花"夜抚琴

　　一家老小赶着暑期末端飞抵丽江。我进客栈放下行李后第一件事，是从院中书架取下《饮马流花河》，一通狂读。所幸咱家院子远离喧嚣尘气，兼之美丽温顺的牧羊犬冬子全得孩子们欢心嬉娱，让我在古城清溪畔、高原云天间，得以静心重读萧逸先生此部写尽家国悲欢、爱情忧伤的力作。

　　给客栈起名时，兄弟姐妹们各执己辞。于二十几处"入法眼"的这一间，宁觉说关键词是"临河小院"，"饮马流花"四字当即跳进我的脑海，挥之不去。这自然同我浓郁的武侠情有关，常常不无惭愧地自陈：武侠小说在青春期塑造了我的性格——既非保尔·柯察金，亦非克里斯托夫等，反而"梁金古萧"四大家作品，我如数家珍。

　　丽江此间"饮马流花"客栈，"因"系宁觉。熟人当中，这位师弟已成传奇：一举辞去无数人梦寐以求的公务员之职，只为心中那点不灭的火光：对生命存在感的追问与身体力行，勇敢地在未知的新生活里去寻获意义——听者无不嘴巴张成"O"形。宁觉的人生，既无甚失败履历，亦非身心残缺，如世人推揣那般：其人样貌高大英俊不说，更系名校法律系出身而且"太善良"

（几位师姐共同评价）。我亲历所知，他无时无事不是替他人着想，满心善良都写在脸上、蕴于眼神，有时对他这种极致谦忍，我打心眼里生出体恤且钦佩。自生"变"念，宁觉写了封致志同道合者的公开信，小范围转发，我属第一批读者。在美丽的古城开一间客栈，几乎是所有人心内都曾燃过的火花。"一石激起千层浪"，应者云集，首次"准股东"大会超过五十人，甚好那次及时劝退了些太过认真、算路过精者；于我，无非是把自己一直未来得及开花的小念想，放在宁觉为梦想而飞翔的双翼上，搭搭顺风车，如此而已。最终三十余位同道中人共同拥有这间院子。及命名环节，我想心猿意马、犹豫志忑既是都市人通病，适时"饮马"定为良方；而门对古城可"濯缨足"的清溪浅唱，"流花"更是恰当而优美的描述。不知是我太坚持还是太霸道，客栈终名"饮马流花"。大喜过望，当即邮购十套《饮马流花河》，每间客房各置一套。

　　时值中元前夕，遵纳西风俗放河灯。宁觉给孩子亲制一枚质朴"纸河灯"，小将们持燃烛光的灯从河此段放落水，随即呼啸着上岸狂奔至彼段，复捞灯出，循环嬉闹至夜深，疲倦睡去，院落一片清宁。素知宁觉习古琴，看他焚香抚琴，客栈内旋即琴声悠扬：《平沙落雁》《笑傲江湖》……稍嫌音弱，宁觉娓娓道："古琴声不响亮，根本上古琴实以悦己，绝非悦人，旋律、指法精妙处，唯鼓琴者心内自明，才有所谓'大音希声''高山流水'。"我恍然大悟。琴声在耳，冬子卧侧，此番来到，是我十余年间丽江之行中，毫无疑义最美的一次。

我不入流的球员生涯

不是球迷，也不是伪球迷。我，曾经是一名球员。这一陈述，会令多数识我的朋友感到诧异。要知道，足球球员，和我的模样，实在相距太遥远。

的确是不争的事实。我 11 岁那年，身高不足 130CM，瘦瘦弱弱但龙精虎猛。四所县属中学合组一个女子足球队，参加上级地市的中学生运动会。我的女体育老师是我表哥的大学同学，因为这点裙带关系，携最新信息之便利，我稀里糊涂而兴高采烈地位列其中，开始我中学长达五年的球员生涯。

训练自然包括技术和体能，运球传球颠球抢球攻门长跑短跑巡回跑环场跑，至今鲜活记忆有两个场景。其一是大雨中在泥泞场地友谊赛，满场乱跑乱摔，球鞋尽是泥水重量，感觉随心所欲极过瘾。其二是越野跑，来回估摸五六公里，最后是边溜达边晃悠走完全程，女老师在旁边极尽鼓励，走到终点才有点理解"坚持就是胜利"，那个累，那个高兴劲儿啊！高二时女足解散，我只好和初中部小男生挤挤攘攘满场飞，落在一新上任的封建残余颇深的校长眼里便成了期末评语中"男女不分"浓重落笔，令时处青春期的我倍增叛逆。

进了著名的 P 大却不逢其时。曾经赫赫威名的校女足队已经解散，我满怀热情却无组织可寻，只得被迫转行为啦啦队，为师兄们助威，脚痒时瞅空找个球踹两脚。

历史总有惊人的相似。当我辗转广州 G 大就读研究生时，恰逢全省大学生运动会，我请缨成为校队组成，队友有来自粤西的自小练足球的一年级本科新生，场下稚嫩，场上却勇猛如虎，友谊赛中令高年级男生队都畏惧三分。赛季在暑假，因此，许多训练在暑气逼人的下午两三点，我超于常人的抗热能力，有一半是那时候练出来的。

我在球场上有一次深刻的人生顿悟。作为唯一凭热情而又高龄高学历的队员，我备受教练队友的照顾，安排的位置是左后卫。还特意关照，如果体力不支，就不用过半场。这样的叮嘱，令我感动之余，有点悲凉。

也是一场与外校的友谊赛。敌人一记长传至我队后场，我和对方前锋同时从不同的方向奔往落点。实质上我距离球近得多，眼见得球就在距我不远处缓缓地向前滚动，心中在雷霆般呼喊追上这个球追上这个球。突然之间，腿脚一软，我以一个踉跄跪倒在地，写下了这次解围的败句。对手奔将过来盘球长驱直入禁区应声入网。我跪在场地间，有种世界轰然的倒塌感，万念俱灰。

当时一种无边的苍凉霎时喷涌而出。原来很多简单的事情并不是你想努力就可以做到，例如追上这个球。这次球场上的顿悟，成为我频频原谅自己的开始，虽然，承认不能的坦然，总是伴着些若隐若现的惆怅和失落。因为，毕竟，你不能。

不过我非常骄傲于自己的这一段过去。哪怕技术绝差、体能孱弱，我也曾经是一名球员。在世界杯风靡的特定时期说出来，有种熠熠生辉与众不同的畅快。这种感觉，和阿 Q 说祖上怎地怎地相比绝对不同。因为，上过场，触过球，在奔跑中足球还如此深刻地影响了我的人生观。

泪点时光

"我是天空里的一片云，偶尔投影在你的波心；你不必讶异，更无须欢喜，在转瞬间消灭了踪影……"《偶然》曲终前，人声和伴奏骤停，寂静一秒，女高音清冽纯净的一句，瞬间俘获金色大厅内全部人的心。于我，恍见黎明前穿透全部暗夜降临的那道晨光，在山崖上倾洒。乐声停却，一片轻盈浪漫的声音如云朵消散殆尽，却拥有惊雷后的回旋效应：掌声雷动，良久不息。我的泪也仿佛和此曲有约，瞬涌滑落。舞台上，阿卡人声乐团八位歌手也都如释重负，主持坦言，这是本场"最具压力的一首歌"。

心动而泪涌，已成我最原始而不思辨的剧场音乐厅欣赏之最高评判标准——不折不扣的循心路线。数年来文艺市场人心喧嚣纷纭，作品各种良莠不齐，人生不惑如我，落泪非易事，所幸每年都能遇到。每次落泪都突如其来，毫无防备，然而随着对世界人与事谙熟的螺旋式深入，心茧日厚，自己也愈发享受这些屈指可数的泪点时光：文艺于青少年是挥斥方遒的最天然，对于尘务满满的中年人，却是清心灵丹。

阿卡贝拉音乐节首场是台湾"神秘失控"带来的这场《光阴的故事》专场，曲目皆自"70后"耳熟能详的文艺歌:《橄榄树》

《被遗忘的时光》《追梦人》《鲁冰花》,徐志摩诗《偶然》,谱自李泰祥。"这是我们最喜爱的歌,但也是每场分量最重、压力感最强的一首。每次唱完这首,每个成员都陷进去不能自拔,所以后面一定要唱一首轻松的、快乐的歌,才能让我们从生命的强压和无奈中解脱出来。"主持人娓娓讲完李泰祥因谱曲不如意,差点令这首名作没入垃圾桶的遭遇后,继续给观众真情告白。确实,"你我相逢在黑暗的海上,你有你的,我有我的方向……"压力感始终保持在全曲常见的悬丝般的高音处,自由节奏、一叹三咏,女歌手如明前绿茶般清冽的声音,将诗意中关乎命运的轻云无奈演绎出泰山那么重的分量。果不其然,下一首《张三的歌》颇轻快:"我们要飞到那遥远地方望一望,这世界还是一片的光亮……"这首歌背后固然还有个忧伤的故事,但词曲小清新,飞翔向上,将歌者和聆听者从《偶然》的压力中释放出来。

上世纪七十年代初,台湾一众文艺青年们拿起笔、抱起吉他,开启了一场浩浩荡荡的文化寻根。这是台湾突破西风重围、回归华语本我的自觉追寻。民谣自兹开唱,至今四十年。旧年春,我在台北"小巨蛋"亲历"台湾民歌四十年"专场,激起心底千层浪,是妙不可言的生命奇缘;而本场《光阴的故事》拉开深圳阿卡贝拉音乐节序幕,希冀聚合深圳爱乐者,在老歌新唱的乐与赏间,重归天空之下的音乐呼吸。人生帷幕日厚,清云般的空灵可遇不可求,然而每个人的生命舞台,都必定需要歌声如闪电划破的瞬间,让我们重窥天空的颜色。这是真与美的歌与歌者,和爱歌者心底永恒的默契。

永远让人热泪盈眶

《沃尔塔瓦河》第一个音符响起，眼泪夺眶而出，随着乐曲时而汩汩时而汹涌，时而清澈时而湍急地行进蜿蜒、跌宕起伏，我的泪仿佛和沃尔塔瓦河无限默契般不息不止；同样泪如泉涌的情境出现在音乐会末，荣膺过一等功勋的吉里·贝洛拉维克率捷克爱乐奏响中国版《我的祖国》——"一条大河波浪宽……"音乐厅里听众眼泪狂飙，曲终掌声雷动，一群因祖国和音乐而激动的深圳人在这里沸腾，应验该作品那句永恒的评论："永远让人热泪盈眶。"

十九世纪斯美塔那灵感忽至的这部《我的祖国》，情感之浩荡，旋律之优美，风情之浓郁，交响乐中无出其右者。斯美塔那作此曲时已身罹重疾，其时家国动荡，作为艺术家，他几近"穷且固坚"之"穷"境；而命运的恩赐在于，某个清晨河畔的波光却让忧郁的作曲家身心一振，创作欲即时爆表，其时琼玉浅地，名曲传世。每一个音符、每一句乐句，晶莹如水滴，辽阔如天空：沃尔塔瓦河的湍流回旋，"萨尔卡"女英雄荡气回肠，波西米亚森林草原锦绣……斯美塔那笔下清丽隽永的捷克、情深义重的斯拉夫，如此细腻、真切地在这个深圳的夜晚被聆听、触摸与感知，而几个世纪以来，无数爱乐人因之对捷克国度生出无限的崇敬与景仰，生出陌生而深刻的爱慕，这便是艺术伟大的魔力。

泪光中，我不惑人生四十余年亲历过的壮阔、奇丽、温柔的情境乘着乐句，怒云般纷涌：昔我往矣时雨雪，雪山肃穆之骄阳，青春的河流一泻千里；手边可触的一砖一瓦、草木贲华，家人、挚友、陌生人的喜忧哀怒，五岭、兴安岭、敦煌、帕米尔、大草原、彩云之南……一切沁润过心田的时空人事在脑海中喷薄，和沃尔塔瓦河湍流一道，在身体内回旋往复，热血沸腾至无法自已时，一个念头从身体某个未知的角落里顽强地升起："原来我心里住着一个祖国。"

这个念头让我瞬间刷新对自己的认知：在"祖国"这个宏大命题上，我始终保持了聪明人的犬儒与沉默——因为历史书上与现实中的苦难与积弊，因为无数人的诟病、谩骂与逃离，更因为我与阿宝这许多年在乡村、山岳及许多朋友身上感受过浩瀚绵延的中华，其间巨大的矛盾反差与荒谬让我无法立论清晰、言之凿凿而且心灵充盈饱满地面对，干脆退而固守自己个体平凡生命的幸福，而今夜这百余名金发碧眼的异域艺术家手底流淌出的音乐，让我与心中深潜的祖国不期而遇。不得不说，享誉全球的捷克爱乐乐团实至名归。

篇尾的话：乐团右侧络腮胡大鼓小伙超帅，左侧金发竖琴姑娘绝美，而居中年逾七旬伟大的指挥家吉里·贝洛拉维克雍容而平和的面容，未来将时时浮现我的脑海，提醒我祖国之在，和我心中身内那种生而与俱的爱。

泪与止

　　哭泣、流泪，是投身、献身慈善公益领域人们最平常不过的场景情境，因为面对自然灾难、人生难题，弱者困窘是业界常态。而松禾基金会"飞越彩虹"致力于"爱与美同行"，以集中发展边疆民族孩子们歌舞天赋为切入点，以合唱艺术为技术实现支点，实现"有能力的人帮助有需要的人"（厉伟语）的愿望，最终推动中国多民族童声合唱艺术实践的成熟，确实是社会组织推动的公益项目中十分独特的存在。于我个人，初时逢熟人就会说明下因果：因为孩子和艺术缘故而迈进公益行业，而非因存"我要公益"的心而成为彩虹搭建人——这一点，在过去的几年间，对我个人很重要，但近两年，事业生长与发展成为更重要的事，由此及彼还是由彼及此反而次要。

　　我曾经这样定义过"飞越彩虹"作为公益项目的独特属性：快乐。我甚至说过，捐赠人捐到"飞越彩虹"的善款，都是有性格的，一定是快乐的。然而我们在"飞越彩虹"间，亦屡屡经历落泪时刻。当然，彩虹泪固然有些关乎人间疾苦、发展不均衡等等悲情，然更多，由大地的辽阔与壮美、歌声的穿透与优美、山里孩子们的淳朴和烂漫等等诸多因由所致。许多年来，当我行走边疆，一首又一首歌唱响，一场又一场音乐会落幕，一个又一个孩子从胆怯到眼中闪着自信的光，一次又一次推动孩子们或大或小的梦想成真……失声恸哭有之，泪流满面有之，喜极而泣有之，悲愤落泪有之，和小伙伴抱头痛哭更是屡屡有之，以至于被典型如何彬老师这样给别人介绍：王老师爱哭，泪点太低了。

我从小不是个爱哭的孩子，反而爱笑，没事哈哈笑，莫名其妙笑得直不起腰来，是大人们和同学们赋予我的个人标签。在致力为"飞越彩虹"的孩子们服务后，我的眼泪，就仿佛是开通了一条银河支流，平日蓄养着各种晶莹，遇到孩子，遇到歌，遇到各式各样怀着爱的心灵，这些泪，就和着帕米尔晨阳光耀的雪山，和着阿克塞戈壁上人们手栽杨柳，和着塔城纳西族广场篝火，刷刷直落，连绵不绝。但我很欢喜这些泪光时刻，因那眼泪里流淌着我对于爱和美最真挚的触碰与感知，流淌着我一些如孩子般身心更能健康成长的不安和愧疚，流淌着我愿意渐强地投身社会建设、"做分子"的不屈和义无反顾——且泪且岁月，且泪且成长。

打去年新冠莫测一直到最近，悲戚，茫然，惶恐，恐惧，彷徨……许许多多的情绪，全都历验，饶是居家防疫，告诉自己一万遍动心忍性增益己能，依然止不住动辄落泪。

是软弱吗，好像是。好像也不是。

是无望吗，好像是。好像也不是。

是担心这个世界就此真的不会更好吗？好像是。好像也不是。……

彷徨于是与不是，该与不该，行动与不行动之间，鲁迅先生昔日，也是如此吗？

开始察觉自己不再回避、逃避，人世茫茫，生命的脆弱与易逝，呼啸而来的苦难，人生此阶段的哭泣与落泪，始有了"哀民生之多艰"的理由。

其间唯一以信念般告诉自己的，是在彷徨中必须前行，有所为。

这两天，出差的小伙伴纷纷发回边疆孩子的歌唱，这些小伙伴，已多"95后"，青春正盛。看到照片上凉山彝族白鹭彩虹的孩子们，建合唱团整整一年，从去年眼神里的胆怯，到今天全是光，我满心喜悦，然后，忽然发现自己泪已挂腮前。

居家流泪是个技术活，我既不愿让俩娃看到，也不想让孩子爸撞见——如果仨见我好端端哭起来，大概率两种反应，一是娃爹哈哈大笑斥我以弱，二是娃们会顿觉自己也不好了，妈妈哭怎么还能开心玩耍呢?！皆非我所愿也。所以在家落泪需选独自偏安、不受干扰的环境，悄悄完成，泪出泪止，全程稍纵即逝。

抹泪毕，问题像云一样飘入脑海。去年12月27号"疫霾"中一场空前的音乐会结束，送别各族孩子。29号上午我在等凉山彝族娃们登机前核酸报告时经历了人生至困惑的两个小时，几乎挑战我的信念和价值观，虽然全阴登机返程，那其间所思所想，患得患失的滋味，没齿难忘。

进入2021，又因新目标，和孩子们一起缔造新风景，领着小团队埋首向前。独自一人时，为人生、为世界的泪依然常落。本职工作"飞越彩虹"一投身就是八年，随着这份关乎教育、艺术、成长、民族文化传承的复合型事业声誉、美誉的增长，怀着向往踏歌而来的老师和孩子愈众，关注和关爱的人们与日俱增，对于执行者，事业分量和复合性剧增，肩上担子自然添了好多个砝码，全然无暇落泪。从小到大经历证明我绝非热爱责任的人，重压之下，如何轻松！最近身心明确感受到文学和哲学在交织易替，一些形声色上细微灵敏的刺激与感受似夕阳下的潮般退却，而另些抽象、理性、思考的线条却时时浮将出来，盘桓往复。对此不经意间的变化，内心喜忧参半。一个实例：当路过一棵老榕树，第一感既不是生命沧桑的喜悦，也不是树干气根线条错落有致的节奏美，反而是这棵树在过去，现在，未来时间中的发芽、生长、枯荣、残灭、新生的轮回……如此种种。我诧异于自己这个第一感，既有面临丧失形声色触觉灵敏度而暗自叹惋，也有因思维和视线出现跳脱三界五行的趋势而暗自思忖——莫非"知天命"于我，便是从当下即视感，进入时与空的跨越与突破吗？那么，什么时候能再回归此时此刻，一念三千呢。只是，我仿佛看着自己从"感时花溅泪，恨别鸟惊心"的青春血涌，迈向"无善无恶无喜无悲，万法皆灭"的佛系中年，自感人思，自常泪而泪止，跟林妹妹还泪确然不同，放在人生的长河，正是人生由此及彼的螺旋式发展。

天命与生命

呱呱啼世日，桂香远逸寒。凉风拂烟火，蟾宫半掩门。
山中黄叶落，渡口归渔船。嘉名芬芳意，盈盈一水间。
孪生阿姐离，托命吾一身。亲慈怜放纵，家姊手牵连。
性自适天地，天真绽童颜。顽劣惊乡里，聪颖遍邻传。
忆昔豆蔻时，独坐秋澜方。明思焕流水，忧怖璨暮光。
少年生意满，心事浑茫茫。振羽飞鸟意，四海趣纷扬。
负笈大学堂，浮才称楚湘。燕雀叽喳语，误作鸿鹄响。
世界云幕掩，朗朗渐明之。身竞园树长，心随湖水漾。
远行遇奇缘，阿宝羁旅畔。燕园花草盛，未名心事端。
姐妹唯情重，师生相见欢。京师五年度，子鱼弋深渊。
辗转粤地赴，侣伴度岭南。嘲喳方言哗，温润南风暄。
椰青鸟婉转，荔红心欣然。一心无旁骛，三载暨南园。
倾尔鹏城至，凭海临风潜。呼呼风入耳，劳作不为艰。
商海浮沉事，唯求心志鲜。睿女忽临世，柔荑萦怀间。
泪纷零落雨，惊雷震心田。命轻似尘埃，游丝深情燃。
童真护美意，天予心安之。白驹半百逝，新日沐新阳。
高堂熏风护，亲友光照拂。江海东向志，滔滔不回转。

百岁归零事，心暖最堪珍。真意白云里，岭上去复还。

——《述怀》

如露如电，如梦如幻。所谓知天命，便是站在生命的中点，左边来路清晰如许，右畔生之幻灭亦隐约可鉴。

"向死而生"，这个词，过往一入目，心里便翻腾不已，勇敢如斯，热烈如斯，和死亡、寂冷是对抗性的。其实，以平常心再领略"向死而生"这个词，也无非是知天命后的恒常心，和人生的精进。在此意义上理解"天行健"，领悟集大成的生命智慧，在于向奔腾往复生生不息的清风明月、山川河流、文化思想等超越生命长度的自然与文明学习。

水月镜花，千江有水千江月，实证虚证，色证空证，如一无二。从婴儿睁眼的瞬间，人类对世界的认知，便是口耳鼻舌身意，色香味闻触念，总是一个由实入虚的过程，而后才有虚实相生，证和鉴。唯物主义者的天问："人的意识从哪里来？""从生活实践中来"固然是由实证虚，唯心主义者"我思故我在"的掷地有声，又何尝不是有生命时间在世界空间中所"在"之实后，才意识到生命的"无"，开启对"灭"的洞察。

那么问题来了。看看网络世代的虚和实。

宗教哲学意义上的虚和实已经没有太多探索空间了。我一直困惑的，是我们槛内人口中所言及的虚和实。从网络世界到元宇宙，给到"色香味闻触"五感灵敏度的丰富性从时长到深广度，已然万分地不足够了。互联网原生代孩子大概从三岁开始，手机、iPad 游戏和动画片"下饭"，个别家长明令约束使用电子产品者除外。

在世界"五感"感观能力充分开启、发展之前，直接把世界认知跳跃到意和念的阶段。这一点普遍性变化，对于人类脑神经认知神经元激活的触点、区域，应当是有相当大的影响。原本大部分未被激活的脑神经元细胞，在互联网背景下成长的原生代部分，是越发缩微呢，还是另一些神经元被激活了呢？好奇和孜孜以求的生命科学家当是已经在实验中吧。

对世界的认知，脱离"五感"的发展阶段，蹈虚而入，凌空御风，这又会是怎样的一种认知呢？蹈虚凌空，在过往，无论是认知发展，还是武功修为，那都是需得修炼修炼再修炼，才能顿悟进入的高级版认知世界。西方儿童发展论和因之而生的心理学、社会学、童年研究、记忆研究、犯罪研究等等诸多叠梁架构的人类社会发展理论，因为这蹈虚认知的前置，可能也都面临着重新审视和再建构的可能了吧。

便存在这样一个对世界的根本问题由虚入虚的世界观和生命观，这是怎样的变化？换句话说，原来互联网原生代面临的是，几千年人类世界以来，世界观的变化。从生命"在"开启，由"灭"催生的由实入虚、虚实相生的世界观，面临生命"五感"发展欠火候、认知世界蹈虚而上、从意到念的世界观，从实有入幻灭，到由"幻有"而入"幻灭"的境遇。

有花之花，歌之歌，之于网络世界、传媒世界到元宇宙，哲学定义的世界观，应该多了一个"幻之幻"。生命终极哲学的拈花一笑，从实体世界观的"本来无一物"，到柏拉图洞穴论、回声论和镜花水月观中，二次认知的"本来无一物"，从无到无，不知激发出的，究竟是怎样一种新鲜的尘埃感。

燕子去了，有再来的时候。孩子离巢了，纵然知道他们会回来，巢主心里也总百味杂陈。转瞬间，十几年的"小确幸"生活模版直坠更新模式。屋子空落了，从卧室到客厅，再从客厅到卧室，几十步，又几十步，任你转上百转千回，也没了孩子的气息。

其实青春期的孩子们，家人关系再亲密的说话也不多，但在一起，有身形，有言语，有气息，有各自的沉浸，偶尔互怼，交换眼神，又忽儿风中落花样飘过的只言片语，又或者高山流水一般对面陈言……深海人世间这艘家的小舟，便始终柔柔的，暖暖的，在颓败的世界里葱绿，在黯淡的人海中光亮着，这便是家之于家人了。

站立时间轴当下这一点看向过往，万千已逝的当下，汇聚成生命记忆的本身，再看往未来，依然有万万千千未来的当下等待发生。所以，逝者已矣，来者可追；又说，过去心不可得，未来心不可得，此刻即永恒。

人和人身心的暖有时候很简单，就算室陋，一起经历，拥有共同的时间，就够了，那些一起拥有过的记忆，美的，暖的，便是一个家永远的光亮了。

中国从文化到社会，都是从家开启，血缘有亲情枝蔓而成的结构。现代工业化文明可复制化生长的速度，对于传统，尤其对中国家文化构筑的社会传统，有根源性的颠覆。

对于国际教育里倡导的"领导力"教育、改变世界的使命感有怀疑，因为这个世界越来越不需要更多的领导，但实在太需要每个生命都找到意义。

言语竟尽。是最近屡屡感受到欲言又止的桎梏。言语尽处，当是艺术，艺术尽处，当为信仰。在此之前，心和行拥有坚实所恃。一颦一笑，一枝一叶，皆可入心。突然不再，心何恃哉？发心立誓，前行为何？大义言辞若无微尘亿万粒子，便成空中之空，违了空不异色的不二。

赋比兴的文学学透，就直接进入看山不是山的阶段。再把儒释道思跃三界外，就回归到看山还是山。一个中年人，立于生命的中间点向未来看，盈虚之有数和清风明月的永恒感就彰显无余。王羲之和苏轼，和万万千千发生命与自然之慨的文化人，皆是如此。人之为人，既然在自然面前如沧海一粟，便生出共适之心念。

知识是习得的，更是践行、思考而得，所以便有了知行合一和心学。不持续地习得各枝枝蔓蔓的知识，忽略生命本身，这是科目繁多的伪教育所为。

四十年前，坐在河边思考生命的我，和现在思考生命的我，如不如一，不知道，但依然在思考，有迷惘，有确认，有选择，有行动，这一点，如一。依然不爱受束缚，依然不愿行违心，依然行事决绝，不退步，不回头。四十年后这个我，不仅为人妻，为人母，被童子称为"王老师"，不仅是生了白发，长了年岁，心境也是开阔了。

当年咬碎银牙暗忖，且看未来的我当如何。当时之未来我，即今日之我，如此这般。行至江心，生命船行随风帆逐江流，少年时，只是向前看，今日我，环顾四野，往复而来。

字词意随生命印证意而新显，比如随遇而安，浮萍也好，蒲公英也好，所遇不可知，唯安可寻获，这便是心学。且行且深。过了险峰、险滩，至平缓处，便是从容心面对。做一个自给、自足、自洽、自欣之人。给自己生命下半场有益的方式，给年轻人有益的经验。

如何让时间继续在生命的意义上发光，这是每一个中年人都当思考的问题。回归自我，回归生命，回归社会，回归世界。

生命之花恒持盛放，需要什么样的滋养？童心，艺术，信仰，亲情，自然，理性，博学，天才，以及为这些盛放而做出的一步一步的挣扎和突破。人类社会的系统建构，不可避免因为误解山重水复，终与始无法连通，而陷入恶龙和深渊的窠臼。魔咒怎么破？概朴朴素素地，沉沉静静地，认认真真地，善待好每一个遇到的人、遇到的事，正者扬之，邪者正之，汇集和积攒自己生命的力量。

附：邓一光老师诗赠

纵然半程在霄梯，也若征袍嫣然披。
天命砦外红裙走，正执旄钺试新驹。

下部

且行且知

part 1

乐
歌声响起时

Music

When They

Start to Sing

歌声响起时，我们期待孩子和世界收获什么？

从"飞越彩虹"合唱团三季三场音乐会谈起

2021 年 12 月 5 日、2022 年 7 月 16 日和 8 月 28 日，九个月期间"飞越彩虹"合唱团成功举办三场高品质童声合唱音乐会："远古与大地"——十个省（自治区）市、超过 11 个民族的 300 多名孩子参演的第 16 届中国国际合唱节首场线上音乐会（系 2019、2020、2021 深圳音乐厅三场音乐会曲目精选）；两期"美丽星期天"音乐会——"翩翩少年行""一起歌唱，一起长大"：逾 600 名自 5 岁半到 14 岁的深圳孩子在深圳音乐厅唱响。由深圳市松禾成长关爱基金会和深圳音乐厅共同策划制作，音乐教育家胡漫雪任指挥的三场音乐会，标志着中国童声合唱领域这朵名为"飞越彩虹"的美丽新花冉冉盛开，而置身疫情肆虐的大背景下回看，孩子们的歌声唱出星空一样的美，显出格外珍稀的光亮。

"飞越彩虹"自 2007 年由几位深圳爱乐人受维也纳童声合唱天籁感染而发心发轫，秉持"发现、分享、传递，以童声合唱传递民族文化之美"的理念，以公益心行开启构建多民族童声合唱事业，坚持追寻、遇见、推动中国最美童声发生，恒持十五年，在中国各地成立近 40 支各民族童声合唱团，以及一支覆盖全年龄段、建制齐备的深圳多民族童声合唱团，在以童声合唱形态实现的民族文化创造性传承、以合唱艺术连接城乡发展等复合型社会教育事业领域做出里程碑式的重要建树。

"还记得那天吗？那个清早，我们在原野里，看白云飘，看牛羊跑。"当我和曲作者冯向青联袂献给"飞越彩虹"志愿者的歌曲《还记得》唱起，行走边疆，与传承人和孩子们在自然一起歌唱的幕幕场景如电光石火浮现，让人泪涌，心潮激荡。所有人的付出，亦因爱与美恒持在场而闪闪发光。笔者投身于社会公益文化教育工作期间，且践行且思考，且来一场音乐之外的文字巡礼。在我看来，三场音乐会 46 首曲目呈现间折射与成就的，缘于对以下三个层面的问题发现、改变与践行：

一、传统文化实现活态化的保护与传承：超过十个少数民族的曲目正是"飞越彩虹"题中之意，保护与传承中国多民族传统文化，各美其美，美人之美，美美与共，成就最终多元一体的中华民族文化大美，宏大而厚重。

二、童声合唱对"原生态"少数民族音乐艺术表现形式实现艺术拓展、丰富与提升："原生态"几乎成为多数民族民间音乐的固化标签，优越性与局限性共存，而优秀作曲家、指挥家、音乐家加盟而成的"艺术共同体"，推动"飞越彩虹"以童声合唱的新艺术形态演绎原生态非遗音乐，在专业音乐厅上焕发新的光彩。

三、让"歌行合一"推动真的教育自然发生：孩子们把歌唱得美好，从自己的歌声里收获成长，带给听众欢乐和感动，这一幕发生时，便是教育和艺术的完美融汇；而当城乡孩子同台共唱时，歌与行便成为未成年人相关生命、自然、乡土教育实施的双翼，相辅相成。

作为公益组织，"飞越彩虹"成功实现在社会艺术教育领域的突破，对中国不同地域、不同民族、不同年龄孩子"唱（教）什么""怎么唱（教）"均探索与践行出顶层设计和系统实施措施，让中国城市各族孩子得以在歌声的养分里自信成长，歌声让世界更美好。试详论之。

一、创造美，保护美，唤醒美：以童声彰童真。

"蓝蓝的天空银河里，有只小白船"（《小白船》），"fly fly fly，over the sea"（《Fly Fly Fly》）……当一群 6 岁左右的萌娃踏着整齐步伐自信登临音乐厅舞台，天真烂漫地唱起优美、欢快的歌曲，不仅顿时"萌"翻全场，更以歌声征服全场。歌声落时，给音乐小天使们喝彩的掌声浓烈，美的感染、熏润和激发，正在音乐厅内全部人心灵中发生。

人类文明发展历程及未成年人成长规律揭示：文艺是青少年成长中滋养性情、护佑心灵的最美嘉音，中国儒家文化教育的诗礼乐如此，西方宗教主导的教堂、社区童声合唱团亦如此。抒情言志，以美动心，融音乐和文学于一体的歌唱，是"艺而优则教"、孩子文艺心启蒙的不二法门。

童声合唱美的基石，在好作品。以建制齐整的飞越彩虹（深圳）团"美音会"曲目为例：从 6 岁开启孩子们"讲纪律"的艺术教育，旋律简明、节奏欢快的短歌，齐唱、轮唱、简易两声部，通常是从启蒙到初级欢乐萌动的年级练习曲目特征。此阶段合唱团对孩子们最重要的意义在于以艺术的感召开启集体主义教育，培养孩子们乘着音乐翅膀驾驭舞台的能力。年岁稍长至中、高级班，便是抒情和人文色彩的歌曲"跳进篮子"，如"我们的田野，美丽的田野"（《我们的田野》）"在清波里，在绿水间，在天地，在水中，一枝莲。"（《爱莲歌》），两或三声部歌曲，和声优美、风格初现。再成长至高级班、演出团，难度与年龄俱增，技艺高、声部更复杂作品则足以开设。作品选择、教学方法因年龄阶段而相差异，这是成建制的童声合唱团专业所在。各年龄班次亦为各美其美，全梯队呈现的整场音乐会在曲式、曲风便足以拥具风格各异的丰富美。当然，对于创作者，词曲作者们为孩子们创作时，是否能蹲下身子去共情孩子们的天真、快乐，创作与各年龄阶段孩子们身心特质相贴切、身心律动相吻合的词、曲、韵律，这是创作者命题。好的作品待指挥老师训练完成，童声美和音乐美便合二为一。

童声之美，童真为尚。从文化意义上，天籁童声，系值孩童浑然不知也不当知文化为何的年龄段，为听众、为社会、为世界创造和奉献的童声艺术美。东西方传统文艺家倡导、推行"童心为美"者众，反观当下互联网世代，诸多艺培的错误理念让孩子们表演中"去童真、成人化"的恶趋势愈演愈烈，刻意娱人功能过度，对未成年人身心形成伤害，打着艺术的旗号，走向教育的对立面。在这一点上，"飞越彩虹"坚持保护童真之美，尊重孩子自然天性的彰显，因性顺势，帮助孩子们实现在和声中讲纪律、讲艺术，以集体之名，让歌声焕发童真之美本意。另一个话题：对于无比重视下一代教育的"中国式家长"，这些稳稳驾驭大舞台的歌唱小天使们焕发出的感染力，对成人世界的穿透和治愈、美的唤醒具备几何级倍数效用——尤其当孩子们唱起爸爸妈妈们同唱过的歌，如"一根那个竹竿，容易哟弯啰嗬"（《紫竹调》）"月亮在白莲花般的云朵里穿行"（《听妈妈讲那过去的事情》）……当童谣老歌稚嫩唱响，"回忆杀"情感浪潮将冲破情绪的堤坝，歌声幻成连接代际人间心灵温暖的红线，令人与人之间情感亲密。在这个意义上，以童声唤醒美，意义非凡。

二、活泼泼的非遗：城乡各族孩子同台共唱，创新性传承在场。

著名公益人向媛芬在音乐会上致辞："'飞越彩虹'格外珍视中国各民族传统音乐文化，致力于在歌声中传承。""远古与大地"音乐会演绎的 14 首曲目，由九支"飞越彩虹"边疆团和深圳团（包括升级更名后的"深圳音乐厅小金树多民族童声合唱团"）共同担纲，其中世遗、国家和省市级非遗十余项，值得载入传承史册。重要的是，有别于非遗展演常规"博物馆式陈列"形态，音乐会创造性发展出传统非遗"口耳相传"的机制，以童声合唱艺术样式，呈现全新的一种"活泼泼的传承"。

"以童声合唱传递民族文化之美"，从原作品甄选开始，早有作曲家聚焦童声合唱施以再创作，每首歌从田间地头到音乐厅舞台的全新"通关"，需过"三重门"：1. 新形态的"口耳相传"：传承人们甘当绿叶，手把手教，声与声传，对孩子们口耳相传；2. 原生态童声：边疆团担纲原声部，负责"原汁原味"；3. 和声艺术化再造：深圳团担纲和声部，叠加以合唱化、舞台化，负责艺术丰富。如纳西族《打谷调》唱响时勒巴舞铿锵，《快乐拉祜》唱响时摆舞妙曼，蒙古族《可爱的海骝马》《骑士》《我的母亲》中呼麦、长调、马头琴乐声相随，朝鲜族传承人弹起伽倻琴、领唱《盘索里》《阿里郎》，傣族《依拉灰》前章哈吟唱……非遗音乐给听众们带来传统悠远和耳目清芬"双重乐感"的奇妙视听享受。当独具魅惑的民族民间原生态音乐遇见精准、严格的合唱技艺，对每首歌施以精细化的艺术工程设计，令其在新鲜度、感染力上焕发新的艺术趣味，此即"活泼泼的非遗"创新性传承的本意。

　　从艺术教育立场看，孩子们收获各异。边疆团在演唱本民族母语歌曲时绽放无与伦比的光彩。以《黑走马》为例，哈萨克族孩子们来自甘肃阿克塞哈萨克族自治县，草原骑士基因流淌在身体内、血液里，孩子们在舞台上策马扬鞭、自由奔放，而队列靠后的深圳孩子则身心律动、和声应和。合唱队形已然深具意味：边疆娃在舞台中央，深圳娃主场任配角——同一个舞台上，不同地域、不同民族、不同生活背景的孩子收获各有各精彩。欠发达地区孩子们因为"他者认同"斩获不一样的家乡骄傲和自信，深圳孩子则收获来自远方朋友们带来的真歌舞、真情境。城乡孩子们在共同歌唱、相互欣赏中得以双向滋养，相关视界拓展、思维激荡、人文互鉴，皆真切发生，自然而然，风行水上。"活泼泼的传承"正在眼前。

三、欣欣然的创造：原创意义，既是抒情言志，更在言传身教。

民族文化的伟大复兴是时代之声，在汉族人口数量占绝对多数的中国，在音乐界"传承"声隆的莫过于汉语古诗词。诗骚唐宋，音乐人为之谱曲、演唱（奏）成常态，"飞越彩虹"合唱团曲目单中，古诗词自然亦是"篮子里的菜"。原诗谱曲者有之：如龚琳娜版《春晓》，"花落知多少"，旋律一叹三惋，孩子们从旋律音声中共鸣出淡淡的怅惘；如青年作曲家官宇作《游子吟》，节奏缓行，旋律回旋，"慈母手中线，游子身上衣"的情景如现眼前，"谁言寸草心，报得三春晖"的感激渗透于心。古意新作亦有之：邓康延作词的"深圳读书月"主题曲《云在青天书在手》，我所作《爱莲歌》《石灰吟》。正如"一切历史都是当代史"，我们期待孩子们从古诗词演唱中的收获，除了惊觉插上音乐翅膀后古诗"太好背了"，更重要的，是从演唱中领略、恍悟那些从文字缝间溜走的、可能生发的文外之音、言外之意。以《石灰吟》为例，笔者从于谦"千锤万凿出深山"七绝入手，联想、发展而出 RAP 形态，既寄望歌唱的青少年共情中国人品性的养成过程，又昭彰古诗词学习对于中国人人格形成的"诗教"意义。无论何种形态的音乐，创作者所期待的，传递中华传统文化的音乐作品的那些心境、情境、意境，能够随着音乐静静地流淌进孩子们的血液。和诵读纯文字读古诗比，唱古诗可能是离诗人、诗心、诗意更近的方式，毕竟从《诗经》伊始，诗以歌传，音乐和文字从来都是相依相伴的并蒂莲。

古意之外，是现代诗歌形态的创作歌曲。事实上，原创曲目，除了歌唱意义，还有更深层次的意义所在。一个优秀合唱团，音乐教育实施的顶层设计，"活泼泼地"传承传统是金币的一面，而"欣欣然的创造"第一弹，则是在坚信少年儿童最具想象力原则上，启迪、激励孩子们释放创造力的金币另一面。原创歌曲内容通常直指当下，眼前景、心中事、旋律律动等当下时空熨帖呼应，如春晚唱响的童声合唱版《灯火里的中国》，孩子和宠物狗视角抒发生命深情的《狗的一天》，童声献礼"二十大"的《红红的花，蓝蓝的海》等，都是和歌者、听众生活当下关联最紧密的真人、真情、真事，作品正是"诗歌合为情而著，文章合为事而作"，文艺服务社会的创作写照。而因作品与现实水乳交融的根与枝叶关系，优秀新作投石激浪，在人心中激发普遍性的艺术联想和情感共鸣——正是"欣欣然的创造"实现的"文艺为人民"。而从促进"求真教育"发生角度，创作者正以作品说话，实现言传身教。"创作者是我的老师耶！"孩子们因亲切和惊喜更加兴趣盎然，既能让他们轻松愉快吸收作品养分，更重要的，在于启迪青少年恍然大悟后生出跃跃欲试的创造心。时间车轮滚滚向前，每个孩子都拥有创造新艺术、新文明、改变世界的无限可能。

四、歌行合一，快乐成长——兼谈"全息化"美育社会协同机制探索。

十五年来，城乡数以万计"彩虹娃"在歌唱中成长。对深圳孩子而言，学习不同方言、不同民族母语歌曲，具有"歌行合一"的效用意义。远方的歌曲，因为和远方小伙伴真实同台，此时真与美便手挽起手来，将孩子们探索远方世界、追求知识、追逐文化的热忱和向往尽情激发，"学半功倍"。2021 年 12 月，我带领 24 名"小彩虹"赴《天天向上》，当深圳孩子快乐唱起十个少数民族母语歌曲时，主持人汪涵和三大青年男高音深感震撼，觉得不可思议。依笔者经验，学习不同民族语言和音乐，本质上是学文化，理解真正的中华民族。最显而易见的例子，对于城市孩子，洒落广袤乡村的民族民间的歌，连通了他们的远方和自然。"欢乐的歌儿唱起来，欢乐的舞步跳起来"，人们拥有淳朴的快乐；"远方的客人哟，请你快快来"（《请到傈僳山寨来》），热情好客原来如此；"美丽的月亮已经升在高山上，让我们尽情地唱歌跳舞"（《杵歌》），何其真切的对酒当歌、邀月起舞；"白白的桔梗长满山野，只要挖出一两棵，就可以装满我的小菜篮，你呀，叫我多难过，因为你长的地方叫我太难挖，太难挖。"清新山野间歌唱里，有着真实的生活。

异曲同工的，是演绎优秀外国歌曲。狭义合唱艺术形态源于西方发达国家，音乐艺术教育对未成年人成长的重要性、必要性已成欧美社会共识。2018 年，笔者带领"飞越彩虹"深圳实验创团伊始的十余名孩子远赴纽约卡内基音乐厅，参演一年一度的全美青少年音乐嘉年华。一周时间，闻名遐迩的卡内基音乐厅成为全美各州青少年优秀合唱团、管弦乐团、摇滚乐团等尽展技艺的殿堂。悉心了解后，感慨其选拔、激励机制之成熟，对未成年人荣誉感养成、自我激发、自律成长效用显著。诚挚的用心、品质的舞台、成熟的营运机制……任何一个环节的或缺，都无法让美好的音乐作用于最广泛的未成年人身心成长。艺术教育是一件需社会"全息接力"的事，人心向美，秩序井然，文艺之于青少年身心滋养方能更好发生。

在作品端口，全球音乐非遗、童谣民谣等无限丰富，更成为深圳这座国际化城市的孩子课堂教学曲目和音乐会的必选曲。两场"美音会"，鼓点浓郁的新西兰毛利族歌曲《Calypso》、非洲童谣《Sikiliza》，旋律晓畅、游戏感十足的英语歌曲《This is the Time to Sing》《Sing, for the World Needs a Song》《Across the Sky》等，孩子们"一学就会唱，一唱就爱上，爱上就不忘"，在世界音乐中给听众都带来美妙体验。在歌唱中领略、享受蓝蓝地球上不同国家、地域、文化的丰富多彩，意义无限大。

写在最后：

当孩子的歌声响起，我们期待那些自然的律动和变化、生命的欢乐和忧愁、传统的美好和珍贵、友谊的温暖和感动，都随着音乐流淌进孩子们身心。《诗》三百，一言以蔽之，曰：'思无邪。'"在歌声里引领孩子们领略中华民族文化大美，徜徉地球上精彩纷呈的音乐海洋，无数爱孩子、爱音乐者正在践行自己的梦想。时值"双减"教改进行时，中国社会步入小康，树德立人、以文化人是社会全体文化、教育工作者对未成年人的责任，而求真、向善、逐美的世界观和方法论合一的音乐艺术，必然成为城乡孩子越来越重要的教育权利。至于合唱"艺术＋纪律"的教育手段，和中国传统文化中集体主义基因完美应和，和而不同，美美与共。

"妈妈，妈妈，我要飞过那道彩虹。妈妈，妈妈，我要唱歌

到永远。"(《飞越彩虹》)歌声响起时，我们期待每个孩子成长为自信的、欢乐的、充满热爱的生命个体，合唱团成长为友爱的、团结的、传承文明的、朝气蓬勃的集体，而因中国多民族音乐文化之名，成就未来艺术天际那道最夺目的彩虹。*

---

* 本文刊发于 2022 年 12 月号《人民音乐》。

在歌声中快乐成长

让合唱艺术成为护佑青少年心灵健康成长的最美声音

传统追溯：中国上古歌诗一体到"歌唱"的近代重生

作为时间艺术，音乐无形无色，从作用于人的听觉始，以音声、旋律、节奏要素构成的乐句、乐章、乐篇达成撼动人心、心旌摇荡、相继忘情——美学上称之为"移情"效用，这是音乐之美学呈现。

无论在传统中国抑或西方，作用于人类心灵、精神的美与文艺的源头，都自带神性。希腊神话由宙斯女儿缪斯主诗艺，音乐从《荷马史诗》的吟唱开启，希腊剧场歌队清唱剧开始发展合唱艺术，到中世纪由文艺复兴推动的一大批杰出作曲家、演奏家引领的音乐运动，作为艺术的音乐在社会生活中扮演着重要的角色。

中国文化源起则有仓颉造字的天降异兆，音乐和舞蹈在上古文献记载中源于圣君舜宴乐时神兽的"夔舞"。《乐》经失佚，中国传统文献有记的音乐与音乐家十分有限，公元前四五世纪《诗》与歌的记载，到师旷、子期、伯牙或者"滥竽充数"的南郭先生。然而，从现有的文献可以管窥判断的是，"兴于诗，达于礼，成于乐"，音乐是达成"礼"想社会的必由通道：遥想一个全民懂得欣赏、创作、热爱音乐的社会，该是何等和平、安宁、其乐融融。周公的梦想，孔子的致力——"不学诗，无以言。"君子的志向，建设好社会的意图，都可以在宴饮场合中吟唱出来，施之以典，讽也好，谏也罢，在中国上古，"雅"称得上只是贵族阶层的特权，比如宴饮之歌：汉高祖气力充沛地唱《大风歌》，楚霸王濒临绝境高歌"虞兮虞兮奈若何"。心中情志，报之以歌。另外层面可以畅想的是《诗经》中"风"的篇章，大抵是"哼哟嘿哟"派"人民的歌声"之所在，或许可以称之为"田野合唱"，"关关雎鸠""采采芣苢""七月流火"等，歌情、歌事、歌劳动、歌愤懑……

中国自汉之后重儒学，而至独专诗文，文学泱泱为大，歌艺渐微，歌与戏合，歌者成"匠"或"伎"，社会地位低下——此情势直至20世纪初，大批负笈海外学人归国，带来新艺术歌曲，清新风劲，而西式教育新学堂，音乐专科学校始于蔡元培、萧友梅开创的上海音乐学堂。音乐与体育、美术的大众教育同步，成为青少年成长课程，作为新兴艺术教育形态，在我国未成年人间开始普及。中国文化之美，温和敦厚、豪迈雄浑、细腻精致皆备，在诗文主导、音乐未兴时候，所幸尚有集体吟诵、琅琅书声，文学音乐的一支为音乐教育留存源脉；行至现代，"一起唱"是普及现代音乐教育、树德立人的最佳手段。从"一起唱"齐唱开始，到声部组合，追求更丰富的表现力和感染力，声部合唱渐成风气。至新中国，云贵等省份少数民族如侗族彝族等拥有歌唱、声部合唱传统的民族音乐，也成为中国传统音乐的丰厚土壤所在。义务教育题内之意的音乐课一方面培育未成年人的心灵美，然而另一方面毋庸讳言的是，近年来"唯分数"趋势的愈炽导致的青少年问题话题不断，至近日教育部出以美育促进树德立人的政策引领，旗帜鲜明地把音乐提升到核心育人手段与科目的重要环节。某种意义上，"少年中国说"已然传诵百年，时至21世纪，致力于强健体魄、丰富心灵和充沛思想的中国之少年，方能自信、自强地立于世界之林。而我们不能想象，文化自信的中国之少年能脱离艺术培育与引领。

以合唱为例，西方世界合唱成为学校、社区、教堂青少年艺术学习，表现，教育的重要形式，有广泛的社会普及度。欧洲任何一个小国，合唱团都成千上万；像菲律宾、印度尼西亚，GDP 在发展与攀升中，合唱都是国家艺术教育的重要手段。及至成人，在此基础上发展出阿卡贝拉、各类乐队组合等音乐形式，音乐与歌唱成为国民日常的重要生活方式。音乐教育的好与坏，与"广大人民对幸福生活的不断追求"中幸福感的获得，息息相关。

合唱与德育：艺术与纪律缔造的"和而不同"

在艺术教育的诸多门类里，合唱称得上将艺术熏陶与纪律要求融汇得天衣无缝的教育方式，与综合舞台艺术戏剧可为艺术教育示范系统之双翼。

作为训练纪律要求严格、艺术感染力格外出众的艺术形式，合唱对于中国传统文化中"和"与"不同"有着充分的实践阐释：既有同一声部中求"和"而且"同"的部分，合唱训练对于同声部的时长、音准、节奏、气息、轻重、发声部位，最极致的要求近乎严苛，这样才能达成音声的"同"，才能具备"和"的基础。所谓"差之毫厘，谬以千里"的古训，在合唱训练中体现得淋漓尽致，严格的纪律要求与歌唱技艺上的标准，似乎与通常伴艺术而生的个性正相冲突，某种意义上，合唱教育的妙义正在其间。

　　在合唱团中，同声部之间的"同"，正是建筑大厦的砖与瓦，这是根基所在，是合唱艺术的起点："一"。有了这个"一"，就有可能生出"二""三"以至万物，脱离这个"一"，所有的艺术之美都成无稽之谈。而相应的，合唱艺术中更进一步的，是各声部之间"和而不同"的部分。这"同"与"不同"对于青少年的教育意义是非凡的，在合唱教育中，音乐之美与纪律教育成为貌似矛盾冲突、实则对立统一的两端，经由纪律达成美之极致，合唱团团员在训练实践中一旦掌握，将成为人生观中具备指南意义的一页。

　　合唱的"同"，在于协同，在于音调一致，发声位置、气息方式、音量大小，都求同，同而后能令人感受到作曲家笔下、指挥家手中旋律的美，这是"同"的意义。而"和"中的不同，从物理学的角度看，在于空气粒子的共振。古往今来，从爱因斯坦到杨振宁，顶尖物理学家同时是绝佳音乐欣赏家或者直接自己是音乐家的不在少数，原理存在于物理学上粒子运动之中：声音是空气共振的艺术，不同音高决定不同的频率，共振波不同，在时间中、在图谱上呈现为不同的曲线，在声音中呈现为和声，图谱上杂乱无章的曲线在声音上则呈现为噪声，这是科学与艺术合体的奇妙所在。另一方面，和声共振的振幅越大，曲线越有序优美，入耳就有可能越动听——这是听觉和物理曲线视觉转换之间的奇妙关联。音阶关系之间的共振、波幅、波型，都是科学家研究和声的所在，五线谱的意义在于乐谱的方式立体化——一眼能看到和声的构成，或者共振波的形态和高度。题外话是，这一点，也正是作曲数码化的原理所在，一切听觉上的感知，都可以用科学手段描述，符号化、数码化。

"和而不同"是中国文化中人与人、集体与集体和谐共处的至高境界，在合唱团缔造的和声中，"不同"，源于合唱队员的聆听他人，源于对自己发声的克制和小心翼翼，需要最大限度在自己声部"求同"。看，这玄之又玄的"和而不同"的君子之道，社会构成的原理，却正存在于合唱教育的每位合唱团员身体力行的日常练习中，经由合唱团的修身养性便是正在眼前与当下。

合唱与美育：徜徉音乐，滋养心灵

美是一种忘我的感情。合唱之前，先说歌唱。

在未成年人义务教育过程中，音乐与美术的"美育"风劲，但长期以来"唯考唯分"的积习，可能导致歌唱和引导歌唱依然是学校少数老师和同学的事。令人痛惜的是，以聆听与歌唱为手段、以感染与共情为目的的音乐教育，亦为考试和分数所累。据笔者亲身调研掌握的资讯，在深圳某知名中学，音乐课上的教学法，是以背诵作曲家简历和篇目为重要评价指标，此举负面意义沉重——最直接的后果是，一批闻名遐迩、备受尊重的作曲家和优美的音乐作品，被学生称"一听到就想吐"，这样的教育，已经走上教育的反面，不啻是一种对音乐的亵渎，"差之毫厘，谬以千里"，更何况一旦美育被套上功利的枷锁，美育极致偏离本质，成为"唯分数教育"的帮凶。

于歌唱而言，最要紧的是体会到音乐的美的瞬间，或许旋律，或许歌词，或许节奏，或总体无以言说的一种美的感觉，扑面而来，摇荡心胸。笔者少年时歌唱的曲目:《茉莉花》的清新，《让我们荡起双桨》的摇曳，"风在吼，马在叫"《黄河大合唱》的铿锵与豪气……自然，歌唱发生之前，优秀的、杰出的作品是必需基础。一个负面的事实是，多年来，着眼于青少年歌曲的音乐原创与中国迈向文化强国的步伐并不相一致，称得上是音乐界众所周知的一处"老大难"领地！一是青少年无歌可唱，无新歌可唱;二是幼儿到少年歌曲的断裂，少年到青年歌曲的断裂——青少年课上学的歌依然如故，青少年口中哼唱的，先港台，后欧美为常态，近年"说唱"大有异军突起之意。真正以合唱的呈现深入人心的，以艺术感染力动人心脾的歌唱与曲目，颇有阳春白雪、曲高和寡之意。中国童声合唱节的最高展示平台——合唱节组委会专家评委也屡屡慨叹逃不掉因全国中小学合唱团千篇一律、乏新作品可唱而导致评审时陷入"昏昏然"境界，令人触景惊心。

近年来重视原创风气提稍起，中国多民族音乐、中国传统古诗词谱曲成为中国青少年合唱新创作歌曲的重要构成与方向，但是，以全国青少年人数近两亿的大国之重，对创作的重视程度、优秀作品的创作成果，与中国文化自信的大国、强国远远不相匹配。而由于曲目匮乏，一方面只能"千团一歌"，优秀作品极致供不应求，如果不以投入大的力度引领，此种被动的、负面的局面将存在相当长一段时间。而深圳作为新时代湾区引擎城市，致力于建设有中国特色的现代教育示范体系，美育从合唱发力，可谓得其所，当其时。

合唱之于美，在新中国70年未成年人教育经历中，已经有诸多证明。北有源于北京三十五中的"金帆合唱团"，从一所学校的精品合唱团开始，发展成为北京中小学通用的合唱"金帆"标准，且引领，且发展，至今"班班有合唱，校校有代表作"。南有深圳"百合合唱团"，以空灵风格、驾驭不同音乐文化风格的能力成为数年市民票选的"深圳十大文化名片"之一，而根植于中国多民族音乐文化土壤以及中国各民族音乐文化之美的"飞越彩虹"多民族童声合唱团则十余年来，致力于深耕中国民族童声合唱，2019年深圳音乐厅"飞越彩虹"多民族童声合唱团的成立，在中国民族童声合唱这一领域，已成为引领深圳青少年全方位领略中国多民族音乐文化之美的星星之火的燎原态势。在融合社会力量实施青少年美育的事业上，闯出了一条专属于特区的合唱教育的新路。这两个标志团体拥有共同的几个属性：一、珍惜传统；二、重视原创；三、兼收并蓄，融会贯通。无论是"飞越彩虹"的童声合唱团还是"百合"的少女合唱团，都在青少年该年龄段声音特质的基础上，激励热爱，严格训练，令歌唱者、聆听者都享受合唱声音之美、歌曲背后的文化之美。这既是美育的初衷，也是美育熏润青少年心灵的必由之路。当然，作为教育的合唱与作为艺术的合唱，都不可能怀有任何一蹴而就的想法或侥幸心态，所谓"十年树木，百年树人"，以艺术之名，以美之名，合唱之美成为广大青少年的心灵护佑，作为建设者，我们首先要树立起"百年"心态，以舍我其谁与从容、淡然、毅然的恒持，投身其中。

从好歌好指挥到"创新型校本课程"——"合唱立体课堂"

作品是根基。

合唱曲目，通常都从单曲开始，优美的旋律，发展声部、和声，令单曲优美的旋律更加丰富、拥有更丰富的表现力，单曲做不到的，借由集体合作的合唱能完成；单曲表现力有限的，合唱可以无限拓展与丰富。单曲到合唱这个发展路径上，一定程度上"人多力量大"可以是一条真理。比如龚琳娜的成名作《忐忑》音域广阔，单曲胜任者寥寥无几，但合唱团循环换气法，就可以气息绵长，音域广阔，所以，合唱在歌曲演绎的声音塑造上，音色、音域、音质上几乎是无所不能的。

指挥是灵魂。

在音乐学院里，指挥系和作曲系对于综合实力、人文素养、音乐敏感度，要求是最高的，因为指挥和作曲都需要对音乐的敏感，拥有东西方音乐的广博知识，对音乐全方位把握。当然，对于指挥家和作曲家，好的体能、旺盛的创作力，这是必不可缺的。好的指挥，除了对作品的理解、演绎拥有高度共鸣，或者独特的理解和演绎，更重要的是，指挥的专业能力，能够面对数十人数百人的组织、管理、训练，指挥就是将军，音乐世界的将军。指挥棒下，排山倒海，小桥流水，月下海镜，风拂林梢，能够随势而出，这是人和音乐技艺完美融汇的一个事业，非大能力者莫能当之。指挥家，有"声音的魔术师""声音雕塑家"之称，意即在此。

在拥有、建设这两个基础条件的丰润土壤的基础上，方能真正走在"以合唱教育实现美育育人、树德立人"践行道路上。从各个学校理念的认同，到推动，从一个又一个在作品和指挥引领下标杆合唱团的锻造，从细碎烦琐而有序恒持的组织、排练、歌唱，而至青少年歌唱能力的螺旋上升，既从自己的歌声中得到熏润与滋养，又能从听众的感动中收获成就与满足——这无疑达成美育德育并举，令真善美激荡于青少年心灵的教育之道。

美好的作品、优秀的指挥、善歌的团队、勤奋的训练，诸多条件缺一不可，方能有美妙的合唱音乐发生，这是合唱之于美育德育并举的过程发生，概述如下：

持续有效地推动优秀合唱作品的创作、出品。手段可以考虑开展持续、有效的青少年歌曲创作大赛，覆盖各个年龄层，充分弘扬音乐与文学的关联，令创作者根植传统，深入生活，青春彰显，生命抒发。

加大全市优秀青少年合唱团指挥培养与扶持，良好的机制催生德艺双馨的好指挥如雨后春笋般冒头。考虑手段：以国际合唱联盟"中国合唱基地"机制为重要抓手，荟萃全球优秀指挥家、音乐家力量，增强各学校合唱指挥的培训与培养力度，按学校学生均数培养指挥数量，充分发挥高端指挥家培养优秀指挥师次的资源力量。

让全市青少年合唱训练有梦想、有标杆、有目标：班班有合唱，校校有作品。参考"金帆"的经验，在深圳，中学以"百合"、小学以"飞越彩虹"为合唱标杆教学示范团。

以学校为基础，推动创新型校本课程"合唱立体课堂"：比如

"合唱 + 文学""合唱 + 地理""合唱 + 历史""合唱 + 社会实践""合唱 + 物理";比如相关曲目的解析,《渔歌子》《我和我的祖国》《黄河大合唱》《红树林》《特区少年》等,以音乐文化贯穿文学、历史、地理等,与读书、行路充分结合,吸引音乐课之外一批综合能力强大的爱讲、善讲、融会贯通的多学科老师加盟搭建。

秉持"社会倡导 + 学校实现 + 个人热爱",搭建合唱美育健康普及的完整结构:以学校平台、社会交流平台、音乐殿堂表演平台三位一体,以创作、教授、歌唱、交流多维度推进,充分发扬美育的真精神,寓教于乐,寓理于唱,以美好歌声自有的感发力量,建设人与人之间艺术激荡、美的回响。

合唱作为教育的部分,本质上贯穿着生命教育、情感教育、自然教育的美育与德育范畴,计青少年们不仅从歌唱中体会到快乐与忧愁,欢喜与悲哀,更在合唱训练中体会到经由纪律缔造一个优秀集体的美好全过程,从而激发出凌云之志与家国梦想,这都是音乐之所以成为音乐,因其具有激励、感染、令人向上的力量。40 岁的深圳,重新站在新时代的新起点上,令这个城市的青少年在文化自信、心怀美好中成长,是这座城市所有成年人、全社会教育者当仁不让的责任。合唱作为教育,以艺术、集体、生命、生活之名,或歌唱,或聆听,或感怀,或触动,如林中百鸟相与应和,此种为他们自信、阳光、艺术生活方式的促进与激发,正是孕育、塑造新时代青少年健康身心,令之精神与新时代共鸣的必由之路。*

---

* 本文刊发于 2022 年 5 月 28 日《深圳文联》公众号。

万卷山河百丈诗

我的大地行走笔记

1

"我和我的祖国，一刻也不能分割。"我比许多人更加真诚地热爱着这首歌，每遇新版 MV，独唱的，合唱的，童声的，混声的……便情不自禁点开看，跟旋律重哼，不厌其烦地推歌给同我一起学文学和写作的少年人们，请他们追随词曲创作法，感受美的歌词与旋律，寻获其中蕴藏诗与歌的真谛。"'每当大海在微笑，我就是笑的漩涡'，何其明丽动感、开朗自信也。——同学们啊，这正是对每个中国人都无比重要、在艺术中为美丽而辽阔祖国感动的时刻！"

我年轻时，"走过许多路、看过许多云"，然而那时心里并没有祖国，有的，只是天安门、彩云南、泰山、衡山、洞庭湖；有的，只是江中湍流，崖边飞瀑；有的，只是"江南好，风景旧曾谙"，"金戈铁马，气吞万里如虎"。——年轻人心里没有"祖国"，有的只是祖国时空身体上的丝丝缕缕，点点滴滴。

没有祖国，却有家乡。

家乡的气息是绵长的，有母亲的中药房和散发香气的金银花，有父亲治愈病人们送来的菜园时鲜，有涟水河的渔人、桨声，河畔的书声，还有小伙伴们骑单车汗流浃背，在沙石公路坡道穿行，去韶山、花明楼，去探访伟人……那时候的祖国是概念的，家乡是眼前的，祖国远在天外，家乡近在足底；祖国是书上写的、老师讲的——历史课的唐宋元明清，地理课的山川河流，西高东低，而家乡，却是我小时候在窗前亲手种下的那株月季花，不分晨昏雨雪，都在心里红红粉粉次第开放。

年轻时候没有祖国，而今每听到"我的祖国和我，像海和浪花一朵"，我就自然而然会心微笑，开心大笑，我不禁想，这个变化，究竟是什么时候开始的呢？

2

不惑前后，我担当起一份新任务，开启生命中第二轮游走，自此越发天南地北，海阔天空。

2014 年，我上到"世界屋脊"——帕米尔高原，那里有地球上飞得最高的鹰，眼神最纯净的塔吉克族小姑娘，有汉唐旧时西域繁盛的石头城；那里小伙子吹起鹰笛、跳起鹰舞，能让你的心瞬间融化。于是，到离别时，你便恨不能即时化身路边一株胡杨、藤架上一串葡萄、天空上一弯新月，哪怕只有一季葱绿，哪怕此生注定残缺，都无怨无悔，无所畏惧。

那一天，到红其拉甫哨所，界碑以西，是地理书上的巴基斯坦，或许是所有感动的朝朝暮暮瞬间释放，那一刻，我忽然听到祖国的声音，祖国的声音啊，呼啸而来，和着雄鹰的呼哨，雪山的风声，和哨所战士们或爽朗或腼腆的笑声。我顿时胸中一热，泪涌而出。祖国啊，年轻时只在"国破山河在，城春草木深"里恸哭过的祖国，在"大漠孤烟直，长河落日圆"里迷醉过的祖国，在"君不见，黄河之水天上来"里流连过的祖国，所有意念之中、绢纸之上的祖国，此时此刻，此情此景，竟如此真切地在胸中翻涌，在眼前绵延，在耳边呼唤。

　　诗情破土而出，字句浑若高原云，在血管里流转奔腾——雪山的、白云的、石头屋的、姑娘的、红旗的、战斗的、月亮的——和之前任何一次书写不同，我心如明镜，那逐字逐句仿佛骤雨击打般落下的，字里行间满满都是祖国，我的祖国。

　　　　《当雪水淌过我的心灵》

　　　　屋子里燃着红红的火

　　　　有雄鹰爸爸和红花妈妈

　　　　微风一样耳语

　　　　孩子啊，暴雪就会过去

　　　　太阳出来

　　　　就去那块最肥的草地

　　　　放牧家里最乖的牛羊

　　帕米尔啊帕米尔，让我每每在新月夜想起的，眼神纯净如雪水的塔吉克孩子啊，美丽英勇的兄弟姐妹，和那首吟唱了一个世纪的《古丽碧塔》，花儿为什么那样红，红得好像燃烧的火。

　　一个心里有了祖国的人，无论在何方行走，会一发不可收地写诗吟唱。在"游吟诗人"般境况中，祖国越来越深入我的血脉。

2015 年 5、6 月，我在内蒙古锡林郭勒大草原东乌珠穆沁，蒙古族长调之乡，满目碧翠，芍药花大朵大朵迎风顾盼，和着"风吹草低见牛羊"的眼前景，我写下《草原之诗》。

> 我丝毫不惧寒冬肆虐后的荒芜和贫瘠
> 正如我永远不与天空炫耀我的辽阔
> 长生天主宰的草原与河流啊
> 你将同春天一样如期来临

在熊熊燃起的篝火前，我和伙伴们朗读着自己和泪涌出的句子，深情的、激昂的、忧伤的、温暖的，我记得那些掌声欢呼声和马头琴的悠扬，融在火光里，溶在草原风里。

> 因为去不了的远方
> 因为无能为力的悲伤
> 我只能
> 只能为你唱一首生命的歌

五月如马驹，六月如骏马，草原上欣欣向荣的青青祖国，让我流泪，让我欢笑。

我怀着祖国，行至西南边陲，到中国雄鸡地图"肚子角"。在人类最早种茶的布朗族人民聚居的景迈山上，我日日沉浸于云海，天地和心情瞬回混沌。那里每个黄昏温柔瑰丽的夕阳，就像布朗族和隔壁村居住的傣族、哈尼族、拉祜族着筒裙、百褶裙的女人们的身体，深蕴山之毅，水之柔。这里是茶马古道的货源地之一，开春长鼓舞跳响采茶礼，入冬村寨金盏花爆竹花红红艳艳开至茶薇，男人女人们面容都透着茶香洗涤的清气，个个说话柔声细语，而至金贵的是，语言未尽处，歌声唱起。

我会唱的调子
像山花一样多
就是没有离别的歌
我想说的话
像茶叶满山坡
就是不把离别说

歌名《实在舍不得》，澜沧县老达保村拉祜族女人李娜倮首唱。我听这首歌的场景，是坐在娜倮家院子喝茶，在那个被许许多多名歌手视若神明的院子里喝茶。我生平第一次，遇到大地上离别之咏如许清丽，这歌和歌者，令我想起书册上屡遇屡惊心的《子夜四时歌》，便如是，令人心惊如是啊。这首歌，古朴素净如《诗经》："昔我往矣，杨柳依依"；浑绵劲道似《汉乐府》，"青青河畔草，绵绵思远道"；那一刻，我比生命已逝的任何分秒，都心甘情愿匍匐在这群山脚下，心甘情愿，化身澜沧江心的漩涡。

这是我的祖国啊，欢乐，痛哭，实在舍不得的，爱情中的祖国。

3

自从心中祖国和家乡合二为一，游吟之外，我更开始了祖国讲述，对少年人的讲述。

讲《楚辞》。"悲莫悲兮生别离，乐莫乐兮新相知。"知道吗？国和家是屈原最深的爱与痛。山鬼、大司命、少司命、云中君、湘君、湘夫人……哪一个神灵鬼雄里，不住着他不舍昼夜如泣如诉全心爱着的人们呢？读《国殇》。"出不入兮往不反，平原忽兮路超远。"为什么心爱的人和家园会生离死别啊？于是高颂郭沫若《屈原》之《雷电颂》："啊，电！你这宇宙最犀利的剑呀！……把这比铁还坚固的黑暗，劈开，劈开，劈开！"于是读老舍的《四世同堂》："国都灭了，还有哪门子的家呢！"那个受命不迁、更壹志兮的屈原，那个上下而求索、虽九死亦不悔的屈大夫啊……令每个人感悟、景仰、涕泗横流、梦与共醉的，正是诗中祖国的灵魂之舞啊。魂兮归来，滔滔孟夏，草木莽莽的祖国。

一样的大唐，杜甫和李白眼底的祖国如此不同，一个"朱门酒肉臭"，一个"云想衣裳花想容"，然而他们心中的祖国却如此相同，"人生不相见，动如参与商"是，"我寄愁心与明月，随君直到夜郎西。"亦是。——时空变幻，唯真情、纯情、重情的祖国永恒。苏轼啊苏轼，《赤壁赋》《后赤壁赋》，山高月小，水落石出，唯江上之清风，与山中之明月，东坡先生心里，那个无边无际、江风恒劲的祖国啊。

我也无不腼腆地，给少年们朗读自己在深圳写下的诗句——深圳，我的第二个家乡，这里有热气腾腾的春秋冬夏，日夜晨昏。

是因为万年前飞袖播撒的欢畅吗

今季漫山遍野的群花香甜

这片明媚的土地啊

正在忘却冰封的伤疼

和清秋天里，看着满天沸腾的云时我的咏唱。

岭南逢晦秋气新，我怀故人鸟依枝。残荷风蕴春秋曲，碧霄云涌汉唐诗。

深圳的秋日和祖国，境象开阔地在这诗句中亲密无间，座下少年人们眼光里闪着灼灼的光，我想他们定和我一样。年轻人们，此刻心里可以没有祖国，但首先，首先，要有家乡，家乡的海，家乡的云，家乡敬与爱的师长，和师长们对自然、生命、祖国最真挚的热爱——等你们长大，你的祖国，我的祖国，我们的祖国，必将随心漫涌。

4

"无论你走到哪里，都流出一首赞歌。"对一个真正的成年人，祖国是无处不在的。因为祖国，天空成长为晶莹的碧落，大地成就息壤之生生不息；因为祖国，河边沐浴的风里添几声易水寒鸦的哀鸣，三峡猿啼声里生发许多涕泪沾裳；因为祖国，每次原野上的篝火燃起，一燃就是五千年——那火光乘着风与夜，潜入每个人的骨髓血液，将心内辉映得一片光明。

"我歌唱每一座高山，我歌唱每一条河，袅袅炊烟，小小村落，路上一道辙。"我想，对每个中国人，家与国，国与家，年轻时如天空大地沿各自生命蔓延，终将在成年时某分某秒，在时空地平线某处交汇，家乡和祖国从此水乳交融，合体为一。"我分担着，海的忧愁，奔向海的欢乐。"那些在时间轴上已逝与将至的万卷山河和百丈诗啊，那些分秒字句系着的爱恋与牵挂，都是我的祖国，这个将伴我身体终老、心灵永恒的祖国。*

---

* 本文在 2019 年深圳市委宣传部、深圳市社会科学联合会主办，《深圳商报》承办的"我和我的祖国"主题征文活动荣获一等奖。组委会誉之："华美正大，流光溢彩。其以脚步丈量祖国山河的见闻感受，书写的是献给共和国 70 周年的'雅歌'。"

part 2

Literature

Never Cease

to Read

文
不
止
阅
读

生命流淌出的文学异境

重读沈从文和《边城》

《边城》在二十世纪三十年代（学术上归入现代文学史）当时的文坛作品中堪称独一无二：她温暖而宁静，梦幻般遥不可及；她在文本上融汇浓郁的异域世情却又不觉带着一丝尘世烟火气的风格，她如童话般单纯。

今时重读，我确实通感到《楚辞》江流潺潺间香草穿越时空的香气，每每能呼吸到那种清馥、奇异、直击心肺的香气，这种香气，和初秋桔绿，春初龙井同源，直入肺腑，清意明心。

同为楚人，文学传统上承《楚辞》，是再自然不过之事。沈从文不同时期文章多次有和屈原、楚辞相关引鉴和比照。

1934 年，《边城》创作至半，沈从文停笔返乡，写下了著名的《湘行散记》，当舟行沅水，他写道："在这条河里在这种小船上作乘客，最先见于记载的一人，应当是那疯疯癫癫的楚逐臣屈原……'朝发枉渚兮，夕宿辰阳……沅有芷兮澧有兰'……想他当年或许就坐了这种小船，溯流而上，到过出产香草香花的沅州。"（《桃源与沅州》）

《边城》几乎算没有故事的故事。有位高中同学说："边城的故事简单得可笑：两兄弟同时爱上了一个船家女孩，最后一个死了，一个出走了。"

单就故事而言，确实如此。没有苦心经营的起伏、灰线、花开并蒂等技法，更没有复杂的人物线索、关系的铺陈与展开，简简单单的故事，干干净净的文字，如同一幅水墨湘西画图景，淡淡地发生，淡淡地消散。

哪怕在我大学时代，在当北京大学中文系学生的时期，我也只能够说自己喜欢《边城》的文字，喜欢文字的美、隽永，喜欢文字里一种似乎称得上永恒的气息和小说里打开我的心与视野的人和事，能把人灵魂唱得浮起来的苗歌，端午节龙舟赛，还有在阳光和风雨中争勇斗狠的血性男人们。

后来我慢慢理解，我感知到的永恒的气息，和小说全知型写作视角选择相关，与作者对于人生的"佛眼"（或者叫"上帝之眼"）相关，和作者的驾驭文字的能力相关。

今天一起赏析的同伴，是中学生、小学高年级热爱文学的同学，我想有最大的必要让自己回归到青少年的眼睛，去回忆那时候我所读到的《边城》，我所感兴趣的，和感无趣的，在这个基础上，我能够给同学多分享些什么从这篇小说和作者而出的、有益的话题。

应该说，如果在座各位对沈从文、对上个世纪三十年代的中国的社会和文学形态是一名完全的陌生人，更兼在当今这样信息爆炸、速度与效率的时代讲这样一部缓缓流淌的作品，绝非易事。

我希望和大家分享的，大致包括文本之美、人生的智识、生命的选择、与写作相关等等几个话题，希望通过此次导读，让大家能够欣赏到文学欣赏、写作道路上的奇花异草铺就出的心旷神怡的景致。至于沈从文先生用整个生命营造起希腊神庙般的美的人生以及在"另一种人生"的生命历程的选择、历行，与恒持的意义，我心向往之。

边城与翠翠，是既虚又实的存在。

从文本上，《边城》以文字为世界凝固了一段清灵瑰丽的时空：一座城，一条河，一个老船夫，一个翠翠，一条狗。边城与翠翠，是既虚又实的存在。

连接湘川黔三省的茶峒，确有其地，城名、地点是至今留存，而且茶峒今已经改名"边城"，而翠翠真有其人物原型，在《湘行散记》的《老伴》里，作者一位朋友看中了县城一位绒线铺的姑娘，那位姑娘的名字就叫翠翠。"我写边城里翠翠明慧温柔的性格，就是从这位姑娘身上来的。"在现在的边城，每一位身着苗族服装的导游，都可以给大家讲沈从文、讲小说、讲电影《边城》。每个人讲得都可能比我更丰富、更生动，因为这里头正是他们脚下的土地，身边的生活，祖辈、父辈和自己的影子。

文学"源于生活，高于生活"，边城虽有遥远边陲小城"实有其境"的生活基础，但小说里的民风之淳、世风之朴，让读者如梦似幻，和当下实有生活经验遥隔河汉。

《边城》用大量的细节，写出了一个温暖的人世。

小说描摹世情，出色的小说会让某种作者眼底心头世情中的人跃然纸上，从巴尔扎克到托尔斯泰，从《红楼梦》到《边城》，莫不如此。

《边城》用大量的细节，写出了一个温暖的人世，这种温暖，源于一条绵延不绝的河流，源于一种天道使然的秩序，源于每个人物身上发乎自然、健康向上的品性。这个时空里的每一个人，都透着道德上的正、品性里的淳和审美情趣。比如船老大顺顺军旅出身，出人头地后培养自己两个儿子的方式，却是把他们放到自己的生意里去千锤百炼。"教育的目的，似乎在使两个孩子学得做人的勇气与义气。一分教育的结果，弄得两个人皆结实如老虎，却又和气亲人，不骄惰，不浮华，不依势凌人。故父子三人在茶峒边境上为人所提及时，人人对这个名姓无不加以一种尊敬。"和当前广遭诟病的官（富）二代骄娇气相比，这种归于原生、归于人性本源的教育，便是最符合作者反复陈述的"人生这本大书"的教育本质。

老船夫到街上买肉的那个段落写得生动，情景并茂，活灵活现，买家想尽办法要付更多的钱，屠夫务必精挑最好的肉，这种基于绵延忠厚的买卖关系，可见诸《镜花缘》里的"君子国"，商理之外，人情之中。和小说的世情可资观照的是沈从文同期散文里的人世，那是一个更"真实"的"现实"。

《边城》始作于 1933 年，沈从文与心仪良久、情书不绝（《废邮存底》）的张兆和新婚燕尔，和着阳光与树影的稿纸，开始这个故事的创作，历时三年完成，其间 1934 年作者离家返乡，且行且记，因此《湘行散记》作者笔下记录了他当时所见的真实的人与世界。

在《鸭窠围的夜》里，作者在描摹了大段饱满细腻的小人物后这么写："我认识他们的哀乐，这一切我也有份。看他们在那里把每个日子打发下去，也是眼泪也是笑，离我虽那么远，同时又与我那么相近。这正是同读一篇描写西伯利亚的农人生活人作品一样，使人掩卷引起无言的哀戚。我如今只用想象去领略这些人生活的表面姿态，却用过去一分经验，接触着了这种人的灵魂。"

从文体的区别而言，小说写作中作者隐藏在文字背后（自传体或第一人称写作除外），我的思想、我的观点、我的素养、我的审美取向……所有的"我"，都必须且只能附着于故事、题材、风格、行文、对白等表达，"形式即内容"。

而散文里通常都有一个明确的"我"，我所亲历、所见、所感、所思。所以，文学阅读，从散文里共享作者的生命，从小说里历验角色的人生。"接触灵魂"既然是作者作为作家最大的愿望，写出世情世相间人的灵魂，则成为写作的必然追逐。

湘西那片土地上各种生命独特的形态无不深藏于沈从文的眼中、心中，读者跟随他的双眼、他的笔端，如同跟随了一个贪婪、欣悦、细腻的摄像机镜头，扫描、捕捉着每一个击中他心灵，让他心感戚戚的人、物、事，从空中、水中、山路上的时空镜头荟萃成为一条人生的河流，流入沈从文敏感、易感的心灵，酝酿、发酵、成熟，最终汇聚笔端，汩汩而出。

对于沈从文，每一个生命的蓬勃生长、自然呈现以及这种生命群体营造出来的社会，是美的、健康的、向上的、充满生气的社会，是他创作灵感取之不尽的源泉，他的人与文，便是倚靠了这样无穷无尽、与天地同辉的滋养。

从 22 岁勇闯北京文坛，遇郁达夫、徐志摩、胡适等名士慧眼，登台北京国中，至执教北大，硬是用湖南人特有的"耐烦"和勇猛，"用一支笔打出了一个天下"。已成文坛佳话的是沈从文的第一堂课，在讲台上 10 分钟一句话都讲不出来，台下学生中有他未来终身伴侣张兆和端坐，胡适闻之大笑的典故。

从那以后沈从文知行合一，破芽而出，迅速升起为一颗夺目新星。然后，文本之中的世情淳朴，反衬出文本之外兵荒马乱的荒谬。"你们能欣赏我故事的清新，照例那作品背后蕴藏的热情却忽略了；你们能欣赏我文字的朴实，照例那作品背后隐伏的悲痛也忽略了。"

二十世纪的前五十年，在杀戮连天、枪炮声隆、人世离乱无常中宁静的边城，无疑是作者对世界最强烈的"不平则鸣"，与经由作品的抗争。"战士"一词用于沈从文这部被誉为"田园牧歌"般的作品，似乎充满荒谬，然而，满怀希望地竭己之才华，创造一部唯美的、安静的作品，便是与丑的、恶的、荒谬的世界一场伟大的战斗，堂吉诃德和沈从文隔着时空，遥相应和。而《边城》里爷爷的死、船家大佬的死、二佬的离家出走，对于初涉人世翠翠的一而再、再而三的迎头痛击，便是这个离乱无常世界，在这一世相中的投射。

《边城》文辞之美，上承诗、骚、唐、宋。

一部作品的美，可以从多维度欣赏。世情中的原始与质朴，是宁静安详的美；边城风情异于城市的风俗，是奇丽瑰幻的美。而小说《边城》的行文无处不见如珠如玉般的优美文辞，在三十年代的文坛，并不多见。

《边城》文辞之美，上承诗、骚、唐、宋。从边城里，由文字酿制而出的情境俯拾皆是。

"近水人家多在桃杏花里，春天时只需注意，凡有桃花处必有人家，凡有人家处必可沽酒。夏天则晒晾在日光下耀目的紫花布衣裤，可以作为人家所在的旗帜。"

"桃之夭夭""深巷明朝卖杏花"，浸润过古典诗词意境之美的文学热爱者们当如是联想。

"深潭中为白日所映照，河底小小白石子、有花纹的玛瑙石子，全看得明明白白。水中游鱼来去，全如浮在空气里。"想到《小石潭记》。"出了屋外，便在那一派清光的露天中站定。"浮起《蒹葭》伊人沐月露。

这部小说充满诗性，不管是在水一方伊人的惆怅，还是月上梢头的少女情窦初开的怦然，人、景、意浑然一体，随时随地触动读者传统文学中熟谙的审美神经。

在《从文自述》里，我们了解到沈从文因打小从私塾逃学，家里管制不了只得送他行伍去，逃学逃出了一个独一无二的人生，但他也说："在背书这个问题上，我比别人要强一些。"他天资聪慧，过目不忘，从没因为背不下来书挨过先生的板子，他的古典文学素养便是传说中的童子功，而且他的诵习与他所经历的人和事，能如此熨帖地交相辉映着，滋养他的生命，待到他满怀诚挚地写一个心中的理想国，便自然而然信手拈来流于笔端。

情、景、人、物，各条生命的线索，在文字里交融流淌，而成一条清澈的河流，河中的暗礁、湍流，不去调动自己的阅历与经验去细细地品味，便会恍然错过。

如这句："老船夫做事累了睡了，翠翠哭倦了也睡了。翠翠不能忘记祖父所说的事情，梦中灵魂为一种美妙歌声浮起来了，仿佛轻轻的各处飘着，上了白塔，下了菜园，到了船上，又复飞窜过对山悬崖半腰。"

"梦中灵魂为一种美妙歌声浮起"，便是沈从文为文为人的终身追求。

沈从文先生的生命观，和他塑造的《边城》一样：静静地，很忠实地，在那里活下去。

"到了冬天，那个圮坍了的白塔，又重新修好了。那个在月下唱歌，使翠翠在睡梦里为歌声把灵魂轻轻浮起的青年人还不曾回到茶峒来。这个人也许永远不回来了，也许'明天'回来！"

喜欢《边城》的很多读者认同，这个结局比故事更魅惑，开放式结局里是一种极淡转浓的忧伤与绝望。生命充满无限未知的可能，连希望都披着河中那层永远的晨雾，朦朦胧胧看不清楚。

沈从文非鲁迅，他不会让自己和读者直面"血淋淋的现实"，虽然从生命最真实的历程看，沈从文的行伍经历以及亲历的杀戮，比鲁迅要真切得多。

小读者很有必要去领略一下上世纪前半段初中国大地上的不太平与乱世的历史，军阀混战、抗日战争、内战，这片土地上的人民历经了太多劫难与无常，"宁当盛世狗，不做乱世人"。

由于自幼经历太多的死亡，他的伯乐、好友徐志摩飞机失事后，沈从文去吊唁后对徐保持了少有的沉默，很少著文怀念。几十年后，当他在美国见到老友王际真时，却写下如斯深情的散文《友情》，最后一段如是："我是个从小遭受至亲好友突然死亡比许多人更多的人，经受过多种多样城里人从来想象不到的噩梦般生活考验。我照例从一种沉默中接受现实……人的生命会忽然泯灭，而纯挚无私的友情却长远坚固永在……"

沈从文先生的生命观，和他塑造的《边城》一样："静静地，很忠实地，在那里活下去。"对生命本身的炽热、忠诚、一丝不苟，才是生命最要紧的状态。而沈从文自从离乡背井在文坛打拼，且思且创，最终在思想和文学写作上坚持"乡下人"的"另一种人生"，与城里苍白的教授和盲目追求自由思想，不健康不清新的"新女性"截然相左，将自己呈现出一种熠熠生辉的非凡色彩，他用生命与写作把自己这个独一无二的生命个体与一份瑰丽精彩的文学宝藏奉献给了这个世界。

至于沈从文人生下半场，因由家国之变、命运之手默然转身，埋头故旧，历时15年于1981年出版《中国古代服饰研究》，另创高峰，我想这是生命又一次淋漓尽致的书写与绝美绽放。

沈从文1988年辞世，坊间传闻他为当年诺贝尔奖候选人，瑞典汉学家马悦然有过以下论述："沈从文是20世纪中国最伟大的作家。越是知道他的伟大，我越为他的一生的寂寞伤心。"而夏至清的《中国现代文学史》对沈从文的评价，符合我心中对沈从文为人为文的致敬与追随。

1999年，张兆和率领全家，送沈从文回归凤凰。墓地简朴、宁静，墓碑是一块大石头，天然五彩石，正面是沈从文手镌《抽象的抒情》题记:照我思索／能理解"我"／照我思索／可认识"人"；

背面是姨妹张充和小撰：不折不从 / 亦慈亦让 / 星斗其文 / 赤子其人。

我曾站立在这块墓石前，潸然落泪，泪光里跳跃的满是他的《边城》和其他诸多湘西文字的电光石火，和他用生命书写而成的那本"大书"。对于写作，沈从文认为"我们的手不过是人类一颗心走向另一颗心的一道桥梁，作成这座桥梁取材不一。""有些人梦想生翅膀一双，以为若生翅翼，必可轻举，向日飞去……有些人从不梦想。惟时时从地面踊跃升腾……虽腾空不过三尺，旋即堕地。依然永不断念，信心特坚……前者是艺术家，后者是革命家。但一个文学作家，似乎必需兼有两种性格。"

作为一名读者，我们其实有理由要求自己去让自己更博学、更敏感、更有鉴赏力，以去接近你喜爱的作家的美好灵魂。在文学的欣赏与阅读间，我们既需要培育自己足够的对美的敏锐、感知、判断与满怀欣喜的欣赏，便可嗅到《边城》兰芷香草的香气；同时我们应当去拥有探索与思考的精神，这种精神可以驱动我们去追逐《边城》等所有伟大的作品、作者背后的社会与历史长河中的时间瞬间，去探究作者希冀传递给我们的人文要义。

在"无我的小说"中，作者通过题材、描摹角度、角色的对白和行文展开的方式，告诉我们文本之外他的"大我"所在。每次与这种"我"的追逐与接近，对于每一个正在成长中的我和我们，于自己的人生，便拥有了鲜活的、对"我"更感同身受的意义与价值。

伟大的作家对于美、崇高与智慧的传承，无不活泼泼地蕴藏在他们的作品之中。读完作品，有兴趣者再去读作品之外那本

书，不妨在月光下静静地思考下我们每个人都正在书写的自己这本书。沈从文的意义，在于他从"读小书"到读人生这本"大书"，成就了他独特的自己。

这是我们今天的同学，课业繁重的同学，考试任务繁重的同学，游戏诱惑很多的同学，跳出现有全部的生活怪圈，获得片刻时间停下来时，需要想想或许尝试换一种笔，换一种颜料，换一种材质，换一种文风，书写自己人生这本书。或许这个命题，对于当今父母们众口一词、千篇一律对自己，对子女的成功型人生考卷的追逐，更具有思考的提示意义。

孩子或者父母，每个人的人生都应当是一本奇丽的大书，而非一张又一张的考卷。*

---

* 本文系根据作者 2016 年 11 月 22 日深圳南山图书馆"跟名师读名著第 50 期"讲座内容及之后"文艺名家进校园""深图语文课"数次《边城》讲稿整理而成。

读懂鲁迅

中小学生可以怎么读

前言

饶是我讲过颇受欢迎的鲁迅课堂，深读并共情过许多鲁迅和关于鲁迅的书与文字，要面对三十名高中生、十名中学老师和 B 站直播未知数量多少年岁几何的人们，这课鲁迅的任务持续好一阵如同巨石压胸，压得我有点喘不过气。

高中生，已然成为与成人世界隔离式的存在，这个成人，或为父母，或为老师，或为公交、商场中的陌生人。高中生们以成人般的躯体刷新出自身的存在感，将成自我，然而介乎成人与未成年人之间的心智随机游走在孩提与社会人世界之中，真耶幻耶，是耶非耶，时而朦胧，时而明亮。面对高中生的语文课，本意更应是在他们成人前，让语文书深蕴却常遭忽略的人文精神深驻心田，流淌血液，授课老师如若不能让他们有感于心，共振于情，启迪所思，激励所行，那么其他一切都可归于无意义，这正是我参与发起"深图语文课"的初衷，且自愿担纲鲁迅课堂的发心与致力所在。

然而所有的难都有解题法，深潜读与思，上课前一天终于一气而成万字讲稿，气顺理畅中做次深呼吸，感觉已然可以自如上台面对这一课了。于此，我家孩子爸闻之哂道：呵呵，您名声在外，却还是个没才华的人，遇事紧张。在天才堆里混过学的我自然理解"没才华"三个字的真意，对此判断是同意的，只是既然是面对中学生讲鲁迅，不妨言辞作些微调，变换角度：我是那类拥有点点才华而多多笨拙的人，因此对重要的事情一定紧张而且付出努力；于是，勤奋便大大弥补了我的才华不足——何其励志也。

讲的和稿子不尽相符，但文贵贯之以气，讲课自然也是，来个高中生流行词，我也是有社交障碍的人，能走上讲台，言之有物，让台下无论是六岁、十六岁，还是六十岁的听众有所动心，那也真真受益于我的无限紧张和怀着真挚的诚与爱的努力。

引子

上次讲鲁迅，是 2017 年，南山图书馆，听者如云，听众从六岁到六十岁，让我深深感慨鲁迅先生的影响力。

今天台下坐的你们，是你们，生于、长于、求学于深圳的青年们。如果说有一位先生，毕生以对于青年的爱、诚挚与引领为要义，那个人一定是鲁迅。文学家鲁迅第一篇振聋发聩的《狂人日记》的"救救孩子"，还是作为老师的鲁迅给大学生、中学生、社会进步青年所做的讲演、引导，所以，今天在"深图语文课"二讲鲁迅，就有很不一样的意义，于我也有了二讲时一次新的立意。

作为新文化运动的旗手，自有"国文课"教材开始，鲁迅文章就毫无疑义地高居白话文篇章榜首（请大家相信这个论断，我读过学者专门研究的论文，有具体数据，暂略）。我整理了从初中到高中语文课本中的篇目，着实不少。

跟《离骚》、文言文相比，读懂鲁迅，似乎不是一件那么为难的事了，毕竟是白话文，毕竟没什么生僻字；但隔了一个世纪后，鲁迅的文章又总是让我们无法亲近，常常让我们读起来欲近却远，欲清反迷。

鲁迅的文章谁都能懂，因为他是文章大家，大家白话文文章，无论言情，还是言志，无论小说、散文，都能让人秒懂，直抵人心。鲁迅的文章难懂，也因为他是文章大家。大家的文章里，有文化，有世相，有最炽热的爱，鲁迅，更对于黑暗、对于残暴、对于世界全部的恶，有着最猛烈的恨和抨击——没有对传统文化的源脉通晓，就读不懂；没有对上个世纪历史事实的切实了解，就读不懂；没有对人世间至爱至恨的同歌哭长啸，就读不懂。

我的讲述关乎以下六个方面，让同学们心灵更贴近鲁迅文章，通过这六扇窗从文章中与鲁迅共情相印，就能顶顶通透。

一、同龄人。力解人生"难"，顽强不屈服的少年。倔强的周豫才。

我依然从你们的同龄人开始，十六岁的周树人面临的人生和世界的"难"。

鲁迅是 1881 年出生，学过历史的同学们脑补出清末民初"你方唱罢我登场"那个乱哄哄的场域，鲁迅的时代，正是我们愁眉苦脸地背出的近代史，积弱，黯淡，屡战屡败，屡败屡战，不平等条约漫天飞，割地赔款条约不得不念念有词，背得很违心很屈辱的那一段历史。

早在十三岁，他已经遭遇了人生的第一难——爷爷科举贿考案。从《朝花夕拾》等很多篇章里，我们会发现少年鲁迅的幸福生活，不比在座任何一位差些，当然，少年鲁迅所受的学业和成长压力，也不会比在座同学少，先是百草园没得玩儿，到三味书屋里去读那些读不懂的《三字经》，连出门看个戏，都要遭受父亲抽查背《鉴略》。那种不自由而催生的不痛快，让鲁迅记了一辈子。

科举案和父亲罹病，我们在不同的文章里都遇到过:《朝花夕拾》《父亲的病》《呐喊》自序等。"有谁从小康人家而坠入困顿的么，我以为在这途路中，大概可以看见世人的真面目。"

在"李杜"课上同学们收获了两把"密钥"，"知人论世"和"以意逆志"，还有一把"文如其人"。作家性格或"心灵气质"，决定了作者文风和内容取材。比如有研究鲁迅性格和他成为"国民性格批判宗师"的学者，我挺认同。比如他特别记仇，诗人心性，极度敏感，极度炽热。我特地查了，鲁迅不是天蝎座，是天秤（一八八一年八月初三），我有点怀疑记错日子了。因为我自己是天蝎，总是牢牢记得小时候对我好的、对我不好的人和事和语言，直到这几年白发越来越多，终于越来越平和。

记仇不是一个好品格，但万事皆辩证，如果因为这种"记仇"，心里反而蓄养出强烈的反思、追问，让寻求正确的答案伴随着我们的成长和进步，那么这种记仇，反而会生出一种叫"心劲"的力量。比如鲁迅十六岁那年经历的当众受辱。"族中商议大事，我要请示祖父。"族人耻笑。我觉得，十六岁的青年，面对这样的场景，是近乎凌辱的。我想我们同学多多少少都遭受过被冤枉、不公平，有的人深深地记得，有的人淡淡地忘了。我记得我少年时，具体忘了一件什么事情，遭到一位老师的误解，她的言辞肯定是过分的、曲解的，我站着瞪着她，心里恨恨地发誓："我长大后绝不会当你这样的老师。"有时候也受父母的委屈，就会心头恨不打一处来，就会立志："长大后绝不会当你这样的父母。"所以这也是我长成一个特别通情达理的妈妈的一个很隐秘的内因。正因为我有这样的体会，所以我能体会鲁迅这样的凌辱：一是祖父贿选科举案，事实上不是为自己，是为全族人的，一旦东窗事发，所有人就把这个和每一个人都有关的源起抛诸脑后，对周豫才家嘲笑、凌辱、看不起，这是鲁迅感受"丑陋"中国人的第一声，这些人都是亲近的长辈、邻居。而在父亲病、家境凋零的整个过程中遭受的白眼、欺凌，我相信一次又一次，加之于豫才这颗敏感、脆弱天才少年的心灵。当然，一次又一次地经历脆弱，才有一层又一层的坚强，这是蝉蜕，是"天将降大任于是人也"，是千锤百炼的成长必然。

这就是我们几篇课文中，鲁迅的生活。请注意，他写下这些文字时，多在三十而立之年后，那时候他对中国已经看得很透彻清楚了，所以写自己的童年生活时，带着文化家、文学家的笔力，已经拥有了对自己生命的"上帝视角"和客观性。所以，鲁迅的童年，不像我们读烂漫的、想象力丰富的童书，在《从百草园到三味书屋》里，是"Ade，我的蟋蟀们！ Ade，我的覆盆子们"，在《少年闰土》(《故乡》) 里，是"深蓝的天空上挂着一轮金黄的圆月"。一起扎獾的欢乐童年，最终落成闰土唤"老爷"、"让我的心凉了半截"的颓唐中年，发出"世上本没有路，走的人多了，也就成了路"的感慨。一个成年人忆少年事，虽然有隔着生命河流对岸观火的眷恋，自然也有时光流逝的怅惘。所以，哪怕是最基础最童稚的《从百草园到三味书屋》，既有文采的清新斐然让同学们神往，又保持了一份欲说还休的中年境况和文化的绵厚感，不是一篇纯粹意义上的少儿读物。这一点，曹文轩先生的《灰鹤》《青铜葵花》某种意义上，也不是纯粹的少年作品，是以少年为主角，有着人性善恶、成长拷问等深刻的内容。

然而，"横眉冷对千夫指，俯首甘为孺子牛"的鲁迅，只有在回忆少年时期的文章中，也就是《朝花夕拾》中，重拾天真、欢快、欣喜、趣味。比如《狗·猫·鼠》，隐鼠的离奇死亡；比如《阿长与〈山海经〉》里对"三哼经"、长妈妈摆大字，和文末的地母的爱与深刻怀念与敬意。《朝花夕拾》为什么必读，是因为在这本小小的集子里，藏着中国最伟大的文学家、思想家、革命家的童年记忆。读史如鉴，其实读文学，同样是看一面镜子，镜子里和我们不一样的人和事，好像"镜花缘"。

十六岁的当众受辱事故，对鲁迅第一次主动积极的人生选择有关键意义。"逃异地，走异路，寻找别样的人们"就这样成为贯穿青年鲁迅人生的主线。去江南水师学堂上学，成为他意志坚定的选择。母亲没办法，凑了八块银元送"我"上洋学堂，镇里的人，也用异样的眼光看"我"了。十七岁，回家考了一次科举县考，考三十七名还是一百三十七名，说辞不一，总之鲁迅不科举了，上了新学的路，一骑绝尘。水师学堂里不会游泳、爬旗杆，第二年改了，江南矿路学堂，可以实业兴国了。

鲁迅读新学堂这件事，同学们不妨跟要背的清朝近代史关联起来。1898 年前后，中国和世界在发生着什么？在翻天覆地，在地覆天翻。义和团、甲午海战、洋务运动。历史书里有年份事件，文学书里有这些年份和事件里，是什么样的人，在过什么样的生活。这是文学更鲜活的所在。文学，就是和人生"鲜活地对话"。在两个学校的生活，《朝花夕拾》的《琐记》里，有不少信息记载。也正是到了南京那一年，叔祖父嫌豫才不好听给他改名，叫周树人。

有理由相信，按学习强度和压力论，十六七岁的鲁迅，绝不比在座各位来得更弱。全新的课程如外语、生物等等，周树人对新知识的渴求和一心改变旧况的"心劲"发挥最大作用，开启疯狂学习和进步模式，十九岁那年，以江南矿路学堂甲等优生毕业，而且考取了留日继续求学的名额。

晚清从 1840 年经鸦片战争被英国坚船利炮打开国门，中国就面临着融入世界或者被世界列强吞没的危机，所以清国"洋务运动"诸君尝试派学生留洋学习，我们语文课上学过的铁路工程家詹天佑便是首批留美学生，出洋留学是中国近代一部杰出人才史，再后来庚子赔款部分退还有了日后的留美预科学校"清华"。鲁迅则是当时江南系留日学生中的一员，坚持把"异路"走到底，于是便有了《藤野先生》这样的文章。

人生的难，是生而为人永恒的话题。但怎么解难题，却是人之为人的应对问题。生活对每一个人都是公平的，鲁迅经历三道人生的难，交出了比李宗盛更顽强的答卷。李宗盛在四十岁以后写的《山丘》，嬉皮笑脸面对人生的难。鲁迅没有，面对人生的难，他都是咬着牙，用眼睛瞪着生活，一道题一道题地解答开去。所以同样是文艺青年，鲁迅伟大，李宗盛优秀。

二、在日本。力解国家"难"，发宏愿，立恒志，新生的周树人。

世界上没有无缘无故的爱，也没有无缘无故的恨。当然，更没有无缘无故的鲁迅，和没有无缘无故的好成绩、满分作文一个道理。搞清楚鲁迅为什么成为鲁迅，我粉的那个偶像为什么会成为他，请相信，玫瑰开放之前，绽放前的那一刻，都是要耗尽她全部的力气。

鲁迅到日本，是和我们年龄相差不远，是同学们的周树人大哥哥。

二十一岁的鲁迅，作为大清国留学生，到了东京宏文学院，让他感到痛苦的，却不是语言不通、去国怀乡等异域思乡情，让他感到十分不适而以之为耻的，一是和他一起搭轮船东渡、却非为求学求新知的大清国官家同学，《藤野先生》里有十分形象的描述；第二是在宏文学院里，学着从古希腊哲学到意大利文艺复兴到法国大革命，和俄罗斯文艺等科学、文学、艺术、哲学，然而，让周树人很意外而且糊涂的是，居然一到孔子诞辰却要祭孔、行礼，二十一岁年轻的周树人先生一下蒙了，怎么我为了逃避孔教一统的大中国漂洋过海来学新学，居然还要朝孔子行礼，革命萌芽的价值观在这里受到了一些震动，应该说，这个困惑，也埋下了日后学医的一个外在驱动原因。大家要记得，鲁迅是到了日本后，第一个剪辫子的人。

辫子这件事，现在是全自由的，但稍有清朝入关时历史常识，就知道头发这件事上升到了残酷的生死际遇：留发不留头，留头不留发，身体发肤，受之于父母，无敢损。男生冠礼、女生及笄，成人礼都在头发的呈现方式上。而清朝满人改朝换代，震慑汉人民心，以"从头开始"毁灭汉人的传统；然而历史总是惊人地相似，到了清末民初，辫子剪发问题，同样和革命关联到了一起，革命者第一做的，就是剪辫子，不惜付出性命的代价。数年后剪了辫子回中国的人，鲁迅、范爱农等，甚至还得买假辫子，不让人笑话。而关于辫子，鲁迅在"且介亭"时期有很著名的因切肤之痛而深刻峻峭的文字。

在宏文，周君树人非常努力而且刻苦，不仅做了大量的阅读、写作，日语过关，同样拿到了优秀毕业生"执照"。记住，直到这时候，他是江南矿路学堂考来的，是学矿业的，所以毕业论文是《论 ** 矿业》，在晚清，以矿业为基础的，是造枪、造船，试图走实业救国路线。

然而优等是优等，周君树人，读了大量的欧、美、日科学与人文思想，文艺著作后，在和当时在日本活跃的革命党人（同盟会是 1905 年在日本成立）和戊戌变法逃亡日本的章炎武、梁启超等产生思想交集后，已然觉得实业救不了中国了。当时梁启超写了《论中国人的品格》，梁启超对中国的贡献是巨大的，不仅仅是《少年中国说》，在学术观念上，首先提出"中华民族"这个词，大家一定要知道，学术界的最高境界，是提出一个重要的新概念，并定义它。"中华民族"这个词，对于走出封建帝制之后的现代中国，有着至关重要的意义。

周树人和许寿裳等都往中华民族传统、思想、民族性的漩涡中去了，有志同学们经常讨论的是中国国民性问题，周树人的结论是，最缺失的，是"诚"与"爱"，试图给出这个国民性核心缺失问题上的回答。怎么办？在宏文学院，研究日本，医学是推动明治维新的很重要的一点，他就决意，从学矿改而学医去。

所以，去仙台医学院，就成为同学们众所周知的周君树人的履历。

在这里，周树人遭遇了人生第二次当众受辱。大家一定还记得，第一次当众受辱，是十六岁，在周家祠堂，是家事。第二次，却是在医学院看电影，却是国事。从家到国，是偶然吗？更像必然。是什么的必然？心灵敏感的必然，有仇必报的必然，积弱、反思、奋起的必然。每一次受辱，之后都是毅然踏上属于他自己生命轨迹的行动。"天将降大任于是人也，必先苦其心志，劳其筋骨"。透彻吧。心里在滴血，滴血滴到痛不可抑，那就行动吧，我把我自己投身到火海中去，我让我自己成为燃烧和改变黑暗的一点光，一分力。

对于敏感而脆弱、积弱的中国人，无论怎么优秀、好学，你终归是弱者，这个祖国母亲，日日在身边人的嘲笑中被无情践踏着。我们应当能通感而且共情，周树人，是可忍孰不可忍的心情。对隔着日本海的祖国，真的是哀其不幸，怒其不争，幸好有年轻的自己啊。当到这一步认知时，学医断然也是无济于事，于救国救民事无补的了。周树人，才毅然决然弃医从文。从文艺入手，从医治人的身体，到医治人心的文艺救国道路上了。

"心性聪慧的鲁迅，竟毅然把自己投掷入文学的深渊了。"这是鲁迅的新生。从上帝视角看，鲁迅这次弃医从文，于后世有着惊雷般的力量，但鲁迅自己并不知道，他只是忘我地读书，充实自己，让自己更有力量。这一段并没有写作，而是疯狂翻译，精研世界各国的文学、艺术。鲁迅精通几门外语，德语、俄语、法语、英语、日语。他读了大量的小说，契诃夫、屠格涅夫、夏目漱石等，他在日本住过夏目漱石的房子，房子里种着"朝颜"（牵牛花），《朝花夕拾》这本书名，有着许多奇妙的生命前因。

三、文艺为人生。从"五种创作"到"投枪匕首"式杂文文体创造，文学家鲁迅。

鲁迅在二十五岁时，在日本弃医从文时，认定文艺可以救治国民的灵魂。希腊的精神，欧洲科学兴盛的"神思"，为什么大家会崇尚科学，精研科学？是因为国民性格，国民精神的求真、求知，一丝不苟。日本为什么明治维新后强盛，给中国开药方？"文学需是为人生，而且改良这人生的"，所为一切都要对当下恶的人性改变有意义。鲁迅长到五十岁时，依然说："我若存在一日，终当为文艺尽力……无论如何，将来总归是我们的。"（《致韦素园》）

文学家，思想家，革命家。为什么有这样的头衔称号，当得难，背得也难，然而一切难都有解答，待我们慢慢厘清。关于文学，我给大家总结的，是鲁迅掷地有声地扔出的三个肯定句，肯定判断。第一句，文学必须是为人生，而且改良这人生的。这是思想，统摄的"神思"；这是纲要，纲举目张。第二句，鲁迅说："我写的东西，能称得上创作的，不过这五种。《呐喊》《彷徨》《野草》《朝花夕拾》《故事新编》，我们课文里记叙文、小说的选篇，都在这五种创作之列。"第三句较长些，原文录下（《且介亭杂文》）："现在是多么切迫的时候，作者的任务，是对于有害的事物，立刻给以反响或抗争，是感应的神经，是攻守的手足。潜心于他的鸿篇巨制，为未来的文化设想，固然是很好的，但为现在抗争，却也正是为现在和未来的战斗的作者，因为失掉了现在，也就没有了未来。"鲁迅创造了"杂文"这个文学体裁，文学家鲁迅，还有叫小说家、杂文家。我们现在，有杂文学会。

文艺为人生，我们来看弃医从文的周树人是怎么做到的。

1909 年回国，其中回来一次，奉母命成亲，娶了朱安，那是另一个悲哀的故事。

回到大清国后，并没有即时开启文艺生命，反而是从当老师开始的。在杭州、在绍兴，周树人知识面十分广博，所以，他什么课都能开，什么文学都有些不屑了，植物学、生殖学等新学，才是他希望引导学生打开视野的志趣所在。

正是在绍兴师范学校当老师时，他遇到了范爱农。范爱农是他在日本留学的学长，也是徐锡麟的学生，大家看看，《范爱农》这篇怀念文章里，有着鲁迅十分沉郁的怀念、恸，和对时代巨变，对不能应变的传统士大夫哪怕留学却不善生计的范爱农辈的知识分子的沉痛反思。范爱农是自杀的，直立的，"疑心他是自杀"。

早于《范爱农》写的小说《孔乙己》，晚于之后的《在酒楼上》

《孤独者》，就交织着鲁迅的人生、身边人们的真实与虚构，从一个又一个人身上，凝练小说文学典型性的"这一个"。

1918年，《孔乙己》。

1925年，《孤独者》。**魏连殳**："我已经躬行我先前所憎恶，所反对的一切，拒斥我先前所崇仰，所主张的一切了。我已经真的失败，——然而我胜利了。""他在不妥帖的衣冠中，安静地躺着，合了眼，闭着嘴，口角间仿佛含着冰冷的微笑，冷笑着这可笑的死尸。"

1926年，《范爱农》。"眼球白多黑少的人"，"不大喝酒了，也很少有工夫谈闲天。他办事，兼教书，实在勤快得可以。……被孔教会会长的校长设法去掉。他又成了革命前的爱农……景况愈困穷，言辞也愈凄苦……这里又是那样……死的死掉了，还发什么屁电报呢……是在菱荡里找到的，直立着"。

孔乙己古板刻板得让人心酸掉泪，含泪微笑。作为真人的范爱农，在巨变的时代中是弱于应变的，**魏连殳**是从固守传统到突变的。但他们命运的结局都不堪卒听。穿长衫传统的这一代人，大时代仿佛已经为他们的命运打了大大的叉。为什么？小说家是创造形象的，他通过一个又一个的人物，在问"为什么"，为什么没有人好。从狂人、阿Q、祥林嫂、闰土，真耶幻耶？假作真时真亦假，无为有时有亦无。文章有字面意，有言外意，我们常常不理解阅读理解题，什么叫"深刻地揭露旧社会的黑暗"，这就是。在一切人生的各种努力解答都失败时，剩下的，就是旧时代的大错，旧社会的荒谬。读文章，言内我们感慨于沉郁荡气的文笔，鲁迅的文章，使之以气，一股凌厉之气，这是文章的至高境界。

那是一个最坏的时代，那是一个最好的时代。仁人志士们，都在救国图存，都在致力于开启民智，文艺救国，实业救国，教育救国，革命救国，全部有心有爱的仁人志士，每一个，都把自己投身在救国的深渊里，探索中国富强的道路——1911 年辛亥革命以来"新民主主义革命"所呈现的景象。看，当历史还原到文学，你们会触摸到念念有词无趣背诵教育中与我无关的那些事实的热血与温度，会感染你，会感动你。

矢志文艺救国的鲁迅，回国后先遇到的，是以教育为己任的一群人。他任职于教育部，担任教育科长管艺术，至北平后相继兼任北京大学、北京女子师范大学等教职。民初知识分子救亡图存心念长存，教育和文艺皆直指唤醒国民，文化启蒙，为民族，为国家，为下一代，为你们。

鲁迅去北京，是 1912 年。当年份跟一个我们关注的生命有关，就有了关注的必要性。1911 年辛亥革命,1915 年袁世凯称帝,1917 年张勋复辟，其中穿插着波澜壮阔的孙中山先生领导的革命、背负的中华民国、北伐、军阀割据等等。中国大地上的现世啊，"乱得一匹"。这时候鲁迅三十岁了，是我们所不能理解的大人了。但请记住，鲁迅是一直记着他的心劲、心念的那类大人，我也是。

在鲁迅生命的第一次沉默的阶段，经历了辛亥革命，张勋复辟，徐锡麟、王金发革命失败等，城头变幻大王旗，来来去去，颓唐了，看不清方向，不知道说什么好。"逃掉了五色旗下的'铁窗斧钺风味'"，一样是命交华盖，于是，他在绍兴会馆，进入生命的"第一次大沉默",沉默而同时积蓄力量的时期。"抄经",共情魏晋心情,逃到古书中去。同学们请注意,有的人无话可说,不说话,是真的没话说,肚子里没内容,没学问,但有的人不说话,那是态度,保持着深爱与痛恨的沉默,比肤浅的喧嚣、尘埃满天,要有力量一万倍。

大时代在波澜壮阔着。1915年《青年杂志》创刊,1916年改名《新青年》,1917年蔡元培先生请鲁迅设计了北大的校徽,也请他到北大讲学。《新青年》创刊后,1918年,钱玄同的再三相邀下,《狂人日记》惊雷一般问世。可见于《呐喊》自序、《我怎么做起小说来》。而《狂人日记》这篇里,除了我们看到的荒谬,其实里头还有文学和医学的完美结合,这是第一篇白话文小说,第一篇心理小说,是鲁迅愤懑之后的"呐喊"第一声,是惊世骇俗,是惊动世界文坛的一篇小说,罗曼·罗兰因为这篇小说,对远隔重洋的"周先生"仰慕有加。随后便是《孔乙己》《呐喊》篇目。

1923年,鲁迅经历了又一次人生的沉默。家事、国事、天下事,事事关心。这句话,用在鲁迅身上,再贴切不过了。周氏兄弟失和,长庚星和启明星"人生不相见,动如参与商",这是中国现代文坛上一桩公案,暂且不表。这件事对哥哥鲁迅更有锥心般的痛,因为哥哥对弟弟的爱,比弟弟对哥哥的爱,要更纯粹、更深刻、更无保留,所以遭遇背叛与伤害,也注定是他——这一点,我站在哥哥立场。因文识人,跟学者的、冲淡的读书家周作人相比,我个人一定是更爱大哭、大笑、自己为青年时追问自己,在成人毕生与青年语人生的鲁迅。

1927 年，发生"四一二"政变。师生情深。经历生命第二次的沉默之后，最亲密的人，无论是谁对谁的背叛，都是鲁迅心灵扎的狠狠的一刀，滴血。同学们，知人论世，你们要共情，这个作者的切肤之痛是什么，触碰到切肤之痛，产生共情，那些我们不理解的大道理，比如为人生，比如为青年，比如为中国，都有了人性的依托，真实不虚，会成为我们心灵倚靠的力量。

女师大事件，开启了写《记念刘和珍君》《无花的蔷薇》，开启了不平则鸣、投枪匕首式的杂文生涯和《彷徨》《祝福》《坟》《药》《伤逝》等小说写作；女师大事件，结束了鲁迅十几年的教育部官员、亦官亦教的生涯，南下厦门与广州，短暂的两年内，完成了他自己评定的最重要的"五种创作"：《朝花夕拾》《野草》《呐喊》《彷徨》《故事新编》。

文学传统，诗骚春秋，魏晋文章，鲁迅无不谙熟，而且自我的创新和转化，风格上，鲁迅是上承屈原，一任感情自由流泻，尽展"在人生的沙漠上悲则大哭，乐则大笑，痛则大叫的真诚与直率"。他的文学，情感充沛而饱和度高，生命力和斗争意志特别旺盛。正如希腊哲学家所说，"发现你自己，认识你自己"，真正认识了自己后，就知道如何选择自己人生的道路，而且坚定。

鲁迅所有文章可以有三分法：创作、批评、学问文章。在1935 年 12 月 31 日为自己的杂文编集撰写的后记中有："我从在《新青年》上写《随感录》起，到写这集子里的最末一篇止，共历十八年，单是杂感，约有八十万字。后九年中的所写，比前九年多两倍；而这后九年中，近三年所写的字数，等于前六年。"在上海后十年，"俯首甘为孺子牛"的鲁迅，就坚毅地投身到更真实、更直接、更具行动力和战斗力的对世相无情抨击的杂文迸发的时代。

瞿秋白："鲁迅的杂感其实是一种'社会论文'……谁要是想一想这将近二十年的情形，他就可以懂得这种文体发生的原因……作家的幽默才能，就帮助他用艺术的形式来表现他的政治立场，他的深刻的对于社会的观察，他的热烈的对于民众斗争的同情。不但这样，这里反映着五四以来中国的思想斗争的历史。杂感这种文体，将要因为鲁迅而变成文艺性的论文的代名词。自然，这不能够代替创作，然而它的特点是更直接的更快速的反映社会上的日常事变。"

四、在上海。真的勇士，猛烈的战斗。思想家与革命家鲁迅。

在上海的最后十年，成就了作为思想家与革命家的鲁迅。

鲁迅的杂文篇目里，我们课文选篇包括《论"费厄泼赖"应该缓行》《记念刘和珍君》《为了忘却的记念》《中国人失掉自信力了吗》等。

为什么去上海？一是鲁迅不愿意再当老师了。经历了北大、厦大、中大教授们的迁后，"对一切学校的聘请，全部推却"。第二，上海有租界，办报刊杂志风起云涌，文化市场的商业化程度高，可以"为生计"。鲁迅参与撰稿的报刊杂志包括《语丝》《莽原》《奔流》《萌芽》《新地》《朝花周刊》《前哨》《北斗》《十字街头》《申报·自由谈》等，继续翻译大量的外国文艺作品，《小约翰》《思想·山水·人物》《近代美术史潮论》《艺术论》《文艺与批评》《毁灭》《死魂灵》。还有第三点，上海是斗争的前沿，"沪上实危地，杀机甚多，商业之种类又甚多，人头亦系货色之一。""我却非住在上海不可，而且还要写东西骂他们，并且写了还要出版，试验一下看到底谁要灭亡。"他要换全新的方式，进入生活，文艺为人生，哪怕是和青年们一起彷徨，"即使前面是深渊，荆棘，狭谷，火坑"。

那篇《为了忘却的记念》，大可以结合国共两党战争的近代史。1921 年，中国共产党诞生于嘉兴一艘小红船，小红船驶了一百年，驶出一艘乘风破浪的巨轮，而国民党发动的旨在清共的大屠杀，在上海实施突然抓捕，被捕的青年作家里就有柔石。而鲁迅和柔石拥有父子般的深厚感情，才华横溢的人总是惺惺相惜，这篇课文里，就有语文课和历史课的大交集。鲁迅领导的新文化运动，和中国共产党领导的中国革命运动，成为近代中国同向、高速运行的两个平行空间。从天空到地面，相互呼应，这就是毛泽东盛赞"鲁迅是新文化运动旗手""鲁迅的骨头是最硬的"原因所在。依然是那句话，互联网界有网红，但是在没有互联网的时代，没有无缘无故的盛名。

五、当下性和国民批判。追问，求知，行动——我们向鲁迅学习什么？

1. 为什么而写？创作，还是杂文，这不是一个问题。

《且介亭杂文》序："现在是多么切迫的时候，作者的任务，是对于有害的事物，立刻给以反响或抗争，是感应的神经，是攻守的手足。潜心于他的鸿篇巨制，为未来文化设想，固然是很好的，但为现在抗争，却也正是为现在和未来的战斗的作者，因为失掉了现在，也就没有了未来……当然不敢说是诗史，其中有着时代的眉目，也决不是英雄们的八宝箱，一朝打开，便见光辉灿烂……所有的无非几个小钉，几个瓦碟，但也希望，并且相信有些人会从中寻出合于他的用处的东西。"

2. 在大时代面前，写什么和怎么写？也不是一个问题。

"和真实的世界短兵相接。"

有所为，有所不为。想提倡文艺运动的知识分子如何在现实中生存。

"总而言之，现在倘再发那些四平八稳的'救救孩子'似的议论，连我自己听去，也觉得空空洞洞了。……还有，我先前的攻击社会，其实也是无聊的……近来我悟到凡带点改革性的主张，倘于社会无涉，才可以作为'废话'而存留，万一见效，提倡者即大概不免吃苦或杀身之祸。"

《书斋生活与其危险》："书斋生活者要有和实生活，实世间相接触的努力。我的这种意见，是不为书斋生活者所欢迎的。然而尊敬着盎格鲁撒逊人的文化的我，却很钦仰他们的书斋生活和街头生活之间，常保着圆满的调和。"

3. 国民性格批评，散见于所有的篇章。嬉笑怒骂，皆成文章。

要到实世间去，不在象牙塔内。空谈误国，实干兴邦。通过对抗、批判，鲁迅的写作和这个大时代血泪相融。

"北大是常为新的。""代表了中国向前的力量。"为新，为了推进社会进步，民族进步，国家进步。

从年轻的周树人的惊世发现，"国人缺乏爱与诚"，到鲁迅辞世前的最后一篇，"我一个都不原谅"。大家回味一下，一个从发心，觉醒，到生命结束前一刻，都不停息的刚毅的战士鲁迅。

六、可以学习的文采，关注技巧是最后一件事。

鲁迅的白话文，都有着文白结合、骈散结合的特质。这是写文章有气势，有文采的最基本可实现的技艺。鲁迅作为白话文的奠基者，"文"吸收了口语精神，文采飞扬，平白如话（能朗读）。比如《记念刘和珍君》的这些句子："真的猛士，敢于直面惨淡的人生，敢于正视淋漓的鲜血。""惨象，已使我目不忍视了；流言，尤使我耳不忍闻……沉默呵，沉默呵！不在沉默中爆发，就在沉默中灭亡。""时间永是流驶，街市依旧太平。"《为了忘却的记念》里："前年的今日，我避在客栈里，他们却是走向刑场了；去年的今日，我在炮声中逃在英租界，他们则早已埋在不知

那里的地下了；今年的今日，我才坐在旧寓里，人们都睡觉了，连我的女人和孩子。"

两个题外：1. 关注当下，勤思慧学，即成文章。关于古村和深圳民俗的题材成为了语文卷上的考题。关注当下，关注社会与人生，多思考，便是关注了考试作文的最核心，素材与立意。2. 文心永恒：从玄奘著《大唐西域记》到鲁迅文章"中国的脊梁"中提及"那些舍身求法的人"，汉语书写而成的文章典籍中，中国仁人志士果敢坚毅的文心永恒。

最后一句话，希望同学们能共情到作为大人，我们当下的致力所在，正如我共情鲁迅《我们现在怎样做父亲》所写："自己背着因袭的重担，肩住了黑暗的闸门，放他们到宽阔光明的地方去；此后幸福的度日，合理的做人。"*

---

* 本文系根据作者 2017 年 11 月 18 日深圳南山图书馆"跟名师读名著第 61 期"讲座内容及之后"文艺名家进校园""深图语文课"数讲鲁迅讲稿整理而成。

352　有舟如系——在心灵航行的海上

一生三次踏进家乡的河流

"湘西三部曲"映照小说家生命与文学的圆融互鉴

岳立功历时 35 年完成"红黑白"湘西三部曲，宏篇百万字映照小说家生命与文学的圆融互鉴。

引子

一个赤诚的游子，无论他离乡多久、出走多远，他身体里日夜飘浮的灵性，他心头时刻燃起的光火，正是他的生命与家乡圆融无二时的那一念。《黑营盘》《红城垣》《白祭坛》三部曲读罢掩卷，我脑海浮出这句话。

湘西书写的百年——"祛魅"仿成永远的魔咒

前十年，或者说前二十年无论凤凰古城，还是以张家界为旗帜开启的"大湘西"旅游热，跟《边城》有莫大干系。应当说，风俗的瑰丽恣肆，民风之淳朴可亲，都极大地满足了在四十年"改开"、现代化、都市化进程不断加速的城市人们或者寻求休憩心，或者追逐猎奇感的心所欲求，从沈从文到黄永玉，从《边城》故事到"酒鬼"酒营销传奇，皆如此。

沈从文以一枝生花笔，以《边城》《湘行散记》等开启了"湘西"作为文学意象的时代：蒙着一层淡淡人性忧伤轻纱的极致优美而永恒，以被上世纪文坛简述为"田园牧歌"，而从文自述"一幢文学唯美希腊小神殿"的超凡脱俗的人间美、世情美。从二十一世纪八十年代始，中国人心中"湘西印象"的绵延，两部优秀影视作品断然绕不过去，《湘西剿匪记》和《喋血边城》，而在文旅产业兴盛勃发的新世纪，黄永玉和"酒鬼"酒的续写，也在市场经济新启中依然唱出奇幻调子的湘西气质。

岳立功的"湘西三部曲"首部《黑营盘》的初稿写成，在1986年。显然，从《黑营盘》起笔那一刻，为这片土地写作鸿篇的执念便已深深驻扎在岳立功脑中。以三十五年生命结晶而成的一百二十万字沉甸甸的"三部曲"，吉首人岳立功以文学之功发心励志，为湘西写史，为家乡立传，继续面向世界为家乡"祛魅"，和上个世纪凤凰人沈从文誓以血泪写出一部作品，让世界了解那方乡土和土地上鲜活的人们，赤子其人，文心唯一。

《黑营盘》故事从1893年外出闯世界的陈青树凄清返乡开始，"他要把这座几近乎坍塌的黑营盘重建一番，让它成为起码可同道台衙门相媲美的'边地皇宫'"。而陈青树原旨在个人东山再起的发心，却因甲午中日之役生出机缘，"日本佬打到我们的国门边了"，而终"竿城所募为二百零四人"，竿军虎威厅因之而生。以大历史的眼光看，因为外国人的悍然入侵，因"兵屯"而生的黑营盘里的绿营军得以迈出"御疆防乱"的中华民族内部矛盾，卷入中国近代史"卫国"乃至世界近代东亚史的巨浪漩涡。和中国作为一个国家民族于清末民初进入世界这个宏大命题同步，历史和时代让《黑营盘》小说起笔处，便奏响了和《边城》

截然不同的乐章和雄浑的旋律动向。

作家生命的基因决定了作品的取材和气质风格。我也谈谈沈从文和岳立功。身为竿军一员的沈家和从文，选择了和同时期鲁迅一般弃医从文，但一样家国，两位文学巨匠却选择了截然不同的取向，亦成就各自独领风骚的风格。在《边城》，从文的写法是传统水墨式的，作家的笔自带人世至情唯美滤镜，翠翠和爷爷、勇武的大佬二佬、车路马路上的歌唱、端午、渡口、水车等，摇摇曳曳，影影绰绰。作为一样湘西、两个时代的文学之子，岳立功跟着历史的长河，截取了从先贤未及踏入的河流段踏入。

成长在新中国的岳立功，喜寻古，好读书，文人书生，已然没有了金戈铁马、枪林弹雨的生命实境，从城垣的黑色诱惑，到流淌在他身上的热血、勇武溯源，他震惊于史书里家乡的征战、权谋，沉迷于并不遥远的祖辈亲历的血与火，慨叹于大历史、国家大事巨掌的指缝中，一个又一个的官、民、男、女、爱、恨、情、仇。正是这样的作家本体经验，让湘西在小说家的书写上从沈从文的唯美而至岳立功喋血接力。作者在纸上跃马扬刀，快意恩仇，把湘西人满腔的热血和野劲，经由笔头灌注到一个一个男儿命运身上：像《黑营盘》里的田青树和两个儿子，田昭全尚武，因甲午海战从军；田昭祥从翰，而遇戊戌变法。打小从叔公那里听来的故事，或大部头或故纸堆里一个又一个乡贤，一桩又一桩陈年旧事，"你方唱罢我登场"也好，翻云覆雨手也罢，他们因为同一片天空，同一派山野营盘，沱江的水流淌着注入岳立功的身心血脉，铸就作家的心志意念，融成口耳心鼻身意之重色，所以"三部曲"里每个人物都有浓得化不开的湘西人那股劲儿。

这股劲，在《黑营盘》，还是跳跃着满纸的青春野气，姑娘、情郎、仪式、歌谣等贯彻无二。到《红城垣》，这股被书意制约的野劲，因为推翻帝制，军人铁血的史实和战争题材，纸间更添浑厚历史和革命意志，而鲁迅愤懑的"城头变幻大王旗"的悲怆尽在其中，化成"兴，百姓苦；亡，百姓苦"的大悲悯；再至《白祭坛》，历史时局已至民初湘黔军阀割据之争，行至竿军出湘西抗日，这股气便幻成碧血丹心、白虹贯日。

假作真时真亦假——兼谈历史语境的中国小说创作传统

关于"三部曲"，内容之外，忽有所念，姑且荡开一笔，心游万仞。

文史相生，可以称之为中国小说的传统，或正统，典型如从《三国志》演替而出的《三国演义》。从唐传奇到《聊斋》讲故事法则间也有个一脉相承，实有其地、其境、其人，然后如何如何。中国小说家思维的起飞点均根植于真切的人文大地，我姑且名之"由实入虚"的创作论。西方现代小说中，"虚构性"成为明确的创作原则，甚至成为文体类属，虚构（fiction）、非虚构（unfiction）成为对立词。从《堂吉诃德》开启的西方小说传统到南美博尔赫斯、纳博科夫，折射、隐喻和象征是最重要的手法，颇有些传说中"冯虚御风"的味道，某种意义上，西方小说的创作论，从创作论本身，和中国的诗歌更像，以言志、抒情为主，讲故事成为方法论。

中国传统小说，是从历史来的，所以才有"文史不分家"之论，也正是为什么中国至今为止，都很难说有真正的纯虚构，以小说、戏剧，就算极致到玄幻门，但凡在历史脉络中行进，便都在史实、史据中大沉浸，先深入而后方能跃出。这里头有传统文化，有哲学方式，有中华民族传统思维模式基因密码。而《红楼梦》中"假作真时真亦假，无为有处有还无"则把这种深潜文化升华至哲学境。某种意义，史、文、人、事，正暗合"天人合一""色不异空，空不异色"的儒释道哲学意味。

在此视境间审视"三部曲"：早在 1984 年"黑"部前言，作家就写道："该书是悲剧……它渐次以家庭悲剧、地方悲剧、人生悲剧为阶梯递进，为三部曲式。"小说家的构思和笔力，当小说"微言大义"之正。从《黑营盘》开端的 1893 年暮春，到《白祭坛》结尾的 1947 早春，第一部有清末辰沅兵备道、竿厅虎威协、甲午战争、戊戌变法、洋教士、洪门初兴，第二部有辛亥革命湘西光复、护法讨袁、分裂成匪等，第三部有何健治湘、湘黔纷争、湘西自治论、党政军争、出湘抗日、雪峰山终役等……在世纪家国纷变的大历史洪流中，在传统中央集权的"中心论"间，偏安湘西一隅的竿军史里始终穿行回响着一股"红黑白"三色织就、劲道霸冽的火焰流。正因为此间军屯而来的兵民二元一体的身份认同，所以某种意义上，兵备与战役即这方水土边民特定的生活本身。战争即生活，自军政高层到普通兵士，人间细细碎碎的爱与美好，到荡气回肠的战争与家国，升腾幻化只在刹那——生活即战斗，战斗即生活。这样的主题如若历数渊源，从《黑营盘》回溯的苗族民族古老史，从上古蚩尤黄帝之战而来的远古传说开启，"三部曲"构筑的这部湘西史、湘西人民的传记，便拥有了和《边城》一样独一无二的、以人的文学还原人文历史本体的元价值。

　　生活本身已是传奇，这片土地和土地上的人们，又称得上"奇中之奇"。小说家驱使他毕生精力与才华，真实地记录下来。正如作者在《黑营盘》的楔子中写道："我所能作的大概也只是为了减少那些古老文字艰涩难懂带来的隔膜，掺和我的血我的泪，作一番力所能及的翻译和诠释罢了。"正心立诚之谓也。故事就在那里，在露珠上翻滚，在青石板上"嘚嘚"的马蹄声里，在女人的笑里，在刀刃仇人溅出的热血里，在沱江，在雪峰，在面容，在灵魂……作家只是俯瞰着，遥想着，亲身走到时间里去，去当一个最诚挚的听众和故事捕手，去相遇、体察、附体一个又一个消逝的生命，一个又一个不屈的灵魂，血脉相依、辗转反侧、忧思难忘。而提起笔来，这些生命故事有的淅淅沥沥如春雨，有的如雷暴天风狂雨骤。何以解忧，唯有奋笔，"笔落惊风雨，诗成泣鬼神"，故事落在纸上，精魄随着字里行间飘进读者的眼界心灵。

　　我能共情遥想当每部作品落下最后一个字时作家那种如释重负、喜极而泣、忽而又莫名如坐针毡式的惶恐。对于岳立功来说，奉献给家乡的，历史的，也正是通过写作"三部曲"，去实现自己生命最光辉的时刻。因立言而"立功"，因立功而不朽，因不朽而名字被藏于沱江的每一个漩涡，于竿城黑凹口中春生的青苔，于雪峰山上覆雪的每一棵青松，于山中挑担负重劳作的汉子，和巧笑倩兮的每个小兽一样的姑娘。

中国小说和历史的一元二体，在"三部曲"中完美演绎传承。因为有人的故事、人文的温度和热度，对于非历史专业学习的普通读者，小说比历史更真实。

从文学性到史诗性——"三部曲"发展的作者自觉

进入知天命年龄的我，今时今日读小说时，故事本身已然不是最吸引的所在，某种意义上，甚至我过往孜孜以求的行文优美、结构精巧竟然也都往后排布，个人阅读最强烈的兴趣点，反而是在读完小说后，会一而再再而三地从头到尾、从尾到头浏览、再思考。我好奇的，是从字里行间，去思考写作行为，或者写什么对作者的意义所在，或者说，我对于这样的"非小说式阅读"而窥探到的写作者本人最真切的生命状态，更为关注。

《黑营盘》《红城垣》《白祭坛》三部，从风格和行文中，已经有莫大的差距。三部曲前后完成，历时三十五年。《黑营盘》写于 1984 年 7 月，写作地点在吉首，1989 年 10 月誊正于长沙，1991 年正式出版，首部"黑"从初稿到出版，时历 7 年；"红"部出版于 2011 年，终结版"白"部于 2021 年出版。1984 至 2021，作者由盛年到中年，行至古稀之年。有趣的是，这三十五年，镜头升腾到国家大事，正是改革开放如火如荼，现代化进程高歌猛进之时，作家自己生命的轨迹，也正和大时代同向同行，从湘西吉首，到长沙，到深圳，和时代、世俗的由立业而"立功"的轨迹全相一致。

某种意义上，因个人偏好，我更钟爱《黑营盘》的阅读中的文学审美体验。行文间《边城》的文学性传承十分明确，从风土人情的细腻，到自然诗意的色彩。而 2007 年出版的《红城垣》和 2021 年出版的《白祭坛》两部，时至作家生命升腾时间，作品中更回旋满溢孤烟落日一般的厚重与雄浑。

于《黑营盘》，我欣然自拟题为"《边城》陈氏正传"，即作者所言的"家族悲剧，陈家的面子，熊家的杆子，刘家的银子，孙家的铺子。"故事从陈青树罢黜返乡始，到朱立俊道台履新、陈家被抄而终，其间历史大事件包括甲午战后湘军出关"湘勇第一营竿厅虎威厅"开拔，"在他年轻的心头，沸腾着热血"；从基督教传教未遂、戊戌变法腥风血雨让遥远的边城莫不能免，到他成为"穿上号褂的正规竿军"，到最终不得不遣散众人，加盟"洪门"……个人命运固然以悲剧告终，然而无论如何风雨飘摇，民气勇武却始终低徊，竿城人心里无不是"用血用刀用战功去换取那唾手可得的荣誉。"

如果以沈从文的《边城》作为湘西书写的标高，《黑营盘》从细节描写而生的文风，让人读到和《边城》一脉相承的湘西气息和韵味，笔触间"湘西味"人文肌理十足，如开篇："竿城一个水手驾船到下河地方去，在青浪滩翻船出了海事，光脚光手爬上坎，只捡得条命。"仿佛是作者直接从《边城》里大佬下滩的情节点，开启的另一条支流故事讲述；"秀秀把椅架挪了挪，就着日光忙碌。椅架上绾着一束色彩各异的丝线，每根丝线下附着一个通眼铜钱。"秀秀和翠翠，何其神似。如地方色彩浓郁的环境氛围描写："南华山炮楼里的'醒炮'轰隆隆响了三记，山下的几十座寺庙里便此起彼落响起了撞钟声、木鱼声、诵经声。天色其实还有些黑，但竿城的正街上，虹桥上，边街上，家家铺板的开启声，骡马转圈推磨打浆声，油香下锅的'嗞嗞'声，都陆续响起来。"再如源于《楚辞》的香草清气在行文中的丛生遍布："旁有数人合抱的桂树，若待秋日，临风摇曳如满天星斗，暗香可送到城垣的每一处角隅"（第一章）；"那一夜，月色尚未满盈，却是有些成色了……风从南华山与竿城南墙构筑起来的狭窄山谷中穿过，带着金针花浓郁的清香。"（第十二章）；"一只花鼻子公牛在草坡头懒洋洋地嚼着青草。猎狗守护着云朵般飘浮的羊群。远处的山岗上，有淡淡的散发着芬香的炊烟。平和，安详，这里似乎什么也不曾发生。"（第十三章）何其活脱脱的田园牧歌呀。

"竿城这个地方，民性之强悍倒是事实。早在明朝，包围苗疆绕山跨水的三百里边墙就已开始草创的史实，足以佐证之。"在《黑营盘》，读者会读到、闻到、嗅到《边城》里熟悉的唯美人文气息丝丝缕缕，丰盈而来。或者"黑"可不妨称之《边城》正传"，岳立功把《边城》中因从文先生的作者基因和唯美追求而隐匿在"希腊神庙"之外的，而关乎这方水土和统治者的政治、经济、军事的世俗种种，以秘制药水洒了"显形剂"，让世相形象走到前台，成为作品呈现的人与事本体。而正因立于前台、正面书写，岳立功便可这样书写竿城人业已融入血液的家国情怀："我的咒哪个都会，我是在背文天祥的《正气歌》。"只此一句，"丹心在民间"的微言大义毕见。而身为湘西籍人，还会经由作品中人物之口，在"湖湘"这一"派系"中为湘西正名、争气，如："我们到达长沙府后，住在岳麓山脚下。这是本地最

高最有名气的山，只是比起我们竿城的山来，简直算不得山，充其量也就是个土包包而已。"（第十五章，云泉的信）

而正因为这样的正面书写，比照《边城》，所有关乎战争于人性、于世界带来的罪恶，都成为和世情草木之唯美的平行线，在《黑营盘》中如白昼和黑夜、天使和魔鬼，如影随行。如："晚风拂过，送来一阵荞麦和燕麦的芳香，沿溪行，有水草和不知名野花香，还有浸泡在水中的八角茴香树腐烂散发的刺鼻香气。"紧接着就是肥坨坨教导云泉："不杀人，当的什么卵的兵。""万事起头难，只要开了杀戒就好了。杀人并不比杀鸡难，而且这玩意儿有味，容易上瘾。"再如十六岁新兵云泉万般纠缠的心灵独白："他试想那锋利长刀对柔软肌肤的楔入，想起能使人灼伤的热血泉涌喷溅，想起死者歪斜凸出的痛苦的眼睛——那眼睛平素也许是极动人美丽的，但愤怒或哀怨的最后一瞥石刻般的定格，会从此深留于你的记忆，如恶魔纠缠你的灵魂，一辈子，直到最后的时日。""这一天，二人顺溪而行，溯万溶江而上。秋高气爽，峡谷一江碧水，林木如红黄幻画，使人愁烦顿消。"和接踵而来的急转直下："两人沿溪攀山至一处山巅。……但见得黑乎乎一片焦土，各处是断壁残垣，枯木荒冢，秋草瑟瑟，鸦声惨惨，使人毛骨为之悚然。"……从俯拾皆是的或描写或独白间，我们能读到作者借男主人公命运道出的人生痛彻领悟和残酷的心灵史。这是岳立功从《边城》出走，从美的神殿走出来，闯出翠翠"白塔灵魂上的歌"和秀秀"月色中盛开的梦"的唯美界，用回旋往复的男中低音唱响"用战功换取荣誉"，去连接脚下土地百年真切的血与火。

我想无论是作为湘西文学书写的继任者，还是一个直面大千世界的男人，这是岳立功心灵阵痛后的选择。"竿城曾经用鲜花和爆竹欢送自己的子弟，收获的却是母亲和寡妇的泪。"十六岁云泉从军的历程间，里头有沈从文的生命回响，而岳立功，只是拾掇着土地上或干枯或饱满的麦穗，将凝着血与火的黑土，将自己身心深深地植进土地的深处，写出他的湘西——这部溪声月光交织着马嘶人吼、生死相依的世纪交响鸿篇。而我们也惊讶地看到，"黑"虽然明确传袭着《边城》的文学性，但正因为选择了这样的正面书写，便奠定下其后"红"、"白"二部书写时更为明确的史诗性走向。

岳立功的文学和人学——生命，使命，宿命

2011 年，"红"部出版，距离第一部"黑"出版整整二十年。故事的大历史起点已行进至 1909，辛亥革命两年后爆发，离"黑"故事开端（1893 年）整整十六年。这十六年，正是"黑"部男主陈云泉从热血沸腾的湘西从军青年在残酷的血与火中成长的年龄段。进入"红"，青年军旅人物群像式成长起来：陈玉轩、田昭全、朱鹤、唐豹等，和非四大家族而后英名一时的覃飞、谷子琪等相继登场。和"黑"部笔触细腻、浪漫相比，"红"的文风和旨趣上已能读出悄然变化。最显著的，是风景、人文和场景描述笔触的消减，而因主人公群像式塑造，从"黑"部的"家庭悲剧"迈入"红"部"地方悲剧"；从工笔细腻式进入泼墨写意式，更多的对话代替景物描写和心灵独白，成为情节推动和塑造人物的主要手段，如书封上推荐语："风云辛亥，血

战湘西——一段热血青年坎坷命运的悲情曲，一部具有浓郁地方特色的经典著作，揭开尘封近一个世纪湘西最神秘的历史面纱。"正因为作者在"黑"部中已经倾情描摹故乡之美，在写作"红"部时便笔触不自觉地粗犷起来，直面战争血淋淋的场景，军政易替，惊心跌宕，不再"犹抱琵琶半遮面"式地为"故乡讳""为历史讳"。

再至《白祭坛》书写时，作者年近古稀，写作风格更由巨笔、行书，进入到泼豪墨大写意之境。"白"上篇尽写陈玉轩任"湘西王"时明确提出并推行的"湘西自治"政治主张，在湘黔省府的夹缝和民国政府中求政治存在感的命题，作者同步"湘西王"的全局思考随时可鉴；而下篇则回响举国抗战中竿军开拔、走上最前线的重金属乐章，从艰苦卓绝的数次浙东战役到"毕其功于一役"的雪峰山终结战，以铁血丹心、保家卫国奏响竿军在近代史上的爱国最强音，更因时代悲剧，最强音奏响后，不可思议地戛然而止。"这是一支骁勇善战的著名部队。但自从他们某一天举着火把，吹牛角号，高唱湘西古代军歌浩浩荡荡开出湘西之后，竟像是突然间一夜蒸发——奇特的竿军像绚丽的礼花，骤然迸放，骤然熄灭，给世人留下无数惊叹与悬疑"的叹惋之歌（《白祭坛》序）。也正因这猝不及防的最强音响彻和忽地销声匿迹，"在松骨峰和老凸山的战斗中，一万湘西子弟为国捐躯近半，其中的很多人，甚至连军籍和姓名都没有留下"。作者始于而立年"希望用自己的笔努力揭开湮没近半个世纪的湘西神秘历史面纱，还原她豪迈、惨烈、苦痛的真实的历史面目"之愿力，三十五年来不但未曾消解，反而愈演愈烈。

如果以"三部曲"依托时空里的人和事汇成一条浩浩荡荡的历史河流，《黑营盘》是清清的沱江蜿蜒行经过的家族苦乐忧伤、爱恨情仇，经由《红城垣》的地方河道诡谲、不息狂奔，《白祭坛》已成大时代的浩荡蓬勃、万川入海。试看"白"部笔底的景物，和"黑"部关注点已大不同："小路的一边是小溪，另一边则是稻田……莫非就到惊蛰了？他发觉黑色的地表上下，确实有新的生命在萌动。土地虽然是板结的，但板结的表土之下有水。嫩芽的根部有黄黑色的谷壳。还真的是稻谷！多么顽强的生命力，谷姓是生命力最顽强的姓氏。"（上部）读来何其心潮澎湃也。作者经谷子琪心声道出的，正是对自然伟力的身心膜拜，对"天行健，君子以自强不息"生命哲学的通达，对中华民族五千多年来生生不息的智慧和勇气的洞察；而正是千万个谷子琪对生命、对传承、对丰衣足食未来的领悟和向往，成就了中华民族数千年来一以贯之的传统文化的力量，这种力量刻画在中国人的基因中，灌注在中国人的心灵里，直通未来。

　　这么说应当无碍："湘西三部曲"是作家岳立功生命本体的极致绽放。一个作家，能够为特定历史阶段的特殊空间的生命留下全景式的长卷，这是一个作家生命的最高成就和致敬生命的最高礼赞，岳立功以"三部曲"，绵延了湘西现代百年的文学书写，成就了湘西人生命的大悲怆、大灿烂，同时自己的生命也因之而绵延，而立不朽之功。我亦以为，"三部曲"是湘西人岳立功自而立以后便升腾于心、回旋于中的使命。历时三十五年，心心念念，唯精唯一。写作的艰辛，唯深味者方能深深领略，继而感佩、敬重。然于岳先生，文以诚立，志以毅成，为家乡立传的使命之于岳立功，仿若从小便中的苗蛊一样，让他食不甘味，寝食难安，稍有停驻或迟疑，这蛊毒一样的念想便迅即啮心噬骨，在心头翻江倒海起来。如此使命，继从文先生之后，舍岳立功其谁。

至于"第三命"，"湘西三部曲"也是岳立功的宿命罢。性者，命也，三部曲，岳立功的宿命之存焉。无论湘西人多么努力地"祛魅"，湘西和湘西人总有那神秘的一面，这神秘源于奇山异水，源于古湘楚和苗汉的文化渊源。从一百二十万字的皇皇巨著，岳立功和湘西注定是要互相成就的，是为宿命。当文字抚摸故乡山山水水、人文肌理，任历史在身体里翻涌，流诸笔端，以精血气力凝结成文字，杜鹃注定啼血，精卫注定填海，岳立功注定为湘西立传。

此时，希腊生命哲学名言"人一生不能踏入同一条河流"跃入我的脑海，哑然笑之。岳立功身上传承着中国传统儒家士大夫精神，因文学立命，以三部曲立言、立功，最终成就"立德"之大，而成就这"三立"的最璀璨处，正是他以半生的才华气力，思家乡、写家乡、奉献家乡的这三部。岳立功却三次踏进了家乡的河流。如果说《黑营盘》是蜿蜒清澈、急流险滩的沱江，《红城垣》更类长江三峡段，虽入川鄂境，但湍急凶险，翻云覆雨，诡谲变化，同源于湘西这片山水的武夷山脉成就。而至《白祭坛》第三条河流，岳立功的河流已行至长江中下游，两岸虽泥沙、杂芜纷沓汇入，却无法阻挡浩浩荡荡横无际涯，泥沙俱下，也阻挡不住滚滚东去、惊涛赴海之巨浪。

经由"黑红白"三部曲，岳立功心中的家乡，亦从湘西那片炽热的水土，幻化为独具湘西特质的文化心乡；而岳立功从竿军入笔写就的湘西人的爱国史，也揭示出个真理：一直以来被大众"魅"化、猎奇化的湘西"边民"的勇武和"蛮"气，也一同构筑、写就了中国人，中国军人的精勇。这群衣衫破旧、赤膊上阵的竿军军士的每一个，无不正是亿万中国人中的"那一个"，从而铸就中国军人血液中流淌、基因中刻就的民族意志；而这一个个边城人，一张张忧伤、愁苦、清澈、欢快的面孔，一百年又一百年的历史云烟刹那凝结而成自远古而来、蓬盛至今、不屈不挠、不朽长青的民族精魂。

不禁念及：岳立功其人其文，岂非正是湘西人的宿命。"登翰则文光射斗，举武则战功昭著。"是的，"文光射斗"，功在千秋，正是一个因担负使命而负重前行的生命个体，在一次次踏入家乡河流的写作中，彰显出他生命之所归，生命奥义之所宿。以此神秘主义的所思，致敬岳立功先生和大湘西，还有沿《离骚》"长太息以掩涕兮，哀民生之多艰"和《九歌》山鬼"表独立兮山之上，云容容兮在下"两种传统织成的浩气与瑰丽泱泱而下，传承至今的湖湘人与文。

后记

我本湖湘"辣妹子"一枚，又恰巧成了湘西媳妇。2022 年春节驱车阖家自深返乡，在久违的白雪纷飞中经衡长湘邵等城，在风雪交加之际穿经长达十公里的雪峰山隧道，苍山覆雪，惊风白日之景一路相随。

在怀化和亲人团聚过年后，动心再探凤凰。一个有些诡异的事实是，我上次到凤凰古城是 1994 年夏，大学毕业前，那时候小城还是小城模样，人迹少至，沱水河两侧青石板路上苔鲜草绿，"星斗其文，赤子其人"的从文先生石和墓也藏掩浓绿之间。之后我和小城命运相类，一同昂首迈进奋进新世纪，此间文旅业勃兴，猎奇者纷至，游人漫织，每次返湘，就算生出旧地重游之念，一想到窄窄路上翻涌潮汐一样各式拍照的游人，瞬即意兴阑珊，悄熄行动心念。倏忽三十年，大疫之下，人类被制约了行走，止了高歌猛进逢山开路、遇水搭桥的建设与前进，于自然却仿若获得了休养生息的难得宁静，雪飘风复，山肃水宁，"去这个小小边城幽深宁静的青石板路上走走"的心愿，也就成了一个可以实现的梦。

在凤凰三日，让自己变成鸟，栖住南华山上凤凰客栈的树屋，日日注目沱江蜿蜒绿水，俯瞰满城灯火，晨看白雪落满对岸山头，暮听归鸟叽叽喳喳归巢。探从文先生墓，修葺俨然，清风不改；在黄永玉艺术馆旁小坐，正对南华、毗邻万寿宫。然后神奇地开启数日后返深，得赠居深作家岳立功先生"湘西三部曲"的第三部《白祭坛》新作，读罢不能止，更溯索《喋血边城》（《红城垣》），自清末在湘西创竿军御黔楚苗疆、经辛亥民初喋血终至抗日战争中国战区雪峰山终胜之役，这片土地上和奔赴土地之外人民的劳作、逆进、生命演替在作家笔底浓情重意、浓墨重彩倾洒而出。湘西近一个半世纪的历史与人文，如辫相织、如泉汩汩，在我这个介于湘西与非湘西之人心中眼前徐徐展开，更和着热乎乎身心亲至的初春实境、和着《边城》和从文数十年的热爱与深味。《边城》之后，我生命的第二次，湘西以文学的名义，如此真切而热烈地，乘着岭南春夏之交的风，飞入、遍袭我身心每一处。[*]

---

* 本文于"文旅中国"公众号 2022 年 5 月 12 日推送,《团结报》《龙华文学》相继刊发。

part 3

艺
杂
阅
并
亲
历

Art

From Various Readings

and Experiences

悲伤圆舞曲

实验话剧《十个人的夜晚》观后

1

《十个人的夜晚》剧末，妻子呼号"魔术师"十数次，直至声嘶力竭；接着以二百米冲刺般的速度狂奔，就在窄窄的舞台，直至力不能支；停，弯腰，大口大口喘粗气，身体与心情在疲劳极限上终达同步——百分之百现实主义的演绎。女演员表情那般悲楚，在一双绢袖舞得波澜起伏视意的梦境中，已去往"另一个世界"的魔术师回来和心爱的妻说："不要相信这个世界……"妻绝倒伏地，聚光。

舞台上演这剧终一幕时，观众席间非同寻常地肃穆；同样保持肃穆的我，此时间心中块垒顿生，悲楚四溢，眼泪恨不能夺眶而出；我的神经触摸到这种情绪，在头顶的空气中流动、翻滚。

和世道，和阅历相关，我基本放弃评价事物时使用类似"深刻""崇高"等词义上具备正统形而上绝对价值的词汇。

待掌声响起，头脑冷静些，我脑中跳出些许否定自己的懊丧。其一，我似乎不得不动用"深刻"这个词来形容这部戏；其二，我不得不又一次将"日本"与"高品质"画上等号。

2

为了帮助未能如愿进场观剧的朋友有更全面的资讯了解，我尽可能详尽地、客观地、多方位地描述此次观后感；虽然，唯心派的观点，一切貌似客观的说辞均系主观。

先总结。

《十个人的夜晚》，从内容上探究，是一部探究生与死、苦与乐、梦与现实、贫穷与富有、幸福与悲哀的正剧，触及人类灵魂问题；形式上，感觉这部绝对现代性的戏剧充满了日本传统傩戏的形式感、仪式感的表征。

除了编剧／导演顾雷的中国籍，清一色的日本创作团队：制作人、演员、剧组人员；日语对白，汉字打在背景的大白幕布上。所以，《十个人的夜晚》除了中国（北京城）题材、元素、人物特征鲜明外，其他的一切都充满了浓郁的"日本感"：仪式感、浑然、质朴、精致、细腻、形而上。

也因如此，亦令我此次小剧场的观剧体验格外不同：全剧没有抖包袱、调侃时的全场哗然（虽然台词设计中也有包袱的痕迹，但外语已然将"包袱"这个手段从剧抽离），没有刻意的上上下下互问互答（也无法实现）；感觉有点听音乐会的严肃劲，整场105分钟，无中场，少数人间或离场，席间安静非常。

情节在舞台上缓缓地流淌，像一条河。演员们的肢体全然为角色所控，台下观众认真、沉静，如思想者般地观看。剧终，热烈、真诚、持久的掌声响起。《十个人的夜晚》为数百个人献上了一个很特别的夜晚，原谅我不使用"美好、美妙"等词来描述，因为这些词与这部戏调性完全不符。创作团队通过这部戏试图到达的，是中国、当代、人性等根本命题层面上形而上具备深度的思考。哪怕，此类命题的思考，必然没有答案。

很哲学，很艺术。

3

叙述前，我想对自己的欣赏艺术的能力与观剧选择倾向作些许厘定。在看戏问题上，我属"巴洛克"或者"洛可可"派主张的娱乐派，喜欢炫目、娱耳、动心之乐。无论歌、舞，装饰后精致的舞台、华丽而壮美的布景、表演范式，和歌者、舞者、表演者技能达成之高度，都令我身心得以快乐；应当说，这种审美价值的取向，比较大众。

通常我看芭蕾舞、看中国传统戏曲，有选择性地看名人名剧，我相信时间有筛定作品好或不好的力量；是时间，不是市场。

我在音乐上修养十分差，中国民乐稍好些，西方音乐只能得个一两分（以总分一百分计）。对交响音乐的结构、层次、旋律、节奏的理解，全属直觉式自发认识；对于音符、乐句、技巧、手法与作曲家演奏家的意图表现之间的关系完全不具备知识储备。所以，每次听音乐会，都只能带着一对原生的耳朵和满腔的热忱。我以为对每一种艺术形式，欣赏者都需要系统地、不懈地学习。

虽说一千个人心中有一千个林黛玉，但越熟悉文学，越了解曹雪芹，越深谙如水的女人，我心中的林妹妹就能和曹公形成频率更相近的心灵共振，这就是古人说的"会心""心照""心心相印"。能和一些你心仪的人"心心相印"，是我生命渴求的至境。

对于我，幼年时在每周一节"唱歌课"中成长、音乐审美教育缺失、视交响乐似天书的这一代，与古典交响乐筑建的音乐殿堂前隔着一堵高墙。然而华丽与壮美是如此深刻地吸引着我。我本能地以为，交响乐是传递这种美的重要艺术形式。所以，我孜孜不倦地听音乐会，阅读音乐家的生平，去直观地感受，去缓慢地积累，像一只很有理想的蜗牛。

对于或过于形而上、试验性，或又过于娱乐化的小剧场话剧，实话说，我以往心中形成的粗略认定是，形式和内容的结合上难以达成有深度且又以舞台艺术的形态深入浅出。去看吧，要么就让你使劲思考，要么就让你拼命笑，都没错，但始终不能令我从心底生出欣赏之意、向往之心。

似乎扯得太遥远。其实我想说的是，每一个人，欣赏与解析一部作品的能力，都被限定于个体经验、知识储备与兴趣范畴。

4

4.1

音乐精彩，而且美妙。《十个人的夜晚》。我原始的音乐耳朵告诉我的感觉。

每一段音乐的乐器、形式、主题、旋律，都紧扣剧情的发展、调性与演员的情绪状态，我以为当是节选，因为如果原创，那这个原创就太了不起了，我想应该不是。以日本人做事的方式与严谨的风格，节选音乐的原章应当是与剧情主题相呼应。

便是"书到用时方恨少"的典型，我深深地为自己音乐知识的浅陋而沮丧，我无法更深入、更多地和剧作者们"核磁共振"。

4.2

灯亮时的舞台上空空荡荡，没有任何道具，除了背景板通垂而下的大白幕。

三个人，猫腰，屈腿，推着三个有底轮的圆盘缓缓入场。另一个，从舞台右侧，举着一根枯树枝，静穆地走入。

魔术师缓步而来；蔚蓝色的光布满白幕；音乐起，止；魔术师开始他的讲述。

喜欢这个开场。悠悠的蓝光，悠扬的音乐，表演者们缓慢的、近乎静谧的动作，迅速将我撰进戏剧情境的心情调性。

4.3

剧中反复出现几次全场蓝光。

很棒，悠悠的，梦幻般的，吻合这出戏整体淡淡的、缓缓的忧伤调性。

灯光是非常讲究的舞台表现点。开场时我观察了，舞台顶部三排顶灯，每排十数盏，"炮筒"式边灯各二。心想对于小剧场，这样的灯光设施算厉害了。果然，剧间灯光的变化繁盛，丰富，耐人寻味。

如两次效果很强烈的聚光灯：一、菜贩子撞了魔术师后的梦境；二、剧终妻子双手捧着魔术师遗留的围巾，抱头屈体，蜷成一团，全场明亮的灯光缓缓地收于一身。灯光语言，和演员一起，道尽一个凡人在尘世丧失至爱时刻的孤独、无助与绝望。

有两小节，背景蓝光和场侧偏黄的灯光同步，感觉和谐度差了些。悠蓝的情境灯和淡黄的照明灯有点调性不搭界，也没有对比的情绪效果。所以这两小节里，感觉一个小小的舞台却被两种光效调性硬性隔离开来，让人感觉不舒服，算是瑕疵。

5

缓且静，圆滑轮的底盘的推出、推进；枯树枝上的月亮，静静地出来，静静地离开；魔术师被撞、妻子昏倒的梦境间两幅绢的波浪起伏，中国古代书写毛笔字的长绢，泛着浅浅的蓝白色，流光溢神。

道具工作者和演员随时转化。或醉汉，或菜贩子，或推轮盘的工作人员，或小姐，或贩梦人，或手举枯树枝的"树演者"，或是那四只与主题息息相关的小鸟！

两个人双手分举长竿，顶部是白纸折成的方条状，便是小鸟。鸟儿在开幕时出场，在树间上下腾挪，成为魔术师上下班途中的风景。鸟儿自由而灵动，与生活的沉闷与无望，鲜活地比照。

终场，妻子昏厥在轮盘之上。白月亮悬在枝头，小白鸟飞过来，飞过去，先是四只一起，高高低低，深深浅浅，缓缓地，两只隐去，剩下两只绕着妻的上空，忽上忽下，忽左忽右，缓缓地飞离。鸟儿寓意性地完成了整幕戏剧的起与合。

以往道具在戏中穿插与表演时，我总有观剧被干扰的感受。但这次却很不同，持枯树枝，她便是树；持着鸟头的竹竿，他便是鸟。绢长的起伏、波浪的节奏，都极具预谋、很讲究；深与浅，收与放；身在其中，不动声色；道具与表演，浑然一体。

我在这出戏的道具和表演中，悟到一个"道"字，和日本的花道、茶道、剑道等所有"道"相通的"戏道"。

我说，我不得不将日本和"高品质"再画一次等号。不管《源氏物语》、黑泽明、村上春树、在日本时的亲历、带孩子看的《小飞侠》、今晚的《十个人的夜晚》,都不断地在强化这一认知。

更重要的是,日本出品,每一次都能刷新我的欣赏能力,将审美带到更纯粹、更无我的境地。

6

每一名演员,都具备很好的表演功力,都是实力派。

6.1

最先感触到,是由开场的醉汉。醉的动作与体态,不是通常胡乱的东倒西歪一下,那种踉跄很节制,很缓慢。爱跳舞的人都知道,快舞好跳,慢舞难拿;维也纳华尔兹"快三"跟上节奏旋转便好,反而华尔兹"慢三"难以优雅,对肌肉动作的控制与拿捏必须综合很强的体能与技能。那种长时间猫着腰之后突然很具爆发力的伸展,绝不是随随便便就能做出来的,需得对身体状态与角色状态的全面掌握。更难得的是醉汉的身体语言和念对白的时机、内容都丝丝入扣,丝毫让人觉得粗鄙可笑。最后,原来这个醉汉,是个即将入狱的"大人物"。

因为是开场,情绪尚未完全入戏,就想,这很难啊,不是每个人都能演的。心里"登"的一下,便想这出小剧场话剧,不可小觑了。

6.2

菜贩子撞魔术师,这一节的表演让我惊讶。

菜贩子一直保持拿大顶的姿势,持续着他的叙说。他的梦,是在浑身如针扎般的疼痛中,完成一只蚯蚓的自述。

蚯蚓的蠕动，连续而且缓慢；脚、腰、胸、手，就那么不停地扭啊，扭啊；蚯蚓讲了个煤炭的前世今生；煤炭里全是死人的味道，煤炭炼的钢，钢建的楼房，楼房里的人，都有死人的味道，蚯蚓最喜欢闻，最喜欢吃。

狂人在中国的全部的典籍中看到"吃人"两个字，蚯蚓在满城的高楼大厦里的缝隙中，寻访着"死人"的气味。一个出车祸的菜贩子临死前的梦，蠕动着，嗜血着，欢乐着。

持续数分钟"拿着大顶"说话，持续数分钟上半身缓缓地扭，这技能，非经历长时间艰苦的训练的专业人士莫能为。

剧后我查看演员资料：丰海裕介，"以表演艺术将锻炼的身体个性的表现"。应当说，这句中译句有点毛病，主谓宾定状补特不清楚。但我理解，这句介绍表达了几个层面的意思：1.丰海裕介的身体是特殊锻炼过的；2.他将锻炼过的身体用于表演艺术上；3.身体的表演由每个角色的个性决定。

6.3

可怜的母亲和作家对话一节，出现剧情文学悲剧性高潮。

母亲是外来工。她经历过两次，正处于第三次失败的婚姻之中，每天必须忍受丈夫无尽的打骂；她和魔术师同乘一班地铁回家，因未老先花眼，请魔术师读丈夫发的短信："女儿发烧，速回。"

和中国绝大部分老百姓一样，母亲相信电视、传媒的力量。她听说作家是"搞电视的"，就满怀期待地倾诉心声，聊家事、聊生活无尽的悲哀。她渴望结束这第三次失败的婚姻，但异地人离婚需要一年时间，回老家离婚则要花钱，所以她选择再忍受三百六十五个被毒打、忧心女儿被侵犯的晚上。作家送她一个苹果，她花一块五买了六条小金鱼，她狂喜。

丈夫不回家、一个好心人送的苹果、六条廉价的小金鱼三件开心的事，构成她和女儿一个幸福夜晚。创作填字游戏的作家因这他人的幸福思如泉涌，创作力喷薄而出；忽念今夜之后，更有三百多个不尽痛苦的夜……三百六十四比一，苦难与幸福于人生的比例，令人不寒而栗。作家愕然，观众愕然。

通感到《卖火柴的小女孩》。美好和光明，皆瞬间幻象，黑暗和苦难，无边无际；人，如蚯蚓一般在苦难中挣扎与蠕动，却依然会于不期而至的、星星点点的、微弱的快乐中自我麻痹。是阿Q？非阿Q？舞台上的日本演员，用日语，诉说着中国国民的苦难。

作家的神经质演绎得相当出彩。目睹车祸发生时的犹豫与自责，灵感突至后的狂喜与忘我，脸部的肌肉都在表现着每一种情绪。

作家和乞丐的扮演者神原健一："20岁时扮演40岁的角色特别有魅力。"他扮乞丐时的唱功很好，"行行好，好心的人帮帮我吧！""大城市一年，乡下一辈子！""他们不知道，我比他们更有钱。"全剧最快乐的角色。长吟短唱，音质温厚，旋律抑扬，是樱花纷飞树、清酒狂放声时的和歌味道。乞丐角色出现的时间不长，但那种歌唱与看透世事的笑容令我感触颇深。

6.4

主角，魔术师。

很难想象，包裹得严严实实的魔术师的演员，是不折不扣的靓女，这个角色沉静中不失浪漫的气质拿捏得挺准。

魔术师下了地铁，走在回家的路上，忍不住与圆月对舞，对自由心灵的向往突如其来，他伸出双手，拥抱了迎面而来的车，他以为自己将获得进入"另一个世界"的狂喜，却猛然发现他拥抱的，是一辆肮脏、丑陋的"三蹦子"。大白话说，应该是一辆破旧的运白菜的动力三轮车。

狂喜顿化狂悲。"死都不怕，还怕什么"的世俗立论在这里被毅然挑战。

死亡对其时的魔术师，充满了"另一个世界"的美妙与诱惑，毫不"可怕"，然而，最可怕的是他居然死于一辆破车之下。一个每天在职业生涯中将观众带往"另一个世界"的魔术师，却被丑陋的"三蹦子"带往"另一个世界"，与魔术师对美与自由的向往与追求是彻底的背离。一个希冀在拥抱死亡一刻获得生命狂喜体验的人，却猛然发现无法死得其所，天大的悲哀，不能言喻。

这个天大的打击导出了主角最后的两句重复的台词，咬牙切齿，悲愤而出："是辆'三蹦子'！"……然后，进入魔术师极不甘心的、沸腾热闹的死前梦境。

神来之笔。

绝非冷笑话。

7

每一个人都是一个悲剧。

每个人都是生命的奴隶。

每一刻生命可怜的、点滴的欢乐背后，必然是冷酷的、铁面无情的、永远的悲哀。

8

剧终和朋友通电话，问及我刚看的戏，我简述了故事大纲，却发现，讲故事丝毫不能舒缓心中的情绪。这十个人的悲情之夜，毕竟穿了一层浪漫主义的艺术轻纱。悠蓝的灯、悠扬的乐、诗化的台词与对白、仪式化的动作与表达，权称"蓝色忧郁主义"罢。

离场、上车、点火、开车，情绪却游离于身体之外的无言悲恸。扭开FM98.7，希望音乐化解这种过浓的忧郁，《星夜乐逍遥》栏目主持人却正轻柔地报："下面播出西贝柳斯的《悲伤圆舞曲》。"心里一阵震悸，命运何以总是有这许多细节的高度巧合。

《悲伤圆舞曲》，和这个夜晚何其神似，旋律浑厚、凝重优美。

在音乐中我渐渐平复，心灵却获得了一种坚强的力量。悲剧之于激发人对"崇高""幸福"的审美体验，正在此。就算幸福如飞萤之光，飞蛾之火，就算是片刻的虚幻与假象，人类都不可抑制地想去寻觅，去捕获，去猎取，何况区区我乎。在悲伤中舞，在黑暗中歌，始方永恒。

9

最后的话。

《十个人的夜晚》深刻地打动了我，心与思因之在很多个片刻，飞离尘世尘事。哪怕上帝与众神笑得前俯后仰，思考与寻觅，仍然是人这一独特的灵长动物所必须去做的事。

剧作者、表演者们每个人都在严肃地探讨中国民众在当代生活的生命意义，作为一个有志观众，我似乎没有理由对"小剧场话剧"这一类属继续沉默。

所以，我也以严肃之精神，写下了以上的篇章。

10

最后请允许我最终凭记忆为大家复述一下流畅的剧情，如中下游带的长江，潮平岸阔，缓缓而行，毫不匆忙，绝不马虎。

第一节　夜总会。魔术师的自白；魔术师、两名坐台小姐与喝醉酒的"大人物"的对话。

魔术师为了挣钱转到夜总会表演，"只要挣到钱，我的心就是安宁的。"这天他表演"太空上的扑克牌"，"太空牌"也有红桃五，也有小王八，一名醉汉很不解。他要求魔术师把他变成坐台的小姐，把小姐变成他，临走前要求把"太空扑克"给他。

醉汉离去，小姐告诉魔术师，这是一个"大人物"，北京大部分的路，某环某环，都是出自他的名下，但他明天就要"进去了"，他是一个贪污犯。

"大人物"离开前的打赏，让魔术师和两名坐台小姐收获颇丰，一个小时两百元。

第二节　地铁。魔术师搭乘地铁回家。

在大城市，坐地铁钱很少，两块，时间却很长。地铁中，魔术师遇到卖报的神经病，买了他的报纸；见到打工的母亲，帮她翻阅了"丈夫不回家"的短信；施舍了假扮盲人的乞丐，乞丐最快乐、最安于现状，"大城市一年，乡下一辈子"。

下地铁，魔术师走在一段路灯照耀下的长路，树枝上挂着白色的月亮。魔术师满足于今晚金钱的收益，却突然想起离开家时见到的小鸟，展开了对"另一个世界"的美妙玄想，玄想至极端时他张开双臂拥抱迎面而来的一辆车，狂欢般拥抱了"另一个世界的使者"，却猛然意识到撞他的车是一辆肮脏、破旧、上不得台面的菜贩子开的三轮车，他在临终前顿入狂悲。

第三节　梦。

菜贩子的梦。

在浑身疼痛中（由道具演员提着一个铁丝铁刺制作的灯笼环绕菜贩子而行实现），菜贩子梦见自己变成了一只蚯蚓，蚯蚓最喜欢死人的味道。

魔术师的梦。

魔术师临终前梦见有两个贩梦人给他卖梦。卖春梦、美女梦。他可谓于力比多释放中完成了生命的终结。

第四节　作家。

作家在阳台上目睹了这场车祸，却因为怯懦躺在屋里，只是报了110，才得以对襁褓中的婴儿有所交代。

同样是地铁下车回家的母亲和作家在车祸那条路中相遇，作家宣称他是"搞电视的"。酷信电视且电视对她生命"有用"的经验，令母亲向作家倾诉出自己第三次婚姻的不幸，想早日离婚，脱离苦海。作家在百度上查到异地人离婚需要一年，否则必须回原籍。因为回家要花钱，母亲选择了再忍受三百六十五天。作家送给母亲一个苹果，母亲以微薄的薪资给家中卧病的女儿带来幸福的一夜，但这一夜之后，是绵延不绝的三百六十四个不幸的夜晚。作家因此获得灵感，横几竖几地创作了全新的填字游戏。

第五节　路上。妻子寻魔术师。

目睹丈夫的死，妻子痛不可扼。呼号、狂奔，发泄心中的悲伤，昏厥中梦到魔术师降临，告诉她："不要相信这个世界……"妻子伤心欲绝，伏地。

剧终。

不要相信这个世界。那前后的台词很精彩，恕我记性差，无法复述。只是"另一个世界"的面貌，是否真的美好如斯，没有答案。

曾经有些时间段，我习惯性地试图学术化地剖析全剧创作者视角题，却产生了困顿。这个剧，中日视角水乳交融、密不可分。中方编剧与导演，日方的制作与演出；中国的人物原型、素材与体验，日式的艺术表达；这个剧的他者视角和"本我"视角融入一体，观剧者既无比熟悉，又似乎相当陌生；既有隔岸观火的审美性，也有代入情境的悲怆。

于是，我放弃了这个问题上的进一步思考。也许，执着于探究创作者的国别、视角等命题式作文，面对生死、欢乐、幸福等人类的主题，反而格格不入。*

* 本文写成于 2009 年 5 月 2 日深圳大剧院"话剧风暴"日本实验话剧《十个人的夜晚》观后，刊发于作者创办的《看戏》杂志。

无限事　万千情

1

时隔数日，《宝岛一村》于我已经成为一种情绪，时时冒出来，萦绕于怀，挥之不去。

当剧场中掌声响起，当我悄悄地抹去眼角的泪光，我说，这部戏是"华人话剧的最高峰"。再无半分迟疑，我将心中最美的桂冠送给赖声川、王伟忠——真正的大师，真正的用心之作，真正向一个时代的献礼之作。

向大师致敬！

衷心地。真心地。饱怀仰慕地。

虽然对赖声川的一些戏，我不踊跃，却丝毫无损于我因《宝岛一村》对他的尊重。

2

从《行草》，我触摸到林怀民对中华传统文明、对舞蹈之"魂"义无反顾的尊重与追随。从《宝岛一村》，我体会到赖声川、王忠伟对父辈，对自己，对历史，对生活的无比尊重，悉心收录、创作，舞台再现。脱离了这种渗透至身体每一个细胞的尊重，这样一部落于生活细碎、由点点滴滴汇聚而成的鸿篇巨卷，殊为不可能。

因为尊重父亲的生活，所以用自己的心贴近了父辈的心，他们的生活组成、他们的悲喜点滴，在剧情中毫无戏谑处，一点一滴，从剧本、舞美、演员表演、场景调度，看似平平淡淡、一蹴而就，但实则舞台分寸间、剧情推进间无不经过精心设计，入情入戏。

因为尊重历史，所以不夸张，不渲染，绝不在意识形态上去做文章。只是以再现，以呈现，以舞台的、艺术的形式呈现。意识形态绝非《宝岛一村》希冀去探索的语境与话题，在历史滚滚的尘埃中，每个人都如沙般渺小；但当渺小的个体足够多时，便组成某个时期活生生的历史画卷，类《清明上河图》一般。

无需避讳，故事必须依托于真实的生活而展开。一个特殊的时代，一群特殊的人，一个特殊的情境。因此，故事中会出现一些我们讳莫如深的名字、一些词汇。而时隔六十年后在舞台上，以演员入戏的真情实感表演道出，便因了时间的层层轻纱，有了隔岸观火的美，有了审美性与资讯性，而无意识形态性。

3

想起白先勇、聂华苓、陈映真……

那一代人的失意、失语、惆怅、流离失所、永远的乡愁，在聂华苓、白先勇那一代台湾现代派的小说已然被描述得无以复加地沉痛;《永远的尹雪艳》《金大班的最后一夜》，还有无数这个时代的小说家和小说们，无不萦绕着失败者强烈的受挫感，围绕着强大的"被遗弃"的母题，哭诉、沉痛，"念天地之悠悠，独怆然而涕下"。一种浓郁的厌世、消沉情绪，占据了台湾彼时代文艺作品的主题。

从艺术作品简单的综合性对比看，白先勇一代的作家作品中折射出来的浓郁的失落情绪和被遗弃感，具有文学创作上的必然性。因为任何作品所呈现的情绪与风格，与创作者本身的宿命紧密相关。

4

不得不说，失败仅仅是一代人的事。

而《宝岛一村》试图讲述的，却是两代人的全景故事；头一回，我在舞台中看到"这一种"人生。

和满溢乡愁的那一代的小说比，《宝岛一村》显出强大的"全生活"图景，情绪成暗涌，潜藏于故事推进的肌理间，真切，平实；舞台上悲欢聚散，缓缓流溢。

王伟忠是生于眷村的第二代，所以《宝岛一村》在艺术风格上彻底颠覆了第一代的客居、乡愁主题。王伟忠、赖声川转而以俯视视角，以"上帝之眼"来审视父辈、我辈这段从眷村开始，到眷村落幕的人生旅程。

整部戏里有的，只是因生活之名的喜怒哀乐。没有刻意的大时代，只有光阴的悄流；没有刻意的典型性人物，只有每一个被生活的惊涛骇浪冲得东倒西歪、随波逐流而又总有些矢志不改的小人物，而恰恰在这样的家长里短、人情世故中，大时代全景社会的价值观、人文变迁展露无遗。这无疑是艺术作品表现的制高点，像托尔斯泰的《安娜·卡列尼娜》。

而亲近戏剧，面对的是可观可感的剧本、舞台、表演者的情绪，就越发觉出艺术高处的妙意。

5

从舞台上眷村二代的成长中，我仿佛看到杨德昌、侯孝贤，听到罗大佑、李宗盛……这些和我们无比亲近的文化，似乎都透着一股同样沉静、温暖、貌似琐碎而不失布局的宏伟气度。舞台上有《牯岭街少年杀人事件》中的少年模样，有《童年往事》里的姐弟成群，有《光阴的故事》的年年成长……在平平淡淡的生活中，透着堪称"伟大"的时间的印迹。

如同看一场舞台版台湾文艺片。数十平方米的立体舞台间剧情涌动，洗练，朴素，源于生活，却凝练于生活，蒙太奇手法随处而见。三间房内，此起彼伏，这边和那边台词与动作连接得天衣无缝。回大陆省亲的场次：这边北京胡同的老太太一巴掌扇过去："这一巴掌是替你爸爸挨的。"那边厢是山东原配哭天抢地，万芳饰的台湾老婆强忍心中巨大失落，忙着张罗打点"大姐"和称她"二妈"的"儿女们"；再紧接下来是回上海滩，见老姐姐和看好朋友的墓。几十年，一场戏，浓缩至短短的三个舞台片段。

6

永远不被人听懂的那个"角"，永远神秘莫测、飘逸轻灵的奶奶。剧中尚有无数艺术的按扣，有心人往下深究，牵出无数的原创基点。

7

最后一场戏。舞台设计令人震撼。

三个房间转到舞台的背面，而将舞台正面让给历史的沉寂。儿子和父亲的灵魂对话，读父亲的信，他真正体会到生命与亲情的力量。后台远处，是眷村拆迁前的最后一场除夕晚会，同源眷村的演艺小星"大辣""小辣"歌唱、起舞，全村人熙熙攘攘在行走、交谈，在舞台背部穿插，亦占据了舞台灯光的亮部。而舞台前景——通常最关键的舞台前景，却以暗，以静，以儿子梦境般的游走，以一张竹靠椅上的讲述完成今与昔、死与生、父与子的对话，完成全戏之"凤尾"般的终结。

在暗雅与沉静中的结局处理，出人意料却妙不可言。

一切光鲜耀目的此在都将步入舞台的背后。

一切当下都将成缅怀。

一切的现在都将成过去。

大悲大喜的意境。大开大合的处理。

8

《宝岛一村》有着一种人世温暖而坚定的守望。

虽然沧桑无数，丧夫、丧父、青梅竹马沦为路人、中年爱情为之压抑，无数可资展开的悲欢离合，偏偏就在平平淡淡的三间陋室、一棵榕树下，全部展开。

联赞：一棵榕树，论尽两岸离合无限事；三间陋室，演绎三家悲喜万千情。

横批：《宝岛一村》

---

* 本文写成于 2011 年 11 月初深圳大剧院《宝岛一村》观后，刊发于作者创办的《看戏》杂志。

春天一场极致的爱情

记洛林·马泽尔、德国慕尼黑爱乐乐团、张昊辰的深圳音乐会

一、斯特拉文斯基和《春之祭》

1

这是我第一次现场听斯特拉文斯基，且逢《春之祭》百年。为了不辜负深圳音乐厅 2013 年度这场最豪华气派、最同步全球顶级的古典音乐会，演出前我认真地做了功课，关于洛林·马泽尔、慕尼黑爱乐，和斯特拉文斯基《春之祭》。

数十年来，对于交响乐这一代表人类艺术殿堂精粹的艺术门类，我始终怀着无知者的绝对景仰；虽不太执着，却总零零星星地以各种方式窥门探径。十几年前，到深圳当了白领，因好奇，或者为填补知识空白，我常集中采买名家古典交响乐 CD，其中便有斯特拉文斯基。古典音乐营养的自我补给让我对贝多芬、莫扎特、柴可夫斯基等举世皆知的名人名曲集中扫盲；选斯特拉文斯基却纯属猎奇，这个俄国人，在巴黎放异彩，定居美国，幕终于威尼斯——一位古典音乐界秩序成功破坏者，上世纪意识形态冷战僵持世界里游弋两端的艺术家。然而那次功败垂成是，我

不能完整且聚焦把《火鸟》《春之祭》等第一阶段成名作听完。对于一个习惯《茉莉花》《二泉映月》《梁祝》《黄河大合唱》音乐平面旋律的中国式耳朵,斯特拉文斯基是如此晦涩,甚至是"格色":旋律不明显,几乎不成曲;节奏怪异,不明快。既然不知所云,也就心生旁骛,迅速弃之不置。

所以说,世间一切的人与事,都有久别重逢的宿缘。十几年一颗好奇心播下了种子,昨夜在深圳音乐厅这场音乐盛宴演奏现场,忽地绽放,春花烂漫。

2

即便是全球指挥鬼才,巅峰乐团尽情尽性、酣畅淋漓的演奏,于交响乐初听者,《春之祭》依然可能是难以攻克的一座山头。旋律实在称不上优美,节奏、配器变幻莫测,部分段落甚至显得杂芜、零乱。乐曲首章《大地的崇拜》开端,感觉便似空中忽地扯了个闪,在没有任何铺垫、预设时各种音声突兀而起,大中小提琴、鼓、圆号、长笛等,其中一段全部器乐都各自为政,你争我夺,相互累聚、叠加,直至全面合奏,石破天惊。每一个音符、器乐的表达都事先毫无征兆,将我从贝多芬,莫扎特等习惯的交响和谐、有序的交锋、终极圆满碾碎,体无完肤。

然而,今时今日拥有些许生活阅历的我,尽管有这样那样的听觉不适应,对编曲、配器、对位、回旋等音乐专业技巧上无知,却分明从这林林总总的突兀、不和谐、错乱等诸种表象背后,感觉到作曲家想在其中表达的生命的体验。

无常。对,就是这两个字——无常。

日子虽常，生命无常，音乐自然如是：今天山花烂漫，明日满目疮痍；此刻风平浪静，彼时骇浪惊涛。正如弦乐短暂的抒情后，突如其来的排鼓暗哑、铜管嗡嗡。对于在巴赫、贝多芬、莫扎特的古典传统浸润成长的上世纪初巴黎，这样无常的音乐不啻一场彻头彻尾的颠覆。

生于坐拥伟大艺术传统的俄罗斯，斯特拉文斯基的艺术土壤是丰厚的。1910 年，26 岁声名已炽的年轻音乐家移居法国，同年托尔斯泰去世；1913 年，《春之祭》在巴黎香榭丽舍剧院首演。我想那应该是对巴黎或者对欧洲中土音乐界一场绝对的冒犯、大不韪、革命，演出后剧场一片喧哗，几成暴动。任是法兰西共和国又如何？街头平民攻陷巴士底狱已过百年，古典音乐界的这场带革命性、在思想与技术领域全面颠覆传统的篇章，依然喧哗、反对声一片。

我尝试揣测演出结束面对一片嘘声与抗议的斯特拉文斯基的反应，我想他在某个瞬间会陷入分裂：一方面，心血之作遭遇滑铁卢，被全盘否定，会产生自我怀疑与否定；另一方面，作为一个具有批判性、习惯挑战权威、桀骜不驯的天才，"举世皆醉我独醒"，痛定思痛，他将愈发坚守自己的内心与艺术道路，方能继续走在这个陈腐的、扭曲的、不如梦想般自由的艺术世界里，那条不妥协、直立行走的道路。

人们似乎更乐意于对这枚历史金币的背面津津乐道：正因这场《春之祭》，香奈儿慧眼独具，因之开启一段光芒四射的世纪爱情。随即香奈儿"5 号"惊世骇俗，同埋后来世界为之甘之若饴的"毒药"，何尝不和斯特拉文斯基这场貌似失利的《春之祭》

有着千丝万缕的关联。我仿佛看到香奈儿一袭短黑裙，风情万种，静静地站在成千面带愤怒、鄙夷神情的古典乐迷身后，在一片谩骂、激昂、声浪浪沸中微笑着站立，静静地看着台上瞬间迷失表情的斯特拉文斯基，她知道自己内心深处对世界的藐视与旺盛生命力的爆发，已经和《春之祭》作品同声相应。她自己未必料到，她和台前这位千夫所指的俄罗斯已婚男子之间将生出一段生死相守的世纪爱恋。这便是传说中"金风玉露一相逢，便胜却人间无数"了。斯特拉文斯基以八十高龄寿终正寝后，香奈儿迎归威尼斯，为这段爱情画上一个极致浪漫而温柔的休止符，弦歌不绝，绵延如缕。这场爱情和《春之祭》第二乐章《献祭》曲终戛然而止，如此迥异。

3

话题扯远了，回到音乐。对于艺术家的创作初衷、表达的窥探，我喜欢回归艺术原生境。春天是所有艺术灵感之源，春天能打开人类所有对于美好、生命的讴歌与赞美辞典，然而这首《春之祭》竟是如此大不同。我尝试理解：俄罗斯、立陶宛、中亚细亚的冬寒，远比地处温带亚热带中国之南京、杭州，乃至施特劳斯的多瑙河畔更严酷无情、风雪肆虐。大地对春渴盼的热忱始终被压抑着，和寒冬对人间的桎梏封锁正相匹敌——压迫力与反抗力成正比。对于寒冷与苦难中的人们，春天更是一场姗姗来迟心灵自由的盛宴；作为比常人更敏感的艺术家，对于漫漫冬寒的憎与对春女神之爱等同，他们更愿意用作品，来展示这样一场心灵之旅；而斯特拉文斯基生命力、感受力、创造热力喷薄而出，便成《春之祭》:《大地的崇拜》和《献祭》。因此，旋律是不优美的，配器古怪，节奏不知何起，不知何之，无常，而充满紧张，别忘了这是中亚细亚的严冬，风雪满天。

《献祭》中有一段旋律难能可贵地优美（原谅我在音乐上的无知和失忆，我不能确定是不是长笛奏出的立陶宛主题），我想那是艺术家心里对春的期待与爱慕了：短暂，轻灵，稍纵即逝，然而却在不同的器乐部重复、跳跃。我理解这是乐曲中春天本体部分难以抑制的轻越，旋律上烙着作者的乡愁，这短暂的优美，是对整体的不安、冰冷、压抑主题宣言般的无惧与对抗。这里头便透着人生境界了：天大的欢悦，于漫漫人生，都是惊鸿一瞥；然而正是这抹惊鸿，让无数人为之朝思暮想、奋进以求。

4

只有抗争，还不能成其伟大。《春之祭》的完美更在于通过配器、节奏、整体乐章所传递出来的不屈，希望与信仰。

作为芭蕾舞音乐，《春之祭》的乐句都有鲜明的色彩和形象性。在音乐现场：我听到暴风雪，听到光秃秃的白桦树们正用尽全身的气力去迎接暴风雪无法藏匿的春天的脚步。万声齐发紧张处我紧闭双眼，任音乐在耳畔回旋，回归最纯粹听觉。我恍如置身于一个白雪苍茫、雨狂风骤的宇宙，每一丝音符、每一个奇妙的异峰突起都可能是地底沸腾的青青草，是数尺冰封下奔腾不息的狂澜，是暗夜闪电于夜空明晃晃的划破，是西伯利亚流放的安娜和托洛斯基在暴风雪中踽踽蹒跚。冬天的严酷根植于俄罗斯艺术的血液，犹如屠格涅夫《白夜》一般。然而艺术家们可以在艺术世界里向自然宣战，让人类到达伟岸、坚毅的极致。春弱冬强如何？风狂雪暴如何？恶狼声嚎如何？最轻盈的善与美永远不惮于向最强壮的丑与恶宣战，地火焚烧，河流破冰，世界的秩序终将打破，春如常在。

斯特拉文斯基绝非中国江南传统诗词里伤春，盼春的清新、缱绻、惆怅，他站在高处，俯视着人世自然中一切坚强而勇敢的点滴，似乎越来越分明，《春之祭》匪夷所思的音乐表达，每一个不寻常的音符、每一处貌似突兀的配器、每一段不对称的应和里，尽是美与丑、善与恶、冬与春、轻与重的对峙；乐曲音声里有草与叶的苏醒、鹰与燕的回旋、山与河的骄傲；有满溢中亚细亚风格人类精神的隐忍、顽强、不屈；有万物丛生、天道循环。

5

短短几十分钟，我经历了一场极致音乐体验。斯特拉文斯基站在云端，他已成上帝，成神灵，他以音乐启示世人，无畏，无惧，耐心等待，自生美好。我始终双目闭合，聆听、享受、思绪翻江倒海。我将眼睛稍睁一条缝隙，泪眼蒙眬中整个乐团在马泽尔指挥棒温柔的律动中生出一种纯粹视觉上的流畅，一种抑扬顿挫的律动，极之优美。

乐曲止于不可思议的管、弦、打击乐齐奏的最强音，这场音乐会让人心悸、让听众带着对于已知秩序破坏的恐惧，而艺术家带着遗世独立、舍我其谁般的穿透力，带着泪与笑、坚毅、激情与沉着，这便是斯特拉文斯基献给世人的《春之祭》。音乐家说，好吧，我全身心爱着的大地和人民，大地上奔走的每一个生灵，我虔诚爱着的上帝、春神，我所敬畏的雷电之神，感谢你们赐予我力量。面对生之苦难与挣扎，足可恣意挥洒。正如曲名——《春之祭》，这是人与神的对话。

想到汪峰《春天里》："请把我埋在，在这春天里。"斯特拉文斯基更胜 N 筹之处在于，他并非因伤春之逝而忙着把最美的爱情埋葬于斯。严寒也好，爱情也罢，尘归尘，土归土，美好终将归于美好。他没有小资的忧伤，他以上帝与生命之命，从绝望处，找到希望。至此，我们相信，关乎信仰。

二、洛林·马泽尔、慕尼黑爱乐乐团和张昊辰

2013 年马泽尔带领下的慕尼黑爱乐乐团的中国巡演，带给国人的是一场穿越欧洲不同世纪、不同形态却同样伟大的音乐爱情之旅，这种意图，在音乐会节目单选曲上表露无遗。上半场是《罗密欧与朱丽叶幻想序曲》和贝多芬《第四交响曲》。应该说，我极之钦佩这台音乐会背后节目策划人的专业与浪漫——在春天，让我们给遥远的东方带去一场西方爱情古典音乐全穿越。

罗密欧与朱丽叶，大众周知的爱情，序曲铜管乐器部回旋着悲剧、阴影、迷幻、死亡的宿命般的音律，弦乐、长笛等表达的爱情如甘饴的片段此起彼伏，对于古典进门级人士，最好懂。"贝四"亦然，这是贝多芬最甜蜜、最轻盈、丝毫没有忧伤影子的一首曲目。我当真难以想象狂野如贝多芬，《命运》《欢乐颂》《英雄》《田园》的创作者，亦有这么轻盈、灵气四射的小乐章。这一曲是贝多芬满心沉浸爱情中的作品，心里既装着大欢喜，作品里便尽是干净清澈。

"90 后"中华钢琴鬼才张昊辰彰显出的诗意、灵气，以及技巧臻于至善而流露无疑的狂傲，让他呈现出与该世界顶级乐团慕尼黑爱乐的完美匹配度。乐章间，钢琴和乐队分明是一双热恋中的情人，首乐章是初见时的狂喜和相继的耳鬓厮磨、夜短昼长，在音乐中倾泻毕现。时而细腻，此时无声；时而鲜浓，风狂雨骤。都是不同时间、境地中满心的欢悦。第二乐章时钢琴和乐队的关系，便是辗转反侧、"一日不见如隔三秋"的相思曲。钢琴时而低语、呓语，如女子望月时明心迹；管弦乐的回应，便是情郎如磐石般的坚定而热烈；山有藤，树有枝，无尽缠绵悱恻。第三乐章恢复钢琴和乐队的相互追随、你追我赶、嬉戏、欢娱，那是普天下每个人都或许有、应当有的最浓酽、最甜蜜、最轻舞飞扬的郎情妾意，海誓山盟；纯净，欣悦，不沾人间尘埃。

22 岁的张昊辰如此了得。在与整个乐团的这场恋爱中，十指轻灵飞跃，钢琴键上流淌出爱的甜蜜、浓烈、激情、一歌三咏——仅仅是技巧上的出神入化断然不能如此动人。乐章中他汗如雨，身心舒展开来，这是人琴合一、情琴合一的至境。

这实在是深圳音乐厅里在春天发生的、跨时空的一场世界爱情。爱情的发生与对象，包括作曲家、演奏家、指挥家，和音乐厅现场的每一个听众。一场完美的音乐会，必然是四位一体的，音乐将直击现场每个人的身心——指挥家、演奏家、听众，每一个细胞都淋漓尽致，每一丝灵魂都喜极而泣。作曲家因之附着、复活、新生，经由艺术生命延续与传递。美国指挥、中国钢琴、德国乐团、中国听众。谁敢说，这不是一场因缘聚会呢？

因为生命，因为艺术，因为美好。

所谓高山流水，所谓相遇相知。所谓，前世今生。

三、洛林·马泽尔

除"化境"二字，对于这位 83 岁的指挥家，我找不到其他词。在这场跨越洲际、重洋，跨越国家、民族的春天爱情之旅，马泽尔是当下操控的灵魂。指挥冷静而理性，没有更多夸张的动作或表情，在"罗密欧朱丽叶"、在"贝四"甜蜜的行进间，在斯特拉文斯基于春天深刻的领悟与期待间，他是淡然的。然而这是谙透爱恨、人生后的淡然，和长相厮守，不离不弃。千军万马洋洋洒洒于指挥棒下，几十年前亲睹过他现场的朋友说，他的指挥一如既往地果断、轻灵。我的认知是，所谓化境，就是在音乐中你全然忘记指挥的存在，你只听到音乐的完美气韵，听到旋律循环往复，回到各种乐器的音乐时破时立、时分时合，每一次流畅都令你舒怀，每一分变化都动人心魄。指挥从物理上的"有我"至音乐会效果"无我"之境，源于东方哲学的智慧，人类文明的普世价值。我想，成名甚早的指挥家、作曲家洛林·马泽尔，早有"鬼才"之誉的马泽尔，自己深谙作曲之道的马泽尔，和柴可夫斯基、贝多芬、斯特拉文斯基等一样，真正伟大艺术家，对人类、大自然、命运、人世的快乐与苦难，都不可扼制地拥有深邃而广博的爱。非如此，不能支持他们登上艺术的珠峰之巅。年迈如马泽尔，年轻如张昊辰，六十岁的年龄差阻隔不了他们对于艺术共通的爱与信念。

曲终人不散，从音乐厅出来，我的神经处于一种亢奋与激进状态，我觉得音乐赐予了我前行以及面对未知人生的力量。马泽尔带领一百多人的这场以春天与爱情名义的艺术征途，于我恍如《春之祭》乐队后面那八只排鼓之所致。他们是春雷，在天空暗哑地滚过；他们撕开眼前阴郁的天幕，给这个浑浊的世界、蒙尘的人心以电闪雷鸣的照亮与撼动。

顺便再提一句，慕尼黑爱乐乐团的起点，始于慕尼黑一个古典狂热的富商组建。一个从个人兴趣的起点，到今天屹立代表全球乐界巅峰的顶级乐团。正如"苹果教主"乔布斯所言：活着，就可以改变世界——只要你有足够的热爱、坚持与对于世界人心的穿透力。

---

* 本文写于 2013 年 4 月 27 日深圳音乐厅"洛林·马泽尔及慕尼黑爱乐乐团音乐会"聆后，发表于深圳音乐厅官网乐评专栏。

翰墨深处的精神气儿

与诗歌邂逅的书法

题记:

在发心习字前,我属于一见字帖和书法就退避三舍的主儿,无他,心虚尔。一来头上顶着 P 大中文系的光晕,更因为人生一路从文艺女青到文艺女中高歌行蹈,跟人坦陈书法一窍不通,岂非太没面儿! 楷书还好,一入行草,更从认字困难到呼吸困难,遑提"赏字"境界。

所以,在各艺术门类里,对书法我始终讳莫如深、敬而远之,在一切相关话题上都聪明谨慎地保持缄默。

不惑之后人生之寄寓所行,一归于骨子 DNA,二在乎时风。当下中华风劲,不断地有传统传习的消息从各方友处袭来:精研儒释道、耽于诗词歌赋、开习汉字甲骨文、学唱传统戏曲等等不一而足,这些朋友的发心与致力多多少少会给我的空气里增些压力,再深感书法之痛点盲点,于是旧岁开年某月某日,大概是春花正红的缘故,常立志又善行动如我,忽然购齐笔墨纸砚,如五岁童发蒙习字一般,开启励志写字元年。

能形成好友监督机制的微信朋友圈派上了用场,我属于丑媳妇不惧见公婆的愚勇者，开写首日即拍图发圈，近半年后，有亲近的朋友见面吐槽，说那阵天天看我晒丑字，若非为多年情谊忍着忽略，那是不拉黑也屏蔽，今日重看，那些字形不端、笔画不正、虚浮描红式的墨字实在不忍卒视，"只是当时已惘然"，对不住朋友得厉害。

饶是一年之间继之不辍，饶是春节期间连创带写几十副对联上了朋友的门框，饶是不断有爱护者夸赞我如何悟性如何进步，自己心里依然坚定地封自己为"学写字"的人，离"学书法"远矣。书法书法，书字之法，远不是我能说的，只是有些心得，写写出来，但分享耳。

一、很多颗心都沸腾过——习字思

很多颗心都沸腾过

为这笔墨纸砚铺陈的馨香

词汇上称"传统"或者"文脉"时

子夜风凉

锦瑟依然无端

我却清明

正如花木深时

耳畔无蛙鸣

你从禅房塔香萦绕里

觑见五月的喧哗

我却见横钩竖露

墨淡云清

恨别鸟惊心的声泪俱下

已成昨日遥远

今夜如此安静

我听见一粒沙书抄心经的声音

水边有人儿低头

他爱波纹涟漪

却不见卷帘缓升时

你隽美平明的面容

很多颗心都沸腾过

在时间清凉的河水里

人心和文字的意义一起

缓缓地冷却

　　我们这一代小时候写毛笔字，无非是二十四节气首字帖、描红本那类。父亲算得善写一类，我幼时也因为爹给附近新张店铺写门头、婚房写对联而得过不少口实之惠，但字却没能承袭，唯一一次记忆深刻的是高考毕业那个暑假，P大开学比其他大学足足晚一个月，身边既已无友可游历，便安坐家中，对着窗边盛放的一株月季，静心写了整月，那时候临的非颜即柳，现在回想那时景致，写字时间留下的印迹竟是暑气中繁花满枝的清凉时光。那是我人生首次体味到写毛笔字关乎"静"。

颜柳虽好，对不惑之后依然好高骛远型人才却觉得有点太正常，不满足、不过瘾。及遇欧阳询，有点喜欧体奇险峻嶙，构字法与颜柳异，然却整体凛然归正、法度森严，觉得于我能懂的书法秀、正之外，更多了些内容，还跟自己性格有点匹配，于是一上手既不临隶，又不习颜柳，直接从欧体开始新习字生涯。

早我习字的大学同学发现我入门即欧，心中诸多困惑，无论如何她们心中的我性格里都没什么欧式奇险与法度，只是不忍心打击太甚，隐忍不发。更有许多朋友诟病所在，说你一个刚学写字的，上手临欧阳询，正像习武之人，桩都没站好，就直接开练八卦形意拳了，实在荒唐，太过托大。

荒唐之二，大概缘于文艺中年女的浮夸习性，不好逐字笔画练习基础，而直接进抄临诗文阶段，习字最初买的书，大多是名家集字唐诗。"二十四桥明月夜""国破山河在""日照香炉生紫烟""大漠沙如雪"等等，回想起来，应该归罪于其时我对书法之美无甚认知，只能以古诗文辞之利，为自己搭建一道书法和文化的桥梁。

广州学国画的石师兄爱画及字，他的学书比较正道，像唐太宗《圣教序》，他一个字能小楷百遍，光"唐太宗文皇帝"六个字写满整张纸，写了好几天，如此路径，当时的我无论如何都难以做到。我每天到点不落地一遍遍抄诗，渐渐生出些熟能生巧的味道，很重要的一点是会了许多繁体字：繁体字以前只认识，一到写就白瞎，这一写字，一笔一画地熟悉，繁体字上的收获，算得很意外的桑榆之收。

和小朋友比，不惑后习字，优势在于理解力和领悟力不要太强，兼修实践与理论，几十年人生历练造就的是把 A 领域的心得迅速融会贯通通感至 B 领域，知其然而后知其所以然的能力。

写字时间除了写，更手不释卷地读书、读帖，从王羲之的《书论》到当代书法家的博士论文、论著，懂与非懂倒在其次，只是囫囵吞枣地往脑子里堆。初时读帖，对于书法艺术的品评其实不通，但随着日复一日习字，待结字、用笔、起势、谋篇、布局、笔画勾连、墨色枯润等词汇概念堆满脑子。

从翩若惊鸿宛若游龙的《兰亭序》右军帖，到赵孟頫前后《赤壁赋》和《洛神赋》、褚遂良的《雁塔圣教序》，加上初学时买的各种诗词名家集字，像米芾、苏轼、文徵明、王铎等，说来也怪，正式习过一段欧楷之后，对于奇险或者森严却没有了最初的痴迷，到此时看每位书家不同风格我都能看出我喜欢的去处，所以一时兼收并蓄，觉得纸上墨字烟霞，美不胜收。

对于我总看集字帖，老同学亦有微词，说不读原帖，不易于理解"笔势"，不能尽享书法作品之美。闻言我也不急不慌，想着总有一日，待本人审美与欣赏力更上层楼，骨子里的需求外溢，再求原帖不迟。

最初写字，总觉得每天都在进步，每天都有会心处，这也是老同学评论的奇葩所在。门都没入时，天天进步，也不知道进的哪门子步。甚长一段时间，我连写字都算不上，用书法世家闺蜜的话说，是在"描"而非"写"，一笔一画都飘忽在纸上，笔力全无。我费了老大劲，连蒙带猜带悟，某天才突然醒悟，所谓笔力，关键在腕。

春节前我足足隔了一个月没摸笔，战战兢兢地提笔，却发现自己不退反进，笔行稳妥，结字前也开始用脑，所谓"意在笔先"，自己感到意外，请教闺蜜，说自己感觉到的区别在于写字开始了腕力转合，她言这便真正开启"写字"时间，所谓笔力、所谓力透纸背，都是腕力传导转运于笔锋之后所成，腕笔合一，便是御笔开端，便能写出你想临的模样。

我最开头苦恼的，是在点上，横和竖有点模样后，点却总不好，看着帖上的各种点法，或饱满圆润，或危石高耸，心里着急，因为我写字没拜师，全凭自己夜深人静、家事平复时摊纸铺墨，但腕力加进来后，指尖力度反为其次，就可以让笔锋随着腕力度、角度的变化往自己希望的轨迹行走时，点法就突然好起来。饱满感或嶙峋感，也都能知道应该往哪个方向努力。

再比如我学懂"藏锋"这回事：逆笔顿按、笔肚回压，起初觉得天难地难，不知所措。但在读帖时能够理解到藏锋的妙处：藏锋字起笔处圆润，露锋起笔斜切，锋芒立现，二者于字形审美上各有千秋，但由于吾国文化以含蓄为美，墨字行进间有节奏变化之需，所以藏锋成了必修技。

在这个意义上，笔感熟了，学会使腕力，逆笔和顿挫感自然能够控制，藏锋和逆起就成自然而然的事。基于转腕的藏锋、逆起，用到点法、折处，都是相通的。所以，学以腕力运笔，上下左右，起承转折，这是"进步诀"关键一步。

我为人大半世，对于学习自己向往的新知识、新技能充满向往，而且能很快找到乐趣。一旦进门经常会进入无时无刻不琢磨的境地。像发现腕的妙处，无论走路、看书都会下意识地转腕，让我恍然大悟于以前见很多老人家拿在手里转来转去的钢球，原来用意于此。可见这种无心之习，不但管用，还能融会贯通脑子里许多素材。

二、醉卧桂花香里的张飞——赏帖思

两千年前

河北人

张飞一定在这座川北小城芬芳四溅的桂花香

和袅袅腾腾的秋水氤氲中

枕着寒光凛凛的丈八蛇矛

醉倒过一年

又一年

当我亲临碑林

见那笔稳正安宁的隶书曰

飞将军大破贼兵张郃部

就闪出这个念头

从大战狂喜而能静谧书写的男人

一定有着天地那么宽广的寂寞

只有敌人、烈酒、苍松、残日和此刻书写的忘我

能让他们内心安宁

也只有这种男人

才有能力把自己醉倒在桂香、月色、春风江流、烟霞

或几十年前少年心事

桃树下兄弟誓盟的守望

我想，胜与败

其实都不妨碍这位车骑将军

饮马嘉陵江

在碧透的水中濯洗丈八蛇矛上鲜血遍染的黑缨

我沉浸在和风一样轻灵的想象之中

最后一个画面

是他酣睡淋漓的那场梦

是故乡后花园那株灼灼艳艳的桃花

还是天明前与关羽九泉下的相拥

张飞是个书法家？！

汉字虽名方块字，但从篆到隶，而后楷、行、草，书法家的行笔令汉字的方块感生出无穷无尽的变化。汉初蔡伦造纸，纸寿千年，让秦时"书同文"的篆体逐渐步入"汉隶"，书法多用于碑文，所以讲一丝不苟的法度与威严。

《三国演义》里的猛张飞书得一笔好字，大破曹军后意气风发地用丈八蛇矛在石碑上勒铭，我在阆中张飞墓前见了实物，字体之正、之静着实让我心中有惊雷之震，那次体悟更是为我人生添了一枚书界新蜜，我生日该"书蜜"亲笔朱砂小楷前后《赤壁

赋》遥寄，是我后半生一大幸事；更有甚者，生日礼物都成了盛名威服的《淳化阁帖》，还有善一笔好书法的林子妹妹相赠《中华书法大辞典》。

隶而后楷，一洗古法，书界盛行清秀、挺拔的风气，到王右军的行书，在隶、楷的工整之外，更加了书家意兴、情绪起伏，《兰亭序》之所以享名行书第一，除太宗皇帝喜爱的缘故，我以为在书圣以及法帖本身，集合了行楷之美，标示书法艺术迈进了个性化的金光大道。魏晋之所以成书法高峰，跟当时的文士风气自然密不可分，卫夫人、钟繇、王氏父子等，都各自显示出了鲜明的性格与个人技艺上的特色。

书法在唐时高峰绵延，跟李世民写得一笔好字自然脱不了干系。为迎玄奘取经归大唐，他亲题《圣教序》，为从初唐伊始的书法大家习创。再想想，中华文学的双峰唐诗宋词，无不是记于宣纸纸笺，新诗生成墨韵香。无论是"黄河之水天上来"的豪迈，还是"卷我屋上三重茅"的无奈，或者"琵琶美酒夜光杯""大雪满弓刀"的塞上烟霞，都记录在纸与墨之间。其间诗、文、书、诵意气相偕，其间深蕴的中华诗、文、书之美，便一而再，再而三地一唱三咏，立体丰满，我过往所理解的文学基础便更进了好几层。

至于书法中的静与禅境，佛家不近口耳声意，和尚却多以书法修心习静，这是常态。写字间的"静"意我在少年时便惊鸿一瞥，近这一年，但有闲暇，常常独自写字到夜半，意不能歇，每字每行之间，浑然不知时间流转，先行者知了欣然大笑，言此乃习字人常态，一站几个小时不觉得累，其间吸引人的魅力，书者自知。

深读赵帖《赤壁赋》

在我的艺术欣赏品类清单里，正式将书法列入，要归功于赵孟頫帖前后《赤壁赋》。苏子此文起"壬戌之秋"而止于"不知东方之既白"。应该讲，作为中文科班出身，对于苏子此篇之文思泉涌天地、辞藻清丽雄浑、哲理情趣斐然等等诸种妙处都颇能感受。但某日深读赵帖《赤壁赋》，却是焕然一新的体会，愿在此不厌其烦地记录我的惊艳读帖初体验。

"壬戌之秋，七月既望。"类似讲故事"在很久很久以前"，正如叙述开端，气息轻缓，篇首起笔稳妥，字字熨帖，但在结字处用心不凡，如"月"字斜出。

"苏子与客泛舟游于赤壁之下。"人物出场，"苏子与客泛舟"六字初显龙蛇，锋力渐进；而从"清风徐来，水波不兴"始，开始领略书者落笔时情绪律动与篇章文意间的水乳交融："清风徐来"四字，能感觉到书写时的行笔轻缓，如南风入户，清凉莫名，四字中"徐"字大，"来"字细，开合节奏分明；"水波不兴"，"水"字起笔一竖上承"来"字清风，却因意"不兴"，则轻笔淡墨，至"不兴"二字则墨浓，墨字与文意的关联，生出好多层呼应。

"举酒属客，诵明月之诗，歌窈窕之章。""举"字高蹈，拟苏子昂首举杯态，书家笔墨行走时已全在文意间徜徉。"少焉，月出于东山之上，徘徊于斗牛之间。"此"月"异于前"月"，字形清秀端庄，"出于"二字浓醉而不失笔间逸动，"东山"字法轻灵却稳若千钧。

"白露横江，水光接天。纵一苇之所如，凌万顷之茫然，浩浩乎如冯虚御风，而不知其所止；飘飘乎如遗世独立，羽化而登仙。"本篇首度高潮，赵书人亦从"水光接天"处开始气象开合，"一"和"所"字当真是形神备至，"茫然"中的人生寄旅、虚无孤境，在行书纸墨间竞现。读帖间领略到的"虚""羽"感满溢，让人沉迷其中，得意忘言。

"于是饮酒乐甚，扣舷而歌之。歌曰：'桂棹兮兰桨，击空明兮溯流光，渺渺兮予怀，望美人兮天一方。'"苏子妙文！几句俳体诗文上承楚辞文藻菁华，而在书家如"赵"。"击空明兮溯流光"和后句的布局、气韵与结字，令人击掌拍案称绝。于我初入书林，那种"人生得意须尽欢"的当下感，那种江心桨击锵锵、明月美人在水一方的东方忧伤的美，正在眼前墨字、锋行、指掌气韵间淋漓尽致，纸面墨香里的桨声歌声呼之欲出。

得后文"如怨如慕，如泣如诉；余音袅袅，不绝如缕。舞幽壑之潜蛟，泣孤舟之嫠妇……"文锋一转，由忧美而入悲怆，再至"月明星稀"，为文者与为书者均笔转雄浑，"破荆州，下江陵，顺流而东也，舳舻千里，旌旗蔽空，酾酒临江"，到曹孟德"横槊赋诗"，却"而今安在哉""哀吾生之须臾，羡长江之无穷。挟飞仙以遨游，抱明月而长终"而至"托遗响于悲风"。文意鼎盛处，书意巅峰时。此时笔走龙蛇，随心所欲，为文为书者此时此景，与天地同欢，江河同悲。后文情绪渐平复，"相与枕藉乎舟中，不知东方之既白"，狂欢之后的又一直面晨曦的轮回。

经历一次情绪复合型的读帖读文的深刻感动，便回想过单从文意上理解的《赤壁赋》，由意入而揣摩，善则善矣，但似缺少一种物理可视的介质。于作者其时感受的同理与共鸣不及读书法帖版来得深刻、一咏三叹、深入肺腑，我想这与考古学者从实的器物间真切地触摸到古代文明的道理相同，书法是一种可视艺术的介质，妙品书帖，对于更复合、深度、多维度理解文作者与书作者，便如登临数层重楼。

也试着读苏轼手迹《赤壁赋》，东坡此篇"结字矮扁""笔墨丰润沉厚"，读起来更多沉郁气，不似初读赵书版般惊艳：情与意俱，书与文生，文人辈如我文帖俱读，便可直抵"欲辩忘言"的至境。另有文徵明版的《赤壁赋》，强在意兴遄飞，一气呵成，行书之美，尽现其间。

文学作品的多重美学维度

于是，写字失之东隅的乱打乱撞，却收之桑榆般开启了我欣赏书艺的南风窗。传统文言文之美篇，除了文意上的懂、理解、联想外，读好的书法帖，便新添书法和书法家演绎的两重美学维度，文学作品单向性旋律便顿时生出应和、复合、多维度多时空之美。

好比单旋律发展成交响，其中充满了不同时空作曲家、演奏家、指挥家的生命感悟与巅峰技艺表达，有不同乐器与人声。书法里的横竖撇捺、正斜折转、锋肚露藏，正如乐曲中的音阶，书法家在纸上方寸之间挥斥方遒。

旧年初读王羲之《书论》最后一章《题卫夫人笔阵图后》，所谓的点如"高空坠石"，横如"千里阵云"，"夫纸者阵也，笔

者刀槊也，墨者鍪甲也，水砚者城池也，心意者将军也，本领者副将也，结构者谋略也……"初时不甚了了，自忖行书运墨和排兵布阵，怎相类比？居然还能如此工整。及稍微入门，日复一日地积累实践，更从《赤壁赋》帖中所得忘我，渐渐悟出这些表述的所指。

"心意者，将军也"，是对书家最妥帖的描述；千军易得，一将难求，执笔研墨的兵卒要晋级挥斥方遒的将军，那不知几多秃笔山高筑，几多墨池水倒流。*

---

* 本文写成于作者 2013、2014 年修书习字间隙。

part 4

教
教之 育之
之 成长之

Education

Enlighten

Cultivate

and Flourish Them

一棵写作树的成长

妈妈的跋

十三年前，陶睿成为我的女儿，这个事实，堪比数百亿年前地球蓝盈盈地出现在太阳系。这个小行星的诞生，彻底改变我心中太阳系的小气候，核心变化之一是，发现传说中的"诗和远方"，便蕴藏在臂弯手畔这枚小小的人儿身上。

两岁多，小人儿弯腰捡起跌落地面一朵洁白的鸡蛋花，欣喜莫名："妈妈，这朵花已经等我很久了。"尘满面的我闻言一顿。三岁零，举家沙滩观日落，落霞瑰丽，惊心动魄，小人儿突然撒开光脚丫向着地平线上的残阳狂奔，稚嫩的唤声摇云动日："太阳姐姐，你不要走啊！不要走！"我鼻子一酸，母仪尽失。

一年级了，某日我突然看到陶睿作文本上《春夏秋冬的道路》：现在是春天。我在上学的路上。这条路，是我一生当中最熟悉的一条。/ 可是，当我走上来时，却发现路旁的树，发芽了。/ 这条路，我看过无数次，可是就是没有看过它发芽。/ 夏天，它们翠绿的叶子，很多很多，为我们遮阳、挡雨。/ 秋天，它们枯黄的叶子，开始掉落了。/ 冬天，这些树已经没有叶子了，它们只能等到春天发新的叶子。/ 这次，我是第一次看见它发芽。那苗，是那么的嫩，那么的绿。／晚上，我隔着窗看到小区的树，也开始，发芽了，也那么嫩，那么绿。

格子纸上这些字儿让我瞬变初进山洞时阿里巴巴的哥哥，满心满眼珠光宝气！这篇春天让我的心忽地贪婪而狂热起来，随即低眉誓愿：如果生为人母必须做点什么，那么就请赋予我这个生命阶段的新使命——保护孩子的天赋灵性。

回首看，这一使命的内驱虽系母性本能，更源于人类文学史中一条亘古真理：童心世界几乎蕴涵着真善美与想象力的总和；自然，还有另一条：灵性如流星，稍纵即逝，要得恒久闪耀，需有恒持的花之浇灌，树之施肥，风露之滋养，月华之浸润。于是，太阳系要义，便存乎以恒持的光热，将行星们引入疯狂阅读的运行轨道——从绘本到字书，从《公主的月亮》到福尔摩斯，从《哈姆雷特》图画本到曹雪芹……神奇的是，这枚小地球开始迷心理学，六年级开始，案头开始出现弗洛伊德、《社会心理学》教材。

行万里路当为常态，小行星随行随写，五年级在草原上成了一篇《草根》：一根小草从地上冒出来，叶子上顶着一些土／"快点，要走了！"／我躺在草地上，叼着一根稻草，顺便回了句话："不急。"说着慢慢吞吞地爬起来上车。／"你怎么还含着草？"／"是啊，好脏的！"／"没事。"／"吐了吧！"／"说了没事！"／有点不耐烦，但还是吐了出来。／"天啊！这草还带根！"／来草原已经来了 6 天了，不是看草原就是吃饭睡觉，略无聊……／滚滚问我要不要玩"切西瓜"，他明天就走了。／"这么快？"／"是啊，要去看外婆。"／又一个吗？／第一个是陶陶和孙行者，他和圈圈是第三个。／可是……为什么还是会有点难受？／摇摇头，我不能这样。／天下没有不散的宴席，人是要走的，我不能动心。像草根一样。／

我又是一愣：场景，情境，对话，妙喻，眼前景，心中情，王顾左右而言他，全无半分"强说愁"。陶睿那年九岁，情重得让大人们不敢相信。

然而就"成为写作者"这回事，就少年人们，如果不能让他们体会到身心愉悦和满足，或许就只是一个营养丰富的苦瓜，一株新鲜欲滴的野菜，一杯冒着清气的新茶——猛地一口，没准坏了阅读蛋糕的香气不说，还天然附带采摘、清洗、烹饪等多维辛劳，只能浅尝辄止。幸运的是，陶睿在尝试用文字抒发小小心意的过程中，体会到与阅读并不相同的蜜蜂滋味，自此开启了写故事的旅程；更托科技进步自媒体时代的福，开微信公众号，坐拥粉丝数百，能够赚取亲友打赏零花钱，与写作同好多了"日更""周更"之谈资与约，写作魅惑与日俱增，每个故事、每篇文章便都成她眼见神思，在脑中的融汇，笔端的外化，小地球的美丽星轨渐或成型，开始闪耀。

《小王子》告诉我们，每只狐狸都有自己独属的玫瑰花，感觉十三岁的陶睿似乎已经遇到了自己的玫瑰。五岁时她说，梦想是要开一个阁楼书店，她整日躺在阁楼里看书，楼下客人读买自便；十二岁时很严肃地教育弟弟："你知道吗，有一些人，从很小时候，就知道自己未来要成为什么样的人……比如说，我。"做妈妈的，并没有追问陶睿当时心中未来的自己是什么样。据我所知，在成为作家的道路上她并不如此执着，应当是，成为拥有强

大书写能力的任何职业的，任何人。作为一名不太出色的文字工作者，我常常羡慕陶睿有时不乏稚嫩，有时不乏深刻的文字，许多凌空而起的句子和故事，是我费尽脑汁也无法到达之处，然而作为妈妈，最心生欢喜的，是看着女儿在春阳里神色安宁地读书写作，自带光环，这便是太阳系家族最美好的事。

感谢所有为《唯有少年心》付梓费过心力的师友们，你们在的太阳系永远不会冰凉黑暗。*

---

* 本文系作者为女儿陶睿作品集《唯有少年心》而作，该书由天津人民出版社 2019 年 6 月出版。

不仅仅是写作，更是成长

写给女儿小说的忠告——关于《雪乱》

前言

爱好写作的陶睿写出了人生首个长达一万字的中篇小说《雪乱》，其间不动声色地把唐代一些物件安置在故事当中，小说读完，中文系毕业的妈妈感慨良多，有感而发。

一、从完成说起

写一个中篇（长篇）——一个有长度、有分量、有展开的作品——的起念，准确地说，《雪乱》是第 N 次，但也是第二部真实完成的作品。

第一次有心情写长篇，是六年级时那部校园长篇《雨落梅花满地愁》，前后陆陆续续更新了十几篇（以每篇千字计），其实，我们很功利地说，那部反映校园真实生活的作品，有学生生活细节，有最真实的心理，坚持写出来，是可以列入最真实的"青春文学"范畴，所以当时我对那部寄予了很多期待，然而，突然就，不想写了。好吧，那就不写了。

第二次完成的《谋杀四则》。从"开膛手杰克"而来的散点式既关联又独立的四个谋杀故事，首尾呼应，用到时空穿越，作为看着你写作的妈妈，很为你骄傲。

接下来《乌托邦》科幻太空系列，十几个人物，每集亮相一个，未等出场完毕，女主都还在太空，故事悬念刚刚初显端倪，突然说，不想写了。好吧，那就不写了。

所以，明白了吧，写出一个真正的中篇故事（孩子的中篇），的的确确是一桩"给自己挖坑"的冒险旅程。

事实上我一直不鼓励未成年人一上手就写中长篇，原因显而易见，人物性格一以贯之、故事发展的连续性、人物情节间的交织往复、谋篇布局，这是有违孩子天性的写作，当然，天才除外。在写作训练上，叙述好一个故事，描写好一个环境，抒发好一种心情，尝试好一种结构……这样的层层积累，对于一个怀着热忱、具备天赋的少年写作者，便是最具价值和意义的练习与记录。

然后，小短篇写顺手了，会自然生出不满足，自发想写更多容量、更多表达的更长的篇幅，这是树一样的自然生长。所以，这部中篇的完成，从开始有明确具体的想法，到有方法地去思考脑子里朦胧生长出的故事发生的时间、地点、人物、身份、情节展开等构思，而后动笔，到真正一字一句，完成这个万字篇幅——这一事实本身，对妈妈来说，比作品本身达到什么程度，让我更开心。

因为作者首先是人。

生而为人，自由的心灵虽然每个人都挂在嘴边，但踏踏实实一日三餐、衣食住行，却是很实实在在发生，洒扫庭除，开门七件事——柴米油盐酱醋茶，都是我们要面对和安顿生命的真实。某种意义上，安顿的秩序、品质有多高，生命的品质便能到达何等高度。

讲到安顿，便关联到了目标和任务。大任务，小任务，具体任务。每天睡到自然醒是梦想，六点半起床却是任务；自由自在随心所欲是梦想，上课考试学习分数却是任务；母慈子孝和和睦睦是梦想，板起脸来纠正错误，却是任务；作家是梦想，作文是任务。

每一个美丽梦想的云朵里，都包含着一个个水分子、微尘分子的任务。完成任务，成为应对法则。最糟糕的应对，被派的任务总也完不成，做不好；稍好些的，勉强做完；最好的自然是完美完成。但这还远远不够，最优秀的是，自己形成制定任务和目标，然后圆满完成的全息能力。

那么，这篇写作，是你自己脑子里生长出来的一个感兴趣的故事和想法，然后自己给自己赋予了一个写部中篇小说的任务，自己循着方法和步骤，在学业之余，完成了。写作上你并不算快，以两千字计，灵感来时，一个半小时能完成，"没灵感时"大概耗时三个小时，所以，一万字的篇幅，实际写作时间在 10 个小时——不包括在网上找资料、听歌、偶尔止不住聊个 QQ 的时间。

这个任务的制定和完成，是一次把自己晒出来的全过程。我对事情的开心和愉悦，在此。这是一次最真实的历练。其中发生过怠惰，偷懒的念头滋生，觉得写尤可写。

你每天都在阅读，从 10 万到 100 万字，你大概能推导出，一个作家，需要为写作付出的艰辛和努力，并不是生出个念头，睡一晚上，就"梦笔生花"的美事。

不仅仅是写作，这是成长。

二、开始很赞

这是你第一次对于真实的历史时间段和环境生发了兴趣。不再把故事发生地安排在伦敦、太空、当前都市。

你说，我想写写军阀混战的那个时期。

好吧，写作的开始，是从我陪你翻《历史地图册》，清末民初，从漠河奉系，到粤地同盟会。事实上，你过往对文学的兴趣远远超出对历史的热爱，之前写东晋淝水之战、楚霸王别姬，都对那个时代和背景浮光掠影，一笔带过了事。这次动笔前，有了明确的资料意识，这个，撇开写作本身，对于最真实的学习，真是太好了。

你脑子里那个朦胧的故事发生在民初，世道是混乱的，人物命运里一定透着悲剧，很重要，你反反复复说，有雪，有血。

好吧，没看过雪，是我的带娃不当，成你的童年阴影。所以，首选漠河，张作霖系，满洲国系，萧红的呼兰城系，实在是太冷了，大雪纷飞的景致，你真没见过，没有彻骨的体会，太难了。你小笔头一路南下，武汉、长沙、上海、两广……这时候你脑子里突然想起了梅花——那一树树冷风里的白梅啊——白雪在树世界的孪生姐妹——那就梅州吧。

真的，就是这么偶然——梅州成为故事一号男主的故乡。

那么，怎么向外展开，呈现时代南北纷繁复杂？

来个戏班子吧。你说，戏班子走南闯北。我默默点赞——这个想法太好了。

每个少年，懂不懂先不说，其实都被传统戏曲打中过：一支曲儿，一个扮相，一个动作，一句唱词，咿咿呀呀的不爱，但爱美者，谁能逃脱。

于是，男二号身份跃然出来了，杜老板。

继而罗列历史事件吧：大时代中的小人物。

最近的，广州黄花岗起义。林觉民写了《与妻书》。

洋务运动中，北有北洋水师，中有鲁迅上的南京水师学堂，南有福州马尾船政学堂。

梅州客家人，祖上中原，围屋而居。

说说戏，1900 年，八国联军打进北京了，也耽误了老佛爷爱听的戏。

20 世纪 20 年代，梅兰芳到上海。

京剧名段，白蛇传、贵妃醉酒等。

好吧，开写。

叫什么名字，父母亲，住在哪里，家庭关系。

第一次，动笔前，有了人物谱，基本逻辑和关系。

第二次，完成全篇后，再回顾这个阶段，如果资料搜集研究工作做得更全面、更细致，写前功课做得更丰满，避免在写作过程中边写边查资料，我相信会更愉悦。

传说中的"功夫在诗外"，所有的知识都非虚无，我想通过这次写作，历史、地理、人文等各类知识，书到用时方恨少吧。

具体时空具体人物的吃穿用度，没有一样是虚的。所有的虚构，都必须有一块坚实的大地。这次算是领略到了。写梅花，仅有一株，写京戏，白蛇戏服和贵妃戏服的行头具体描述，脸谱的描法，首饰的戴法，母亲投的那口井，父亲买的仆人，堪儿的白兔镇纸怎么带出来的，20世纪20年代大上海的面貌……杨老师给你批阅细至字句，妙的、踩空的，都在其中，你当细细推敲。

事实上每个人物、事件、场景背后，都有各门类知识几大箩筐，才得以在行文中露出那冰山微微的一角。你爱海明威，爱《红楼梦》，这次你完成这一万字，当能进一步懂海明威，懂每一个成为伟大作家、伟大作品水面下冰山的分量。

写作是这样，人生哪件事不是这样呢？

但是，每一次完成，不是都带来了内心愉悦和快乐吗？

这种愉悦的追求，才是最真实的推动我们向前、向好的动力。

三、具体说作品

文学是人学。

一个离奇的故事，自然远不够，小说之所以横贯至今，是始终给读者提供新鲜的故事，贡献出了一个、两个、多个、五百个（《红楼梦》）恍在身边，又如此吸引读者的性格鲜明的人物。

男一号，殷初澈，是一个任气、不愁吃穿的梅州公子哥，由于母亲悲剧命运形成心理偏执。

男二号，杜喷雪，历经世事，京剧知名青衣。患有严重的自恋的心理疾病。

男三号，堪儿，历经惨痛家世的仆人。

表舅、母亲、父亲、三名强盗。

地点包括，梅州家族大院、戏班子后院、戏台、上海滩院子等，日常起居包括金银细软、家传宝贝梅瓶等。

应该说，对于人物性格，有基本线索，但还可以在点点细节中更深入。

比如，从表舅的肺病，母亲的投井，到上海滩为杜老板杀人，中间的性格逻辑和发展过程，是铺垫得不够的，让人前后看不着关联，踩了空。

还有阿堪的身世和行为之间的关联，杨老师批得极是。再细细琢磨。

我以为，文章里命运线索和行为模式最成立的，是表舅和母亲（虽然母亲着墨少）。

脑子里故事由之而生的，梅花和雪，没达成氛围和环境（自然环境和心理环境）营造的初心。这里大有可为。

戏班子杜老板如水仙花少年般自恋的心理，应当有事实呼应。比如，源于他的师傅的悲剧命运。

最后结尾，火、雪、血，是很好的一个大场景，宜铺叙，而后戛然而止。

人物命运和时代的纷纭，没能恰如其分地关联起来。表舅实现了。

比如，大上海，三个强盗的来龙去脉，和当时工人运动的失败，和租界雇用的杀手关联，会展开得更充分，给读者交代得更清晰，也就更好看些。

行文上的毛病，一是干脆，二是人文性。写传统是离不开古文功底的，这是你的弱项。一封信能落款阿拉伯数字，是会让人笑喷茶的事。

看，写作远远不那么轻松吧。但太轻松能达到的事情，是难以让人有经历风雨后，一览众山小的愉悦。

好了，我想说的是，完成，是很好的第一次历练。

如果能把琢磨、精进、修改稿子，作为第二次最真实、最潜心的历练，那么……

你历练，我将为你的每一次真实的历练和成长支付重金。

哈哈哈哈，梦想是暴富，靠成长来砌就金质台阶。

修改建议：

1. 按人物性格、时代大事件、人物关系、命运与时代关系、环境补笔、京剧知识列出一份修改清单。逐条思考，重新梳理一遍。

2. 逐层逐段，开启改稿。

祝顺利！

最重要的是，成长快乐！

文言文是纸老虎

文言文是纸老虎，有两层意思。

第一层，文言文对许多同学来说，是落在纸面上的"老虎"，之乎者也，非常可怖。

古人的书面语表述，叫"文言"，口语表述，叫"白话"。"文言"挥就的文章，称为"文言文"。大体来看，1919 年胡适、李大钊发起的"白话文运动"之前的文章，除话本小说和刻意押韵的诗词歌赋外，都可以称为"文言文"。诗文诗文，一称诗，一称文。

文言文难读，因其具有文学与历史的双重属性。

回顾中华民族的发展史，在社会朝代上经历了夏商周秦（战国春秋）汉、唐宋元明清，每个时期，都活跃着大批思想丰富、文采斐然的名家巨匠。记载他们所思、所闻、所见、所感的篇章，经历时间的磨砺与后辈的选编，如大浪淘沙般，呈现在千百年后的人们面前。时代变迁，思想、生活、行文等方式都产生巨大的变化，而落于纸面的篇章未变，造成我们今天的阅读与理解上的难度。

梳理文言文的脉络，必定将重心回溯至先秦。

"先秦"是一个史学上的专用词，通指秦代以前（秦之先）。先秦时期可以说是今天所能读到的文言文时间上的源头。以周朝与春秋战国为代表，作品纷芜琳琅。

周代《诗经》属于诗歌韵文范畴，暂且不表。春秋战国是中国历史上思想十分活跃的时期，思想上出现了"百家争鸣"的盛况。而思想的忠实伙伴——文章也在这一时期盛极一时。以孔子为例，由他著述或他的弟子记录他思想学术的《大学》《中庸》《论语》加上后辈孟子《孟子》，在中华几千年间被尊为经典必读书"四书五经"中的"四书"。中学课本里经常节选《论语》中的《学而》篇："学而时习之，不亦说乎？有朋自远方来，不亦乐乎？人不知而不愠，不亦君子乎？"

在"百家"中，几乎各家各派都有自己的代表人物和杰出文章。像道家庄子著名的《逍遥游》："北冥有鱼，其名为鲲……"这一篇充满了丰富的文学想象力，文章中表达出来的自由自在的生活观点影响了一代又一代的中国文人。著名的《孙子兵法》，也出现在这一时期，"知己知彼，百战不殆""天时地利人和"等，都是重要的战略观念。

先秦已经出现神话和小说，成为民间传说的文字源头。如《山海经》中有昆仑山、西王母的提及；另外如《后羿射日》《大禹治水》《黄帝擒蚩尤》《夸父追日》《嫦娥奔月》《牛郎织女》《精卫填海》等，这些故事，许多同学都耳熟能详，但"知其然而不知其所以然"。一旦明了原来这么多优美的故事原型是文言文，如同长江黄河的源头在青藏高原，我们对文言文，不会再有十分恐惧畏难的心情。

顺流而下。汉代"骈体文"十分流行。"骈"字意思是两匹马并行，文中的句子一般以对仗形式铺陈。但后代传颂的"赋体"文言文的代表作，却推初唐杜牧的《阿房宫赋》和王勃的《滕王阁序》，其"落霞与孤鹜齐飞，秋水共长天一色"佳句，脍炙人口。"赋体"文言文的遣词造句法，一直表达在今天生活中的对联的写法。

魏蜀吴三国时期的名篇，以诸葛亮的《出师表》为例："臣本布衣，躬耕于南阳……"这一篇，其实就是诸葛亮在出发前给皇帝的一封信，表达自己治国、用人思想。

唐代，除唐诗这一中国文学巅峰外，中学课本经常会选"唐宋八大家"中韩愈和柳宗元的作品。如韩愈著名的《杂说》："世有伯乐，然后有千里马。"《师说》："师者，所以传道受业解惑也。"柳宗元的《黔之驴》，产生了"黔驴技穷"的成语典故；柳几篇系列写景致的《小石潭记》："从小丘西行百二十步，隔篁竹，闻水声，如鸣珮环，心乐之。"词句清丽优美异常。

宋词之外，"文"的写作与成就昌盛一时。"唐宋八大家"中宋占了六位。信手拈来欧阳修《醉翁亭记》："醉翁之意不在酒，在乎山水之间也。"逍遥的极致，盖出于此。宋朝还出产大量的话本小说，白话夹杂文言，如《三言二拍》中的《杜十娘怒沉百宝箱》，现在已被影视剧频繁改编。虽然在当时是白话文，口语的，但因为年代变迁，表达的词语与句子自然和现在有所区别，比如"那厮"，就是"那个家伙"。

元代的典型代表是戏剧大师关汉卿，他的《窦娥冤》是中国古代戏剧中的经典之作。"六月飞雪"的典故也出于此。

明清除四大名著长篇《水浒传》《三国演义》《西游记》《红楼梦》，亦有许多美文。时间与现代隔得相对近些，读起来难度会感觉小些。彼时，相同文学理想的人会形成相近的文风。如明代的张岱、归有光，清代桐城派的姚鼐、方苞，后者更因同出于安徽桐城被称"桐城派"，文风清新，直抒心意。记得我读中学时，课文选有归有光的《项脊轩志》，他纪念逝去母亲的寥寥数笔："'汝姊在吾怀，呱呱而泣；娘以指叩门扉曰："儿寒乎？欲食乎？"吾从板外相为应答。'语未毕，余泣，妪亦泣。"音容笑貌，跃然纸面；文章结尾句："庭有枇杷树，吾妻死之年所手植也，今已亭亭如盖矣。"余韵袅袅。通篇读来，泪眼婆娑。那是记忆中文言文以真挚的情感深深打动我的一次，至今记忆犹新。

每一篇文言文，都是一个曾经生动鲜活的作品。一旦我们拓宽背景知识，了解其后时代、作者其人、思想、文学追求，读起来，就绝不至于枯燥无味，就能身临其境，心随其思，此也可称"功夫在文外"。

了解到这一层，亦带出了本文题"纸老虎"另一层意思：我们不要被文言文难懂的表象所迷惑，不要畏难，坚持去读，去了解，去理解。这样一来，"纸老虎"必将轰然倒塌，展现出被掩饰住的无限风景。

一旦领略到乐趣，你将惊奇地发现，我们的日常生活中，成语、典故，文言文的印迹比比皆是。最初感到理解的困难（翻译上）、词性词类转换的困难（知识上）都不再十分显著。相反，在阅读与朗读中体会到的抑扬顿挫的语感与凝练写意的文字美感，必将在你的语言中、作文中自然传递出来，文采有了源头，语文水平必然水涨船高。[*]

Profile

Cast Light

on the Others

传
他
者
的
眼
光

part 5

工作的意义

2011 年北京大学深圳校友会迎新会致辞

亲爱的师弟师妹们：

又是一年"七月流火"，北京大学深圳校友会又一次迎来青春火样红的，自北京、从燕园远道而来的你们，将和我们先行者一道，生活、工作、存在于，这个南国火热的城市。请允许我代表这个城市里所有就学于燕园的师兄师姐，欢迎你们！祝贺你们走出校门，步入社会。

1

社会是个大熔炉，深圳也不例外。

这个城市，因只有三十岁，虽然坐拥千万人，与传统的北京、上海、武汉、南京，或者成都等大城市不一样，人在其中，有时候显得无所附着、无所依托；和我们许多人的家乡小城，更不一样，有时候，显得如此张牙舞爪，盛气凌人。但是，这个城市始终有他独有的魅力。你们，在座者们，你们未来的性格，将烙上这个城市的明显印迹。

比如自由。

相比其他城市，深圳拥有更多自由的空气。从燕园走出来，对于自由的理解与渴望，自然甚于他方。这座城的自由，因其年轻，还没有来得及产生更多复杂的人际关系背后剪不断理还乱的家族、派系牵绊，这是于每一个"新鲜人"都值得欢呼的事。因你是自由个体，你可以肆无忌惮地尽情燃烧，尽你所能，去进取，去搏击，去获取你们生命中的所将得与应得。当然，大自由、大收获的前提，是自律。于使命感、道德、价值观、专业观，我们必须比他人有更好的自律。

比如开放。

深圳这个城市，从不拒绝任何人。从二十世纪八十年代开始，这里就成为一代又一代人（假设四年为一代）的梦想践行地与实验场。无数人在这里收获了金钱、物质、社会促进、自我发展等各方面成就。深圳的海洋城市属性与他的年轻，决定他将敞开全身心迎接每一个新进入者，不论资排辈，不人云亦云，每个个体，只要你具有足够的热爱、悟性、创造力与执着，都可能在这个城市大展拳脚。而最具魅惑力的是，当你全力塑造自己、成就自己，你同时在丰富这座城市。自我发展与城市发展同步相融，你将在这里生发生命的成就与满足。

深圳东部是海，第一次在滨海城市生活的同学，将深度见识海的瑰丽与壮阔，你们的性格将逐渐融汇海洋的色彩与性格，这是生命非常奇妙的体验。

2

做一名合格"社会人"的基础，是做好你的工作。作为新晋者，如同贝多芬《命运交响曲》开端的强击，工作无疑将成为这一段生命中最强烈的音符。从校园走出，一般而言，这个行为将伴我们终生。所以，工作状态的如意与否，决定了我们人生幸福指数的大部分。

首先，请以最高的效率，真正了解你的工作。工作绝不仅仅是"养家糊口"、获取工资报酬那么简单。每一份工作，无论是听起来还不错的公务员、金融业，还是极不起眼的小职员、小技术员、小店主，都有其宏大与卑微的双面。对于目前仿佛"没有找到一份好工作"的同学们，一定要保持冷静的思考与从容的面对，"他强由他强，清风拂山岗"。

没有任何工作（或事业）的宏大，能抵得过生活本身予人的磨砺与教诲。生活，在你们这群刚刚打开生活之门的同学身上，通常以工作、爱情之名，以其日复一日的重复，往你们的激情、梦想之火上狂浇冷水，竭力将生活伪饰成苍白、无趣的面貌。生活与工作某阶段的重压，将让强者愈强，知难而上；有时候却让懦者却步，让梦想止于"想"，让前行者改弦易辙。而每当此时，我们在燕园读过的书、曾聆听的智者之言，所闻的老先生们亲口陈述的"道"，都将在我们心灵彷徨、茫然时灵光乍现，这些记忆与现实中的璀璨星空，足以令我们心灵日趋枯萎时鲜花怒放。

所以，热爱每一份工作的前提，实质上是热爱生活本身。世俗之中，工作将带给你朋友、乐趣、成就感，帮助你在这个庞大的拥有某些秩序的社会中找到自己的位置，让我们在社会中获得安全感。

3

最后，也是最重要的。而此一生，我们都将如苏格拉底所言，"认识你自己"。

刚毕业也好，毕业五年、十年、二十年也罢，我们的一生的旅程，都无非在不断地螺旋式深入地认识自己。

毕业伊始，来到这里的每个人，都怀着异样的心情。北大毕业生，怀有浓厚的使命感、家国梦，当不在少数。国家、民族这些宏大命题，将落到每人每天的工作与生活，所思、所感、所动、所为。慢慢地，你们将惊奇地或发现，或证验，桃李芬芳和社会栋梁二者之间，当真存在着必然的联系。社会是一所比北大更宏大、越发深邃的大学，我们都一样，将尽一生之力，认识自己，发现自己，塑造自己，成就自己。

踌躇满志者，请牢记信念与梦想，在广阔的社会里书写自我篇章时，坚持自己的方向；随心所欲者，请记得天大地大，无处不家，我们善待生命中的每一段经历；无所畏惧者，我们需提醒，生活总会有意无意在某个不经意的路口设一些陷阱，希望你们有足够的智慧直面一切坎坷，坚持往前。

还有你，对未来，因前途未卜的未知而茫然者。在这个城市生活，有时候会陷入不可避免的孤独；在你因工作、爱情、友谊产生悲伤、无聊，或直面生命的纠结境况，你会迅速深刻地感受到这个城市的孤独，你会归咎于这个异化的都市。请记住，这只是生活里一个小小的波浪，现代化、人情淡薄、高楼林立、人性异化不止于这座城，不止于每个人。那个时候，一定记得想起你身边与你同行的同学们，请想起我们，一同在这个城市里的师兄师姐们。

亲爱的师弟师妹们，你们到来的 2011 年，深圳格外不同，无关大运会，而关乎凤凰花。这是南国里最令人惊叹、最生机丰沛的一种木本花树。今天，我们将凤凰花盛放归辞于迎接你们的到来！这座城市以他特有的美与力，将带给你们这一阶段人生最丰盛的体验。

去吧，去亲近这座城市蔚蓝的大海，葱郁的山林，从高阔天空中、云舒云展中找到宁静，从长年艳炽盛放的勒杜鹃里寻找生的力量。我们也相信，刚出燕园的你们，将以最饱满的生命力与炽热，让你们每个人的生命之花在最美的时候怒放。

最后，请记住，校友会是燕园在深圳这块土地上，我们、你们一起建筑的精神家园，我们相依相偎，直成永远。

英雄不在遥远的他乡，就在每个人自己心里

在北京大学深圳研究生院 2015 年毕业典礼上的讲话

尊敬的老师们，亲爱的师弟师妹们：

下午好！

首先祝贺师弟妹们在深圳"七月流火"蓝天白云的美丽中迎来毕业的日子。你们将从未名湖那个"海洋"、从塘朗山的屹立和大沙河的流淌边，有人静静地，有人热烈地，有人憧憬地，有人不舍地，更多的人怀着对未来的跃跃欲试离开。

我 1997 年离开校园，从校园一跃而入比未名湖和大沙河更深、更远的社会。很多年以后我会这样描述：闭上两眼，一头扎进市场经济的汪洋大海。跟你们比，我那年毕业时充满紧张和恐惧，或者随遇而安、心态消极。因为种种变故，我毕业时都没找着一份像样的、和名校毕业生相匹配的工作，至今我都仍然记得那年深圳人才市场里人头涌动、熙熙攘攘得跟菜市场一般，而我无所适从的心情。

昨天我一直在想，为什么是我？今天站在这里作为校友代表，和你们分享我的祝福。作为北大中文系毕业二十一年的学生，一无桃李满天下，二无著作在身，三无一官半职，四无像黄

怒波师兄般商誉满天下。我想了又想，终于想到一个可能的答案：因为我在这个功能与功利的世界里，一直没有被任何名、利、庸常生活所奴役，始终坚持我自由的灵魂。

记得刚进燕园时，孙玉石先生任中文系主任，他说："你们，是社会的栋梁，是精英。"那年我不满 18 岁，听到这句话吓出一身冷汗。后来我才慢慢知道，为什么会一身冷汗：在一个人被赋予精英意识的同时，对社会、家国的责任共存并生。我天性自由散漫，所以一听说被"精英"，就吓出一身冷汗。二十年白驹过隙，我终于成了自由的自己。我现在任职于松禾成长关爱公益基金会，主理民族文化传承和保护的公益项目"飞越彩虹"，这三年我走遍中国边疆省市，和维吾尔族、塔吉克族、藏族、傈僳族、纳西族的乡村教师和大山里的孩子们一起歌唱，为中国这片土地上真正盛开多民族、多元文化的花朵而努力，而这三年我充分体验了中华多民族传统文化的善与美，为经济落后、相对贫穷的边疆地区做了我力所能及的工作。

这项工作是幸福的，因为与爱、与美同行，而这份工作，让我触摸到最真实的中国乡村的现状，让我更真切地思考艺术的善与美、教育的好与坏、人性的善与恶、城乡的先进与落后，而在其间每到一处，有感于土地和人民的美丽与淳朴，有感于世界常常突发的可能之恶——比如去年的马航、今年的沉船，比如尼泊尔大地震——我在行走、奉献和思考中，从不惑之年开始，终于成就自己成为一个独立思考中的行动者，一个名副其实的"游吟诗人"，一个自由灵魂的坚守者。

当然，直到此时此刻，我都不能够说自己已经精英了，但是最重要的是，我已经自觉地把社会和这个国家的未来和自己的点滴努力密切地关联起来，用自己点点滴滴所知、所言、所行，去推动、去构建我们理想中更可爱的社会。虽然有点晚，但"朝闻道，夕死可矣"。拥有信念，然后坚守，任何时候都不晚。

所以，我们经常感受到，在这个人人平等的信息化时代，当前有无数原本青春热血、充满创造力的年轻人，自甘平庸，以毫无个性、人云亦云、丧失独立思考能力为理所应当——房价高了，叹息生不逢时买不起房；风气坏了，跟着网络骂骂娘、吐吐恶气，仅此而已。这些，我必须有一千个一万个理由相信，都一定不能是走出南燕的未来你们，因为，你们将如此真切地成为这个社会的栋梁和精英，不过一定要记住，精英也好，栋梁也好，势必与责任同步。

在你们离开校园前夕，我想以过来人的经验，给你们几句真挚的祝福：

1. 不辜负。不辜负你们在南燕这个美丽的校园抛洒的青春。在学校良师益友的给予必然数不胜数，我相信许多同学在校期间，都已耳濡目染深圳校友会里很多坚守梦想的师兄师姐们的言行、创造，像汇丰、光华的戈壁挑战赛，像北大青年创业营对于年轻校友们的真心扶持等等。我深信这些师兄师姐们都保有着燕园收获的美丽的灵魂，通过点点滴滴的行动，完成每一个梦想光火传递的瞬间与永恒。千万不要辜负。

2. 不屈服。你们将真正从学生转而成为社会人，你们将重新和同龄人站在同一条起跑线上，展开平等、剧烈甚至残酷的，来自职业的、社会的各种竞争。我以为，所谓生活的艰辛、日子的庸常，高房价、大压力，对每个人都是平等的，但是，不屈服的人，将赢得幸运女神的青睐。不信，站在你们眼前的我，真的从来没有屈服于生活给我出的各种难题。

3. 要"更"。面对工作，和我们在燕园学习、做研究课题一样，要更优秀，更执着；同样的工作，你要更有思考，更有行动力，更有严谨的思维，更有正确的方法，更有广阔视野，更执着。

4. 要唯心。在做重要的生活决定时，比如换工作，比如谈恋爱，一定要在安静中反复问自己的心，这是不是我真心追逐的方向。我们是全中国最好的北京大学毕业的同学，如果连我们都不能追随自己心灵的律动，请问还有谁能呢？

我小时候，一直以为书上的字是天生的，地上的房子是天生的，幸福生活是天生的，慢慢长大才知道：书是作者写的，房子是建筑师建的，每家人的幸福生活是每个家庭成员创造出来的。当我真正认识到"主观能动性"的力量后，我终于成为一个坚定的行动者。我更喜欢看好莱坞的一些平民英雄片，那些片子告诉我们，英雄不在遥远的他乡，英雄就在身边，就在自己的身体里藏着。英雄，就在每个人自己心里。

二十年过去，我觉得这个社会历练了我的能力，让我拥有了坚毅的力量，但回望来路，我之所以能成为现在的我，实在是因为燕园时代塑造了我的情怀。情怀，虽然有时显得虚无，她既不是房子，也不是存款、金银财宝。但是随着岁月的流逝，我们会越来越珍惜这样的情怀，因为她是一种比房子、存款、金银财宝更弥足珍贵的东西，是一种让生命持续绽放光彩的温暖所在。

毕业，意味着分离。但是，我用一个从燕园毕业 26 年的师姐的亲身经验告诉你们，今天我们的告别，意味着精神上永远的守望。这是我们共同的家园。你们的心却将会永远地留在燕园的这几年，留在这一刻。

谢谢大家！

我以锦囊赠远行

尊敬的老师们，亲爱的同学们：

大家上午好！

很开心有这样的殊荣，七年后又一次站到这里，和同学们分享。"说什么"，其实很难，因为近阶段在语言文字表达上我有点患上"失语症"。这几年从世界、国家、社会的"百年未有之变局"，到个人步入知天命的年龄，太多人、事、现象的翻云覆雨，极度挑战我的人生经验和知识储存，而偏偏我又一直深信"一诺千金"，追逐"言辞立其诚"，当面临"你相信的，就对吗"的怀疑时，言说就成为一件对自己危险的事。当然我这种个人体验不是孤例，在学术维度，思维、语言、文字、符号、世界、真相、意义等关系探究，正是哲学、宗教学、文学、语言学等学科的基础母题。然而终究毕业季对同学们是人生中最重要的大事件，而担任分享嘉宾对我来说也是非常荣耀的。思量再三，我还是决定站在这里，来分享这阶段对生命、未来、社会最真实的思考。

世界，或者说命运对毕业于 2022 年的同学，展示出太不友好的那一面。在座硕士同学 2019 年入学，新冠蔓延始于 2020 年初，同学们在南燕就读、求学的大部分时间，和全球、全国的病毒战一起遭遇、胶着。我们在上网课、测核酸的日常中，怀着对秩序回归的渴望，亲历着诸多世界与国家大事，大历史和生活日常真切交织，并行不悖。作为学长，对这样一种现象我竟然怀着一种深深的恨意：恨的是世界对于生于和平年代，多在丰衣足食中成长，尚未披上足够抵御人生之恶的经验盔甲的同学们，突然展露出狰狞面目，向你们发射出了残酷的炮弹。当然，必须说，这些炮弹的目标是世界上的每个人。

对于同学们，我深感的第二个不友好，是互联网时代资讯碎片化、单向化、极易网暴化指向成长环境的太多负面。这些年我一直在社会教育领域浸润，特别关注青少年思想、价值观的养成，我深刻地感触到"互联网原生代"在生命维度上对年轻人的潜在的巨大危险和不友好，其中包括社会巨变、传媒世代中多多经典的解构和颠覆的时刻。最简单的，我们这一代从小从家庭，从学校，从文学艺术浸润而来的亲情主义、自然主义、浪漫主义、英雄主义等复合型思维价值观养成过程，很大程度让渡给十万+公号、抖音、短视频等思维单向度指向的传媒。我个人是非常坚定的自然和文化多元化的推动者，也深信"长江后浪推前浪"，对我们无限的创造力和想象力充满信心和欣喜，但站在一位学长、一个母亲的立场，我格外关注、希望因共情而共鸣的，是年轻人当下和未来，可能面临的最大的心灵困境。我同意一位学者的看法，00后Z世代"安身"不成问题，但"立命"会面临严峻的挑战，"安身立命"是中国传统文化中对每个人成为一个合格的社会人，从而组成健康和谐的社会的基础表达，"安身"

指向日常，"立命"指向生命的意义。

当然，从今天到未来，还会面临很多很多的不友好，有一个非常真切的，就是疫情后世界、中国，社会经济从阵痛到复苏的过程中，在座毕业同学作为新鲜社会人，我想你们将面临的艰难可能会更多一些。东方甄选董老师金句说：痛苦是常态，但人生打怪升级，也是常态。"路漫漫其修远兮，吾将上下而求索。"

当面对世界诸多不友好时，请同学们一定给自己寻找到、构筑起一个可以让自己永远栖息的心灵家园：形而下，近距离体现为日常生活中的工作生活，亲情、爱情、友情、同学情、师长情；形而上，则是人类群星闪耀的思想之光。作为中文系学姐，我很想点题告诉大家，文学艺术中蕴含着的关乎生命和意义的原力所在。比如沈从文先生的箴言：对于生命更重要的，是"读人生这本大书"。狄更斯《双城记》的金句："It was the best of times, it was the worst of times."把视野从脚底下、从眼前拉伸开去，会哑然一笑，原来所有的不友好，在人类时间长河中其实并没有质的变化，只是不同的时代换了不同面孔，加诸心灵成长彷徨中的我们。于此，中国古人早有诗心和智慧的宝藏人文传统应对，不信大家默背、品咂一下耳熟能详的"宝剑锋从磨砺出""故天将降大任于是人也"等等篇目。当把自己放置到人类和人生的谱系里，准确定义所有大大小小的不友好，是一种生命磨砺式的必然，对于在座的新鲜的社会人们在这个日常和大历史交织的毕业年开启的人生长卷，带着这样的一种认知大前提去认识自己加入的机构、投身的工作、服务的领域、改良的社会等，应该是具备"无用之大用"的意义。阅读经典，开拓视野，算我离别时折柳相赠的第一个"友好锦囊"。

第二个锦囊，关乎我们共同拥有、一生相随的"北京大学"这个名字。我想起自己大学毕业那年，和同班同学，两个小女生到四川、云南游历了一个月，揣着两百块钱出门闯世界。一九九三年阴历年二十九，我们寄住在云南大学一个被"忽悠"而成的青年教师朋友的宿舍，苦求大年三十回家的火车票，那是另一个"青春闯江湖"的浪漫故事。春天开学，我在燕园收到这位朋友的一封信，我深记至今，信中有一句：北大是中国天空中明亮的月亮，群星拱卫。我被他这句评价深深打动，也很感慨即便是两个中文系女生随性所至、随心所欲的一次游学，都被他者烙刻上北京大学的印迹。年轻人对一个事实或许不甚明晰，但随着岁月的洗礼将越来越明澈：从我们每个人和北京大学相互选择那一刻开始，北京大学一百二十余年传承而来的责任，已经成为我们身份和血液的一部分，深宏如爱国、民主、进步、科学，通俗如学霸、精英、才华、优秀，等等。这个名字，它可以是心中一生的光，同时它一定是我们背上永远的芒刺，我以生命经验告诉大家四个不要：不要伤害，不要辜负，不要抗拒，不要害怕。给每一个"不要"加上状语：不要因为功利而伤害她，不要因为"躺平"而辜负她，不要因为负重而抗拒她，不要因为宏大而害怕她。

1997 年我从暨南大学硕士毕业，我其实还没有学会游泳，就把自己抛掷入生活的汪洋大海，扑腾至今。毕业近三十年，一路奋进地从职业生涯，到自由文艺；从为人父母，到怀着"幼吾幼，以及人之幼"的心灵去服务公益组织。事实上我身边更多贴身工作伙伴较少北大人，所以我经历过太多对北京大学毕业的学生"另眼相看"的期许和危机。现在身边 00 后 Z 世代同事不少，也大多不是北大毕业，也不是 985 毕业，甚至有的没有上过什么大学，但这些我年轻的同事们无一不拥勤奋、务实、真诚、向上的秉性，从他们身上我都能吸收到源于对人性真、善、美渴望与追求而拥有的力量，而正是他们，让我务必同样地更加地勤奋、务实、真诚、向上，去胜任一个北大人、一个小 team leader 的角色和光亮。大家看看，多简单，不努力变得更优秀，我们就会伤害"北京大学"这个名字。

最近"东方甄选"带货堪称逆袭，成为最励志和最具影响力的网红话题。经历阵痛，重返战场，奏响生命最强音，我觉得俞敏洪师兄绝地反击、逆境奋进的"第二春"焕发出格外迷人的芬芳。而在我们身边，厉伟师兄发起"未名净山行"，明天第一期梧桐山之行。"带队捡垃圾"对于厉师兄，已成日常，他的家人、朋友、校友，随他行走之人众矣，清洁山林，清洁海滩，清洁戈壁，清洁珠峰，为自然、为社会、为城市、为弱势群体奉献的精神，已经深深烙入他的血液，他那张称为"九袋长老"的照片，背上负着九个垃圾袋，我说这是"从绝望中捡出希望"。两位学长的行动和选择，正是印证了罗曼·罗兰的那一句话：世界上只有一种英雄主义，认清生活本质之后，依然热爱生活。他们也在以个体生命之光，传承、辉映、擦亮着"北京大学"这个名字。

最后我还有第三个锦囊，是一篇小说《金蔷薇》，十九世纪苏联作家所写，我不厌其烦地给同事们推荐。一个老金匠，日复一日地收集点点滴滴细细碎碎的金粉，最后以生命和技艺，为他终生呵护的年轻姑娘呈上一朵绚丽迷人的金蔷薇，去捍卫姑娘将遭遇的人生逆境。这篇小说，是生命以至善、至爱、至美，穿透人生艰辛与人性烦琐、卑微的迷雾，去守护、传递、创造极致美好的故事。我最初读这篇小说时在大学，那时候着迷于这朵金蔷薇惊心动魄的爱与美，但三十年过去，我想去做那个老金匠，为年轻人锻造那朵金蔷薇的理想，也成为我生命追光所在。"心有猛虎，细嗅蔷薇。"当我们为深爱之人、为钟情之事而奋斗成为我们的日常，为家国、为民族亦当成为一种必然。纵使未来如深海，充满不可知，我们亦因心中的爱与美，步伐的毅与定，向光而行，踏浪而歌。

　　谢谢同学们的聆听，也衷心祝福大家。

　　也要感谢学校的邀约，让这次分享，成为治愈我"失语症"的一剂良药，谢谢！

后记

在天命之年出版人生第一本书，于我有很不一样的感受。

早在不惑之年，就有念头如春草冒头，想着把自己写过、受朋友们赞誉的文章结个集，结果被陶先生抚掌大笑后一言以"毙"："您真觉得你写的那些字值得付诸印刷吗？"念头随南国夏日飓风而逝，再无踪迹。接下来继续如花美眷，似水流年——十年稍纵即逝。单就"不惑"和"天命"两个词语，我跟许多朋友感慨过孔夫子对生命体验在文字表述上的惊人精准；而了不起的汉语中关乎人生态度和哲学的词句更是浩瀚如海，让我无论居于何样人生情状，皆能找到正能量词句倚身其上，心安理得，比如"不求甚解""述而不作""穷达之辨"等。新十年更丰富的生命阅历，和持续有感而发，以是成文的积累，让当年"春草"之念渐行渐远还生，更生出勇气，不复以陶先生笑言为心病。

遂选自2006年伊始我在《深圳商报》《深圳细节》专栏所撰的千字稿，汇成上部；摘十余年生命且行且思而写成的文字，凝成下部；更感人生一路，文字仿若有着若隐若现的牵引力，自题书名——《有舟如系》。

感谢老同学溶冰。如非她2005年底一个电话"你该为深圳文化做点贡献了"一句，激活我内心深潜的某种欲求，多年职场嚆字稻粱谋志得意满的我，恐怕已难回归随心所欲写文章的正道。感谢亦师亦友的邓一光老师。在世界图书日收到他发来汤汤乎近万言的序，几近无语凝噎。某年我二十四小时不间断读完他的新作《人，或所有的士兵》，放声大哭，在心中定义他为当代最好的作家，开启亦师亦友的相交时分。读完他的序，我觉得可以跟读者说，其他就当这篇序中对于深圳、对于人生、对于作者的备注吧。

感谢陶先生。中文系出身的我，很负责任地认定化学系出身的陶先生在文字上的松弛感和随性自在感远胜于我。不过我并不因此而惭愧，因为确实言为心声，文无定法，对于写作这件事，我无比虔诚。我清晰地知晓自己既不具备骄人的天赋，更缺笔耕不辍的勤奋和自律，所幸性真情直，在为人和行文上也算秉持了知行合一、言行一致的当有之意。

作为妈妈，我尤其感谢陶睿愿意将她的摄影作品和我的文字同行，感谢陶天予用文字写下的感言和祝福。作为作者，感谢为本书付梓付出心血的每个人。一个小小的心愿是，陌生的朋友们能从书中知晓一个异常真实的我的生命经验，从字里行间或启所思，或遇共鸣，那便是与书随行而至的、高山流水的至尚美意。

2023 年 9 月 4 日

附录

她与近 40 支民族童声合唱团一起
穿越高山，飞越彩虹
2022《北大人》专访

在深圳，有一个传承保护我国多民族文化的公益项目运维着近 40 支这样植根于祖国边疆的少数民族地区合唱团——飞越彩虹民族童声合唱团。

15 年前，"飞越彩虹"公益项目由北大校友罗飞等发起，在深圳诞生。15 年间，"飞越彩虹"的工作人员、音乐专家、爱心人士走遍祖国大江南北的民族聚居区，深入到田间地头，携手合力、持之以恒地倡导和推动"以童声合唱传递民族文化之美"。

合唱团的现任执行团长王芳，一朵曾经在未名湖上飘忽不定的云，一路寻找，一路收获，给这些来自祖国天南海北的孩子们，带去了一道明朗又灿烂的彩虹……

这朵云与近 40 支"飞越彩虹民族童声合唱团"的故事要从北大开始讲起。

……

一朵飘忽不定的云
1989 年的秋天，一个热烈又多思的湖南女孩拎着行李成为燕园新生的一员。

回忆起那段浪漫无比的青葱岁月，王芳脸上洋溢着飞扬的光彩。她说当年的自己就像一朵飘忽不定的云，是一个"到处玩的主儿"。

在青春的文艺与热闹中，王芳迎来了她二十岁的生日。那是北大最秾丽的深秋，是银杏飘飞的十一月。

王芳是班里最小的同学，平时备受宠爱。她的二十岁是一件全班告别一字头的大事。于是，同学们说："我们开个舞会吧。"同班同学刘颖负责张罗场地。那时学校里舞会很盛行，每到周六晚上，35 号楼中文系的女生都会在宿舍里化各种妆，穿上最漂亮的衣裙去跳舞。

于是，她们举办了一个"王芳 20 岁生日 party 舞会"，正式而隆重地向同学们发请柬。靠着在三角地租借古武侠和琼瑶爱情小说成为万元户的化学系同学王宏西装革履地携女伴出席，还给王芳准备了一个 20 块钱的"大红包"；王芳男朋友的围棋棋友生物系林同学则从学校里荒芜的荷塘附近采集了枯枝、野花，束成花束送给了她。

party 进行到尾声，王芳和全班的同学一起合唱罗大佑《光阴的故事》。歌声伴随着光阴缓缓流淌，却猝不及防地撞上漫天飞舞的银杏——原来是人群中突然有几个同学拎出了装满银杏叶的袋子，将黄叶哗哗往天空撒。黄蝴蝶一样的银杏叶翩翩飘落，全班的姑娘们抱在一起又哭又笑。收到请柬来跳舞的男同学全都傻了，感叹道："哇！中文系女生怎么可以这么浪漫！"

离开校园后，这场特别的生日 party 时时萦绕在王芳心间。

2013 年以北大校友俞敏洪为原型制作的电影《中国合伙人》上映，王芳独自买票在半夜看完。电影结束，《光阴的故事》再次响起："流水他带走光阴的故事，改变了我们，就在那多愁善感而初次回忆的青春……"从电影院走出来的王芳一个人在街边坐下，哭了半个小时才回家。"我想起了在学校的所有点点滴滴，和这场生日会。"那场与北大有关的青春，演变成精神上永远的守望。"我们的心永远地留在燕园的那几年，留在那一刻。"

湖的沉静和海的容量

本科毕业那年，王芳以班级第三的成绩，出现在中文系的保研名单中。一贯坚定不移地想要扎根土地，像一朵云一样到处游走的她，打算跟随本系的方言学老师王福堂先生，从事方言学的相关研究。

但由于父母希望王芳去深圳，加诸当年对她内心触动很深的"馅饼事件"，王芳决心回到南方。做出这个决定的她，"觉得自己特别对不起王福堂先生"。

王芳在做足了心理建设后，鼓起勇气去找先生解释。先生听完后全无诧异，只是很温和地对她说："我非常理解，家里是很重要，爸爸妈妈是很重要的。不过王芳，那你要去广州的话，你愿不愿意去广州读研究生啊？"

在得到王芳的肯定答复后，先生便走进卧室，给暨南大学的方言学老师拨电话。这样的一通电话，让原本怀着沉重的心情负荆请罪的王芳，顿觉如沐春风，无比温和。

我没有想到北大的先生真的就是北大的先生，永
远那么沉静，像湖一样像海一样的容量。

　　在先生的肯定之下，王芳摆脱掉了背负的所有枷锁，她去到
广州，在暨南大学继续攻读研究生。

　　研究生毕业之后，王芳放弃读博。做出这个决定的王芳，给
王福堂先生写了一封信。"在我心里最亲密的导师是王福堂先生，
我不做方言，一定要给先生有一个交代。"

　　王福堂先生给王芳回了一封手写信，至今仍是王芳的珍藏。
先生在信里有一句话，他告诉王芳，"社会对人才需求比对方言
学要多得多，中国整个社会的发展进步需要的人才比我们方言
学需要的人才要迫切得多"。读到这封信后的王芳心中感慨无
限："北大的先生永远怀着怎样的家国担当啊！"

　　毕业后，王芳来到深圳。在广告公司工作期间，王芳再次给
王先生写了一封信，向他汇报高歌猛进的时代。此后十余年间，
王芳还与先生通过两三次信，每次都得到了先生的亲笔回信。尽
管如此，王芳却并不愿意与先生通电话。"总是觉得我没有什么
可以跟先生说的，没有什么让他为我而骄傲的，我没有能够给他
带来'因为我是您的学生而生出力量的东西'。"

　　后来，在同门师姐李战的鼓励下，王芳鼓起勇气给先生打
了一通电话。接通的瞬间，王芳感觉时间都凝固了下来，定了下
来。先生温和的声音从听筒里传了出来，他说："王芳啊，好的，
我很高兴。"只是再平常不过的问候，却让王芳泪流满面。

> 每当我觉得自己"有罪",我要去跟先生"请罪"的时候,先生就是春风化雨一样地推动我。他会给我一个非常坚定的新样式的理由,让我摆脱掉我所有的桎梏从而投身进去。我想这就是北大和北大先生带给我的,最珍贵的东西。

未名湖边飘飞的银杏和湖水一样沉静宽仁的先生,既是王芳精神上的守望,也积淀出她行事浪漫又包容的底色。

在悠扬的歌声里盼望彩虹

2011 年,"飞越彩虹"民族童声合唱团在深圳音乐厅演出。被"抓"去做志愿者的王芳听着边疆孩子们的演出,听着来自藏族、纳西族的孩子们最纯澈,最干净的歌声,深深陶醉其中。"我觉得简直太美了,因为那段时间我刚经历育儿生涯,也有一阵子没有去诗和远方行走,所以当时给我的感觉是特别震撼的。"

两年过去,王芳有机会再次参与 2013 年深圳音乐厅"山海和声 · 飞越彩虹"音乐会。那次音乐会的规模比较大,有来自五个民族的一百多个孩子。

第一次去开组委筹备会的王芳被组织者真挚热忱的氛围感染,却也察觉到缺乏核心组织者带来的杂乱和效率欠缺。一贯性格积极活跃的她忍不住提出了自己对活动组织的看法。

她的倡言受到了当时担任合唱团艺术总监的赵晓爱的认同,来自周围的肯定也让王芳觉得安心,促使她更加深入地参与其中。

音乐会圆满结束之后，"飞越彩虹"项目的发起人、北京大学经济学院 1984 级校友罗飞找王芳聊了一次，邀请她担任基金会的秘书长。

2006 年到 2013 年，一边带孩子一边"搞文艺"的王芳，一直在做自由撰稿人。这次，被孩子们歌声深深打动的王芳，面对"飞越彩虹"的邀约着实心动了。她第一时间把这件事情告诉了陶师兄，王芳口中的"陶师兄"是她的爱人陶武彬，两人同为 1989 级同学，相识于北大校园。相伴几十载的陶师兄总是无私地支持着王芳做任何她喜欢的事情，这次也没有例外。"你觉得喜欢，你就去做，我都支持你。"得到了家人支持的王芳，放心地接下了这个任务。

> 因为边疆孩子的美吸引了我，他们的歌声吸引了我；也是罗飞师兄、厉伟师兄的师兄弟情分，北大人发起的项目这样很内在血脉的关联吸引了我。信任跟美的双重诱惑，工作机会刚好跟我那个时候的生命阶段完全匹配、一致。

音乐是跟心灵相通的

王芳与音乐的心灵对话，其实早早就有了苗头，有了发酵，而后继续沟通，继续碰撞，在她致力的"飞越彩虹"合唱团中，也在她生活的点滴感知里。

2006 年到 2013 年期间，从事自由撰稿人工作的王芳和深圳音乐厅结下了很好的情谊，成为深圳音乐厅有乐评人制度后的首批五位"特约乐评人"之一。

一场《春之祭》交响音乐会，让她听到失声痛哭。

> 《春之祭》让我感受到作曲家表达的西伯利亚寒冬
> 走向春天，那种巨大的万物用尽各种解数破土而出的
> 力量让我感受太深刻了。我自己都没想到过，我会听
> 一场古典音乐会，听到痛哭流涕。

那场音乐会联结了王芳文学学习与音乐的共鸣。在不断了解与学习的过程中，王芳开始将自己的文学创作能力运用到歌词创作领域中。

2018 年，她带着"飞越彩虹"的孩子们第一次到北京参加中国国际合唱节，到中央音乐学院彩排。

盛夏的午后，王芳在央音校园里槐花树的荫凉下停留了十分钟。在这十分钟的安静里，槐花在地上落下一片洁白，映照着盛夏斑驳的光影，映衬着地上蹦蹦跳跳的麻雀。王芳很快就写了一首诗："一朵槐花落下来，两朵槐花落下来"。1989 级计算机系校友袁剑松看到朋友圈里的这首诗，第二天便谱了曲发给王芳。"那首歌特别好听，特别安静，很纯净的感觉。"

> 音乐创作的过程会让你感觉到不断有力量，不断
> 有美在加持，把最初的初心一点一点、一层一层往上
> 加。回过头来，所有情感都得到呼应、共鸣，我觉得
> 这是音乐力量加持，让感情在音乐中飞翔的力量。

音乐是跟心灵相通的。

2020 年年初，新冠肺炎疫情席卷全国。那年的春天，疫情稍有和缓后，王芳第一次跟孩子一起下楼。福田区的街道上空无一人，目光所及都是一派冷清。"我是学文学的，那一刻，所有古典诗词等文学里的凄清感全部涌上心头……"

2022 年，深圳再次在疫情中走入春天。王芳和"飞越彩虹"的创作团队一道，给战斗在抗疫一线的深圳人写了一首歌。

"手持玫瑰，心向彩虹。"这是人们心怀对突破的渴望和憧憬，是协力奋进的足以战胜一切的力量，是在生活的节奏里从容唱出的春天的回答。

找到一朵花的根

2013 年，接手"松禾成长关爱基金会"秘书长，并担任"飞越彩虹"公益项目主理人到合唱团团长的王芳，开始从旅行者以外的视角，沉潜进边疆的文化氛围中。

我们和当地各族孩子、和民族传承人站在那片土地上，用他们本民族的母语唱响他们旋律的时候，我就全面刷新了对边塞诗和游吟诗人的认知，欢乐的、苍茫的、雄浑的，特别异样，有了进一步、更深度的叠加升华体验。

《花儿为什么这样红》这首歌，王芳在小时候看电影《冰山上的来客》的时候就听过。但走到帕米尔高原上，接触到塔吉克族的人民，听当地的老师、孩子们唱着这首歌来源的最民族传统的《古丽碧塔》的旋律，她又萌生了一种别样的感受。那种原生土地上更为朴素的声音，牵连着文化血脉的，从当地人身上自然而然流淌出的律动，让王芳觉得热泪盈眶。

> 你全过程见证和体验了一棵歌曲的树从根脉开始生长，扎根在土地里，破土而出，向天空生长，向太阳绽放，歌声里那种茁壮、那种艳丽完全不一样了，里面有一个民族文化的全部，有一个生命的全体验，已经绝不仅仅是一首歌、轻飘飘的一首歌而已。

早先王芳去贵州，听到当地的水族老师抱怨，孩子们不爱唱水歌。他们会唱《小苹果》，会唱《对面的女孩看过来》。对于本民族的歌曲，孩子们却不感兴趣，或者觉得唱起来有点丢脸。

王芳觉得这实在"细思极恐"。于是，除了向孩子们传授唱歌技巧外，"飞越彩虹"还致力于寻找深谙民族歌唱文化的老师，积极推动少数民族母语演唱，通过演唱自己母语的歌，让孩子们获得根本上的自信。

王永刚是大山深处的一个普通农民，他能编歌，能跳舞，还会自制民族乐器。但他唯一的学生，却是自己的儿子。在"飞越彩虹"项目找到他之后，他成了傈僳族童声合唱团的老师，每天向孩子们弹奏自己热爱的音乐。

除了王永刚，合唱团里的民族老师还有许多：满头白发的纳西族歌后肖汝莲奶奶的歌声依旧令人沉醉，身着民族服饰唱着羌族歌谣的王世林有着来自云间的嗓音……他们纵情歌颂着脚下最热爱的土地，吟唱着血脉里回荡的声音，再搭乘着彩虹的桥梁，把这份悠远又神秘的美丽写进孩子们的心里。

王芳认为这也是文化的根。

> 在歌曲里，载歌载舞里，我们看的是叶。但通过跟"飞越彩虹"的行走，跟各个民族孩子们音乐人们血脉相融，同时为他们付出，心甘情愿地付出，收获生命体验跟感知，我就找到根的所在。从感受花跟叶的美好，到探寻到中国各个民族音乐为什么这么美好。这种感动，是更深刻的。

翩翩少年行

2016 年，王芳带着十几个哈萨克族的孩子到台湾玉山去参加玉山星空音乐节。玉山中央居住着台湾原住民族布农人，他们唱的八部合音在全球闻名。

在安排好各类工作后，王芳在楼梯上碰到一个叫宋哈尔的小朋友。王芳见他垂头丧气、神情沮丧，便走上前去向他询问缘由。宋哈尔对她说："老师，我们好菜啊。我觉得他们唱得好好听，我们唱不了那么好。"

王芳见他频频强调自己很菜，便让他赶紧打住，告诉他："你要是菜的话，我们不可能经历和克服了那么多困难，来到这里参加这台音乐会。你不要垂头丧气，如果觉得自己还不够好，马上去练习，你要知道我们要展示的是哈萨克民族音乐的最好状态。"

后来，合唱团的孩子们顺利完成了这场演出，马英九的夫人周美青女士特意来到现场给合唱团的孩子和老师们赠送了礼物，并表达谢意。

活动结束后，回到学校的宋哈尔在课业上依然很用功。成绩优异的他还考上了在敦煌的中央民族大学附属中学。

"我觉得能够为在深山的孩子们创造机会把他们带到发达的城市，带到中心的舞台，让他们用自然纯真的歌唱去征服观众，获得自信，这个就是走出来最基本的收获。这种自信跟荣耀感会让孩子们记住，最终形成他们心灵的力量，去向前向上改变人生。"王芳认为，这是"飞越彩虹"要做的最基本的层面，这是民族文化保护与传承的"各美其美"。

面向未来，王芳则认为，"要让美在每个民族自信发声、自然发声，做到美美与共"。

2021 年建党百年，王芳给合唱团写歌，写了一首《翩翩少年行》。她写的是跟随"飞越彩虹"到中国贫困的乡村，亲眼见证的扶贫发展与人们生活最真实的改善；她期望孩子们唱出来的，是永远保持真诚的不矫饰的情感自然流露。

兼容并包，美美与共

自 2007 年"飞越彩虹"项目发起以来，十五年间陆陆续续都有北大人的参与。王芳认为，这是北大基因中，对生命的教育、对平等的教育、对美美与共的贯彻和普及。

"'飞越彩虹'的北大基因，我觉得是丰富性，是美美与共实现的宗旨。"

"飞越彩虹"项目的发起人，毕业于北京大学化学分子工程学院的1981级本科校友厉伟，以及劝说王芳加入"飞越彩虹"的经济学院校友罗飞，他们的身上，都体现着北大血脉中的宽容自由和家国情怀。

热衷于行走戈壁的厉伟是个环保公益身体力行者，他走到哪里都会带着大家捡垃圾，行走戈壁也照捡不误。一次戈壁越野赛事中，厉伟捡垃圾到终点时，遇到了外国的朋友伸出大拇指给他点赞。"Thank you, it's my country."厉伟想都没想就给出了这样的回答。

同样热爱运动的罗飞则于2019年和城市与环境学院1988级校友曹峻、汇丰商学院2015级校友蒲爱民，约定在7天内去7个大洲跑7个马拉松，为新中国成立70周年献礼。他们一边跑还一边为"飞越彩虹"项目筹款。

在好望角旁的开普敦，在美国的最后二十公里循环跑，他们都唱响了《飞越彩虹》这首歌。"人性的真诚和美好，和我们常常看不见摸不着的家国情怀、爱国主义特别完美地契合、融汇到了一起。"

而在开启创造性思维去建设、推动一个向好向美的公益组织可持续发展的命题中，深谙宏观框架模式搭建的1987级生物系校友王皖松和始终秉持商业向善思想的1989级西语系校友孙晋在2018年推动成立了经营型社会民非组织"飞越彩虹民族文化交流中心"。

在王芳的心里，这一举措称得上为"飞越彩虹"这个爱与美同行公益事业真正实现了"惊险的一跳",为探索一个社会组织组织实施的文化艺术类慈善公益事业的永续营运构建出一个漂亮的通往范式的模型。"各行各业的北大人真的都很有情怀。"王芳说。

一贯忌讳用"事业"定义自己的王芳,也正因为这种相通的北大文化基因,在"飞越彩虹",遇到了自己看得见的未来会持续发展的事业。"我觉得一个生性自由的人,不能被事业定义,有事业就可能妨碍心灵自由。但'飞越彩虹'让我找到事业的感觉。"

北大人血脉中流淌着的兼容并包的思想和心怀家国的担当,促使王芳在"飞越彩虹"的项目中,以点点滴滴的行动,将这种情怀与力量,从一个人身上传达到另一个人身上,化作一群人到另一群人的恒久绽放。这并不是一个多么宏大的命题,而是一种自然而然的演进。

　　我明年到50岁,知天命之年,我会感受到特别细微的、点点滴滴的每一个人,每一种生命,每一次绽放,每一次坚定,都在汇集而成一种宏大的力量,我能够触摸到,感知到,而且我身在其中。在所有的个体差异化之上,这些差异化在一种共同的愿景中汇集而成宏大,这是美美与共,这是我深刻领略到的"兼容并包"。

我认识的王芳同学

人生如白驹过隙，忽然而已。

2022年暑假我们去新疆旅行，翻越天山从独库公路下来休息时，我请王芳同学给我拍个小视频，几十秒那种客气祝福的话，送给一位朋友的朋友的祝福。我很严肃紧张地说完，王芳同学哈哈大笑，一瞬间，我怒不可遏，脱口而出："我没法和你合作！"

这时候买冰淇淋回来的同行伙伴Y女士，不紧不慢地说："不能合作也合作了几十年了啊。"

而王芳同学的反应则是掩面大笑，掩面是因为用手去拿冰淇淋吃。

是啊，我和王芳同学认识三十四年了。从正式谈恋爱开始也有三十一年。

1989年金秋十月，我从怀化火车站上了贵阳到北京的快车前往石家庄。北京大学当年录取的新生要前往石家庄陆军学院进行为期一年的军政训练。中国高校开学通常都是九月份，我们晚了一个月，列车上学生返校的高峰期早结束了。当我于惆怅孤单中度过我十八岁生日时，注意到一个矮矮小小的背着羽毛球拍的小女生走过我的车厢，第一反应这可能是北大同期的同学。

确实只因在人群中多看了你一眼，我和王芳同学在石家庄火车站下车后就正式认识了。在部队期间，王芳同学是因"养猪姑娘"声名大振，而我则因为曾参加过北大学生一九九〇年三月份与江泽民总书记的中南海座谈会，在军校期间去女生中队做过报告。叠加湖南同乡关系，相互借过中国革命史笔记，相约寒假一起坐火车返湘等。我们正式谈恋爱是1992年春天，是那一年北京市大学生十公里长跑活动后。这本书中不知道有无收录王芳同学深情回忆二十岁生日派对一文，那关乎青春，关乎友谊，当然亦标志我们关系正式公之于众。

那个时代，北大出国留学风气极盛，尤其理科同学十之七八都想走。因为找了个不愿意出国的中文系女朋友，我自然选择了国内继续深造，亦是1994年北大理科试行五年直博的推荐学生，拟就读导师是有机化学领域的知名院士。王芳同学毕业前总成绩在中文系名列前茅可以保送本校的，不过，飘忽不定的王芳同学一会说要去内蒙古支教，一会又说南下广州，最后折中方案是去广州暨南大学读研究生。异地恋是不靠谱的我懂，我们分手饭选择在北大小南门外川菜小馆子里，那也是我们化学系同学定点喝小酒的地方。那天山东老板炒的酸辣土豆丝太酸太辣，搅乱了我们平静的分手方案，泪点出现在我拿出存折，说还有八百多块，都给你，过去我多吃多占的，等光华奖学金发下来我再退给你（因为我们谈恋爱后，王芳同学就把她每年的生活费交给我，我来统筹安排，这一习惯延续了三十多年）。这一招可以的，王芳同学号啕大哭，那分手失败就继续过吧。那张存折和奖学金成了她一个月后和室友的祖国大西南之旅的经费。我则放弃了本校直博，选了个中科院广州化学所继续读研，研究生毕业前领证结婚，截至目前婚姻是永续经营状态。

投资教父巴菲特谈论过如何挑选了查理·芒格做合伙人：首先，要找比你更有智慧的人。第二个原则更难，他（她）在你犯下损失惨重的错误后，不会生你的气。其三，慷慨大方。第四，结伴同游时不枯燥乏味。

前几年有一次和年轻校友们分享婚姻经验，我戏谑说，按巴菲特的标准，四条符合两条就可以考虑结婚了。符合三条算你命好，有一条符合其实也能凑合过了。

王芳同学第三第四条肯定是符合的，我们读大学时，去市区要经过西直门公交总站转车，我们经常是走路去，倒不是刻意省钱，是边走边聊其乐融融。她对我和他人是慷慨的，大四课程不多的时候，她跑去北大西南门外海淀百货皮鞋柜台打工卖鞋，还会提醒我晚餐在学五食堂多买一个鸡腿带给她的女同事，一位东北大姐。最后一个半月的打工生涯换了一双皮鞋和一套西装给我。

至于王芳同学是否够聪明有智慧，那就见仁见智了。我一直嘲笑她看人不准，看事情没谱。但以诚待人，真心交付的过程中，虽难免吃亏上当，但从做时间的朋友角度看，"积善之家，必有余庆"，随时光流逝，我信这句古话了。

王老师对我对这个世界是包容的，对孩子们更加是。一路走来三十载，工作生活投资上犯过的错，亏掉的钱，罄竹难书啊，但王同学从不抱怨，从不遗憾。作为长期婚姻合伙人，我一直心存感激。

这里摘录一段 2021 年王芳同学生日那天女儿写给她的一段话：

> 老妈生日快乐！想着写点什么给你，但是这几天事情太多了，只能草草赶一赶。以前一直觉得这样祝福过于肉麻，后来又想着，坦然表达自己的情感并不是什么丢人的事。一直以来，我都觉得自己不是一个很优秀的孩子，甚至可能达不到所谓及格的好小孩 level，在大家眼里可能是叛逆的现代版"伤仲永"。
>
> 但是你和老爸一直以来都不在意。看了很多东亚父母 memes（风格或固有模式），刻板印象下的东亚父母都不擅长于表达爱，你们却很是特例，在爱护我的同时也没有溺爱，而告诉我终生学习的重要性。如果说读书让我意识到的是无意义也无止境的苦难，那妈妈你教会我的就是热烈、善良和勇敢面对。生日快乐，平安喜乐！

很多年前，北京老友来访，寒暄道，你们过上好日子了。

王芳同学认真地说，不，更好的日子在明天。

是的，明天会更好，你要相信这句话，明天真的会更好。

王芳同学让我写序，我拒绝了好几次，因为太熟悉，共同经历太多，反而无从下笔，唯恐以偏概全，考虑量子纠缠中观察者亦是参与改变者，交稿日子临近就勉强为之吧。希望能与读者朋友们互动交流。

PS：陶天予的话

老妈是个优秀的倾听者，平常因为朋友少，我很少能跟他人交流我自己喜欢的事物，但无论在什么时候，我都能肆无忌惮向老妈讲述像是最近看的动画啦，玩的游戏啦，看的小说之类的。因为我知道，即使老妈对这些一点都不感兴趣，她也会认真地倾听。反之也是一样，老妈会经常给我讲述她最近看过的小说或者历史书，虽然我对这些书总感到高深莫测，但我也会认真地听下来。我认为母子之间这种坦诚且互相尊重对方的交流是难能可贵的。

老妈也给我设立了一些小目标，比如一周读一本书，到目前我还算是坚持下来了。每周日我们都会散步到图书馆还书然后再借新的，到这时我都得佩服老妈，每次都近乎借到数量上限，在第二周却能全部还回去，我想这也是作为一个优秀文学家的素养。散步期间便是我们聊天的时间，老妈总是会从天文地理聊到诗词歌赋，一环接一环。

有时我们会坐在音乐厅二楼的大广场上，看着从莲花山到平安塔这一大片的城市光景。闭上眼睛去倾听，车辆的轰鸣声，风吹过的声音，蝉鸣和鸟叫，给我带来了一种别样的体验。这种关于声音的体验也给我了一些音效的感悟，我对剪辑稍微有些兴趣，所以自然会在意音效的设计。环境音是其中重要一环，我想，优秀的剪辑师一定是善于倾听生活的，他们懂得视觉和声音之间的关联，什么样的画面应该有什么样的声音，然后再在其中做减法，将他们需要侧重的氛围用相应音效。

扯远了，总之祝福老妈的新书能够大受好评，以我贫乏的写作能力只能做到这一程度了。

陶武彬

2023 年 4 月 23 日